Uwe Johnson

# Mutmassungen über Jakob

*Roman*

Süddeutsche Zeitung | Bibliothek

**Bibliografische Information Der Deutschen Bibliothek**
Die Deutsche Bibliothek verzeichnet diese Publikation in der Deutschen Nationalbibliografie;
detaillierte bibliografische Daten sind im Internet über http.//dnb.ddb.de abrufbar.

Der vorliegenden Ausgabe liegt die Textfassung der 1959 im Suhrkamp Verlag erschienenen Erstausgabe zugrunde.

Lizenzausgabe der Süddeutschen Zeitung GmbH, München
für die Süddeutsche Zeitung | Bibliothek 2004

Umschlagfoto: Scherl/SV-Bilderdienst
Autorenfoto: Renate von Mangoldt
Umschlaggestaltung und Layout: Eberhard Wolf
Klappentexte: Ralf Hertel
Satz: vmi, M. Zech
Druck und Bindearbeiten: Ebner & Spiegel, Ulm
Printed in Germany
ISBN 3-937793-19-4

**50 große Romane des 20. Jahrhunderts |** **Paul Auster** – Stadt aus Glas • **Jurek Becker** – Bronsteins Kinder • **Thomas Bernhard** – Der Untergeher • **Italo Calvino** – Wenn ein Reisender in einer Winternacht • **Elias Canetti** – Die Stimmen von Marrakesch • **Bruce Chatwin** – Traumpfade • **Joseph Conrad** – Herz der Finsternis • **Julio Cortázar** – Der Verfolger • **Marguerite Duras** – Der Liebhaber • **Friedrich Dürrenmatt** – Der Richter und sein Henker • **Umberto Eco** – Der Name der Rose • **William Faulkner** – Die Freistatt • **F. Scott Fitzgerald** – Der große Gatsby • **Edward M. Forster** – Wiedersehen in Howards End • **Max Frisch** – Mein Name sei Gantenbein • **Günter Grass** – Katz und Maus • **Julien Green** – Leviathan • **Graham Greene** – Der dritte Mann • **Peter Handke** – Die Angst des Tormanns beim Elfmeter • **Hermann Hesse** – Unterm Rad • **Patricia Highsmith** – Der talentierte Mr. Ripley • **Peter Høeg** – Fräulein Smillas Gespür für Schnee • **John Irving** – Das Hotel New Hampshire • **Uwe Johnson** – Mutmaßungen über Jakob • **James Joyce** – Ein Porträt des Künstlers als junger Mann • **Franz Kafka** – Amerika • **Eduard von Keyserling** – Wellen • **Wolfgang Koeppen** – Das Treibhaus • **Milan Kundera** – Die unerträgliche Leichtigkeit des Seins • **Siegfried Lenz** – Deutschstunde • **Primo Levi** – Das periodische System • **W. Somerset Maugham** – Der Magier • **Carson McCullers** – Das Herz ist ein einsamer Jäger • **Ian McEwan** – Der Zementgarten • **Harry Mulisch** – Das Attentat • **Cees Nooteboom** – Allerseelen • **Michael Ondaatje** – Der englische Patient • **Juan Carlos Onetti** – Das kurze Leben • **Marcel Proust** – Eine Liebe Swanns • **Rainer Maria Rilke** – Die Aufzeichnungen des Malte Laurids Brigge • **Arthur Schnitzler** – Traumnovelle • **Jorge Semprún** – Was für ein schöner Sonntag! • **Georges Simenon** – Der Mann, der den Zügen nachsah • **Claude Simon** – Die Akazie • **John Steinbeck** – Tortilla Flat • **Botho Strauß** – Paare, Passanten • **Andrzej Szczypiorski** – Die schöne Frau Seidenman • **Martin Walser** – Ehen in Philippsburg • **Oscar Wilde** – Das Bildnis des Dorian Gray • **Marguerite Yourcenar** – Der Fangschuß **| Ausgewählt von der Feuilletonredaktion der Süddeutschen Zeitung | 2004 – 2005**

Uwe Johnson

# Mutmassungen über Jakob

Im Juni 1959, als die *Mutmassungen über Jakob* gedruckt wurden, siedelte ihr Autor aus der DDR nach West-Berlin um. Ihm war bewußt, daß dieses Buch, da es inhaltlich und in seiner Ästhetik der offiziellen Ideologie der DDR widersprach, im Osten Deutschlands nicht erscheinen konnte. Es spürt nämlich dem Tod des Eisenbahn-Dispatchers Jakob Abs nach. »Aber Jakob ist immer quer über die Gleise gegangen.« Handelt es sich um Mord, Selbstmord oder um einen Unfall? Jakob Abs war, und dies ist der Grund für die Spekulationen über ihn, im Herbst 1956 mehreren Belastungen zugleich ausgesetzt: Seine Mutter war in den Westen gegangen; und die Staatssicherheit versuchte ihn dazu zu bewegen, Gesine Cresspahl, die 1953, »nach dem Aufstand der Arbeiter und Bauern gegen die Regierung der Arbeiter und Bauern«, in die BRD übergesiedelt war, zu einer Tätigkeit für den Staatssicherheitsdienst zu überreden. Formal führt der Roman, durch das Mittel des Dialogs und des Monologs, die Suche nach der Wahrheit vor, einer Wahrheit nicht nur über den Tod von Jakob Abs, sondern auch der über die Verhältnisse in der DDR.
Uwe Johnson, geb. am 20. Juli 1934 in Cammin (Pommern), dem heutigen Kamién Pomorski (Polen), starb am 23. Februar 1984 in Sheerness-on-Sea (Kent/England).

# I

Aber Jakob ist immer quer über die Gleise gegangen.

– Aber er ist doch immer quer über die Rangiergleise und die Ausfahrt gegangen, warum, aussen auf der anderen Seite um den ganzen Bahnhof bis zum Strassenübergang hätt er eine halbe Stunde länger gebraucht bis zur Strassenbahn. Und er war sieben Jahre bei der Eisenbahn.
– Nun sieh dir mal das Wetter an, so ein November, kannst keine zehn Schritt weit sehen vor Nebel, besonders am Morgen, und das war doch Morgen, und alles so glatt. Da kann einer leicht ausrutschen. So ein Krümel Rangierlok ist dann beinah gar nicht zu hören, sehen kannst sie noch weniger.
– Jakob war sieben Jahre bei der Eisenbahn will ich dir sagen, und wenn irgend wo sich was gerührt hat was auf Schienen fahren konnte, dann hat er das wohl genau gehört

unterhalb des hohen grossglasäugigen Stellwerkturms kam eine Gestalt quer über das trübe dunstige Gleisfeld gegangen, stieg sicher und achtlos über die Schienen eine Schiene nach der anderen, stand still unter einem grün leuchtenden Signalmast, wurde verdeckt von der Donnerwand eines ausfahrenden Schnellzuges, bewegte sich wieder. An der langsamen stetigen Aufrechtheit des Ganges war vielleicht Jakob zu erkennen, er hatte die Hände in den Manteltaschen und schien geraden Nakkens die Fahrten auf den Gleisen zu beachten. Je mehr er unter seinen Turm kam verdunsteten seine Umrisse zwischen den finster massigen Ungeheuern von Güterzugwagen und kurzatmigen Lokomotiven, die träge ruckweise kriechend den dünnen schrillen Pfiffen der Rangierer gehorchten im Nebel des frühen Morgens auf den nass verschmierten Gleisen

– wenn einer dann er. Hat er mir doch selbst erklärt, so mit Physik und Formel, lernt einer ja tüchtig was zu in sieben Jahren, und er sagt zu mir: Bloss stehenbleiben, wenn du was kommen siehst, kann noch so weit wegsein. »Wenn der Zug im Kommen ist – ist er da« hat er gesagt. Wird er auch bei Nebel gewusst haben.
– Eine Stunde vorher haben sie aber einen Rangierer zerquetscht am Ablaufberg, der wird das auch gewusst haben.
– Deswegen waren sie ja so aufgeregt. Wenn sie auch gleich wieder Worte gefunden haben von tragischem Unglücksfall und Verdienste beim Aufbau des Sozialismus und ehrendes Andenken bewahren: der sich das aus den Fingern gesogen hat weiss es gewiss besser, wär schon einer. Frag doch mal auf diesem ganzen verdammten Bahnhof ob einer jetzt noch im November Ausreiseerlaubnis nach Westdeutschland gekriegt hat, und Jakob ist am selben Morgen erst mit einem Interzonenzug zurückgekommen. Denk dir mal bei wem er war.
– Cresspahl, wenn du den kennst. Der hat eine Tochter.

*Mein Vater war achtundsechzig Jahre alt in diesem Herbst und lebte allein in dem Wind, der grau und rauh vom Meer ins Land einfiel hinweg über ihn und sein Haus*

Heinrich Cresspahl war ein mächtiger breiter Mann von schweren langsamen Bewegungen, sein Kopf war ein verwitterter alter Turm unter kurzen grauen scheitellosen Haaren. Seine Frau war tot seit achtzehn Jahren, er entbehrte seine Tochter. In seiner Werkstatt stand wenig Arbeit an den Wänden, er hatte das Schild seines Handwerks schon lange von der Haustür genommen. Gelegentlich für das Landesmuseum besserte er kostbare Möbel aus und für Leute die sich seinen Namen weitersagten. Er ging viel über Land in Manchesterzeug und langen Stiefeln, da suchte er nach alten Truhen und Bauernschränken. Manchmal hielten Pferdefuhrwerke vor seinem Haus mit Stücken, die ihm hineingetragen wurden; später kamen Autos aus den grossen Städten und fuhren das sattbraune kunstreich gefügte Holz mit den stumpf glänzenden Zierbeschlägen davon in die Fremde. So erhielt er sein Leben. Steuererklärung in Ordnung, Bankkonto bescheiden passend zu den Ausgaben in einer abgelegenen kleinen Stadt, kein Verdacht auf ungesetzliche Einkünfte.

*Achtundsechzig Jahre alt, Kunsttischler, wohnhaft Jerichow Ziegeleistrasse. Ich konnte und konnte mir nicht denken was das Referat Militärische Spionageabwehr mit dem gewinnen wollte. Diese Berichte von der Dienststelle Jerichow, quengelig, meistens private Anzeigen: hat dies gesagt, hat das zu verstehen gegeben. Hat öffentlich im Krug von Jerichow (glaube nicht dass da im Krug »öffentlich« bedeutet, die kennen sich doch alle, na ja: öffentlich im Krug) das Lied gesungen von dem Hund, der in die Küche kam, der schiss dort auf ein Ei, da nahm der Koch den Löffel, und schlug den Hund zu Brei, da kamen die Hunde zusammen, und lobten sehr den Koch, und schrieben auf den Grabstein, geschissen hat er doch, dann kam der Hund wieder in die Küche und das hab ich jetzt vergessen und jaja ich verstehe schon. Das schreiben die nun auf. Geben wir ernstlich zu bedenken. Die scheinen zu meinen, die Agenten hätten Vereinslieder, nächstens wollen sie vielleicht amtliche Abzeichen einführen. Hundefänger. Darüber ärgern die sich, darüber ärgern sich noch ganz andere Leute, die lassen Cresspahl lieber den gemütlichen Lebensabend. Bis ich sah er hatte eine Tochter, geboren 1933, Oberschule in Jerichow, Studium der Anglistik in Leipzig, Dolmetscherschule Frankfurt am Main, am Main, und seit Anfang des Jahres (aber das hatten nicht die in Jerichow gemerkt, denn Cresspahl wird es ihnen nicht erzählt haben:) the N.A.T.O. Headquarters. Ich blätterte noch die anderen Vorschläge durch, konnte mit keinem so recht warmwerden, alle so schnurgerade Röntgenarbeit, kurzgesagt stur, und gegen Mittag fuhr ich zurück zur M.S.A. und liess mich melden bei Lagin und legte ihm die Mappe hin, wenn schon, dann will ich was davon haben. »Ah –: galubuschka« sagte er. Er hatte alles im Kopf, tolles Gedächtnis, bat mich um Vortrag. Ich hielt ihm Vortrag. Er hielt mir Vortrag. Verabredung. Eto ujasno. Verabredung. Zusammenfassung. Ich sagte noch: »Jesli ana ostawajetssa galubka na kryschje ...«, er verstand es nicht gleich, die haben dafür eine andere Fassung, dann lachte er. »Lutsche warabeja« sagte er. Er war sehr nett, gar nicht förmlich, immerhin war es ein Einzelgängerauftrag. Die Taube auf dem Dach. Den Abend verbrachte ich noch zu Hause, war aber ziemlich in Gedanken, manchmal auch unruhig. Schliesslich war die vorige Aktion gute Arbeit, dafür haben sie mich ja befördert, und Freistellung zur besonderen Verwendung ist letzten Endes noch eine Beförderung, musste es nun aber gleich die sein, wie konnte Cresspahl dann noch solche Lieder singen, ich kann auch wieder runterbefördert werden, dabei bleibt es nicht. Und der Ärger wegen des Kindes. Ich seh ja ein dass meine Tochter schlafen muss um zwanzig Uhr, sie ist zwei Jahre alt, ich seh das ein, aber ich hab sie doch auch nur ein bisschen angehoben zum Abschied, also gut. Um Mitternacht ging ich runter auf die Strasse. Hänschen las in seiner ewigen technischen Fernschule und gähnte dass ich es sehen sollte, beim Anlassen sagte er: »Der Urlaub hätte länger dauern dürfen«, und ich sagte »in Jerichow ist ein Badestrand«, das war aber so um den siebenten Oktober, da fühlte ich mich wieder wohl, das wollen wir doch mal sehen. Das war Anfang Oktober und Herbst und wir fuhren die ganze Nacht weg aus Berlin nach unten und der Himmel wurde immer grösser immer weisser, da stand der Kirchturm von Jerichow ziemlich bescheiden hinter dem Berg. Die Hundefänger von Jerichow haben die beiden Einfamilienhäuser in der Bahnhofstrasse, trübe-finster, beinahe baufällig, die Garage dicht daneben, lediglich ein Schild haben sie noch nicht angebracht. Ich wies mich aus als Herr Rohlfs, liess ein Zimmer ausräumen für mich und Hänschen, sie fragten mich nach den Akten von Cresspahl in der ersten halben Stunde. Die ärgern sich sehr, die haben keinen Sinn für Musik und Gesang, aber den Namen hatte ich nie gehört, und ob sie wohl dachten die Akten*

*wären inzwischen beim Minister? Mag ich leiden. »Es ist ein schweres Arbeiten hier« sagten sie, und ich fragte »Wie ist es denn hier mit den Badegelegenheiten?«, sie fanden das Wetter zu kalt. Aus dem Jungen, der denkt manchmal zweigleisig, kann was werden.*
*Sie mögen gedacht haben ich bin ein Staatssekretär in den Ferien. Die Stadt ist nicht so stehengeblieben wie sie aussieht, ein Fremder fällt nicht auf, sie haben mir tatsächlich nicht gross nachgesehen und nachgesagt; die meisten sollen mich für den Buchhalter von ›Erfassung und Aufkauf‹ gehalten haben: weil sie den so selten zu Gesicht bekommen: sagt Hänschen. Na wir gingen ein bisschen spazieren, ich habe doch rausgekriegt wo man zum Strand kommt, Hänschen stand frierend neben meinen Sachen und wollte durchaus nicht ins Wasser und hielt es für ein bisschen ungehörig dass ich badete. Und abends sassen wir da und schlugen den Dreck von unseren Schuhen. Mit der Zeit besuchte ich ein paar Leute in Jerichow und redete mit ihnen über Jerichow, eine hübsche eine angenehme Stadt: sagte ich, wie schade dass man hier nicht bleiben kann, das fanden sie alle auch. Besonders der Vorsteher des Postamtes, ein halsstarr rechtlich Denkender, Beamter, Wertzeichen werden verkauft ohne Ansehen der Person, Briefe werden gestempelt und ohne Verzug befördert, als ob ich nicht den Zusteller hätte die Postkarten lesen sehen, und das Postgeheimnis ist ein Menschenrecht. Was aber ist die Unterschrift eines Staatssekretärs? siehst du. Gegen die Obrigkeit muss man loyal sein, der ist auch gegen die Faschisten loyal gewesen, selbstverständlich Herr Mesewinkel. Dass ich nur meine Namen nicht verwechsle einmal. Am selben Tag, ich wollte gerade zu Hause anrufen, meiner Tochter geht es doch hoffentlich gut, sah ich ihn zum ersten Mal, Cresspahl, lang und breit vor der Schaltertheke, das Manchesterzeug krümpelt um seine Beine, die Jacke weit ausgebeult und fleckig, die Brille. Die Brille hatte sich im Futteral verklemmt, eigensinnig Kopf schräg polkte er daran, sagte »Un denn gäms mi noch twintich to twintich«. Sie schien neu hier und der hiesigen Sprache nicht mächtig, er versuchte ihr zu erklären, »wek föe Breif« sagte er, zwanzig Marken zu zwanzig Pfennig. Ich*

*konnte ihn mir genau ansehen, ich war der nächste in der Reihe. Stakte er wuchtig raus mit seinem grossen Rücken, blieb an der Tür stehen und bettete die Brille muss schon sagen mit Andacht in das verbogene Blech von Futteral, »Moin« sagte er und stampfte um die Kirche zur Ziegelei, stand mit einem an der Ecke, redete. Meinetwegen: sage ich. Ich rechne keinem was nach, ich bin nicht so alt. Aber die Sache des Sozialismus wird siegen und übrigbleiben, und einfach so in den Tag hinein und raus aus der Republik und hin zum Mittelländischen Meer, das geht nicht. Dazu ist sie zu jung, wenigstens soll sie mit sich reden lassen, reden muss man mit jedem.*

Aber wenn einer Sie mal fragen sollte:

*Aber wenn einer mich fragt: die Angaben zur Personalbeschreibung müssen mal verbessert werden. Gesine (Rufname unterstrichen) Lisbeth Cresspahl. Na ja. Der Name ist hier üblich kommt vor, Lisbeth hat die Mutter geheissen. Lisbeth Cresspahl, gestorben 1938. Das Grab dicht bewachsen mit Efeu, nicht eingefriedet, und da sind sehr aufwendige Gitter in der Nähe. Auf dem Stein nur der Name (nicht Elisabeth), nicht der Mädchenname, kein Bibelzitat, kein Kreuz, nur die Lebenszeit. Also Gesine Lisbeth. Und was soll ich mit Grösse: mittelgross. Damals. Vor fünf Jahren. Augenfarbe: grau. Das kann nun auch grün sein, auf der Meldestelle ist es so dämmrig dass da jeder dunkelgraue Augen hat; und was haben sie für Haarfarbe aufgeschrieben? dunkel. Datum der Geburt, staatliche Zugehörigkeit, besondere Kennzeichen: keine. Ich weiss auch nicht wie es besser wäre, aber damit kann keiner was anfangen. Das Passbild aus dem feierlichen Muff des Fotografenladens neben dem zweistöckigen Konsumkaufhaus, neuzeitliche Lichtbildwerkstätte, Guten Tag Fräulein Cresspahl, bitte Platz zu nehmen. Schifferpullover bis hoch ans Kinn, bitte den Kopf etwas mehr schräg, das linke Ohr sitzt zu tief*

*– Wie es sitzt sitzt es.*

*– Und vielleicht etwas freundlicher?*

*– Nein. Das ist ein Passbild.*

*Oder: »Das's ein Passbild«. Das Gesicht sehr achtzehnjährig Haarfarbe dunkel vielleicht nicht ganz schwarz straff rückwärts die Haut fest sonnenbraun über den starken Backenknochen gleichmütig ernsthaft querköpfig blickende Augen, Augenfarbe: grau. Gewinnen Sie diese Person dlja weschtschi ssozialisma. Eto ujasno. Die Taube auf dem Dach*

Heinrich Cresspahl hatte seine Tochter an die Haustür gebracht acht Jahre lang. Er lehnte am Rahmen und redete sozusagen ein letztes Wort mit ihr, sie stand vor ihm mit den Händen rücklings und sah ihn nicht an, sie blickte auf und lachte in ihrem Gesicht, sie sprang um ihn herum und drohte ihm und wies ihn zurecht, sie ging neben ihm zur Bordkante und sah ihn noch einmal kurz an und nickte, bevor sie an der sowjetischen Stadtkommandantur entlang zur Schule ging und später zum Bahnhof; und Cresspahl stand mächtig vor seinem Haus und ragte mit seiner Tabakspfeife vor in die Gegend und brachte das Wetter des jeweiligen Tages in seine Erfahrung. Übrigens sagte er wohl jeden Morgen ungefähr dasselbe. Und als seine Tochter eben begonnen hatte seine Worte anzunehmen mit einem höflichen aufsässigen Knicks – an einigen Wochenenden im Frühling des vierten Jahres der Deutschen Demokratischen Republik –, da kam Cresspahl eines Morgens nicht wie erwartet quer über die Strasse in Ilse Papenbrocks Laden wegen der Brötchen für seine Tochter, denn in dieser Nacht war sie nicht geblieben bis zum Frühstück. Überhaupt kaufte Cresspahl in den nächsten Jahren nur Schwarzbrot, Ilse Papenbrock bekam zu hören dass seine Tochter auf Reisen gegangen sei. Mit dieser Auskunft hatte sie sich behelfen müssen auch drei Jahre und ein halbes; sollte man denken dass ein junges Mädchen so lange Zeit ohne väterlichen Schutz die Welt bereiste? und die Welt war ja gross.
Jerichow war früher eine Bauernstadt gewesen und zumeist im Eigentum einer einzigen Familie von Adel: das waren tausend und ein Haus an der mecklenburgischen Ostseeküste, wohin der Wind grau und rauh kam das ganze Jahr ...; zum Strand war es eine Stunde zu gehen, am Bruch entlang

und dann zwischen den Feldern. Mit dem Neubau der Ziegelei nach dem faschistischen Krieg und mit der Einrichtung einer Möbelfabrik war mehr Bewegung in die Strassen gekommen, da schien Herr Rohlfs ein verspäteter Sommergast zu sein. Dort lebte ein Mann namens Cresspahl in einem langen ebenerdigen Haus am Bruch hinter der alten abgebrannten Ziegelei und gegenüber dem eingezäunten Park, in dem die Villa der sowjetischen Kommandantur stand. Gegen Ende des Krieges hatte der Ziegeleibesitzer seine Villa ohne Nachdenken und Ausräumen stehen lassen, aber die beiden Planwagen aus einem zersplitterten pommerschen Treck wendeten ohne Anhalten vor dem offenen herrschaftlichen Tor und blieben auf der Strasse stehen vor Cresspahls Haus, und weil er nun einmal aus der Tür gekommen war, nahm er die Flüchtlinge auf und verteilte die größere Hälfte seines Hauses unter sie. Er selbst zog mit seiner Tochter in die beiden Zimmer vor der Werkstatt zurück; Lisbeth Cresspahl war 1938 gestorben, ihre Tochter war in diesem April zwölf Jahre alt. Die hiess Gesine. Von den beiden Familien aus Pommern war die eine weitergezogen nach der Veröffentlichung des Vertrags von Potsdam; Frau Abs aber, die nur mit ihrem Sohn gekommen war auf dem anderen Wagen, hatte hier nun warten wollen wegen ihres Mannes und wegen der Erlaubnis zur Rückkehr ins Pommernland, das war abgebrannt: sangen die Kinder in Jerichow zu jedem Mai, in diesem Mai konnten sie sich etwas darunter vorstellen und erahnten die Grösse der Welt. Im nächsten Jahr verkaufte Frau Abs den Wagen und die Pferde gegen einen Vorrat von Korn und Kartoffeln und ging als Köchin in das Krankenhaus; sie war auch Köchin in Pommern gewesen aber auf einem Rittergut. Jakob hatte im ersten Sommer und Herbst mit den Pferden gearbeitet auf den Dörfern um Jerichow; winters in der Stadt fand sich für ihn wenig mehr als der verbotene Schnapshandel mit den siegreichen sowjetischen Streitkräften; er sah auch Cresspahl von seinem Handwerk ab, Jakob hatte die Schrift in die Tür der Werkstatt geschnitten CRESSPAHL INTARSIEN: aber als er achtzehn Jahre alt war, fing er an als Rangierer auf dem Bahnhof von Jerichow. Gesine Cresspahl war zu der Zeit in die Oberschule aufgenommen worden, auf einen solchen Gedanken für sich kam Jakob nicht, seine Mutter hielt es überdies für unnütz; zu der Zeit war Gesine fünfzehn Jahre alt, sie kam immer noch mit auf seine Wege, immer noch nahmen sie sich für Geschwister. Dann mit seiner Arbeit ging Jakob südlich bis an die Elbe, und Cresspahls Tochter traf sich da mit ihm zwischen zwei Schnellzügen, wenn sie aus ihrem Studium nach Jerichow fuhr zu ihrem Vater und zu Jakobs Mutter an den Wochenenden. Und in einer Nacht inzwischen kam sie mitten in der Woche nach Jerichow und redete in der Küche vor Jakob und seiner Mutter und Heinrich Cresspahl zwei Stunden lang, und die hagere bittergesichtige Frau stand am Tisch mit gekreuzten Armen gesenkten Kopfes unbeweglich und schwieg zu jedem Wort von Cresspahl und nahm wortlos Gesines heftige Gegenrede auf und war doch die einzige, die gegen Morgen vor der Haustür aufkommen konnte für den Abschied: Kind, –Kind: sagte sie, und Cressphal vermied diese Anrede in den Briefbüchern, die er seiner Tochter über die Grenze schickte. Denn hinter der Grenze blieb sie in dem anderen Deutschland, da dolmetschte sie nun in einem Hauptquartier der amerikanischen Streitkräfte.

Und ein für alle Male hatte Gesine Cresspahl die Mutter Jakobs zu eigen genommen wie Jakob als den geschenkten grossen Bruder; was kann ein Vater tun für seine Tochter, wenn sie zwölf Jahre lang gelebt hat in Jerichow als in der Welt, nun ist der Krieg nach Jerichow gekommen? er kann ihr zureden aber schon nicht mehr für sie einstehen, überdies hatte Cresspahl ihr die Heimlichkeiten erlaubt von vornherein. Sie hockte starr und unzugänglich auf den Stufen der hinteren Tür in der scharfen Sonnenwärme des April und betrachtete grüblerisch die fremde Frau, die auf dem halb abgedeckten Planwagen stand und ihre vernähten Körbe Säcke Milchkannen hinunterreichte zu Cresspahl und bleiben wollte; das pommersche Platt spricht sich sehr anders aus als das mecklenburgische und hat auch eigene Wörter, die verstand sie nicht alle. Und abends, als sie mit Jakob zurückkam vom See hinter dem Bruch, wohin sie die erschöpften staubigen Pferde geritten hatten, trat sie nur mit Zögern an die Bank unter der Birke und besah schweigend das verhärtete kummerbedenkliche Gesicht der fremden Frau, bevor sie sagte: »Gute Nacht auch«. Mit eben der geduldigen schwierigen Freundlichkeit hatte Frau Abs die Höflichkeit Gesines angenommen und beantwortet, ebenso vorsichtig hochdeutsch sagte sie: »Ja. Schlaf gut«; sie war da aber wieder eines Lebens inne geworden, in dem die Kinder früh zu Bett gehen und gut schlafen sollen.

*Sie hat mir das Essen gekocht und hat mir gezeigt wie man es machen muss mit dem Haar, sie hat mir geholfen in der Fremde. Ich weiss den Abend, an dem ich die Hände auf dem Rücken behielt, Gesine: sagte sie, berührte leicht und höflich meine Schulter mit ihrer rauhen harten Hand; ich weiss ihr halblautes schleuniges Reden. Ich weiss ihr Gesicht: das ist lang und knochig und in den schmalen trockenen Augen schon sehr entlegen zum Alter hin, ich habe eine Mutter gehabt alle Zeit.*

Seit Gesine und Jakob aus Cresspahls Hause waren in der Welt, lebte Frau Abs für sich allein. Cresspahl wartete sein Leben ab, niemand konnte aufkommen für seine Umstände. »Öwe de is wiet wech«: pflegte sie zu sagen, wenn Cresspahl abends in die Küche kam mit einem Brief von jenseits der Grenze; oft war ein Blatt ausführlich und besonders für sie eingelegt, sie wußte keine Antwort, sie konnte für Gesine nichts mehr tun. Sie sass still am Tisch und hatte die Hände im Schoss und trug Cresspahl dies und das auf für seine Tochter, aber auch dann erhob sie sich bald und begann ihren bekümmerten einsamen Abend auf der anderen Seite des Flurs. Jakob schrieb ihr nicht oft, seine Besuche waren spärlich im Jahr; mit Jakob sass sie länger bei Cresspahl und verbarg auch ihr Wohlwollen weniger unversöhnlich, an solchen Abenden war manchmal das Gesicht ihrer Mädchenzeit zu ahnen und augenfällig. In Wirklichkeit war ihr Einverständnis in dieser Hausgenossenschaft ohne Bedenken gewesen seit dem ersten Abend vor der hinteren Tür: war ihr Leben wieder versichert in der menschlichen Gewohnheit nach dem Treck aus dem Krieg wie in einer neu erworbenen Heimat, wo sie für ein Mädchen hatte sorgen können; dessen wurde sie inne, als eines Abends in Jakobs Oktober ein Herr namens Rohlfs auf sie gewartet hatte vor dem Kücheneingang des Krankenhauses und ein vertraulich angelegentliches Gespräch begann mit ihr über den Sozialismus und über die Kriegslust der abendländischen Kapitalisten und über die Vorzüge oder Nachteile des einen oder anderen, wie sie sich auf jedes Leben auswirken, etwa auf das Leben der Familie Cresspahl, die ja leider kaum noch eine Familie sei, denn die einzige Tochter war ja wohl abwesend, und Frau Abs sei sozusagen mütterlich für sie aufgekommen? und sie sagte

*»Nein« sagte sie und stritt es rundweg ab mir ins Gesicht, und jeder in dieser Stadt kann mir erzählen wie sie mit ihr an den Strand gegangen ist und dass sie gewartet hat am Bahnhof und dass sie durch die Stadt gegangen sind gleich Mutter und Tochter; einmal im Jahr verreist sie, und wohin, zu der Absenderin jener Briefe, von denen ich einen gelesen habe, der anfängt ohne Anrede aber »ich habe an dich gedacht den ganzen Morgen als ich« und nun nein und gar nichts. Sie hat nur gewohnt in dem Haus und hat nichts zu tun mit der Familie Cresspahl: sagt sie, und sagt mir das mit einer Ruhe so, dass ich sagte ich hätte mich wohl geirrt und nichts für ungut. Sie hat überhaupt nichts weiter begriffen als dass ich nach dem Mädchen gefragt habe; und wenn ich irgend kann, frage ich sie nicht noch einmal. Gut: sage ich. Ich kann solche Ruhe mit flatterndem Blick und heimlich zitternden Händen nicht vertragen, ich bin nicht so alt, ich mag nicht sehen wie einer aus Not lügt. Es wäre nicht gut gegangen. Und ich sage zu Hänschen »Na, wolln wir heute mal beide baden gehen?«, ihm ist das Wasser zu kalt, ich sage »Dann wolln wir wieder wegfahren. Dann wolln wir an die Elbe«.*

In diesem Herbst war Jakob achtundzwanzig Jahre alt, und er hatte noch in keinem den Oktober so als eine Zeit erlebt. Die Minuten seiner Arbeit musste er sparsam ausnutzen und umsichtig bedenken, er kannte jede einzeln. Das Papier auf der schrägen Tischplatte vor ihm war eingeteilt nach senkrechten und waagerechten Linien für das zeitliche und räumliche Nacheinander der planmässigen und der unregelmässigen Vorkommnisse, er verzeichnete darin mit seinen verschiedenen Stiften die Bewegung der Eisenbahnzüge auf seiner Strecke von Blockstelle zu Blockstelle und von Minute zu Minute, aber eigentlich nahm er von dem berühmten Wechsel der Jahreszeiten nur die unterschiedliche Helligkeit wahr, am Ende machten die Minuten keinen Tag aus sondern einen Fahrplan. In diesem Herbst nun: wie ich sage: fiel ihm die Zeit nicht erst wieder ein, wenn er die Tür verschlossen hatte vor den Gleisbildern dem Mikrofon den Lautsprechern den Telefonen und den langen glänzenden Flur hinunterging unter den kalten weissen Strahlen der Leuchtstäbe bis zum Treppenhaus, das nach aussen hin offen war und ihm den Unterschied des Lichtes an die Augen brachte. Unter dem anderen Licht stand die Trübnis der kahlen Industriestrasse, auf dem Fabrikhof kreischten und polterten die Kräne über dem hoch aufgewälzten Schrottgewölle, auf den schnellen Elektrokarren schepperte die Last unter heftigen Bremsrucken, Schaufenster waren weiss und grün erleuchtet, an der Haltestelle der Strassenbahn standen Menschen unbehaglich in der windigen Feuchte vor den berussten öden Mauern in der Dämmerung: er vergass es nicht über seiner Arbeit. Aus den breiten Fenstern des hohen fahlroten Turms am Rangierbahnhof sah er die verschlungenen Gleisstränge bis zur Elbebrücke, klein und schnell rollten die schweren Züge unter ihm, die Rangierbrigaden schoben und zogen das weite Feld einzelner Wagen und Wagengruppen zu langen Zügen zusammen mit Laufen und Pfeifen und Hin und Her neben der kurzen breiten Maschine, aus den Hallen sprang Hammerlärm dünn und scharf in das dicke Fauchen von Dampf. Über die Elbe aber zwischen den Masten und Drähten der elektrischen Sprechleitung lief seine Strecke weit hinter den nebel-

weichen Horizont immer an der Westgrenze des Staates entlang. Die Anlage der Geleise zwischen den Blockstellen und Meldestationen und Bahnhöfen hing als abgekürzte stilisierte Blaupause vor ihm über den Lautsprechern, und wenn von irgend wo aus der weiten Ebene ein Zug angemeldet und abgefragt wurde von der dienstlichen Formelsprache der entfernten Stimmen, erdachte Jakob sich den Anblick des unsichtbaren Bahnhofs und die Signale vor dem Zug, der für ihn eine Chiffre war aus Kennbuchstaben und einer Nummer, und er wusste nach der Zeit und nach Kilometern wo der Zug stand im Fahrplan und wo er tatsächlich stand sich selbst und jedermann im Wege, der Verspätete ist gleich im Unrecht. Dann hob er den Handwrist auf einen von den Schaltknöpfen seitlich und sagte dem Mikrofon wie er es haben wollte, dann schaltete er die Leitung wieder um, endlich die Stimme des Fahrdienstleiters F-d-l (der in der Ferne sass über seinen Bahnhof sehend) sprach und erklärte was Jakob sich vorstellte in der Entlegenheit auf seinem Turm: ein Güterzug von hundertzwanzig Achsen mit Kies Schnittholz Braunkohle Rundfunkapparaten Schiffsmotoren Panzern (ein Dg, vielleicht 1204) zog sich hinein auf das zweite Gleis unter den redenden F-d-l, die Signale am Ausgang des Bahnhofs tauschten ihre Stellung, auf dem Hauptgleis trampelte der Schnellzug vorüber, den Jakob vor einer halben Stunde (Uhrzeit: 14/07) hatte unter sich auslaufen sehen und den die Nachrichten aus den Lautsprechern wieder zusammensetzten auf seinem Bildblatt zu einem dicken schwarzen Strich in schräger Richtung abwärts aus den durchfahrenen Betriebsstellen und den vergangenen Zeiteinheiten heraus.
In diesem Herbst verstrickten der Mangel an Kohle und der schadhafte Zustand vieler Betriebseinrichtungen den Fahrdienst ungleich verspätet in das Netz aus Planzeiten und Fahrstrecken, und oben in dem mächtigen Turm sassen die Dispatcher mürrisch und überreizt vor den Lautsprechern, denn am Ende waren alle Strecken verfilzt und verknotet mit wartenden überfälligen Zügen, so dass kein Stück des Fahrplans mehr zum anderen stimmte und jede Schicht so verworren aufhörte wie sie begonnen hatte. Überdies war jede

Entscheidung eine Frage des staatlichen Gewissens, keine Antwort ergab ein Gleichgewicht, jede machte mit Notwendigkeit den schuldig, der sich hierauf hatte einlassen müssen von Berufs wegen. Jakob indessen hielt sich ziemlich lange in seiner Geduld. Er lehnte gewissenhaft und mit einer Art von Gleichmut rückwärts in seinem Stuhl vor der Arbeit, hielt seinen langen schwarzen Kopf versöhnlich überlegsam schräg und sah in seinem verengten abwesenden Blick in der Ebene all die Bewegungen geschehen, die seine zögernde tiefe Stimme mit dem Mikrofon besprach. »Nein, ich nicht. Du vielleicht?« sagte er. »Das kommt vom Rauchen. Unsere volkseigene Zigarettenindustrie. Red ihm zu, davon kann sie nicht platzen, deine Ausfahrt. Ach was. Er soll sich keinen Fleck ins Hemd machen«; manchmal nickte er als sei der Mitredner am anderen Ende der Leitung vor ihm leibhaftig. Jedes Ereignis zog einen borstigen Schwanz wechselseitig bedingter Abhängigkeiten hinter sich, die Voraussicht war im eigenen Gebiet unsicher geworden, einmal erreichte Pünktlichkeit wurde vielleicht verdorben von den Unregelmässigkeiten, die der angrenzende Dispatchbezirk mit Aufatmen und Bedauern an den Turm übergab. Wenn das Geschling sehr unentwirrbar und überall voller Kletten schien, nickte Jakob aber auch und erhob schweigend seine Mundwinkel und sah eher mit Neugierde nach ob in den Minutenspalten nicht vielleicht doch noch eine Zugfahrt unterzubringen war als dünner unterbrochener Blaustrich. Das Signal Grün gab die Fahrt frei, der allgemeine Wettbewerb hiess der der grünen Strekke, Pünktlichkeit und Verspätung wurden hinterher verteilt als Punkte von Plus und Minus, viele Pluspunkte waren Prämien wert. Aber die zahlreichen Rundschreiben des Ministeriums und die Kampfaufrufe der regierenden Partei meinten oder wussten kaum mehr als den Plan, Jakob indessen hatte zu tun dass er bei dieser beschwerten Art von Betrieb den Plan überhaupt im Gedächtnis behielt, – übereinandergelegt und durchsichtig hätten Planblatt und Betriebsblatt ausgesehen nicht wie zwei ähnliche sondern mehr wie ein nördliches und ein südliches Sternensystem ineinander: sagten die Dispatcher in diesem Herbst; Jakob war nicht der einzige, der

die hektografierten Blätter auf der brauchbaren Rückseite mit Notizen des Dienstes beschrieb.
Er war vor sieben Jahren als Rangierer zur Deutschen Reichsbahn gekommen in einer geringfügigen Stadt an der mecklenburgischen Ostseeküste. Er hatte gearbeitet als Gehilfe und Sekretär und Assistent auf den meisten Betriebsstellen seiner heutigen Direktion um die nördliche Elbe: so kannte er in seinem Dienst viele Leute, alle sagten Jakob zu ihm und du (er war aber nun Inspektor); dies mochte sein weil er sich so geduldig mit jedem benehmen konnte. Auf den Bildern im Schaukasten der Sportgemeinschaft Lokomotive stand er ohne namhaften Unterschied zwischen dem Linksaussen und dem Mittelläufer der Handballmannschaft I, und war auch in den fotografischen Aufnahmen von der Enttrümmerung der Ruinen in der Stadt und überall so gross und festschultrig ruhig anzusehen, dass der Betrachter doch gleich dachte oder sagte: »Das is Jakob. Der da, siehssu, welche so ebnmässich kuckt«.

– Ach der. Ich mein er wär Verteidiger. So wie er aussieht.
– Ja du denkst er kann nicht laufen. Kann er aber, und nimm ihm den Ball mal weg. Er hat nun seit vielleicht zwei Jahren nicht mehr gespielt. Die ganze Aufregung und Wichtigkeit kann dir über werden, und alle diese Publikumsmätzchen hat er nie gemocht, so: der Ball kommt auf Mann, er tritt einen Schritt seitwärts und macht einen Satz, oder Radschlagen: das nicht, und bei einem Spiel hatte er einen, der ihn wie verrückt abdecken wollte, du schiesst kein Tor! sagt er immer wieder, wurd er gar nicht müde bei, da musst Jakob den Ball loslassen und lachen. Es gibt eben Dinge die kannst du nicht immer von neuem anfangen. Wenn du das meinst mit Überdruss.
– Und wann habt ihr denn schon mal Sonntag vor Überstunden.
– Ja. Am Dienst hat es natürlich auch gelegen.

Sass hinter verschlossener Tür ohne sich umzusehen in seinem Turm und redete in die Welt und verzeichnete die entfernten Geschehnisse, die unablässig dahingingen und auf einem Blatt Papier als technische Kurve zurückblieben aus der Zeit, die ohne Aufhören verging. Auf dem breiten grauen Fluss schwammen die Schleppzüge dahin unter den flach gespreiteten Rauchschwaden, die feuchte Luft hing dick und schmutzig über der Stadt, der Himmel war weiss all den Tag.

*Gut: sage ich. Aber nach zwei ganzen Tagen sollte man wissen was man braucht, was ist also los mit ihm? keine Ahnung. Was dispatchen ist ist mir ungefähr klar, zentrale Kommandogewalt, Tür verschlossen, Vorzugsrecht auf jeder Telefonleitung, schnell und genau denken, Leistung, die sagen alle Mahlzeit, auch auf der Strasse, immerzu Überstunden, nervös. Der eine, Bartsch heisst er, ganz hübsch flatterig. Keine Ahnung. Er kann doch nicht bloss Dispatcher sein. Hier ist der Dienstplan, hier seine Zeiten: stimmt. Fährt vom Dienst nach Hause, schläft, fährt zum Dienst. Wenn es mal länger dauert, waren die Geschäfte zu voll. Einmal ist es der Omnibusfahrplan, dann der Schichtwechsel: ja und was macht er von alleine? aus eigenem Willen meine ich. Man hat doch sonst noch was vor. Sieh dir sein Bankkonto an: kann sein Geld nicht zur Hälfte verbrauchen, bei dem Leben. Wie man sich irren kann: vor einer Woche habe ich ihn sitzen sehen im Krug von Jerichow mit Cresspahl, das ist weit weg von hier, und als sich jemand setzen wollte an den Tisch, mussten sie doch gleich bezahlen was sie getrunken hatten: als ob es mir noch ankommen könnte auf Cresspahls Meinungen. Mir kam es an auf Jakob, ich fahre ihm hinterher, ich besehe mir seinen Tageslauf, und nun stehe ich beinah da wie einer von diesen intellektuellen Ochsen vor dem Sozialismus. Oder vielmehr sitze ich hinter Hänschen im Wagen auf der Strassenseite und warte auf die Strassenbahn und darauf dass Jakob über die Laderampe des Güterbahnhofs kommt, er geht also doch immer querüber. »Nebel, was? Wenden wir mal, und dann Hänschen: rund um die Strassenbahn, so dass ich ihn ansehen kann, langsam fahr schneller, jetzt kommt er auf die Strasse, siehst du ihn?« Guten Tag Jakob.*

Er kehrte die durchsichtige Ausweishülle um und zeigte der Schaffnerin die andere Seite, sie sagte danke und suchte weiter und nickte mit schnellen griffsicheren Blicken. Dann stieg sie von der Plattform zum hinteren Ende durch und fragte ihn ob sie wohl mal vorbeikönne, und Jakob drängte sich einen halben Schritt zurück ohne ein Wort und liess sie vorbei. Er betrachtete das lange blonde zu einem Pferdeschwanz gebundene Haar des Mädchens, das an seine Schulter gepresst stand in der atemlosen Enge des nachmittäglichen Berufsverkehrs; bei den schweren sanften Neigungen des Wagens in den Gleiskurven sah er ihr Gesicht freundlich versonnen unzugänglich jung und klug neben seinem festgezwängten Arm, und die Nähe war ohne Zukunft. Und

sein Lebenswandel war offen jedem Einblick. Im Bus später, nachdem er eingekauft hatte am Markt in den überfüllten jetzt strahlend hellen Geschäften, sass er vorn auf der Längsbank am Ausstieg und sah sein regloses Spiegelbild rucken auf den beschlagenen Fenstern von den kurzen tiefen Stössen der Schlaglöcher; er legte zwei Groschen in die Hand des Schaffners und sagte »zwanzig«, der Schaffner stiess ihm den Fahrschein in die Hand und wiederholte »zwanzig« mit seinem maschinenmässig ansteigenden abgebrauchten Ton. Er dachte an nichts. Einmal entsann er sich der Studentin unter seiner Schulter und dass das Kind seine Blicke gar nicht beachtet hatte, nun war das blosse Nebeneinander eine wohlgefällige Erinnerung. Vielleicht aber auch war sein Blick nicht mehr von der auffallenden Art. Er betrachtete die Fahrgäste in dem unmerklichen Verhalten jener ermüdeten Vertrautheit, die schnellen schmerzlosen Vergessens gewiss ist. Neben ihm klappte die Tür fauchend auf und zu an den Haltestellen. Als der Name seiner Strasse ausgerufen war, stand Jakob auf mit seiner Tasche in dem trüben schwankenden Gehäuse, der Schaffner klingelte Bescheid in die Fahrerkabine, durch die aufplatzende Tür aus dem haltenden Wagen stieg Jakob hinunter in die kühle klarschattige Dunkelheit der Strasse zwischen den hohen abendlichen Häusern. Er ging schräg über die Fahrbahn auf die Bordkante zu und trat in den Hausflur, in der Strasse blieb eine Weile das Geräusch seiner Schritte

auf dem verworfenen Holz der Treppe. Unten war der Wind still. Dann kamen Schritte von der anderen Strassenseite auf den Bürgersteig durch den Hausflur in den Hof. Für die Länge eines Blicks stand eine Gestalt dämmerblassen aufwärtsgekehrten Gesichtes unter dem Licht, das Jakob eingeschaltet hatte in der Küche. Wieder die Schritte schleifend und seufzend auf dem nassen Pflaster, wieder der kühle tiefe Atem stillen Regens:
der Einblick erlernte geduldig die Geschäfte und Bewegungen Jakobs in der Stadt, und nicht eigennützig war die Beachtung, die ihm nachzugehen begann seit der Mitte des Oktober am Abend wie in den fahlen übernächtigen Morgenzeiten der Strassenbahn wie in den langen tauben Gängen seines Diensthauses und seinen Leumund seinen Lebenswandel in Erfahrung zu bringen suchte. Der Einblick war bedenkenlos und ergriff gierig jede Einzelheit nur um sie zu wissen (wie einer nachlaufen kann einer unbekannten Geliebten), doch war er beauftragt, und die Bediensteten die Lohndiener legten ihr Benehmen vertauschbar an und übersehbar, sie vergassen was sie wahrnahmen und zogen aus dem nicht Vorteil noch Belehrung für das eigene Leben. So aus Begegnungen und Nachbarschaften und telefonischen Gesprächen und gleichgültigem Blickwechsel in den Fahrzeugen des städtischen Verkehrs ergaben sich Berichte und Vermutungen, die nahmen Gestalt an in laufenden Tonbändern und schreibenden Maschinen und in der innigen Atmosphäre des Flüsterns und wurden sortiert und gebündelt und geheftet und in einem fensterlosen Zimmer in einem unauffällig erblindeten Miethaus der nördlichen Vorstadt aufbewahrt für einen Mann, der seinen Namen austauschte vor jedem Gegenüber und also schon dem Namen nach keine andere Teilnahme an Jakobs Ergehen verwalten konnte als eine allgemeine und öffentliche. Die Grossen des Landes warfen ihr Auge auf Jakob.

– Und was ist mit Cresspahls Tochter?
– Ich weiss nicht. Ich meine: vielleicht ist er auch nur ins Flüchtlingslager gefahren. Sagt Sabine. Was ich sagen wollte.
– Sagt Sabine. Die ist doch im Sommer allein auf Urlaub ge-

fahren. Sie waren doch auseinander. Und es hat einfach aufgehört. Ich hab doch gesehen wie sie umgegangen sind nach dem. Dann hat sie gesagt »Guten Tag Jakob«, und er hat sie freundlich angesehen und hat auch so was gesagt. Verstehst du? die mochten sich immer noch, aber die Liebe höret ewig auf.

Bei der Deutschen Reichsbahn gab es keine freien Feiertage für die Beschäftigten. Der unablässig erforderte Betrieb erlaubte nur die Zusammenfassung der jeweilig zustehenden Freizeit nach längerer Folge von Dienst und Schlaf und Schicht zu ungefähr zwei vollen Tagen, die als »Ruhe« bezeichnet wurden. Einmal während einer Ruhe im Oktober fuhr Jakob nach Jerichow. Er ging mit seiner Mutter vom Krankenhaus in die Ziegeleistrasse (seine Mutter war still und wohlgelitten, und damals wusste Herr Rohlfs noch nicht mehr als ihr Fragebogen aus der Abteilung Arbeit der Krankenhausverwaltung ihm sagen konnte). Am Abend sass er mit Cresspahl im Krug und liess ihn reden über den Zustand in der Welt; sie hatten einen Tisch für sich, dass sie den einem Dritten dann gleich gänzlich überliessen mochte wirklich Zufall gewesen sein. Dies war die eine Ausnahme im Oktober.
Zweimal war er unterwegs in den Gaststätten am Güterbahnhof und am Hafen mit lauter Eisenbahnern, davon waren bekannt Jöche und Peter Zahn und Wolfgang Bartsch, der war aber nur ein Mal dabei und ging früher nach Hause. Jakob trank nicht übermässig, die Gespräche nahmen sich aus wie innerbetriebliches Gerede, das wurde später heftiger bei der Besprechung des behinderten Dienstes, dann pflegte Jakob nicht viel zu sagen, er schien zuzusehen. Ging gross und zugänglich redend zwischen den anderen an Strassenbahn und Omnibus, liess keinen aus beim Abschied (»Tschüss denn.« – »Bis morgen beim Essen.« – »Kommt auch gut nach Hause.« – »Werden wir schon. Und was ich sagen wollte.« – »Ich ruf dich mal an.« – »Bis morgen also.« – »Komm gut nach Hause.« – »Is ja gleich morgen. Gute Nacht auch.« – »Gute Nacht. Gute Nacht«), erschien nüchtern und unmürrisch zur Arbeit. Und mehr als vier freie Abende hatte er kaum in vierzehn Tagen. Herr Rohlfs erfuhr Jakobs regelmässige Anwesenheiten

bei Versammlungen Sitzungen Aufbaueinsätzen, aber diese nannte er bei sich nicht Ausnahmen.
An einem Abend mitten in der Woche wurde Jakob im Ratskeller gesehen mit einer Dame. Die Dame sass fast so gross wie er nur schmaler neben ihm, hielt ihr Gesicht vorsichtig und wagemutig frech gegen Jakobs Nachbarschaft; der sah vor sich hin und nahm all ihre vielen Worte auf mit überlegsamer fast regloser Heiterkeit. Ihren Tisch hielten viele Gäste unwillkürlich in ihrem Blickfeld, vielleicht weil ihr elegantes helles Kostüm in der Jahreszeit auffiel und neben Jakobs Uniform und Jakob so mindestens seinen Beruf zu erkennen gab und also auch die junge Dame der allgemeinen Betrachtung vertrauter und dem Urteil zugänglicher schien. Wenn du sagen kannst: Die mit dem Eisenbahner –, so ist es als kenntest du ihn und also auch sie ein bisschen, »und zum Ansehen war sie ja«. Sie war blond, das Haar straff mit einzelnen lichten Locken um ihr sicheres spottlustiges Gesicht. Das Jackett hing über der Lehne, und sie sass weit vorn auf dem Stuhl, der Rock lag ihr dicht und fest auf dem Leib. Als sie einmal aufstand, wandte Jakob sich um, und sie blieb eine Weile so stehen in seinem Blick. Dann kam das Essen, weiterhin sah ihr Gespräch ebenmässig aus. Bei einem Vergleich mit den allmählich vorhandenen Bildern wurde das Mädchen als Sabine namhaft. Die frühere Wirtin sagte sie pflege mit ihren Mietern solche Dinge nicht zu besprechen, soweit sie wisse sei Herr Abs schon seit dem Frühjahr nicht mehr zu ihr gekommen, dann war Sabine ja ausgezogen. Und wenn sie eine Vermutung äussern dürfe, so werde Herr Abs nach dem kaum noch mit ihr zusammengewesen sein. Also? Nein, hierum eben kümmere sie sich ja nicht, manche Wirtin tue es ja. Jakob sass neben Sabine an einem Pfeiler in dem niedrigen ausgemalten Gewölbe und legte ihr das Essen vor und bediente sie in allem (fühlte ihre Blicke in seinem Gesicht und fühlte den grossen trägen wehen Überdruss, den er ihretwegen gern geleugnet hätte. Das Gesicht ist gehorsam und lächelt, aber bewege dich nur so wenig wie immer), sie schien nicht unruhig. Später vom Ratskeller aus fuhr Jakob in seinen Turm, Sabine verbrachte noch die halbe Nacht in der Tanzbar Melo-

die hinter dem Rathaus, übrigens war sie da erwartet worden von einem teuergekleideten etwa vierzigjährigen Herrn, der sah nicht wie ein Eisenbahner aus, der Chef des Empfanges sagte dieser Herr sei von der Chirurgie des Städtischen Krankenhauses II, nun wollen wir es lassen, und die Dame komme ihm bekannt vor, irgend wie anders, ja richtig, mit einem Eisenbahner. Sabine arbeitete in der Direktion, der Jakobs Amt unterstellt war, und wurde angerufen aus dem ganzen Gelände von jungen Männern seines Alters mit dienstlichen Vorwänden, ein Gespräch mit Jakob war lange nicht bemerkt worden, wie ich ja sage. Also wie denn nun.

Nämlich so:

Jakobs Stadt war gross, und auch die Briefe aus den anderen von jenseits der Grenze kamen in grossen Haufen herein, die Postsäcke aus den interterritorialen Schnellzügen fielen plump und schwer auf die elektrischen Karren und wurden davongefahren ins Bahnpostamt. Im zentral verteilenden Postamt der Stadt hoben die Beamten die Postsäcke an den Fuss-Spitzen über die Sortiertische und schütteten die Bündel vor sich hin und warfen sie auseinander, die Verschnürung wurde aus der festklemmenden Kerbe des hölzernen Blocks gezogen, ein handlicher Briefstapel nach dem anderen schwand ausgelesen in die Fächer der einzelnen Zustellbezirke, neue Bündel stapelten sich für die Weiterleitung in die dem Amte unterstellten Landgemeinden. Die gelben vergitterten Wagen kamen in kurzen Abständen über die Brücke gefahren, morgens und mittags waren die Zustellfächer prall voll. Regelmässig und so in einer Nacht im Oktober wurden manche Bezirke je nach Weisung des Leiters für die Abteilung Zustellung (der Weisung hatte) abermals durchsucht, nun kamen vier ausgesonderte Briefe in einem amtlich bestempelten und verklammerten Steifumschlag abhanden und versäumten ihre Ankunft am nächsten Morgen. Auf Gesines grosses gelbes Couvert hatte die italienische Post eine Bekanntmachung gestempelt hinsichtlich der Verteidigung sämtlicher atlantischer Ufer durch die siegreichen amerikanischen Streitkräfte, Jakobs Name und Wohnung waren mit der Maschine geschrieben, den Absender hatte sie nicht verzeichnet. Als dem

Kleberand warm wurde, warf er sich krumplig auf und gab den Brief frei, der Umschlag wurde getrocknet und gepresst und durchleuchtet. Der Inhalt bestand aus vierzig unverzollten Zigaretten der Marke Philipp Morris und einer schriftlichen Mitteilung. Die Zigaretten waren zu gleichen Teilen von je zwanzig Stück gepackt, die waren eingewickelt in ein Blatt Papier aus einer amerikanischen Familienzeitschrift, auf dessen einer Seite das Reisen mit Flugzeugen einer bestimmten Bauart und auf dessen anderer Seite eine Filmschauspielerin angepriesen waren. Das Papier der schriftlichen Mitteilung war bedruckt mit Namen und geschäftlicher Bewandtnis einer mittleren Pension in Taormina auf Sizilien, unter diesen Kopf waren von Hand neun Zeilen geschrieben, das wurde fotografisch kopiert. Am frühen Vormittag noch kam Jakobs Brief mit einem anderen zurück in den Sortierschrank, zu Hause nachmittags fand er einen Brief von Gesine mit 40 Philipp Morris. Das Einwickelpapier benutzte er für die Brote, die er in die Nachtschicht mitnahm, und Wolfgang Bartsch merkte nach dem dritten Einzug doch noch dass Jakobs übliche Zigaretten anders schmeckten, »Lässt du dir die von Parsch mitbringen?« fragte er, Parsch war ein Zugführer, mit dem Jakob umging. »Nein« sagte Jakob: »die schickt uns das Ministerium.« Und Herr Rohlfs hielt das feste elastische Fotopapier straff und las zu mehreren Malen was sie geschrieben hatte in ihren grossen ungebrochen runden scharf unten ausfahrenden Zügen (in einer Tulpenschrift) mit der sehr blauen Tinte einer Hotelpension auf Sizilien im Angesicht des Mittelländischen Meeres: »Lieber Jakob, ich treibe mich um in der Welt, bei Regen sieht die Gegend aus wie die Rehberge, keiner hat einen Schirm wie mein alter Vater. Den ich ehren soll und du sollst ihn grüssen. Und gedenke deiner Dich liebenden halben Schwester Gesine Cresspahl. Ich bedanke Dir deinen langen Brief über das Brückenbauen.« Losgelassen schnappte der Brief sich zu einer Rolle zusammen, die Herr Rohlfs unter die Bügel des Ordners für die Taube auf dem Dach steckte, während er in seinem Gedächtnis behielt das etwas teigige Aussehen der Schrift in der Kopie und nun für immer unveränderlich das verjährte Passbild Gesine Cresspahls aus den Archiven der verwaltenden Polizei von Jerichow. In den nächsten Tagen kam Jakob an vielen Postkästen vorbei ohne dass man ihn beim Einstecken eines Briefes hätte beobachten können, und dies übrigens wusste Herr Mesewinkel allmählich durch seine allgemeine Teilnahme für Jakobs Erdenwandel: dass der sich mit Mitteilungen für Gesine viel Mühe gab und sie geradezu ausdachte in seinem mächtigen freundwilligen Kopf.

– Davon hat Cresspahl aber keinen Ton verlauten lassen. Ich glaube nicht einmal dass Jakob es gewusst hat.
– Dass sie darüber geredet haben glaube ich auch nicht. Jakob wird sich das gedacht haben. Denn wenn du richtig zusiehst, so ist es ja auf Cresspahl zugekommen. Also am Mittwochmorgen kam Cresspahl im schwarzen Mantel und unter dem Hut gewaltig mit zwei grossen Koffern durch Jerichow zum Bahnhof, und sie fragten ihn natürlich, aber an diesem Morgen hatte er drei Zungen im Hals. Da haben sie ihm nachgesehen und gesagt Sühst doe füet he hen. Den sehen wir nicht wieder, und hat hier doch sein Leben gehabt. Bloss wegen sein Tochter. Verstehst du? so ist er weggefahren. Und mittags kam Jakobs Mutter auf den Bahnhof und fuhr zur Bezirksstadt, die Strecke geht ja erstmal dahin und wer weiss, da kann einer sich dann aussuchen. Aber wer abends zurückkam war nicht Frau Abs, das war Cresspahl und nämlich mit leeren Händen. Am selben Abend hat einer angerufen im Krankenhaus, der hat seinen Namen nicht angegeben, wollte bloss mal Bescheid sagen. Wollte Bescheid sagen dass Frau Gertrud Abs, neunundfünfzigjährig, wohnhaft da irgend wo in der Ziegeleistrasse, dass sie also am anderen Morgen nicht zum Kochen kommt. Der wird sich gedacht haben: in einem Krankenhaus muss jedenfalls gekocht werden, und wenn er für die Hinterlassenschaft aufkommen wollte, so wird er wohl überhaupt etwas damit zu tun gehabt haben.

Bitter war Cresspahls Laune an diesem Abend, als er durch

die dunkel-trüblichtige Strasse vom Bahnhof nach Jerichow stampfte mit ärgerlichem Knurren gelegentlich. Er hatte nichts gegen das Wegtragen von zwei Koffern aus Gefälligkeit (und so hatte er beruhigt ihre letzte Nacht in diesem fremden Haus, in das sie war verschlagen worden mit dem Krieg und dessen hilfreiche Vertrautheit sie verliess am anderen Morgen), aber er hatte ihr ein anderes Leben gegönnt für die letzte Zeit. Immerhin stand nun sein Haus leer, die Vor-aussicht neuer Nachbarschaften war ihm unbehaglich, und so waren die Zeiten (für Cresspahl waren es »die Sseitn«): dass einer der Redlichkeit wegen sich einlassen musste mit einem heimlichen und verlogenen Benehmen, das einem auch unredlich vorkommen konnte und erst später wieder spasshaft. Er konnte sich einiger gefährlicher Erwartungen ungefähr versehen (obwohl Frau Abs nichts gesagt hatte über das neue Unglück, zu denken wusste er sich nichts), da kehrte er am Markt vor dem Gefallenendenkmal um und stieg trotzig öffentlich in den nächtlichen Krug. Er ging mit Peter Wulff in das Wohnzimmer hinter der Gaststube und telefonierte mit der Post wegen eines Ferngesprächs, obschon Peter Wulff doch wenigstens die Anmeldung hätte besorgen können mit seiner Stimme, die war glatter und nicht so weit hinten im Hals. »Wi hem all dacht di seinw nich werre« sagte er, als Cresspahl zurückkam und sich neben die Theke setzte vor seine verschiedenen Getränke, der schüttete sich den Klaren unbekümmert in den Hals und stellte das Glas gleich zurück auf das blanke Blech. Fett und festfleischig stand der Wirt über ihm und erwog hinter seinem prallen witzlustigen verschwiegenen Gesicht die Umstände von Cresspahl, während er viel Bier laufen liess aus dem Hahn und überhaupt mit einigen Gästen im Gespräch war. »Du büst doch wo wäst« fragte er beiläufig im Vorbeugen, als er das zweite Glas auf den Rand der Theke stellte. In dem Lärm der Gaststube hatten seine Worte nichts weiter als ein Aussehen genau wie Cresspahl sein Gesicht zur Schräge verzog mit seinen Augenbrauen, und was Cresspahl sagte war nur Geräusch unter den anderen, höflich sagte er: »Jao. Bi de Hantwäkskamme« und hustete aufgebracht hinzu »Ä laot Schiet«: so entstand das zwei-

te Gerücht »Er is man bloss zur Handwerkskammer gefahren«, dem widersprach das erste »Ja, nu is er zum Westen.« Nach einer halben Stunde fand Cresspahl dass die Vermittlung lange dauerte, obwohl er angelegentlich verdrossen eifrig zu reden hatte von der Theke aus über das israelisch-jordanische Grenzgefecht vom vorigen Donnerstag (Frontbreite: sechzehn Kilometer); und es lag aber an einem plötzlichen Schaden im Tonbandgerät. Bis die Verbindung zusammengestöpselt wurde und Cresspahl um den Schanktisch stieg nach hinten und die Spulen in stillem trägem Drehen sich das braune elektromagnetische Band zureichten und das Fernamt sagte:
»Jerichow, bitte melden Sie sich.«
»Hier meldet sich deine ehrfürchtige Tochter« sagte sie. Die Leitung war glasklar, die Laute hatten nahezu körperliche Gegenwart. In ihrer Stimme war beim ersten Wort untergründig der zögernde schwingende Redefluss des Niederdeutschen, der von vielen Sprachen geschliffen war. Jetzt war zu hören wie Cresspahl noch einmal aufstand aus Peter Wulffs Sessel und die Tür ins Schloss zog, er räusperte sich.
»Lieben Tochter« sagte Cresspahl: »schreim tussu nich –«. Sie schreibe nicht, und so erlaube er sich diesen Anruf mitten in der Nacht. Und ob es zu tun habe mit dem Herbst, der nass aus dem Himmel falle auf seine Tochter hinauf.
»Schreips du kein.«
»Doch. Jakob.«
»Du has kein Woulgefalln inne Welt«.
»Nein.
Lieben Vater es is allens so nass, ich hänge mit meinem Zimmer so hoch in der Düsternis, und wenn ich mir einen einlade vor Kümmernis, denn sind sie alle so klug. Ich rede von morgens bis abends, bedenk mal wenn ich das alles verantworten sollte. Nicht dass ich Ärger hätte«.
»Ich tröst dich«.
»Ja«.
»Sprechen Sie noch. Sprechen Sie noch. Sprechen Halloh sprechen Sie noch«
»Ich schprech noch. Ich sach mein Tochte ssu auf ien Kopf dassi das Fenste offn hat wo annere Leute längs heizn«.

»Du hast die Strassenbahn gehört«.
»Alles«.
»Ja weisst du es ist ja nicht kalt. Der Wind kommt quer an den Fenstern, ich hab sie beide offen allerdings, es riecht so nach Stadt; erinnerst du die Leuchtreklame von gegenüber? die springt immer in die Ecke zwischen Wand und Dach, und ich liege unter dem Fenster und finde alles wunderlich. Ich soll dich grüssen. Um Mitternacht will ich verreisen«.
Sie schreibe keinem: sagte Cresspahl: und dann fahre sie weg Hals über Kopf. Indessen habe er einen Brief bekommen aus Berlin von der Wissenschaft. »Gesine«.
»Ach was. Ich bin allein auf der Welt, mein Vater ist in Jerichow im nassen Nebel. Ich fahr zu niemandem, das sind Geschäfte«.
Cresspahl fragte wie lange die Geschäfte dauern würden.
»Lange. Stehssu anne Haustür?«
So verhalte es sich: sagte Cresspahl. »Binn ein Shawl um dein Hals ere du dich veküllst auffe Reise. Un lass vleich büschn Geld da un die Schlüssl. Krist Besäuk, ne oll Fru, bliwt bi di«.
»Heiliger Cresspahl« sagte sie erschrocken und »werüm!«
Kinder sollen ihren Vater nicht fragen was er selbst nicht weiss: sagte Cresspahl mit Vorwurf.
»Schlecht erzogen« sagte sie.
»Ende des Gesprächs« sagte er.
»Nein!« sagte sie.
»Ja. Ende. Lieber Vater. Deine dich liebende Tochter. Ende«

aber die beiden Männer, die abwechselnd als verspätete Strassengänger vorbeikamen an dem Haus, in dem Jakob wohnte, fanden seine beiden Fenster dunkel in dieser Nacht. Und am Morgen kam er allein auf den Bürgersteig und stieg in den frühesten Bus und fuhr davon allein; nachdem er einmal in seinen Turm gestiegen war, blieb er sicher für diesen Tag. Als dann Jakobs Vermieterin zur Arbeit gegangen war, klingelte an ihrer Tür ein junges hübsches Mädchen, da kam ein achtjähriger Junge an die Treppe, er zog sich eben für die Schule an und hatte Zahnseife in einem Mundwinkel, die war schon trocken; er sagte Jakob sei nicht im Haus, er liess auch das Fräulein in Jakobs Zimmer sehen, darin war niemand, und so gingen auch diese beiden an ihre verschiedenen Geschäfte am frühen Morgen, da stand über den hohen Hausdächern immer noch ein gelber Streifen Sonnenlicht und warf ihnen einen klaren Schlagschatten über den Rücken auf das abgetrocknete Pflaster unter den zerrupften Bäumen. Längst indessen noch in der windigen Nacht hatte Herr Mesewinkel durch mehrere Telefone einige Bewegung in die Welt gesetzt, an der berliner Grenze in den Schnellzügen wurde eine Stunde lang jeder Ausweis genau beleuchtet und durchgelesen, und die Reisenden des ersten Nachtzuges auf dem Berliner Ostbahnhof unter ihren Koffern und in ihrer nächtlichen Eile mussten abermals absetzen und stillstehen vor den übernächtigen gewissenhaften Polizeiposten an jedem Ausgang: diese in blauer Uniform mit roter Armbinde, bis zwei Stunden nach Mitternacht keine Züge aus dem Norden mehr kamen und Herr Rohlfs sich schlafen legte auf der Couch im Hintergrund des auch hier für ihn ausgeräumten Zimmers und mit seinem Mantel sich zudeckte bis an den Hals, er schaltete das Licht aber nicht aus. Als am frühen Vormittag der Himmel sich senkte unter dem Weiss und die stille Feuchte den kälter strahlenden Spalt Sonnenschein stetig auffrass, kam sein Auto aus der südlichen Villenvorstadt über die grosse Elbebrücke und sprang nach Norden einhundertundfünfzig Kilometer, er fuhr selbst und nahm sich keine Zeit, dafür waren die Strassen nicht gemacht. Auf dem Rücksitz lag sein Fahrer krumm und schlief sich kräftig für die Rückfahrt. Mittags in leichtem Regen hielt der Wagen in der Bahnhofstrasse von Jerichow halb in dem schlammigen und zertretenen Vorgarten eines anscheinend verlassenen Einfamilienhauses und wartete still und steif und boshaft auf dem Sprunge wenige Zeit, bis ein versorgter dicklicher Mann durch den Schlamm glitt und auf den Platz neben dem Fahrer stolperte; der begann mit verdrossener betulicher Stimme eine Einladung in das Haus und lag immer noch halb vorgebeugt mit ausgestreckter Hand, als der Wagen schon anschaukelte vorwärts über das katzenköpfige Pflaster hindurch zwischen den verregneten Pferdefuhr-

werken an den Bahnhof vor den Zaun, und Herr Rohlfs besichtigte versonnenen Blicks die einzige Plattform zwischen den stumpfen schmutzigen Gleisen, während er seinen Vordermann beschimpfte in einer lehrhaften und erfinderischen Art. Der schwieg jetzt; auch sein Schweigen nahm Herrn Rohlfs' Besserwissen noch voraus. Das schwere lange hochbeinige überspritzte Automobil warf in einer Wendung kurzum auf der Stelle einen grossflächigen Schwung Schlamm an den Zaun und durch die Latten und kroch eilig auf das breitere wiewohl ebenso rauhe Pflaster der Hauptstrasse zwischen den ebenerdigen Häusern, am zweistöckigen Kaufhaus des Konsumvereins lief es rund um die Kirche mit dem Bischofsmützenturm, von da an verirrte es sich im Friedhofsweg und hielt endlich wie ratlos an hinter der alten Ziegelei neben der hohen durchbrochenen Wand des stehengebliebenen aber baufälligen Trockenschuppens. Herr Rohlfs besichtigte das lange walmdachige Haus, das zwischen kahlen Bäumen schräg abseits in dem nassen Garten stand, während der hinzugekommene Mann seine Blicke ausdeutete mit den Händen zwischen dem wüsten Ziegeleihof und dem seewärts in einer Senke gelegenen Bruch; der Fahrer sass auf seiner Bank achtlos allein zurückgelehnt und blies den Rauch einer Zigarette in plötzlichen tiefen Atemzügen durch den Fensterspalt hinaus. Herr Rohlfs schrieb auf seinen Knien mit einer zierlichflachen Maschine was der Dicke ihm zusprach (Herr Rohlfs schrieb so gut wie überhaupt nichts mit der Hand); die Holunderbüsche neben dem Trockenschuppen raschelten. Wenig später drückte sich der Wagen rückwärts und kletterte in den undeutlichen vergrasten Weg zwischen Ziegeleihof und dem nassen Garten, wandte sich heftig vor der sowjetischen Kommandantur und rettete sich in schnellem Ansprung aus dem Morast auf die Ziegeleistrasse und eilte auf die Bischofsmütze zu und umrundete den Friedhof und jagte davon in die bläuliche Entfernung weg aus Jerichow, wohin aber der Wind grau und rauh kam vom Meer und ins Land fällt hinweg über meinen Vater und sein Haus: wie Gesine in einem Brief geschrieben hatte, das ist die Tochter, die ist jetzt nicht mehr da.
Als die ersten grauen Wolkenwülste der Dämmerung den

Himmel uneben machten über dem dunstigen fahlen Feld von Eisengleisen, kam Wolfgang Bartsch mit seinem Schlüssel zu Jakob in den Raum um ihn abzulösen. Er blieb wie unentschlossen und mit sich uneins über den Tisch gestützt und sah und hörte auf Jakobs unbussfertiges Berichten mit dem Bleistift, während er eigentlich ohne sonderliche Beachtung eine Zigarette anzündete in seinem runden rosigen blond bebrillten Gesicht. »Wir tun ja alle unser Bestes« sagte er deutlich noch mit Zurückhaltung und verdrossen, aber dann doch mit Interesse liess er sich nieder in dem drehbaren Sessel und zog einen Merkstrich unter die von Jakob verwaltete Zeit. Er hatte nicht einmal blickweise Antwort erwartet, und Jakob sah sich nicht eigens um. Er schüttete die Asche und die unzähligen Zündhölzer aus der Schale und rief über das mittlere Telefon auf der rechten Seite den Amtsdispatcher an und meldete sich also ab. Er hielt Bartsch die Sprechmuschel vors Gesicht, der sagte »Mahlzeit«, die vorgesetzte Stimme im Telefon wiederholte »Mahlzeit«. Einer von den Lautsprechern knackte, Bartsch ruckte sich krumm zusammen. Er nickte noch, als Jakob Mahlzeit gesagt hatte; vom Flur her war die heftige nervöse Art seines Redens leise zu hören. Jakob zog seinen Schlüssel ab und ging unter lose übergehängtem Mantel und mit der Tasche am Arm den Flur hinunter dem gemischten Zwielicht des Treppenhauses entgegen. Auf der Signalscheibe neben dem Fahrstuhlgehäuse glitt das Licht ruckweise unter den Zahlen weg nach oben, in der Mitte pflegte es ständig zu bleiben. Jakob drückte auf den Knopf, das Licht kletterte weiter. In der dumpf-luftigen grell-lichtigen Kabine stand er ohne sich anzulehnen und knöpfte die Uniform wieder zu an seinem Hals; wir tun ja alle unser Bestes: sagte Bartsch, und Jakob lächelte unwillkürlich mit Bewegen seines Kopfes. Wolfgang war in der Oberschule ausgebildet und hatte ein Studium hinter sich gebracht. Das war schon vier oder fünf Jahre her, aber unwillkürlich behielt Jakob es in seinem Gedächtnis als sei es bedeutsam für die Bitterkeit, die Wolfgang von da oder anders überstehen mochte. Der Lift setzte sich in dumpfem Aufsprung ab im Erdgeschoss, von oben rief wieder die Klingel. Jakob reichte seinen

Schlüssel durch das Fenster der Pförtnerloge und sagte Mahlzeit, »Mahlzeit Jakob« antwortete Jenning, er wandte sich ihm zu in halbem Umdrehen. Den kannte er nun auch schon fünf sechs Jahre, er war wohl 1951 in seiner Lehre gewesen in einer Blockstelle nördlich des Bahnhofs. Aber er ging gleich weiter. Er wies den beiden Polizeiposten vor der Tür den breiten queren Farbbalken auf seinem Ausweis, sie sahen unachtsam hin und redeten weiter in ihrer unklaren südlich singenden Sprache. Er schlug das schwere Eisengitter zu hinter sich und ging durch den dünnen Nebelregen davon über die Gleise. (Er kehrte die Ausweishülle um und zeigte der Schaffnerin); die Abstände zwischen den blindwütigen Abwesenheiten des Dienstes liefen mit ihren Ähnlichkeiten ineinander, sie glichen sich. Die Stadt war keine veränderliche Landschaft, ihre Strassen waren austauschbar in seiner Erinnerung. Der Himmel war weiss.
Und die Helligkeit des Tages war nahezu am Ende, als Jakob vom Bus schräg über seine Strasse zum Bürgersteig ging. Drei Schritt vor der Laterne hielt an diesem Tage ein Automobil an hinter dem Bus, und Jakob ging achtlos weiter in dem vom feuchten Nebel mehr und mehr erstickten Licht zwar zwischen Kotflügel und Rinnstein, bis die hintere Tür des Wagens aufschwang und ihn anhielt. Aus dem niedrigen Hohlraum des Autos hörte er seinen Namen nennen, in einer vor ihn gestreckten Hand sah er unter die Leuchtkuppel einer Taschenlampe geklemmt ein aufgeklapptes schmales Lederfutteral, das umschloss ein dünnes Heft von dem Papier das sonst zu Geldscheinen verdruckt wird. »Na« sagte Jakob, das klang eher neugierig, und er sagte das zu niemandem und nicht zu sich selbst, als er hinten um den Wagen herumging und von der offenen Strassenseite einstieg. Der Wagen sprang vorwärts und presste ihn in dieser Bewegung bequem rücklings in den Sitz; als er seine Tasche eben neben sich gestellt hatte, blieb der Bus gerade zurück und streute Licht durch das hintere Fenster auf den Nacken des Fahrers zwischen Mütze und aufgerauhtem Rand des Gummikragens. Jakob zog eine Zigarette aus dem Etui, das er an seine Hand gedrückt fühlte; beim Anzünden sah er nicht ab von

der Flamme wegen des unbekannten Gesichtes neben ihm. An der Haltestange auf der Vorderbank hing ein Aschentopf. Er fühlte die Müdigkeit wie ein Gewicht in seinen Gliedern und in seinen Gedanken; träge und schwer zurückgelehnt sah er das Licht der Scheinwerfer über die Fassadensockel streichen auf dem Pflaster schüttern über Automobile Baumstämme Hausecken Zäune schwenken. Einmal erschrak er weil er an keinen Menschen eigens dachte, das wurde geringes Unbehagen, er vergass es. Der Wagen fuhr im Stadtkern langsamer, das grosse Licht aus den Schaufenstern und Strassenlampen und Scheinwerfern erleuchtete schlagweise sein Inneres. Jakob blieb ruhig so sitzen und rauchte aus der Zigarette, bis der Wagen anhielt in einem öden Torweg vor einem beleuchteten Treppenaufgang, und Jakob stieg seinem Nachbarn hinterher durch einen strahlend hellen Gang zwischen vielen Türen, hinter denen Radiomusik und Reden und Schreibmaschinen tönten. Sie blieben in einem fensterlosen Würfel von Zimmer, unter einer Lampe von Holz und Seide an einem Schachtisch in lautlose Polstersessel setzten sie sich übereck. Jakob betrachtete nun Herrn Fabians Gesicht. (Er stellte sich mit diesem Namen vor für Jakob in leichtem Verbeugen.) Dessen Gesicht war eines von denen, mit denen Jakob nichts zu tun hatte von sich aus und die er nicht einsah bei zufälligen blickweisen Begegnungen auf der Strasse oder anderswo, und dies war eins von denen, die er nicht gleich für eine sonderliche Art oder den Beruf genommen noch überhaupt bedacht hätte. Das Gesicht wandte sich ihm zu mit aufmerksamen sanftbraunen Augen, die aber ausser Jakob noch andere Dinge abwogen, und Jakob dachte von dieser breiten buckligen Stirn und diesen Mundwinkeln in einem viereckigen fleischigen Gesicht dass sie sich wenig würden nehmen lassen wollen von ihrem vermeintlichen Recht; übrigens schien die Versonnenheit in Herrn Fabians Blick nach näherem Zusehen nicht mehr dumpf. Jakob lächelte, als seine Erinnerung den Abend wiederholt hatte und immer erstaunter ihm nachgekommen war in dies Zimmer zu anderen Zigaretten als er gewohnt war zu rauchen, und das Gesicht lächelte wieder ohne spöttische Zurückhaltung: er hatte da aber seinen Spass an der raschen Veränderung seiner Voraussicht, und eben darin waren sie sich in ihrem gutwilligen Besehen einig geworden.

– Na was werden sie ihm schon gesagt haben. Sie werden ihm gegeben haben den kleinen historischen Überblick von der Mehrwerttheorie bis zur Verschärfung des Klassenkampfes durch die Avantgarde... sie haben recht, solange sie reden.
– Aber lass mal, ich hätte mir das nicht anhören mögen wo Jakob gesessen hat.
– Hoch und festlich könne Jakob sich bedanken für Zeit und Dauer seines Daseins, denn er habe nicht mehr gekannt die Unvernunft des Lebens,
– Die in die Welt gekommen ist mit dem kapitalisierten privaten Eigentum an Maschinen und Rohstoffen und Geld, damit der Kapitalist die Arbeitskraft des Mannes mieten kann und den erzeugten Wert der Arbeit so anlegen dass es immer weitergeht und dass er kriegt was er so braucht
– Er verwendet den Wert der Arbeit für seine widermenschlichen wie auch für seine eitlen Zwecke
– Ja, und der Wert ist nicht selten doppelt so hoch wie der Mietlohn und dreifach, angewiesen bist du auf den Betrug auch noch, sagen wir mal Ausbeutung. Schmeisst einer dich raus, musst du zu einem andern, und wenn du bloss so dastehst und schreist, hetzen sie die Polizei auf dich, die kriegen nun wieder dafür ihr Geld, die wollen ja auch leben. Da rechne mal gegen an. Jakobs Vater ist nach Südamerika gegangen ein paar Jahre lang.
– Das werden sie gewusst haben. Und sie werden ihm gesagt haben dass einer sich irren kann, da geht einer weg in die versprechende Ferne. Da rückt ihm die Ferne ärgerlich auf den Leib, da wird sie Nähe, da sind auch Kapitalisten ansässig, die haben gerade gewartet auf einen jungen Landwirt aus Pommern. Da ist er am Ende lieber zurückgegangen in das Elend der Heimat, weil es die Heimat war. So einer war Jakobs Vater wohl, und vielleicht Jakob auch.
– Nein bei Jakob war das was anderes glaub ich. Aber als sein Vater zurückgekommen war also, konnte der Arbeiter die Sa-

chen, die er doch gemacht hatte mit seinem Leben, immer noch nicht kaufen mit dem Geld, das sie ihm dafür gegeben hatten. Sonst war es bloss die Heimat, und überhaupt war die wie hast du gesagt: Unvernunft wie hast du gesagt sehr stark ansässig in der Heimat: werden sie ihm gesagt haben. Ich mein wir bestellen noch mal Bier.

– Ja. Und die Kapitalisten zogen sich Verbrecher heran um die Ausbeutung zu kräftigen, und die Verbrecher schlugen zu mit Ansehen der Person, die Person musste sagen es sei gut so, und dauern sollte dies ewig. Und da konnten sie den Hals nicht voll genug kriegen im eigenen Land, da überzogen sie die Welt mit Krieg, da hätte er zu Tode kommen können Jakob, da gingen sie unter mit Gestank. Und es taten die Sieger mit dem Land des Übels wie ihnen gefiel.

– So ungefähr und unerbittlich werden sie ihm das gesagt haben, und warum ist der Aufbau des Sozialismus gerecht? weil der Kapitalismus ungerecht war. Das ist doch endlich mal eine Gerechtigkeit, die sich von selbst nicht versteht. Ja, das sind noch zwei Bier. Zusammenrechnen können wir später.

*Ich stellte mich auf den Boden der Tatsachen. Ich sagte ihm dass die Sowjetunion da, wo sie uns vom Faschismus befreit hat, das grosse private Eigentum an Maschinen und Rohstoffen und Lohngeld abgeschafft hat, von den grossen Bodenflächen ganz zu schweigen, das weiss er ja wohl selber, und nach all diesem Schmutz ist unglaublich ein neuer Staat entstanden, der die Arbeit gerecht verwaltet, den Überschuss zwischen Lohn und Wert der Arbeit dem gemeinen Wohl nützlich zukommen lässt, in dieser Zeit können noch ganz andere als Jakob glücklich werden. Ob es sich etwa nicht lohnt: fragte ich ihn, er mit seinem grossen müden Gesicht nickt mich höflich an, ich war nicht sicher ob er überhaupt zugehört hatte, so sah er bloss vor sich hin, war aber nachdenklich. Und eine Weile haben wir bloss dem verdammten Radio von nebenan zugehört, gelauscht haben wir, ein verblödeter Mädchenchor in ewiger neckischer Wiederkehr, das quoll so sehnsüchtig ohne Ende aus der Wand als wär das wunder was: ein Kuss ein Gruss ein Blumenstrauss, die haben ihnen das Glück ins Haus gebracht, ein Kuss ein Gruss ein Blumenstrauss: das singen die nun. »Ich habe gewiss einen Überblick« fing Jakob nach einer Zeit an, ohne Eile und wie er wohl immer redet, er mochte aber nicht der Musik gegenan sprechen, vielleicht fehlte ihm nun auch schon Schlaf oder Abendessen, nach solchem Unbehagen sah er aus, wo sollte ich hier was zu essen herkriegen. Und eben diese Möglichkeit von Überblick: sagte er: beschwert die Arbeit. Denn er meint: sagte er: dass die Menschen in jeder Art von Leben sich mit Dingen beschicken und das Reisen unternehmen, und die gesellschaftliche Ordnung (wenn er so sagen darf –; mit einem Mal sass ich fest vor ihm und konnte mich nicht rühren vor Spannung, irgend etwas an seiner Art zu denken kam mir untergründig bei, allmählich verfiel ich auf Ähnlichkeit: als seien das Argument und die Stelle des Einwands mir bekannt gewesen, nicht dass ich je dies benutzt haben würde! aber so sitze ich vielleicht auch da und höre freundlich zu und lasse das Gespräch ankommen bis zu einem nur vom Gefühl bestimmbaren Punkt, dann sage ich meins und drehe es in die andere Richtung; nicht das Was aber das Wie muss mir bekannt gewesen sein muss mir aufgefallen sein, obwohl ich es erst viel später begriff vielleicht gerade eben, darum versäumte ich jede Zurechtweisung. Sah ihn an als könnt ich mich nicht bewegen, wenn er so sagen darf –;) die gesellschaftliche Ordnung ändere Anlass und Umstände des Verkehrs nur äußerlich. Das war gesetzt auf meinen Boden der Tatsachen, nicht wahr. Die Umstände des von Jakob beaufsichtigten Streckenabschnitts sind im allgemeinen also die aller anderen, nämlich das dritte und mitunter das zweite Gleis sind von der Roten Armee abgerissen worden und fehlen. Das haben die Franzosen auch gemacht: dachte ich, aber so hatte Jakob das nun wieder gar nicht gemeint, ich hielt still wie der Vogel im Netz. Zum anderen hat die Deutsche Demokratische Republik im Verfolg ihres ersten Fünfjahrplans 1950–1955 eine eigene Schwerindustrie aufbauen müssen zu Lasten des Schienentransports, »wir haben Strekken, da liegen die Schienen seit 1929, neue kriegen wir nicht genug, und jetzt haben wir den zweiten Fünfjahrplan«, was einer nicht alles erfahren kann, ich habe viele Leute gefragt, darauf kam es keinem an, und er sagt es so beiläufig wie eine Auskunft; ja ist ihm denn alles gleichgültig! »Wir machen einen Fahrplan in jedem Sommer und in jedem Winter und lassen uns die Las melden – die Langsamfahrstellen, und wir teilen die Minuten in immer kleinere Stücke dass es doch einigermassen stimmen soll, und dann melden sie uns in einer Woche drei neue Las«, ich hör ihn noch. Es war als ob er jemand einen kleinen einführenden Vortrag über den Stand des hiesigen Eisenbahnwesens hält, der Jemand sitzt ihm gegenüber und weiss sich vor Neuigkeiten nicht zu lassen. Ja und überhaupt ist zu beachten hingegen und im besonderen dass der Verkehr im Vergleich zur Vorkriegszeit etwa dreifach dichter ist, denn die Strecke hat im Schienennetz des ungeteilten Deutschland natürlich sehr andere und im ganzen geringere Aufgaben gehabt. Über seine Strecke kommt: erklärt er mir: die Überzahl der internationalen Güterzüge in Richtung der skandinavischen Fährschiffe und des Hamburger Hafens, deren Pünktlichkeit sei wichtig für das Ansehen der Deutschen Demokratischen Republik, er sprach den Namen immer ungekürzt aus wie ich das auch tu, und was meine ich damit, und was meint er damit? und über seine Strecke geht der einzige direkte Zuglauf zwischen Norden und Süden des Staates, der übliche Verkehr von gewöhnlichen und eiligen Gütern und von Arbeiterzügen und Vorortverbindungen ist bei dieser Stadt nicht unerheblich, der erste Elbehafen hinter der Grenze: was nimmt er sich raus dachte ich, das hatte ich lange gesehen, bis ich begriff, das war also der hinderliche Überblick: »komme ich so zurecht dass ich die Züge in beiden Richtungen nicht pünktlich über meine Strecke kriege in diesem Herbst. Oberhalb ist noch die Kreuzung mit den westdeutschen Schnellzügen von Hamburg nach Berlin, die müssen pünktlich sein, und ich muss meine Züge warten lassen vor der Brücke«, die Pünktlichkeit ist kein Gegenstand des Ehrgeizes mehr und nicht des Diensts am Kunden sondern sie ist die Voraussetzung für einen so prallen Betrieb überhaupt, jetzt: beim übersichtlichen*

*Betrachten sei manchmal nicht zu begreifen dass der Betrieb vor sich gehen könne: sagte er. »Wir haben zu wenig Kohle« fügte er hinzu, nun zögerte er zum ersten Mal, mochte sich nicht einlassen auf eine Erklärung. Wie kann man seinem Freund die Kohle kündigen, nur weil er keine Dollars hat. So sieht dein Sozialismus nun aus mein Lieber. Er schwieg aber kaum aus Misstrauen, er hatte mich nicht ärgern wollen. Er hat ja keinen Augenblick lang gedacht ich könnte etwas anderes meinen als seinen Dienst, da gehörte dies nicht zur Sache. Er hatte den Druck seiner Arbeit immer noch nicht vergessen. Wenn er einmal sich gehen lässt und schickt seine Gedanken auf die Wiese, sind dreißig Menschen am Ende oder zwanzigtausend Mark im Eimer, dafür muss er aufkommen vor sich, die Arbeit muss getan werden aber verantworten muss er sie auch. Und seine Arbeit bedeutet nur diese Verantwortung und nichts darüber hinaus: dachte ich, ich hätte ihn gern gefragt wie er denn lebt. Was ein ernsthafter Mensch dachte ich.*

– Nun wollen wir aber mal zugeben dass da nicht nur ein Unterschied ist in der Verteilung des Mehrwerts, der steht ja wirklich für mehr; wenn sie nicht so viel reden von ihren Krankenhäusern und Urlaubsreisen, will ich das freiwillig sagen.
– Dann kannst du auch noch sagen, warum tust du das nicht: die Gerechtigkeit ist ersichtlich auf den ersten Blick
– Liegt auf der Hand, springt dir ins Auge
– Und gilt es denn nicht zu weisen den einzig gangbaren Weg in die Zukunft für die anderen beiden Drittel deutschen Landes, die noch ächzen unter Willkür und Unvernunft? Dies sei ein grosses Werk. Nicht gilt es zu erbleichen vor den Schwierigkeiten. Denn hingegen.
– Ja. Denn hingegen und so. Das war Jakob genau so geläufig wie mir (man sollt es nicht meinen), ich kann mir vorstellen wie er immer im voraus gedacht hat, seine Gedanken kannten den ganzen Weg und auch wo er aufhört, Umleitung, Durchfahrt gesperrt: hingegen

– Die siegreichen Kapitalisten taten übel wo sie gesiegt hatten und ermutigten das private Eigentum zu weiterer Ausbeutung und bestärkten den Rückstand in der Entwicklung des Lebens auf Erden, von neuem nun waren die Verbrecher nicht fern. Denn die Kapitalisten blicken scheel auf den ihnen benachbarten Unterschied in der Verteilung des Mehrwerts, sie rüsten zum Krieg und wollen den Arbeiter befreien von seiner endlich eingerichteten Freiheit; mit allen Kräften und Mitteln denken sie die Kraft des vernünftigen Lebens zu schwächen, sie scheuen nicht zurück vor ruchlosen Anschlägen, sie sprechen den Rückstand deiner Gedanken an und dingen dich zum Handlanger der Reaktion: sage ich, hörst du, verächtlich sind diese und des Unterganges gewiss, sollte nicht ein jeder ihnen ihr sträfliches Tun und Treiben verhindern wegen der nationalen Zukunft von Sozialismus? und von wem weisst du sicher dass er ist wie er sagt Jakob?

– Du hest dat mit de Wüe as de Katteike in'n Start, der Eichkater kann springen, du nicht; du redest ihnen nach dem Munde und doch so als ob du was Besseres wüsstest, was hast du denn dagegen, was ist da verdammt denn einzuwenden!

*aber ich konnte ihn natürlich jetzt nicht fragen wie er denn lebt, so verliess ich mich darauf dass er zugehört hatte in der bewussten gründlichen Art, und vielleicht war es eine Antwort (obschon für jeden Dritten und Zuhörer das Gespräch ohne Sinn und Entsprechung gelaufen wäre seit langem) dass ich sagte mir scheine nachgerade jedes Mittel recht gegen den Stillstand und gegen das Zurückgehen, gegen die Veränderung zum Alten hin: gegen alle die die Veränderung zum Neuen zur Zukunft hin nicht lernen wollen. Während ich mich darüber erklärte schoben wir uns eben die Zigaretten zu und hielten uns brennende Streichhölzer hin und betaten uns mit allerhand Höflichkeiten, mir war geradezu als hätte meine Frau ins Zimmer ins Gespräch kommen können mit einem Teller Gebäck und einer frischgefüllten Teekanne, und nachher hätte Jakob zugesehen wie meine zärtliche langhaarige Tochter ihren Vater küsst zur guten Nacht vor den höflichen verstehenden Augen des Gastes (als ob ich mir Jakob als Gast gewünscht hätte); mir war es recht dass Jakob sich auskannte in meinem Gespräch und wusste wohin es lief; obwohl ich ja glaube er hat niemals Angst und bei nichts. Und ich meinte anfangs dass er mit Absicht danebenredete, als er die Stimmung des zwanglosen Beisammenseins zu Verdrossenheit machte und ärgerlich anfing, er streckte sich im Sessel aus als wäre er unzufrieden am ganzen Leibe und liess mich merken dass die Zurechtweisung an einer ganz anderen Stelle einsetzte als wo wir immerhin angelangt waren und dass er auch das noch wusste: »Wenn ich solche kennen soll, muss ich ihnen wohl ähnlich sein« sagte er. Ich begriff dass sein Ärger rundheraus und doch nicht anders gemeint war: »ich möcht aber sagen ich fühl mich nicht so«. »Die ich kenne tun ihr Bestes« sagte Jakob; damit hatte er gewiss noch nicht einmal lügen wollen. Wie das mit seiner Arbeit sei, schade die dem zukünftigen Sozialismus? Nein. Ganz und gar nicht. Ja, kann aber einer für den Sozialismus je genug tun? Da war es nicht zu ändern: ich war voreilig gewesen und halb hinterm Berg, da hatte er mich überrascht, ich war es der die Regeln überrannt hatte, und so sagte er nichts von der Uhrzeit und dass er um Mitternacht wieder sitzen musste in seinem Turm bis zum blanken Morgen mit der Verantwortung für die Kohle und all die verschiedenen Menschenleben, er schwieg einfach. Aber gesagt und ausgesprochen und vorhanden und wirklich war: für den Sozialismus kann einer kaum je genug tun, sollte man darüber nicht mit jedem reden Jakob?*

– Ich wende nämlich ein dass Jakobs Mutter hat gehen müssen deswegen. Und gewiss hat er (denn es kommt mir vor als wär es doch nur einer gewesen, weil nur einer allein ihm dies sagen konnte:) hat er ihr nichts Böses tun wollen mit Absicht, einfach eben seine Anwesenheit und Vorhandenheit und dass er sich bewegte und äusserte nach seiner Art hat sie vertrieben; und wenn es einer allein war, dann wird er seinen Anteil an ihrer Reise offen auf den Tisch haben legen müssen, was ausgesehen haben kann nach Anstand (er hält seinen Beruf für einen wie andere auch, so etwas kann bei der Ausführung zufällig leider geschehen, aber eine Mutter hat auch er: man muss ihm das Verständnis unausgesprochen glauben), so dass Jakob wahrscheinlich gesagt hat darüber will er nicht streiten.

– Ja. Aber das kann viel heissen, einmal: so ein Beruf ist notwendig und also sind die Opfer gerecht, die dazugehören. Eher will es mir Jakobs Geduld bedeuten. Denn das hätt mir mal einer versetzen sollen auf nüchternen Magen und in der Schlafzeit vor der nächsten Schicht dass meine Mutter verreist ist und ich seh sie hier nicht wieder, und nun Jakobs Mutter. Sieh mal, sie hatte sich doch auf Bleiben eingerichtet, stell dir vor wie sie zwischen all den teuer gekauften Sachen aus elf Jahren umhergegangen ist, am Ende sind zwei Koffer übriggeblieben, und nun Jakob. Das weiss einer ja gar nicht zu sagen: sie ist in der Entfernung, sie ist wieder ins Unglück gekommen, sie ist wieder geflohen. Ja? Sie ist hinter der Grenze, und jetzt: sie ist doch durch Jakobs Bahnhof gefahren unter seinem Turm vorbei, der Zug hat gehalten von 17.03 Uhrzeit bis 17.12 an Bahnsteig drei auf Gleis fünf, und wie solche alte Frau ist. Alles bedenkt sie und nimmt sich genau vor, das soll nach dem kommen, und dann fährt die Aufregung hinein (sie hatte doch nur noch Jakob, deine Mutter glaubt nie dass du vielleicht erwachsen bist und kannst allein für dich aufkommen, sie sollte ihn nun noch einmal sehen, zum letzten Mal), alle Umsicht ist wieder aus der Reihe zerrissen und zerknotet wie ein morsches Netz. Jedenfalls hat sie noch mit Jakob telefonieren wollen, hat es versucht, aber der Münzapparat auf dem Bahnsteig ist angeschlossen an das Stadtnetz und nicht an die Basa, beim zweiten Versuch hat das verdammte Telefon sie wieder falsch verbunden, die Nummer war schon richtig und Jakob seine, nur sie bedeutet bei der Post was anderes, und da mochte sie nicht aus dem Zug, den sie nun einmal glücklich erreicht hatte, mit den beiden schweren Koffern

die selbst Cresspahl noch Mühe gemacht hatten auf dem weitläufigen Bahnhof der Bezirksstadt, er sass dann aber bieder und geruhsam in dem Schnellzug, der in die ehemalige deutsche Hauptstadt fahren sollte und Anschluss hatte über die Grenze. Cresspahl ging wieder mit ihr hinaus auf die Plattform und tauschte seine Fahrkarte mit ihrer, von seinem Platz aus sah sie ihn später stehen und zurückbleiben lang altmodisch mürrisch am Ende der Halle, da kam noch einmal die Sonne fahl und fleckig durch das schmutzige Dachglas

– und während sie noch da sitzt auf dem von Cresspahl besorgten Platz und hin überlegt und her und vor Eile nicht zur Besinnung kommt, fahren die vorne an mit so einem plötzlichen ungeschickten Ruck, und ehe sie anfängt nach Jakobs Turm zu suchen (er wird ihr wohl was erzählt haben), kriecht der Zug längst in die Ausfahrt und klirrt immer schneller raus aus dem Bahnhof weg von Jakob. Das hat er sich alles in drei Atemzügen zurechtlegen können, und hätt mir mal einer versetzen sollen.

– Warum aber denkst du wohl hat sie bei Cresspahl nicht Nachricht hinterlassen, warum überhaupt hat sie nicht Cresspahl Bescheid gegeben, denn auf den kam es doch an, verstehst du das?

– Das ist Rechtlichkeit. Du musst mal denken wie alt sie war und was sie ihr in der Schule beigebracht haben. Versprochen ist versprochen, deine Rede sei ja-ja und was dagegen ist: sie hat nicht mal gelogen wenn es keinem geschadet hätte und ihr was eingebracht. Vielleicht haben sie sie unterschreiben lassen, schrebn Schrift is öwe schrebn Schrift. Und schliesslich kam es nicht auf Cresspahl an sondern darauf dass sie nichts mit dem Klassenkampf zu tun kriegte (sie wusste ja nicht worauf hinaus es sollte). Nein. Für sie war es bloss Wegfahren (ich weiss schon: Flucht) und noch einmal Jakob Sagen: Iss auch ordentlich, und rauch nicht so viel, bleib gesund.

»Nein« sagte Jakob als wiederhole er das nun zum vierten Mal, Herr Rohlfs nickte, er beugte sich vor und sagte »Entschuldigen Sie bitte«, obwohl Herr Kowalke (der auch so nicht hiess aber vielleicht mit dieser Wendung des Gesprächs auch wieder einen anderen Namen anzunehmen gewohnt war) obwohl Herr Kowalke nicht (Jakob nicht) Sonderurlaub westliche Fachzeitschriften Auslandsreisen Geldzuwendungen Westdeutschlandpässe angeboten hatte sondern nur gesagt »Treu und Glauben sind ihren Lohn wert«. Jakob war nicht unruhig. Er fühlte sich unbeweglich zwischen Lampenschirm und Polsterlehne und Tischrand, er liess die Zigarette liegen in ihrem dicken stillen Qualm und rührte sich nicht, während er die Nachricht immer noch nicht wirklich angenommen hatte: er hielt sie eigentlich ab von sich wie ein bloss gedankliches Ergebnis aus den Bedingungen des Gesprächs, das ja auch nur von aussen zu begreifen war. »Ich wünsch mir nichts« sagte er, und ein unterschwelliger Auflauf von Herzklopfen machte ihm bewusst dass er gesagt hatte was sein Leben war in diesem Herbst, die träge verzichtsame Unruhe bewegte sich in ihm als habe er sie immer gelebt und ohne einen Anfang irgend wo in der Zeit. Er hatte etwas versucht mit seinem Dasein, das so überstand: denn die Zeit (»die Sseitn«) war und waren so gefügt dass einer wenig Gewalt hatte über sein eigenes Leben und aufkommen musste für was er nicht angefangen hatte. Nun treibt einer hin und her zwischen seiner Arbeit und einem möblierten Zimmer nach Regeln und Gewohnheiten, manchmal wundert er sich dass dies im menschlichen Vermögen ist. Aber das war es wohl. Und nachdem Herr Rohlfs zu Ende geredet hatte mit seinem ehrlichen Benehmen von Neugier Bedenken Unwissenheit über Treu und Glauben: die Schweigeverabredung bedeute nichts Böses und sei gerichtet gegen niemanden, jeder solle Bescheid haben den es angehe (darauf waren sie an diesem Abend noch nicht gekommen), denn man müsse das Richtige sagen zur richtigen Zeit –, unterschrieb Jakob langsam und genau mit seinem Namen dass er schweigen wolle zu jedermann über diese seine zeitweilige Abwesenheit vom Dasein des Alltags; nächstens wollte Herr Rohlfs auf Jakob am Dienstagabend warten als ein Herr Rohlfs in der Gaststätte des Elbehotels, heute war Donnerstag, hoffentlich werde Jakob noch zu dem nötigen Schlaf kommen, es habe sich ja leider nicht anders einrichten lassen. In der Tat lehnten sie sich zurück und wiederholten ihr Lächeln, und zum anderen Mal meinten sie nicht sich sondern die übeln Umstände der zeitgenössischen Gegenwart. Jakob liess sich zu seinem Turm zurückfahren durch die Nacht. In der Innenstadt legte er dem Fahrer die Hand auf die Schulter und brachte ihn zum Anhalten; er stieg aus und begab sich in den Lärm und Rauchdunst der Bar Melodie, da kaufte er sich Tabak und belegte Brötchen. Als er wieder an den Wagen kam, drückte der Chauffeur ihm die vordere Tür entgegen; er war ein sehr junger und lustiger Mensch, der sich gegen Jakob mit sportlichem Spott und kameradschaftlich benahm, aber Jakob stieg schweigend neben ihn, so liess der die Lächelblicke sein. Erst vor dem Gitter sah er neben sich. Als Jakob nickte, bremste er schon; ganz leise schnurrend mit grossen Strahlaugen glitt der Wagen verquer vor das Tor im leisen Regen. Jakob griff den Mantel und seine Tasche vom Rücksitz und ging wortlos zur Treppe zwischen den murmelnden Posten hindurch. Er stand neben Wolfgang Bartsch und betrachtete die breit verstreuten Lichtflecke der Signale und Lampen unten im Nebelfeld und roch den zarten Geruch von Asche und feuchter Luft und schwerer Bewegung von Eisen auf Eisen, während sie über den Betrieb redeten; Jakob dachte: Er ist einer der besten Dispatcher, sonst weiss ich nichts von ihm. Aber da sagte eine Stimme aus den Lautsprechern »Moin« wie Jakob beim Eintreten »Moin« gesagt hatte und Wolfgang antwortete: »Moin«, was Guten Morgen bedeutete und der Gruss des Nachtdienstes war, so kam er noch einmal zurück in die Welt. Er sah aus seinem Dunkel dass Wolfgangs Stirn dicht über den Brauen unablässig zitterte und dass seine Augen zwinkerten in dem grellen Lampenlicht; er nickte unwillkürlich, er erinnerte sich. Er sagte »Moin Wolfgang«, bevor er nach hinten zur Schlafpritsche ging. Als er sich ausgestreckt hatte unter dem dünnen leichten Mantel der Sommeruniform, war Wolfgang fertig und drehte sich um mit dem Stuhl; sein Gesicht war halb schattig und undeutlich, aber das geringe Erstaunen in seiner Stimme war freundlich bekannt. »Moin Jakob« sagte er. »Du kannst noch drei Stunden schlafen.« »Ja« sagte Jakob. Aber im Einschlafen begann er zu erwarten dass er geweckt würde.

Jöche, kennt einer Jöche?
Am Morgen kam er mit seinem Zug über die Brücke quer gegen das kühle rote Sonnenstrahlen. Er lehnte auf dem Türgitter der Lokomotive und spuckte Zigarettenrauch in den raschen schmutzigen Fahrtwind, der Turm rutschte ihm entgegen in den schleierigen Lichtschwaden. Er gab das Signal Achtung, der hohle zähe Pfeifton schwang sich aus dem eiligen Poltern des Zuges und stieg vor Jakobs Fenster, stand und fiel davon. Jöches hochgekehrtes langes knochiges Gesicht wandte sich seitlich mit der Entfernung des Turms, zog sich zurück in das Gehäuse, der Zug klirrte quer durch das Gleisfeld auf den Rangierbahnhof, die Signale wechselten hinter ihm, die Schlusslichter glitten über in das frühe Licht. Jakob schob das Fenster zu. Die Übernächtigkeit spannte sich als schwerelose ganz durchsichtige Klarheit hinter seiner Stirn, die Voraussicht der veränderten Umstände kam auf ihn zu, als er wieder an seine übersichtliche ordentliche Arbeit ging; kennt einer Jakob? Was Martienssen anging, so kam er zur Ablösung hereingestelzt mit seinem Stock, er hatte das Dreifache von Jakobs Zeit ausgefüllt mit der Reichsbahn, seine Haare waren nass in einzelnen geraden Strähnen nach hinten gekämmt, an den Schläfen entlang hielten sich steif ergraute Bögen, in seinem Gesicht gingen alle Falten rückwärts, munter und mürrisch sagte er »Mahlzeit Herr Abs« zu Jakob, der sagte Mahlzeit in der für Martienssen gefälligen Kürze und machte kein Aufhebens – Martienssen befand sein Benehmen für gelassen und bündig.
Nachher kam Jakob in die Gastwirtschaft an der Industriestrasse, die roch feucht und nüchtern nach der Aufgeräumtheit des Tagesbeginns. Jöche sass fast allein in der schmalen Tischreihe am Fenster und war über die dampfende Brühe gebeugt mit seinem hakennasigen Kantengesicht und war beschäftigt mit der Rückkehr in die Ungefährlichkeit unseres Alltags. Eine Lokomotive ist zahlreiche Tonnen kunstvoll zusammengearbeiteten Stahls mit unmenschlichen Kräften, sie rast wie wild und unaufhaltsam vorwärts auf den Gleisen und kann nicht aus ihnen und knallt in die Weichen mit all ihrem Gewicht das wächst im Quadrat proportional zu ihrer

Beschleunigung, die schwere Eile der Kraftmaschine ist spürbar in jedem ihrer Bestandteile: Jöche wollte nicht sagen es sei Angst. Es war das Bewusstsein einer schnellen Gefahr verquickt mit einem herzlichen Rausch von grosser Nüchternheit. Er hatte sich nicht an das Fahren gewöhnen können in zwei Jahren. Er wusste jeden Handgriff auswendig, alle Vorsichten kamen ihm von allein, aber nach dem Dienst sass er gern eine Weile still in einem stehenden Haus an einem unbeweglichen Fenster und liess das Zittern des rasenden Stahls in den Nerven von Unterarmen und Schläfen verebben. Es war der Beruf, den er hatte haben wollen, für den er gearbeitet hatte in den Schlosserwerkstätten und in den Schulen Jahre lang; er hatte nie ausgesprochen wie es sich verhielt. Aber Jakob kam durch die Tür und sah Jöche sitzen in seiner zähen Art von Geruhigkeit, die war ihm einsehbar und kenntlich.

– Das hatten sie mir erzählt bei der Übergabe: Cresspahl ist zum Westen. Er hat zwei Koffer mitgenommen und den Hut aufgesetzt, aus seinen Reden war nicht klug zu werden. Also ist er zum Westen. (Darauf hat ja jeder gewartet.) Sieh mal ich bin aus Jerichow, das war nicht bloss eine Neuigkeit; damit war die ganze Stadt verändert, ich stellte mir vor wie ich ankomme in Jerichow und Cresspahl ist nicht mehr da. Verstehst du? wenn ich das Jakob erzähle will ich meinen er schlägt mindestens auf den Tisch oder fragt ohne was zu glauben »Was sagst du, was hast du gesagt!«, und alles in allem bedeutet das für ihn dies und jenes, ich wollte mich ja nicht einmischen. Nun musste ich das umtauschen, kann einer sich ja die Meinung machen nach der ihm gerade ist, und ich dachte er hat das wohl gewusst. Oder als er es nicht wissen konnte: vielleicht hat er das mal erwartet. Und überhaupt: Jakob hat ja die Ruhe. Denn er sass bloss so da und als ob er darüber nachdachte, was denn nun wird, und so. Aber wirklich wusste er schon das dritte Gerücht, es war ihm auch wohl nicht als Gerücht begegnet, dann lässt er mich reden.
– Nimmst du ihm was übel?
– Nein. Ich nehm ihm nichts übel.

Er hob Jöches Mütze auf das Fensterbrett und liess sich nieder auf der anderen Seite, sie begrüssten sich. Jakob bestellte was Jöche hatte. Die Tür zur Küche stand offen, die Bedienerin scheuerte inzwischen den Fussboden. Von den Tischen am hinteren Ende der Gaststube stiegen Reden und Rauch dünn in den Raum und vermischten sich mit dem grossen schweren Licht, das über Jakob und Jöche hereinfiel. Jöche sagte dass Cresspahl aus Jerichow zum Westen eingegangen sei. Jakob nahm seine harte helle Stimme und die achtsame Haltung seiner Augen sogleich in sich auf mit der ganzen weitläufigen Teilnahme, die Laut wie Anblick arglos aufsog ins gewohnte Gefühl längst nicht mehr bedachten Vertrauens. Aber er nickte neben sich ohne aufzusehen, als die klare heisse Brühe mit den Brötchen vor ihn gestellt wurde; da hielt Jöche seinen Blick zurück und achtete auf seine Hände, unter denen das krosse Brötchen knisternd aufbrach. An dem breiten geräumigen Fenster sassen zwei junge erwachsene Männer, der eine in der sauberen gebügelten vornehmen Uniform mit den drei Sternen auf den silbern beflochtenen Achselklappen, der andere in dem verschwitzten russigen öligen Päckchen des Lokomotivführers, sie waren sich gewohnt und befreundet seit sechs und sieben und acht Jahren, ihre Berufe hatten sich gesondert mit der Zeit, in verschiedenen Verhältnissen waren sie erst heute, Jakob wusste es nun, Jöche erfuhr es zu spät. Jakob entschloss sich erst in der kurzen Zeit des Niedersehens. Er war aber vorhin an das Fenster aufgestanden, um Jöche fahren zu sehen und ihn zu grüssen wie immer und auch nun noch, da hatte die Veränderung ihn betroffen, er hatte am offenen Fenster gestanden und hinuntergesehen ohne Bewegung. Er schob die Tasse von sich und sagte mit seinem vorbereiteten Gesicht: Das solle ihn nicht wundern, wenn es wahr sei.

Er trieb es den ganzen Morgen so mit Jöche, er wunderte sich nicht: als sei es wahr. Jöche ist ein besonderer Name. Seine Mutter hatte ihn so gerufen, so hiess er in der Schule, seine Mädchen hatten mit Jochen angefangen und ihn doch wieder als Jöche angeredet am Ende, nur Muschi Altmann sagte gleich Jöche, die hatte ihn aber auch geheiratet. In dem einen letzten Schuljahr in Jerichow, das Jakob neben dem langen schlaksigen eifrigen Jungen verbracht hatte, war mit dem Namen Jöches Beflissenheit und gutmütiges Benehmen gemeint, die Dienstwilligkeit für öffentliche Anforderungen hatte sich inzwischen gegeben, die Freundlichkeit war weiterhin nicht zu verkennen. Jakob sass schwer bedachtsam und wohlwollend in seiner breiten reglosen Person vor Jöche was der jedoch an betrübtem Bedenken seinem Gesicht entnahm war etwas anderes. Jakob wunderte sich aber dass aus dem dicken Sumpf von Scham allmählich Spottlichter aufflakkerten in ihm, so sagte er etwa: »Jöche. Es ist wohl nicht zu glauben Jöche«. Wie kam Jöche an die Nachricht? Die Nachricht sei mit den Lokpersonalen von der Küste heruntergekommen: sagte Jöche, »Was die Leute reden« sagte Jakob, er dachte wirklich: Dann haben sie Cresspahl bloss einsteigen nicht aussteigen sehen, nun machen sie eine Geschichte für Cresspahl als ob die Dinge wären wie einer sie ansieht. Einen Atemzug lang geriet er auch in die Herzangst seiner Mutter, die den weiten Weg vom Krankenhaus durch Jerichow ging wie beiläufig und schreckhaft zum Bahnhof, sie lief an der erhobenen grünen Scheibe des erzürnten Aufsichters vorbei und sprang auf den anrollenden Zug, sie hatte nie gut lügen können, dann war sie wieder verloren. Mitunter kam ihm auch bei für wahr zu halten was Jöche erzählte, dann sah er Cresspahl lang und wuchtig an den Bahnhof stampfen mit verdächtigen Koffern an der Hand, nun wollte er davonfahren in die Welt zu seiner sehr entbehrten und geliebten Tochter, »denn natürlich ist es ihretwegen, Jöche«. »Das hab ich mir auch gedacht« sagte Jöche, da kam ein schütteres Lachen aus der Brust über Jakob, er fühlte es in seinen Augen unheiter, das übrige war ja auch mehr eine heftige Art von Atem gewesen. »Das muss schwer sein für einen so alten Mann« sagte Jöche, denn Cresspahls Leben währte nunmehr sieben Jahrzehnte, vier hatte er in Jerichow vertan in dem grauen rauhen Wind, und Jakob sagte »Ja. Das ist es. Jöche« sagte er, er sah Jöches gutwillige Anwesenheit wehrlos in sich hinein. Jöche bedachte schweigend die Liebe der Väter zu ihren Töchtern, er schüttelte seinen Kopf, er schlug mit der flachen Hand durch die Luft, er verzog seinen Mund zu Verachtung und erwies Zuverlass zur Gänze, und Jakob mochte nicht weggehen von ihm. Sie wandten ihr Gespräch inzwischen auf die Mächtigen der Erde und einigten sich über die Unvernunft in ihren Ratschlägen; für das Reden konnte Jöche allein gut aufkommen, nachdem sie getrunken hatten von den vergeistigten Säften, die das Gemüt erheben und bestärken in der Geduld gegen die Dinge die da kommen werden. Hinter Jakob stand die Müdigkeit und beugte sich vor mit ihm und lächelte sein geringfügiges Lächeln und stimmte Jöches Anwesenheit bei in allem; so schien all und jedes zu geschehen wie von selbst und als habe niemand die Not des verheimlichten Abschiedes zu verfügen. Als sie sich trennten am Markt und der Himmel hart und blau und kühl die Wärme zog aus dem mittäglichen Sonnenschein, wandte Jöche sich um im Einstieg der Strassenbahn und winkte mit seiner Hand, und Jakob hob seinen Arm wie er hatte tun wollen am Morgen. Nun kam sein ganzes Verhalten unbenutzt zurück von Jöche und löste sich einzeln heraus aus dem Vormittag: als habe er kein Wort ausgesagt und keinen Blick angenommen und sich in nicht einer Weise verständigt.

Wenn ein Telefonabonnent eine Nummer einstellt, so übermittelt er mit jeder Ziffer einen chiffrierten elektrischen Impuls an die entsprechenden Relais der angeschlossenen Zentrale, die Relais sondern die Stromstösse aus (der Vorwähler hebt seinen Arm und sucht selbsttätig einen freien Gruppenwähler) bis zur Linie und zum Apparat des gewünschten Anschlusses. Bewundernswert sind diese automatischen Vorrichtungen. Das gilt auch für die öffentlichen Münzfernsprecher wie sie in Zellen aus Drahtglas und gelb bestrichener Eisenstruktur aufgestellt sind an den wichtigen Treffpunkten des städtischen Verkehrs. Jakob zog die Tür einwärts, bis sie in die Schliessleiste schnappte, Bewegung und Lärm des Marktplatzes quollen dick herein durch den offenen Spalt. Während er die Sammelnummer des Reichsbahnamtes einstellte, hing seine linke Hand mit dem Schallknochen an einer Ecke des Apparatkastens, der dünne Sekundenzeiger lief rundum auf dem Zifferblatt an seinem Handgelenk. Sehen wir ab von dem geistigen und körperlichen Normalbefinden, so muss einer für die Verwendung im Dienste der Reichsbahn vorweisen können den Besitz eines unbescholtenen Leumunds und einer genau laufenden Uhr. Anfangs hatte er noch die abgelegte Taschenuhr, die ihm Herr von Bonn auf Bonnin geschenkt hatte, genau soviel war sie auch wert gewesen; diese nun war ihm seit zwei Jahren geschenkt von Cresspahls Tochter, eine Uhr hatte er, die Aufsicht über die Zeit war ihm möglich. Wie aber verträgt sich ein Ding wie Unbescholtenheit mit der bewundernswerten Vielzahl von Ereignissen in dem Raum der Zeit? denn eines begibt sich nach dem anderen und bedeutet dies in Gegensatz zu jenem und ist unwiederbringlich dahin in die Zeit: ob einer das beachtet oder nicht, ob er es wünscht und gutheisst oder es am Ende doch lieber zurücknehmen möchte. Dennoch also war der Vormittag mit Jöche vergangen und nicht mehr unversehrt zu retten und neu zu beginnen, an diesem unaufhaltsamen selbstwilligen Ablauf der Zeit kann einer leicht bescholten werden. Als der Rufstrom zwanzig Sekunden lang in den öffentlichen Anschluss des Bahnvermittlungsnetzes gelaufen war, wurde der Kontakt geöffnet für den Sprechstrom, eine Stimme wiederholte die Nummer. Jakob sagte Guten Tag. »Abs« sagte er und »Bitte die D-l«. Dispatchleitung. Dispatchleitungen sind zugeordnet einem Reichsbahnamt, sie unterstehen der Direktion (O-d-l), diese dem Ministerium (H-d-l, Der Chefdispatcher). »Ich verbinde« sagte die Stimme nach einer geringen Pause, denn Jakob sollte merken dass er bekannt sei, aber Jakob schwieg und kam erst später darauf, danke zu sagen, da war die Verbindung schon tief eingedrungen in das unabhängige Fernsprechnetz der Reichsbahn und längst auf die D-l umgesetzt. Er wusste gar nicht wer seinen Anruf bedient hatte und alle Rückfragen vertraulich unterliess, er vergass die Pause wieder. Er klemmte den Schallknochen fest zwischen Mantelkragen und schrägem Hals, er suchte nach Zigaretten in den Manteltaschen. Ausserhalb der Zelle schliff die Strassenbahn die Gleiskurve grell, sie bremste und kam Stück für Stück in den Blick durch den Türspalt, die Automotoren liefen leer vor dem Fussgänger-Überweg. Zäh und störrisch verdeckten seine Gedanken den Anblick, die vermuteten Geräusche verflochten sich mutwillig den Bewegungen in seinem Kopf. Für sein Leben muss einer aufkommen aber nicht für das Relais: dachte er: nun kam aber das Relais nicht auf für seinen Teil, Herr Rohlfs enthielt sich auch, wer war nun schuld an Jöches Entfernung, wer wollte die Unabänderlichkeit rechtfertigen? »Ja« sagte er und nannte wieder seinen Namen, als der Sprechstrom abermals aufbrach und die Zentrale der D-l gesagt hatte »D-l«, »Abs, bitte Schichtleitung« sagte er. Die Schichtleitung war Peter Zahn, er hatte gestern gesessen mit Peter Zahn in der Kantine, sie hatten die Mädchen angesehen und nach langer Zeit wieder über das Heiraten geredet in der gewohnten hochmütigen lachhaften Art, Peter war sachlich sitzengeblieben und hatte sachlich gesagt »Mahlzeit Jakob« und doch sein Gesicht eingerichtet zu einem verlässlichen grussmässigen Blick seiner etwas trüben blauen Augen, nun wollen wir sehen: dachte Jakob. »Mahlzeit« sagte Peter Zahn vorgestützt an seinem Schreibtisch, dann sagte er »Mahlzeit Jakob«, dann sagte er nichts weiter. Das war weniger als gestern. Jakob in seiner öffentlichen Sprechstelle am Markt nahm die Zigarette aus dem Mund und nickte das schüttere Lächeln, bevor er sagte »Peter ich brauch zwei Tage Ruhe«. Nun war Peters Hand auf der Sprechmuschel zu fühlen, dann ging im hörbaren Klappen der Tür jemand durchs Zimmer, endlich sagte Peter höhnisch: »Ruhe. Ruhe!« Die nächste Schicht für Jakobs Strekke sollte in zwei Stunden anfangen. Aber Jakob sagte nichts von Überstunden und Erschöpfung der Nerven, denn er hatte Herrn Rohlfs viel Zeit gelassen zum Bescheidsagen, so weit sollten Treu und Glauben einander wert sein. »Ist bis Montag früh genug? Dann zweite Schicht« fragte Peter, der nicht in seinen Listen geblättert hatte. »Mahlzeit« sagte Jakob abschliessend. »Du, Jakob« sagte Peter sehr eilig, aber Jakob hatte sich gar nicht gerührt. »Ruf mich mal an am Montag« sagte er, und Jakob schwieg eine geringe Zeit lang. Dann sagte er ja, sie verabschiedeten sich, es war alles in allem nicht weniger als gestern aber verändert bis zur Unkenntlichkeit: und was konnte Jöche nun dafür dass Herr Rohlfs nicht mit

ihm auch telefoniert hatte? So hat einer wenig teil an der Art seiner angeblich ganz unverwechselbaren Bewegung durch die Zeit, welche Heute ist und Hier und Das Wichtigste Was Zuerst Muss Getan Werden, sie will für sich die Zukunft haben und nimmt die Würde der Vergangenheit in ihren Anspruch obendrein.
Zuvörderst.
Was die Umstände der neueren Vergangenheit angeht, so wird für die allgemein ein ungefähres Einverständnis angenommen, das macht die Erinnerung von Anwesenheit. Das ungefähre Einverständnis ist nicht sehr kräftig in den öffentlichen Reden der Redner der Gegenwart, Cresspahl würde sagen: anwesend seien wohl die mehreren gewesen, aber da habe jeder ein anderes Haus brennen sehen, Häuser seien sich ohnehin nicht gleich: würde er sagen, und so war auch Jakob in seiner entfernten Hinsicht ganz von dem allgemeinen Einverständnis abgekommen (und so vielleicht von Sabine, doch: das gibt es). Denn wohl kam er vierzehnjährig hinein in das Ende und in die Hinterlassenschaft des Deutschen Krieges, er hatte aber keinen Teil an ihm. Das ging so weit dass er nicht begriff und kaum zuständig war für die Soldaten der geschlagenen Armee, die verschwitzt und müde ohne Zucht und Anstand hinter dem Treck ankamen in Jerichow und bettelten um Wasser und Brot und stahlen wie die Raben und stumpf weiterzogen die Küste entlang westwärts als könnten sie sich so entfernen von dem was sie hinterlassen hatten. Er fand ihre Waffen und Uniformen im Bruch, sie gingen ihn nichts an, er nahm sie mit wie Strandgut. Dann mit den kleinen schnellen Pferden in wunderlichem Halsgeschirr in den niedrigen klappernden Wagen kamen still oder johlend die Verfolger im anderen Tuch mit durchbrochenen Gewehrläufen auf der Strasse von der Kreisstadt angefahren und waren würdig wegen ihres Sieges. Waren würdig wegen der Deutschen Pest, die offenbar wurde mit ihrer Ankunft, würdig wegen ihrer Befehle zum Einbringen der Ernte. Damals war er sechzehn Jahre alt und kam auf für seine Mutter mit Arbeit bei den Bauern und mit ungesetzlichem Verhandeln von Alkohol an die siegreichen sowjetischen Streitkräfte. Er gewann aber an jeder

Flasche von 0,7 Liter Klarem oder Weinbrand oder Kirschschnaps etwa ein Viertel des Preises für sich, und für das interimistische Geld der Alliierten Mächte in Deutschland kaufte er einen Schrank und Betten und stellte sie in das dämmrige dreifenstrige Zimmer neben die Möbel von Cresspahl; wenn die Sache mehrere Seiten hatte, so hielt er sich an diese Seite allein. Gewiss machte er sich auch Gedanken über die Zufälle, die einer Frau, die wohnt in der Baustrasse, ihr Mann ist auf dem Rathaus, im Stadtwald zugestossen sein sollten von einem siegreichen sowjetischen Soldaten; er hatte aber nichts zu tun mit den Beleidigungen, deretwegen eine verwilderte wie erbitterte Kampftruppe in ihrer eroberten Zone von Deutschland um sich schlug und schoss und sich betrank und für alles bezahlte mit ihrem eigenen Geld: er richtete sich ein. Und erahnte eigentlich in dem scharfen bäuerlichen Geruch des Tabaks und in den erstaunlich gegürteten Uniformblusen und in der fremden Sprache die ungeheure Ausdehnung der Welt und die Vielzahl menschlichen Lebens. Nur Nachfolge und entsprechende Ausführung schienen die notdürftig umgefärbten umgeschnittenen Uniformen der neuen deutschen Polizei (der lange schwitzende Mann in dem ungleichmässig verblichenen Tuch kam auf einem rostigen Fahrrad in die Hofeinfahrt im heissen Sommer und erklärte der Bäuerin seine Uniform und wies ihr Papiere vor, aber Stempel und Tuch bewiesen nichts, weil die Eier immer noch vor den Schusswaffen einzelner sowjetischer Plünderer abgeliefert wurden und also von einer Abgabe für die Stadt keine Rede sein konnte, er wischte unablässig am inneren Mützenrand den Schweiss und redete was er schon zu oft gesagt hatte, und das spöttische misstrauische Gesicht der Bäuerin, die dem Hund nicht das Knurren verwies), aber Jakob wollte weder Herrn Fabian noch Herrn Rohlfs die Würde bestreiten, insofern er ihrer Wirklichkeit inne geworden war und insofern etwas würdig ist, wenn es nach einem anderen kommt (und wenn alles mehr des Wünschens wert ist als dies Vorher). Und er hatte aber an dieser Würde keinen Teil.

Reiste dennoch nördlich nach Jerichow in einem Schnellzug auf den tragenden führenden Gleisen in dem kunstreich fahrbaren Gehäuse und befand sich in den Bedingungen der öffentlichen Personenbeförderung (wiewohl mit dienstlichem Ausweis) und war innerhalb der Physik der Kolbendampflokomotive und der Druckluftbremse den ganzen Nachmittag, das Wetter sah aus nach abendlichem Regen, hochmütig und unverantwortlich und überdrüssig sass er am Fenster des Speisewagens und liess die Landschaft dahinschwimmen und folgte mit den Augen den Drähten von Stellwerk zu Schrankenwinde zu Spannwerk zu Hauptsignal zu Zwischensignal zu Vorsignal und fuhr dahin unter den Fernsprechleitungen der Zugmeldung und Streckensicherung und wusste einen Dispatcher irgend wo wachen über Wohl und Wehe und Pünktlichkeit und brachte sich die Technik ins Gedächtnis und die Ursachen und die Voraussetzungen und achtete sie für notwendig allesamt. Und mag seine Unversöhnlichkeit mit ruhigem endlich kenntlichem Erstaunen befunden haben.

– Zu denken dass Cresspahl ihm ja ein Telegramm geschickt haben muss. Was telegrafiert Cresspahl nun in solchem Fall? oder vielleicht frage mal: was findet einer hier überhaupt für Worte?
– Es darf nicht drin stehen was vorgefallen ist, ich würd auch nichts andeuten, aber nun erfinde mal was, dringend muss es auch sein, denn er hätt ja gar nicht Ruhe nehmen können ohne was in Händen und hinfahren.

Jakob hatte ein möbliertes Zimmer zur Miete in einem der schmalbrüstigen überhohen Häuser am Hafen, die Fussböden hatten sich verzogen, in den Wänden sass der Schwamm, jeder der engen Räume roch dumpf nach überständiger Feuchtigkeit. Er stand mitten in der Küche seiner Wirtin auf dem fleckigen Glanz des Linoleums und fühlte die Tasche schaukeln an seiner Hand, während er sich umsah. Auf dem Küchentisch stand das Geschirr des Frühstücks aufgetürmt, die Zeitung war neben den Kohlenkasten gefallen, vor dem Fenster in dem engen tiefen Hof hing das Licht wie Blei. Aber die Schale auf dem Absatz des Küchenschrankes vor dem Brot-

kasten war leer. Jakob drehte sich lautlos um und ging auf den Flur. Später, als er in seinem Zimmer schon ein reines Hemd und den Schlafanzug und das Waschzeug auf dem Bett ausgebreitet hatte neben der Tasche, ging die Klingel, und nur in der Hose mit dem Handtuch um den nassen Hals kam Jakob an die Tür, diesmal war es der Telegrammbote. Er bedankte sich. Da war er schon ein bisschen in Eile, vielleicht war er auch zu tief in Gedanken, so dass er sich des Telegramms erst wieder erinnerte im Speisewagen, als er gelegentlich in die Hosentasche griff. Während der Kellner ihm die Rechnung machte, brach er das Klebesiegel auf und las wie Cresspahl es nannte. Ja aber Cresspahl hatte sich gar nichts gedacht.
DEINE MUTTER IST ZUM WESTEN = CRESSPAHL

– Und er hat mir ja gleich am Morgen gesagt dass er denn nun mal hinfahren will. Um die Zeit musst du doch auch angekommen sein, war das nicht am Freitag?
– Ja. Das war am Freitag.

# II

– Erst am Freitag

*begann ich aus Berlin zu verreisen. Ich ging nicht noch ins Institut. Ich stand an einem offenen Fenster und wartete auf die Abfahrt, und als der sanfte Ruck das Bahnsteigpflaster ein Abschiedsgesicht einen Gepäckkarren zum Gleiten brachte und der Wagenboden sich dehnte unter meinen Füssen, war ich sicher dass die Reise angefangen hatte und verkroch mich hinter meinem Mantel und schlief ein sofort, in der Nacht vorher war ich ein bisschen zu munter gewesen. Aber nach der Ausweiskontrolle konnte ich nicht wieder einschlafen, weil der Zugfunk auch eine Meinung hatte, Kultur, Politik und Unterhaltung, ohne Ende sang der fette selbstgefällige Bass in meinem Kopf: Hier bin ich. Und was soll ich hier. Unterschreiben dies Papier? Davon hab ich keinen blauen Dunst, hier reimte es sich mit Kunst. Und Ja das Schreiben und das Lesen. Ist nie mein Fall gewesen. Denn schon von Kindesbei. Gern hat er die Fraun geküsst. Hat nie gefragt ob es gestattet ist. In ihm habe es gesprochen er solle sie sich nehmen. Aber, aber jedoch: auch er fühlte der wahrhaften Liebe Glut. Und wie weh oft die Falschheit tut. In einer Pause stand ich auf und machte beim Hinausgehen Lärm mit der Tür und schaltete dabei heimlich den Lautsprecher aus. Ich kam zurück nach einer Frist von Anstand, da fand ich es wieder eingeschaltet. Ich sah mir die Nebenreisenden an, sie hatten alle treue gutwillige Gesichter, eine mögliche Anfrage und Diskussion hatten sie ohnehin längst entschieden. Ich bin sonst nicht so reizbar. Es mochte mit der Abreise zusammenhängen; es war auch nur so dass ich die Musik*

*nicht verstand, ich begriff einfach nicht was sie sollte, ich hörte sie nur als Lärm. Also kam ich auf allerhand ungeduldige Gedanken: all diese sieben Leute hatten sich vor drei Stunden noch nicht gekannt, nun sassen sie zusammen in einem fahrenden Kasten und sprachen bereits von Wir, wir werden dann und dann da sein, und weil mir das nun wieder zur Musik passte, und ich sah nicht ein was die Musik sollte, fand ich es zu eng zwischen den feuchten dämpfigen Mänteln und ging in den Speisewagen und versass da ein gut Teil des Mittags. Und nach dem Essen bemerkte ich Jakob.*
*Ich sass in der schmalen Reihe mit dem Rücken zur Theke und beobachtete auf der anderen Seite fünf junge Soldaten, die wirr redeten und regelmässig in Johlen ausbrachen wild von Bier. Ich verstand »A-K 18«, daran seien sie unterrichtet worden; es war gewiss nicht eine Filmkamera sondern eher ein Magazin oder ein Schiessgewehr, das durch klug ausgedachte Federwirkung mehrmals hintereinander Patronen in ungeheurer Geschwindigkeit auf ein Ziel zu durch die Luft schleudern kann wie das sein Beruf ist (dies ist dem Kinde unvorstellbar), auch waren sie »M-T«-ausgebildet. Und als sie sich von »M-S« zu erzählen begannen und sagten »Mir ham Wärgdsaich sordiert, ich hawe nich wäggegond«, sah ich mich um ob noch jemand auf sie achtete ausser mir. Sie waren vor Lautstärke aber keinem verfehlbar. Vor ihnen an einem grossen Tisch besprach sich ein Eisenbahnoffizier mit dem Kellner, neben mir schluckte eine Dame der vergrämten Gesellschaft mühsam an Apfelsaft, und schweigend am Ende der schmalen Reihe sassen sich zwei russische Offiziere gegenüber, völlig und wortlos zufrieden anwesend, die gelegentlich zu den Deutschen hinübersahen und still Kaffee tranken. Ich tat fremd, gab mir Mühe gleichmütig den Kellner zu betrachten unbewegten Gesichtes. Er stand höflich neben dem Eisenbahner, der drei Sterne auf den Schultern hatte, es sah nicht nach Kundendienst aus sondern als erwiesen sie sich beide Achtung und Ehre mit einem sachlichen Gespräch, dessen Gegenstand weiter nichts zu sagen hatte. Als der Kellner wegging, blieb ich an Jakob hängen (ich kannte ihn da gar nicht, einmal hatte ich seinen Namen*

*gehört, ich sah ihn zum ersten Mal), augenblicklich fasste es mich an und hob mich auf und setzte mich wieder hin. Ich fand mich vollständig von Aufmerksamkeit ergriffen wie nur einmal noch früher in meinem Leben. Wenn ich mich recht erinnere, begann ich sogleich nach Worten zu suchen. Das Nächste war dass ich ein Wort nach dem anderen wegwarf, sie meinten sämtlich Eigenschaften, dieser schien keine zu haben. Es war so dass sein Aussehen sofort in mir unverwischbar sich abspiegelte, und wenn ich heute sage denke »er war gross und breit und kräftig, damals sah er ein bisschen schwermütig (nicht betrübt) aus für den Betrachter«, so ist er verwechselbar mit jedem der ihm nur ähnlich wäre. »Er sass am Fenster und draussen trieb das Land dahin im Nebel«, denn wir (»wir«) waren da tief in Westmecklenburg, denn da waren Knicks, die Knicks standen braun und steifstarr über das frierende Wiesengrün hin zu auf Baumgruppen bläulich im Dämmerungdunst, sehr entfernt begann ein Wald in verwischten Einzelheiten, über allem hing der Himmel schwer und einförmig, das unmenschliche schweigsame Grau quetschte einen glühenden Streifen Sonnenuntergang aus sich hervor. Er sah in leichter beiläufiger Kopfschräge hinaus, so schien er mir dem zugehörig, das war es auch noch nicht (da nahm ich längst nur noch das Fenster und die harte singende Eile des Zuges wahr), sondern eine Eigentümlichkeit seiner Bewegungen. Er dachte bedachte ja etwas, heute weiss ich was es war und dass da hellwache ganz gefühllose Umsicht erfordert war, dabei bewegte er sein Gesicht. Er spannte die Haut über den Backenknochen oder die Backenknochen wölbten sich hervor, und das wusste er aber nicht. Das bewegte sich ohne Absicht, ausser dem Zusammenhang von Denken und selbstbewusster Aufsicht, vielleicht lag darunter ein anderer Zusammenhang, hier muss ich sagen »sichere Unachtsamkeit« ... als hätte er sein Leben lang im Wald gelebt. Das war auch in der leichten überraschten Neigung, in der sein Blick abgekehrt wurde und auf seine Hände gerichtet: alles was wir als Regel und Vorschrift auswendig wissen und hersagen wenn wir uns bewegen hatte er in sich war in ihm aufgesogen jenseits der Worte, und weil ich ei-*

*nen Namen gesucht hatte, nannte ich ihn »wie eine Katze so unbedenklich« wissend dass es falsch war, und »hochmütig misstrauisch zärtlich« treffen ja nur mit einem ganz entlegenen Teil von Bedeutung zu. Ich hatte eher sagen wollen: ich habe einen gesehen dem man das Leben ansehen kann. Er bemerkte nicht dass ich ihn anstarrte. Ich muss gestarrt haben. Er sass bedenklich über dem hohen schmalen Stielglas, das der Kellner ihm gebracht hatte, und trank manchmal von der warmfarbig gelbbraunen Flüssigkeit; ich sass ihm schräg gegenüber, wir gingen uns nichts an. Der Glutstreifen am Horizont wurde schmaler, brach nun schon in seine einzelnen Teile zu geringen Flecken, das Land schlief ich weiss nicht wie lange. Er stand noch vor mir auf. Beim Umsteigen in den Personenzug nach Jerichow verlor ich ihn aus den Augen; ich dachte es sei ein Zufall gewesen.*

Als der Abendzug in Jerichow ankam, sass Herr Rohlfs

*schon lange in der Bahnhofswirtschaft beim Abendessen. Die Wettfahrt war ein bisschen unnötig gewesen und hatte auch reichlich Benzin gekostet wie das zu sein pflegt wenn es auf die Rechnung nicht ankommt; ich wusste aber mit dem Abend nichts weiter anzufangen da oben. Die Luft hier mag ich lieber. Cresspahl stand schon fünf Minuten zu früh auf dem Bahnsteig vor dem Fenster, hinter dem ich sass. Im Laternenlicht konnte ich ihn gut sehen; er kaute auf der Pfeife und bewegte die Haut um seine Augen zu Falten ohne Unterlass. Deine Mutter ist zum Westen. Krist Besäuk, ne oll Fru. Der hat einen steifen Nacken, wir wollen doch mal sehen. Ob er sich nicht doch kümmert um was am Ende. Bis zur Ankunft des Zuges wurde ich gut fertig, bezahlte, blieb aber sitzen beim Bier. Aus der Dämmerung kam ein mächtiger langsamer Schatten unter die Laterne und erwies sich als Jakob, ich war stillzufrieden dass ich nun schon sagen konnte »jetzt tut er dies, dann wird er sich so verhalten«, bis mir einfiel dass ja seine Reise eben so wenig mit ihm zu tun hatte wie der Fahrplan der Strassenbahn, daran war ja ich so-*

*zusagen schuld. Hier kann nicht von Schuld geredet werden: sie hatte die Wahl hierzubleiben; ich kann nicht dafür dass sie das nicht sah. Nun will ich sehen wie Jakob so etwas anfängt, dann werden wir reden können. Er hatte die Uniform anbehalten. Aber sie blieben noch stehen, auf wen warteten sie denn, ach. Dich kenne ich: dachte ich sofort, ich kannte ihn gar nicht, aber ich mag sie leiden. Die jungen studierten Männer aus der Gross-Stadt, die auch bei Reisen nach Jerichow noch angezogen sind wie für die Modenschau mit Sachen die im Westen gekauft sind und dann solche Anzüge unter dem offenen Mantel tragen als wär es nichts, das war es ja gar nicht. Die studiert haben von unserem Geld und denen wir es hinten und vorne nachgeworfen haben, mit denen wir uns Mühe gegeben haben, denen wir wieder und abermals gesagt haben: darum, und vergesst nicht wozu, und die nun hier rumlaufen mit einem ebenmässig gescheiten Gesicht und sich vornehm zurückhalten noch beim Handgeben (sie gaben sich die Hand) und sich was einbilden auf die Unabhängigkeit ihres Urteils. Ich kannte ihn gar nicht, ich wusste nicht wie kommt er in diese Geschichte, was hat er mit Jakob zu tun. Cresspahl kannte ihn, schlug ihn kräftig auf den Rücken, hielt sich aber gut der junge Mann. Cresspahl wurde sogar vergnügt bei der Begrüssung, na ja. Er erklärt Jakob wer es ist. Er scheint für Jakob so fremd wie für mich. Aber Jakob: er sieht ihn an, dann lächelt er als ob sie sich ja doch kennten, dennoch weist Cresspahl mit der Hand auf ihn*
*– Dis's Jakob.*
*– Guten Tag.*
*– Kennt ie euch vleich?*
*aber Jakob schüttelte den Kopf, jetzt sagt er etwas, kann heissen »Nein. Aber ...«. Er hat dagestanden mit gradem Rücken und dann mit ein paar (freundlichen) Worten seinen Hals verbeugt. Wer erzählt mir die Liebesgeschichten von Fräulein Cresspahl. Cresspahl. Der erzählt viel und jedem was anderes. Die Hundefänger würden einen Fragebogen herausgeben. Das kann ich Jakob nicht fragen. Das kann ich keinen fragen. Ausser ich setzte mich in den Krug von Jeri-*

*chow und wär nicht den meisten fremd. Nämlich, heute wird Hänschen sich einen fröhlichen Abend machen auf Kosten des Staates. Öffentlich im Krug von Jerichow.*

Für Jonas sah Cresspahls Küche nicht aus als fehle eine Frau im Hause. Die beiden großen Fenster

*waren klar gegen die schwarze Dunkelheit des Gartens (ich vermutete den Garten da), der Fussboden war gescheuert und hell vor Reinlichkeit, auf der riesigen gekachelten Tischplatte fand ich keine Stelle schmierig, das Lampenlicht lag ja eben darauf. Ich stand mit dem Rücken zu ihnen und betastete die Schnitzereien der massigen Anrichte glänzend von vielem Gebrauch, die war gewiss sehr alt, er scheint in der Küche auch zu essen. Ich wartete. Sie warteten, bis ich mich umwandte, und während ich an der Anrichte lehnen blieb, Cresspahl und Jakob sassen sich an einer Tischecke auf Schemeln gegenüber, begann Cresspahl (wir hatten unterwegs fast nicht gesprochen, ich wusste nur dass Jakobs Mutter zum Westen war): »Se is Mittwochmeddach füet. Ick hew ehr in'n Toch sett. Se hettn Finsteplats hatt. Ick weit't nich«. Er drehte bedachtsam seinen Hals und kehrte den Blick gegen mich auf als wolle er sein Bedenken in meinem Gesicht fortsetzen. Ich rührte mich nicht. Aber Jakob hob seinen Blick mit Cresspahls, sie trafen sich wieder »Sie hat nichts gesagt« fragte Jakob. Auch Cresspahl sprach jetzt zu meiner besseren Verständlichkeit, soviel jedoch hatte ich von seiner Tochter gelernt. »Sie hat nichts gesacht« sagte Cresspahl wie für sich, seine Worte waren fast undeutlich vor langsamer Rauhigkeit. »Kennssija. Sitz blous so da un sacht sie will wech. Wennihr? frach ich. Moign: sacht sie. Ich frach: woans das. Abe sie sitz blous so da un bewech ien Halls«, und Cresspahl hockte zwischen uns und drehte stillstetig seinen Nacken gegen den Jackenkragen, indes sein Blick sonderbar verengert abwesend starr mitging. Das Haus stand totenstill in dem nächtlichen Wind und horchte. Jakob schwieg. Er war vorgekrümmt und hatte die Hän-*

*de zwischen den Knien, die Handkanten wölbten sich auseinander. Cresspahl schien plötzlich zu erwachen, ruckweise war sein Nacken steif sein Kopf leicht schräg, mit einer ganz anderen Stimme fragte er »Hest wat ätn?«. Wir lächelten beide (Jakob und ich) über den Klang, der eigentlich fürsorglich war und zärtlich. »Ne-i« sagte Jakob, »Un he?« fragte er, und er? »Je« sprach Cresspahl mit List, aber da stand er schon am Herd und entzündete das Gas, mit einer überraschenden Geschwindigkeit stellte er die Pfanne hin und polkte Schmalz aus einer Schale hinunter, »he hett mi to schpät telegrafiet, nu heck twei veschiedne Sootn, Schnitzl un Kabonaode, öwe Jakob döef sick utsäukn«. Wir sassen still wo wir waren und sahen ihm zu. Er stieg hin und her durch die Küche und räumte den ganzen Tisch voll, das Fett zischte und knallte und schrie, er schlug das Fleisch mit dem Holzhammer weich und schob mir schnell das Brett hin, denn das Fett war in der Ruhe des Entsetzens, nun kam ein Stück Fleisch hinein, das war so gross wie seine Hand, und er hatte grosse Hände. Seine gelbhäutigen gichtkrummen Hände mit den harten Aderknoten. Er redete unablässig: da sei er zu »Lowise Arwt« gegangen und habe gesagt viel Fleisch, und Lowise Arwt habe gesagt, und auf der Strasse sei ein Hund geschritten, »de keek mi so an, un dunn sä he«, so dass ich bald lachte; Jakob lehnte sich freundlich beobachtend zurück. Aber sein Gesicht schien wie erstarrt vor Abwesenheit. Cresspahl erklärte mir wie man es macht. Ein Schnitzel mit Salz und Pfeffer. Tief durchbraten. Karbonade anders. Zwei Eier zerschlagen und rühren, rühr mal. Darin das Fleisch umdrehen. Auf einem anderen Teller in Brotmehl umwenden. Rein in die Pfanne. So. Ein Ei darüber? Los, mach dir das. Er wischte den Tisch ab und schnitt Brot auf und stellte Geschirr und Besteck hin und wies uns gegenüber an und liess sich nieder an der Schmalseite. Er sah uns lange an unter den harten Schrunden seiner Stirn. Die Augenbrauen waren sehr sanft geschwungen. Er hatte graue Augen. Die Augen waren sein Alter und seine entfernte Tochter und die dichte nasse Dunkelheit und seine Empörung und seine Fürsorge. Jakob nickte. »Jetz willt ji ätn« sagte Cresspahl.*

*Dieser Morgen war klar. Ich hatte die Füsse auf dem Fensterbrett und dachte an vieles, als Hänschen endlich kam. Der hatte sich viel aus den Augen zu wischen. »Nein, Chef« sagte er, »oh Mensch. Diese Dame hat so manchen auf dem Gewissen, der gedacht hat immer mit der Ruhe und dann gut davon abkommen. Geschichten weiss ich ja keine, nur Einzelheiten von ein paar, das kann man schlecht zusammensetzen. Ist alles lange her, von den Betroffenen ist keiner mehr in Jerichow, das ist eine Gegend hier! oder er hat keine Veranlassung den Mund aufzutun. Das ist so mein Eindruck. Aber denen gestern abend hab ich eine richtige stille Freude gemacht, da hab ich sie mal an was erinnert. Oh es war sehr lustig Chef« sagte er, und »jammerschade dass wir die nicht werden zu sehen kriegen«. Das fand ich auch. Aber ich sagte es nicht, da wurde er stiller. Vielleicht begreift er noch dass wir nicht Abenteuer spielen. Ich schickte ihn zum Frühstück und dachte an vieles. Ich dachte dass dies eigentlich der erste ernsthafte Auftrag war. Denn den Detektiv kann jeder spielen, und was kommt bei solchen Arbeiten heraus? bestenfalls ein negativer Nutzen, ein positiver Verlust. Und eine Beförderung. Umgekehrt. Wenn ich dies zu einem ansehnlichen Ende bringe, will ich mir was einbilden. Wenn es danebengeht, müsste ich die Arbeit aufgeben; das werde ich vielleicht nicht tun. Ich kann mir keine trüben Morgenstunden leisten. Will ich doch sehen.*

*»Junger Mann« sagte ich zu dem Assistenten, den ich mir hatte nach oben kommen lassen; der Dicke kann mich nicht mehr leiden seit Donnerstag und schleicht mir aus dem Wege wie ein gekränktes Hauskaninchen. Soll ich mich mal über die Heizung beschweren? ich werde ihn Tonbänder einkaufen schicken, damit er eine Chance hat. Er ist einer von denen, die den höheren Dienstgrad nicht ertragen können. Also dieser, wie sieht er aus? jung, gewissenhaft, höflich, vielseitig dressiert. Ich fragte ihn ob die Anrede Junger Mann ihm etwa zu nahe tritt? er mag seine verdammte Post mal lassen. Die kann sein Vorgesetzter viel besser bearbeiten. »Ihre hübsche kluge Stirn« sage ich, »wollen Sie das zweite Gleis mal still-legen solange ich Ihnen meine Mär-*

*chen erzähle? Also. Es hat mir gefallen mein Auge zu werfen auf zwei verdienstliche unbescholtene Leute, die seit gestern abend in der Ziegleistrasse zu Besuch sind bei Herrn Cresspahl. Denken Sie sich gefälligst gar nichts! die sind zur Erholung hier. Wie kann man nur auf solche läppischen Denunziationen hören. Uhrzeit. Gut. Die beiden gehen nachher in die Stadt. Zur Meldestelle, wenn ich nicht irre zu einem Möbelhändler, sie werden auch ein Bier trinken. Damit ist gar nichts bekannt, seien Sie nicht so voreilig. Gehen Sie mal ein bisschen spazieren, immer diese Stubenluft. Sie können auch ein Bier trinken. Bleiben Sie hier! setzen Sie sich. Zigarette. Sie meinen ihre Erziehung hat viel Geld gekostet, wollen wir davon lieber absehen. Wir sind keine Kettenhunde! merken Sie sich das. Sie sollen alles sehen. Sie haben schon die Gewohnheit nur das allenfalls Straffällige zu sehen, damit erfahren Sie nichts. Sie wissen mehr von einem Menschen wenn Sie rauskriegen wie er seine Kinder behandelt und ob er seinen Freunden gefällig ist für Gegendienste oder bloss so und wie er die Häuser ansieht, die wir gelegentlich aufbauen, tun wir doch: wie einer sie ansieht der Architektur nach, verstehen Sie. Zwischen Staatsbürger und Staatsfeind darf man nicht eine Grenze ziehen vorher. Jedermann ist eine Möglichkeit. Ja? Wir kommen zu sprechen auf die Zielsetzung. Es ist nicht unser Ziel die Leute einzusperren. Wir brauchen sie nämlich. Und Sie sind kein Beamter, niemand ist auf Sie angewiesen. Sie sollen sich kümmern um jeden Menschen, Sie sollen ihm behilflich sein. Was ist ein Marktplatz«. »Für jeden was anderes« sagt er. »Jawohl« sage ich: »Gewöhnen Sie sich nicht daran dass der kürzeste Weg für Sie vom Tabakladen zur Post querüber führt. Für jeden liegt der kürzeste Weg woanders, bedeutend. Jetzt können Sie gehen«. »Darf ich mir eine persönliche Bemerkung gestatten?« fragt er. Sieh jetzt ist er kurzatmig. Aber ich sagte ihm nein und schickte ihn los. Ich hab ihm aus der Seele gesprochen, was? Ach Unsinn. Den möcht ich sehen, der es mit mir aushält länger als drei Wochen.*

*Sie hatten mich schlafen lassen, und ich wachte mürrisch auf unter der niedrigen altersgrauen Decke von Cresspahls Wohnzimmer; ich hatte aber (schon im Schlaf ist Unachtsamkeit gefährlich geschweige denn beim Aufwachen) wieder angefangen mit dem vergangenen Tag und stieg um in den Personenzug nach Jerichow und hatte Jakob aus den Augen verloren, da fragte ich mich: was wollte ich denn in Jerichow bei ihrem Vater. Würde ich da gewinnen die Ruhe und Klarköpfigkeit, die mir abhanden gekommen waren in Berlin, da war ich also abgefahren mit nichts weiter als einem Wunsch, ich bereitete mich vor auf Enttäuschung. Dann begriff ich den Morgen und sah auch den Himmel hart und hell über dem Park der sowjetischen Kommandantur und wie? nämlich heiter beim Aufstehen bedachte ich dass ja alles hätte ganz anders kommen können (wenn dies nicht, dann das nicht ...): ich hätte Jakob pflichtmässig kennengelernt bei einem harmlosen Anstandsbesuch, dann wäre er eine Kinderfreundschaft von Gesine gewesen, ich hätte gesagt Ach so dies ist also Jakob, Guten Tag, das ist ein Eisenbahner, nun hingegen. Nun hatte ich ihn mir freiwillig ausgesucht, ich sah ihm aufgeregt und gierig zu wie einer Katze (die man ja ansieht ohne Eigennützigkeit und Höflichkeiten); plötzlich begrüsste ich alle Hindernisse und Trennungen zwischen uns. Denn es ist nicht leicht umzugehen mit ihm, »Guten Morgen haben Sie gut geschlafen« bedeutet bei ihm anderes: dass er ein eigenes Verhalten einrichtet für jeden mit dem er umgeht, er stellt sich verlässlich ein, er meint es so. Das Erworbene ist sicher. Als ich in die Küche kam, sass Jakob am Tisch und lächelte mir zu, indes er Cresspahl antwortete; der hatte aber gefragt »Kanns hie nich woan bliem?« Er war ganz allein in seinem Haus. Er nahm die Teekanne aus dem heissen Wasser, das Frühstück begann. Wir hatten uns nicht die Hand gegeben; jeder hatte ja vom anderen gesehen dass er da war.*

– Dann seid ihr in die Stadt gegangen. Zur Polizei, zu Messereit wegen der Möbel, dann habt ihr ein Bier getrunken. Das

ist alles gleich erzählt worden, und wie er dir ja wohl die Stadt gezeigt hat, am Gefallenendenkmal habt ihr gestanden ...
– Ich kam nach Jerichow zum ersten Mal. Er hat mir erzählt »hier war alles abgesperrt, Gesine hat sich mal hineinverlaufen, sechs Russen haben sie auf die Wache geführt unter Spionageverdacht, damals war sie dreizehn, sie hatte noch wochenlang die Taschen voller Sonnenblumenkerne« und »dies ist die Schule, da geht es zum Strand«, und du musst wissen dass ich mich in solcher Gegend immer fühle wie in den Ferien: weil die Häuser zu ebener Erde sind, die Strasse ist mit Katzenköpfen gepflastert, die Pferdefuhrwerke kommen vom Land, das Land fängt an um die Ecke. Und die Leute haben alle so besinnliche Gesichter (einer von meinen Freunden sagt: stehengeblieben, Rückstand im Agrarischen wegen überlanger Feudalorganisation, er soll recht haben, die klugen Kinder sind unentbehrlich). Ich hatte ja nur gemeint dass der Himmel grösser ist bei euch. Verstehst du? Es hat nicht geregnet. Ja. Das Gefallenendenkmal: gegenüber der Friedhofsmauer die Findlinge zum Ruhme der deutschen Gefallenen von 1870/71, zur Strasse hin die weiss verputzten Ziegelsäulen mit handgeschmiedeten Ketten wie die Rückseite den Toten des Vaterländischen Krieges der Sowjetunion zur Ehre

*Wetschnaja slawa gerojam krasnoi armii pawschim w borbe sa swobodu i nessawissimostj naschej rodiny 1941–1945 god*

*dlja weschtschi sozialisma*

– Jakob erzählte wie sie die im offenen Sarg durch die Stadt gefahren haben von einem Ende zum anderen. An der Kirche, und darüber wird Jakob sich wohl still gefreut haben:
– Nein. Er hat es mir wiedererzählt, sieh mal: das hätt man uns ja auch sagen können in der Schule. Aber wenn wir denn alt und grau sind, verschreiben wir uns einen Zugereisten mit belernten Augen; Jakob hat alles behalten: Jerichow muss ganz ansehnlich gewesen sein in der niederdeutschen Zeit, kann man der Kirche ansehen: sollst du gesagt haben. Der

Anfang war romanisch was man sieht an einem Rundbogenfries
– Und zwei Rundfenstern,
– Das war das westliche Schiff, das haben sie gotisch um drei Fenster verlängert, nicht? und man kann auch noch sehen an den rauhen Stellen dass die früher eine Kreuzform gehabt hat im Grundriss. Nein wirklich. Er ist doch auch noch grossgewachsen in Jerichow. Das Stift habt ihr auch noch verhört, und da hatten euch Menge Leute gesehen. Er hat dich ja selten vorgestellt, aber für ein kluges Kind haben sie dich doch angesehen. Du hast bloss dabeigestanden und zugehört.

*– ich habe gehört deine Mutter ist weg.*
*– das ist sie.*
*– verkaufst jetzt wohl alles.*
*– ist immer viel zu tun bei so was.*
*– guten Tag.*
*– weswegen denn. Ist ihr was passiert?*
*– Ja du ich weiss nichts. Kann mir nichts denken. Ich komm an und sie ist weg.*
*– sind Zeiten, Mensch.*
*– kannst du sagen.*

– Vielleicht haben sie gedacht ich will Cresspahl Möbel abkaufen.
– Nein du. So siehst du nun auch nicht aus. Als ob du sesshaft wärst. Ihr habt ja untereinander wenig gesprochen auf der Strasse, nur als ihr von der Polizei kamt.
– Da waren viele Leute, weil ja die Schalter für Meldung und Interzonenpass in einem Raum sind. Ich stand an der Wand und wartete. Ich wusste ja nicht weswegen seine Mutter geflohen
– Weggefahren.
– weggefahren war; wenn es ein Wunder war bei unserem freundlichen innenpolitischen Klima so doch nicht das einzige. Ich kam auch aus dem Haus das sie verlassen hatte, und als Jakob dran war und sagte »Ich möcht Frau Abs abmelden, Ziegeleistrasse, sie hat hinterlassen sie kommt nicht wieder.

Das ist meine Mutter«, sie fragten Ist die Flucht bewerkstelligt worden mit Pass oder über Berlin?, »Über Berlin«, nämlich er sagte das alles so ruhig geduldig als ob niemand schuld sei, da hatte ich die schwarze Wut in mir, warum schreit er das diesen Staatsuniformen nicht ins Gesicht, es sind doch genug Leute hier die es hören können! dachte ich. »Sie sind zornig« fragte er mich nämlich mitten auf dem Markt, er konnte so leise mit den Augen lachen, anfangs hab ich es immer übersehen, Lachen ist auch wieder nicht das richtige Wort. Ich gab ihm das ohne weiteres zu. »Ist es aber noch gutzumachen, jetzt?« fragte er. »Nein« sagte ich, ich wollte mich ja noch nicht ergeben, »und das ist auch ein Grund zur Beschwerde« sagte ich. Er sah mich an, aufmerksam, als ob er mich eben weiterhin kennengelernt hätte, aber auch spöttisch, als müsste mir das Nächste nun von allein einfallen. Es fiel mir ein, denn weswegen war ich hier (von mir aus) auf diesem Marktplatz? »Ja« sagte ich. Beschwere dich an der richtigen Stelle zur richtigen Zeit, mit dem Nutzen einer wirklichen Veränderung in Aussicht: hierfür sah ich es ein, und vergessen hab ich es auch nicht. Nun pass auf: am Markt sind doch Giebelhäuser, und eins von den ältesten ist das mit der Apotheke unten drin, neben der Rathausecke. Lach jetzt nicht. Nun fragt er mich, und ich war gewohnt dass einer bei solchen Fragen überlegsam tut und das Pflaster besichtigt, er sieht mich an und fragt »Wie kommen Sie eigentlich an Cresspahl?«. Ich schluckte trocken. Sag so etwas in einem Wort. Aber ich wollte ihm gern Bescheid sagen, es war ganz wunderlich wie es mir ankam auf sein Mitwissen.

– Na ja er mochte dich wohl.

– Siehst du. Da siehst du dass daraus etwas hätte werden können.

– Ja. Du kommst wohin und lernst einen kennen, musst dich mit ihm einrichten oder zusammenarbeiten. Musst dich befreunden wenn es gut gehen soll. Das dauert solange du ihn brauchst oder bis du wieder wegfährst. Manchmal ist das ein glücklicher Zufall, und kann was Freundliches werden, an dem alles wünschenswert ist. Aber nie so wie was du dir ausgesucht hast, was du nicht wegen Gelegenheit sondern wegen eigener Hoffnung und Zutraulichkeit festmachen willst in der Zeit. (Aber nun rede nicht. Ihr habt euch drei Male gesehen, du weisst nicht wie es geworden wäre. Du bist dir klar dass er dich da an der Rathausecke wahrscheinlich zum ersten Mal genau angesehen hat.)

Sie waren das Nebeneinandergehen noch nicht gewöhnt; sie achteten auf den Abstand, während sie an der Apotheke vorbei hinter das Rathaus stiegen. Herr Dr. Blach bemass die kurzen vorsichtigen Schritte der grossen Stadt in seinem Gang; sein Rücken war schmaler als Jakobs, so dass er im ganzen länger schien. Mit drei stellvertretenden Worten hatte er sich für eine Bekanntschaft Gesines ausgegeben und so sich ausgewiesen für das Haus Cresspahls; er hätte auch sagen können »ich habe sie auf der Strasse angehalten«, aber ohnehin hatte Jakob nichts erzählt haben wollen. Als er anfing, versuchte er blickweise Gesines Erinnerung und Annäherung zu finden in dem achtsamen höflichen Gesicht von Blach, und bei diesen gelegentlichen genauen Augenscheinen blieb er, während er erzählte. Er hatte die Hände auf dem Rükken und wandte seinen Kopf schrägaufwärts mitunter mit dem unkenntlichen Lächeln und sagte:
»Damals war sie wohl siebzehn Jahr«. Man müsse auch wohl beachten: wandte er gleich ein bedenklich: »in der Zeit ist jeder Tag noch länger (später gewöhnt man sich an die Uhr; in Ihrem Alter vielleicht und in meinem hat so ein Tag drei Stücke: die Zeit vor der Arbeit, die Arbeit, die Zeit nach der Arbeit; wenn man hinsieht, ist schon wieder eine Jahreszeit vorbei)«. Und der, der damals da über der Apotheke wohnte, hatte sie ein Jahr lang angesehen ob sie es wohl war, ein Jahr ist lang, dann suchte er sich Gelegenheit und sagte ihr sie wär es nun. War seine Meinung von ihr. »Er sah sie noch drei Monate lang jeden Tag in der Schule, und nach diesem Abend wurde er rot jedes Mal, ich meine: sah sie nicht an, sprach ihren Namen nicht aus, ging nicht hin wo sie war (wurde auch wohl wirklich rot). Fragte nicht nach ihr«. Denn in dem ganzen Sommer sei sie unterwegs gewesen segelnd auf der Ost-

see, es war ein schönes Boot. Und es war offenbar unbegreiflich dass sie weiterleben konnte ohne sich um eine wirklich vorhandene Meinung von ihrem Leben zu kümmern. »Es ist ja eine ungeheure Verlegenheit mit so einem«. Es ist also alles damals entschieden worden? Es ist ein Zufall dass sie nicht nach Dänemark gesegelt ist ohne wiederzukommen; ist das übrigens denkbar gewesen? Jaja. Es ist kein Zufall, es ist ja eine Entscheidung gewesen. »Das Boot kam nicht wieder, aber er« (der aus der Apotheke, was wüsste Herr Dr. Blach mit ihm anzufangen) »hat nur begriffen dass sie hiergeblieben war. Legte sich in den Ferien weitab der Stadt an den Strand und dachte er würde sie wohl mal zu Gesicht bekommen«. Er war sehr unglücklich. »Ich ging mal abends mit ihr Steilküste entlang, sie war da auch mit ihren Prüfungen am Rande, da blieb sie plötzlich stehen und bog den Dornbusch auseinander und sagte Siehst ihn?, schüttelte den Kopf. Hej! rief sie. War auch viel Wind an dem Tag. Du musst jetzt nicht mehr rot werden! rief sie. Ich kann es ja nicht so verständlich machen. Seit dem Tag ist er nicht mehr rotgeworden. Ich glaub das wird heute noch erzählt, weil die Stadt sich auf den Kopf stellen wollte seinetwegen oder ihretwegen, und was sie so mit einem Mal ihm angetan hat zur Einsicht, darüber denken sie sich die wildesten Dinge aus«. Sie hat ihm aber nur das Erröten abgesagt. »Sie hat mir die ganze Geschichte erzählt, als wir am andern Ende aus dem Wasser kamen und warteten bis die Sonne uns trocken haben würde«: sagte Jakob. Nun war er völlig vom Benehmen des Erzählens abgekommen, er sah vor sich hin als habe er es erinnert für sich allein.

Jonas (Herr Dr. Blach) schwieg sich aus. Nach dem Mittagessen in der Küche hing Cresspahl ihm eine Schürze um den Hals wegen seines guten Anzugs ausdrücklich und stellte ihn auf neben Jakob, der das Geschirr abwusch, und erklärte für sich selbst dat ein de inne Eck steit un mit de Emmes klappit mie wiert is as tein de arbeidn: was Gesine fünfzehnjährig gesagt hatte, da stand sie an der Eimerbank und wies ihren Vater an wie er die Tracht zu halten habe beim Wasserholen. Aber danach fragte Herr Dr. Blach auch nicht, obwohl er Jakob leise auflachen sah über den Küchentisch gebeugt; gründlich und gedankenlos stellte er die abgetrockneten Schüssel und Teller vor Jakob hin und dachte dass es also zuging auf diese Weise. Er wusste nicht mehr wann sie Jakobs Namen erwähnt hatte, es konnte ja nun aber nicht sehr unauffällig gewesen sein; und es ging so zu dass man mit einem Namen eine ganze Zeit und Verbindung wichtiger Ereignisse überhören konnte, wie oft habe ich nun an ihr vorbeigeredet. Wieviel Jahre? fünf oder acht Jahre sah er sie jetzt neben Jakob auf der Steilküste gehen abends und auf den Lehmbuckeln abwärtsklettern und schwimmen in dem eiskalten lichtheissen Wasser und an Land waten gegen die Strahlen und nebeneinander sitzen in dem Wind der Sonne, er hörte auch ihre Stimme rufen Hej und leiser erzählen Soll ich dir mal sagen was das für einer war, fühlte Jakobs grosse ruhige Gestalt neben ihr zuhören; er wird auf das Wasser gesehen haben: ich möcht sie bloss mal beide zusammen sehen. Nach einer Weile war er sicher dass Jakob mit seiner Geschichte nicht eigens etwas hatte sagen wollen, und als es ihm gelungen war Gesines Sprechweise mit den beiden Redestellen zu erinnern und zu vergleichen, war er beinahe sicher er habe sie vielleicht verstanden. Dann begann er nachzudenken über die Brüder von Mädchen, über die Fürsorglichkeit ihrer Erzählungen; so versäumte er wohl einige Vorfälle des Nachmittags: obwohl er mit den beiden Gastgebern bis zum Abend arbeitete in den verlassenen Zimmern auf der anderen Seite des Flur. Sie blieben anfangs stehen vor dem friedlichen Aussehen von unverschobener Tischdecke und geschlossenen Schranktüren und nicht abgenommenen Bildern an der Wand, aber im Hofzimmer standen die Bettgestelle ausgeräumt und die Schränke waren leer

– Und was war das eigentlich mit den Briefumschlägen.
– Mit welchen Briefumschlägen.
– Na. Ihr habt doch ein Bier getrunken im Stadtcafé, als ihr von Messereit zurückkamt, und da kam Wallraff, weisst doch dieser versoffene Rangierer, und gab Jakob einen Briefumschlag.
– Soll ich dir geben von deiner Mutter sagte er, es war keine Anschrift drauf, Jakob nahm ihn und riss ihn auf und hielt

den Zettel so dass ich mitlesen konnte, da war es nichts anderes als ein Verkaufsvertrag über eine Schlafzimmereinrichtung, einzulösen und zu erledigen mit meinem Sohn Jakob binnen vierzehn Tagen.
– Das ist neu; gut ist das. Auf was so eine alte Frau nicht kommt. Und mit der Verkäuferin aus dem Konsum war das so ähnlich.
– Ja. Ich denk mir jetzt Jakob wird sich soviel Zeit gelassen haben durch die Stadt damit ihn jeder sehen kann, der was mit ihm abzumachen hat. Ja. Die hatte die Nähmaschine gekauft im voraus. Sie wollte heiraten zu Weihnachten hat sie Jakob erzählt, er kannte ihren Mann, sie kamen dann auch gleich am Abend und holten die Maschine ab.

Aber vorher kam Herr Schneider vom Rat der Stadt, ein kleiner mauseflinker Mann aus Breslau kommend: wie er den dreien erzählte, die höflich und ohne Neugier ihn betrachtend an den Wänden standen, Cresspahl räumte einen Stuhl frei, denn das wäre ja nun das Wenigste für einen städtischen Angestellten, nämlich als er in Jerichow angekommen war aus Breslau, hatten sie ihm mit der Zeit das Dezernat Republikflucht angehängt, so bleibt an jedem etwas hängen: sagte er, dies übrigens sei sein Dienstausweis, manche haben auch einen queren Rotstrich, dann verhalte es sich also wirklich so, er werde die Kommission für Wohnraum ehestens benachrichtigen. Hier sagte Jakob zum ersten Mal etwas: Der Wohnraum sei eingetragen auf seinen Namen als eine Dienstwohnung der Deutschen Reichsbahn. »Aber Sie räumen doch aus?« fragte Herr Schneider erstaunt. Denn nun kam wirklich Messereit mit seinem struppigen mürrischen Pony vor dem Plattenwagen, er verbeugte sich vor allen tief mit seinem ingrimmig traurigen Schnurrbart und begann die Möbel anzugehen mit betrübten Reden und brach aus in schmerzliche Verzichte, als Jakob ihm das Schlafzimmer und die Nähmaschine vorenthalten wollte; dann ermahnte Cresspahl ihn zu Anstand und Sitte. »Zehn Mark pro Stück« sagte er vor den Stühlen, »Achtzehn« sagte Jakob gelassen wiederholend, »Das ist der Vorkriegspreis« beklagte sich Herr Messereit,

»Nachkriegspreis« sagte Jakob und ärgerte ihn mit der genauen Erzählung der Kaufumstände, die fingen an mit einer Flasche Schnaps, und an diesem Tage noch gab einer achtzehn Mark dafür, dem ging es schlecht, am liebsten ginge er zum Westen: sagte Herr Messereit. Ja, da müsse er ein Gesuch einreichen beim Rat des Kreises, wenn er vielleicht vor dem Krieg in Hamburg gewohnt habe, dürfe er unter Umständen hinaus: sagte Jakob, das hatte ihnen aber Herr Schneider vorhin erst alles erklärt, und Jonas begriff an Cresspahls gelassenem Erheitertsein dass man sich über so ein Benehmen bei Jakob nicht im mindesten zu wundern habe. »Und mein Konto?« sagte Messereit verzweifelt, denn er wurde gerufen in viele Häuser und war ein reicher Mann geworden in drei Jahren (seit die zurückgelassenen Möbel nicht mehr auf öffentlichen Auktionen verschleudert wurden zu Gunsten des Staates); es ging ihm gegen seine Selbstachtung. Sie nahmen das Wohnzimmer auseinander und schoben es zur passlichen Reihe und trugen es unter Messereits Decken auf den Plattenwagen vor der Haustür (jetzt in der Dämmerung war die Luft feuchter geworden, das Pony fror); und während das Schlafzimmer abgeholt wurde, kam der Beauftragte der Stadtpolizei. Der war ein dürrer schwerfälliger Mann in Jakobs Alter, den Jakob Hannes nannte und du, mit ihm stand er eine Weile rauchend am Fenster, Hannes hatte nur der Vorschrift halber nach der Vollmacht fragen wollen, sie redeten Dinge des Wiedersehens und der Begrüssung und der genaueren Nachfrage hinsichtlich gemeinsamer Bekannter. Beim Dunkelwerden waren die Zimmer leer; behalten hatte Jakob nur eine kleine Truhe aus hartem schwarzen Holz, die Gesine ihm vor sechs Jahren hatte schenken dürfen zu seinem Geburtstag. Die trugen sie zu Cresspahl hinüber. Sie war nicht schwer mit der Wäsche, sie wäre vielleicht nicht einmal voll geworden mit Jakobs Besitztümern aus dem möblierten Zimmer für die Arbeit. Da sie auch die Lampen verkauft und weggegeben hatten, stellten sie Kerzen auf die Fensterbretter. Die kalte hartschwarze Glasdunkelheit warf das flackernde Licht breit zurück auf den Fussboden, den Jonas sauberfegte. Während sie sich vorher bei der Arbeit verständigt hatten mit kurzen Hinweisen und auch Bemerkungen zu den verschiedenen Besuchern des Nachmittags, schwiegen sie nun. Jakob in Hemdsärmeln rauchend lehnte an der offenen Tür und sah Jonas zu, der aus der Dunkelheit zu den Lichtern hin Staub vorfegte, den Besen leicht aufsetzte, wieder die Borsten in breitem Schwung knistern liess auf dem blanken faserigen Dielenholz. In der Küche war Cresspahl zu hören am Herd. »Wann haben Sie Ihre Mutter gesehen zum letzten Mal?« hatte Herr Rohlfs gefragt, »Vor zwei Wochen in Jerichow« hatte Jakob geantwortet, »also gewiss nicht am gestrigen Nachmittag?« hatte Herr Rohlfs gefragt. Das war am Donnerstag gewesen. »Ihre Frau Mutter ist wohl sehr anfällig für Aufregungen« hatte er gesagt mit Bedenken und Beileid. Wahrhaftig so höfliche Anrede wandte er auf für sie, da hatte ihn seine nutzlose vornehme Erziehung unterlaufen. Aber überhaupt war solche Hochachtung nicht anwendbar für die sozusagen überzählige Bauerntochter, die die Wirtschaft lernte auf dem Rittergut in Pommern am Fluss: die lange Zeit ihre Selbstachtung befestigen musste damit dass der Junge Herr sie einmal mit dem Auto in die Stadt gefahren hatte ohne besondere Absichten und rein gefällig. Hatte sie es noch einmal erzählt? sie hatte es Gesine Cresspahl erzählt als ein Beispiel für unsinnige Einbildung. Man sei ja auch stolz gewesen, wenn man durch den offenen Aufzug die Gäste habe reden hören über die Güte des Essens; darauf, Gesine, sollst du dir nicht mehr als Kochenkönnen einbilden, wenn du nämlich selbst am Aufzug stehst in einem weissen Kittel, mögen die Küchenmädchen auch keine Kittel haben. Das gab sich also mit der Ankunft des studierten Landwirtes Abs und noch mehr nach einiger Bekanntschaft mit seinen Meinungen über die ungerechte Einrichtung der Welt. Gewiss kam sie dann später in die Dienstwohnung des Inspektors zu leben, jedermann hatte ihr zu begegnen mit Ehrerbietung und Anstand, doch war sie wohl auf so kostbare Würdigung niemals aus gewesen (allerdings hatte sie da eigene Augen für junge Herren aller Art, und der Inspektor wurde selten eingeladen in das Herrenhaus mit seiner Frau). Was die Erregbarkeit angeht und die flackernde Bereitschaft zu Angst, so war die Unruhe ihres gegenwärtig neunundfünfzigjährigen Lebens sicherlich nicht zu vergleichen mit der Hoffnung und Zuversicht jüngerer Jahre, von denen sie drei wartete ohne Kleinmut auf einen jungen jähzornigen Landwirt aus Mecklenburg, der sein und ihr Leben versuchen wollte in der unbekannten Ferne Brasiliens und doch lieber zurückkam in die lügenhafte Heimat (erst Herrn Rohlfs' unergründliche Kenntnisse hatten diesen Fluchtversuch in Jakob aufgerufen). Jakob erinnerte sich nicht seines Vaters mehr, inzwischen hatte das Bild der Uniform sich vorgedrängt in seinem Gedächtnis, aber ungefähr wollte er doch dafür halten dass sie ihn sehr geliebt hatte (oder war er es selbst, der glücklich gewesen war in dem weiten Land am Wasser auf dem grossen Hof, wo unzählig nebeneinander die Leiterwagen standen in der Sonne und die Luft der blühenden Linden gewichtig vor den kühlen Zimmern stand, über dem klaren Spiegel des frühen Flusses, in dem fügsamen Knistern des Schilfs an der schweren Bewegung des Kahns?). Begann die Unsicherheit mit der behördlichen Mitteilung über den vermutlichen Heldentod des Vaters? er wusste genau nur noch den Treck durch den Winter über den breiten baumlosen Damm der Landstrasse unter dem heulenden Lärm der Tiefflieger und die schreienden Pferde in ihrem unbehilflichen Wälzen und das Blut im Gesicht seiner Mutter und die stöhnenden Menschen unter den Planen neben den verrenkten vom Strassenpflaster geschüttelten Leichen, als die Wagen wieder fuhren hin zur anderen Seite des verdammten verdammten verdammten Scheisskriegs. In den ersten Jahren bei Cresspahl hatte sie noch gewartet. Aber der Name Abs war nicht in den Listen des Roten Kreuzes und des Roten Halbmondes. Nun wohl war sie still und ging den Aufregungen aus dem Weg und fürchtete schon das Flattern des Blutstroms in den Handgelenken die unaufhaltsame endlose Angst. »Man muss vorsichtig sein mit ihr« hatte Jakob gesagt und so Herrn Rohlfs recht gegeben mit der sonderlich verschränkten Fürsorge der einzigen Söhne; obwohl er wusste dass die Lebensumstände nichts zu tun haben mit einer Person (während Herr Rohlfs zu meinen schien dass der Lebenslauf oder die Biografie einen Menschen hinlänglich und jedenfalls bis zur Verständlichkeit erkläre: als ob der Staubstreifen hinter einem fortgerückten Schrank und ein nutzloser Nagel in einer leeren Wand und die alberne Traulichkeit eines Blumentopfes auf dem Fensterbrett eines ausgeräumten Zimmers noch verlässliche Nachrichten wären). Jonas kam aus der Küche zurück und nahm die Kerzen auf und blieb vor Jakob stehen. »Es ist nicht so schlimm in den Flüchtlingslagern« sagte er, das klang wie es sollte als sachliche Auskunft. Er sah ihn weiter an mit der Aufmerksamkeit, die Jakob auch wohl erkannte. Nur er schüttelte den Kopf. Ihren Donnerstag und Freitag und Sonnabend konnte er nicht wiederholen für sich als Zeit und Ereignis, das Nachdenken war ungefähr und grifflos. Ihm war als sei sie gestorben.

– Das sitzt nun da als wie ich, »ich bin auch noch da«, »schließlich bin ich jemand«, und zwar »nicht der erste beste«, und die anderen »wissen wohl nicht mit wem sie es zu tun haben« –

– Jedermann ist der Beste in seiner Haut –

– Und ich bin Lokführer, was am Ende nicht jeder ist, Anwärter auf eine freigewordene Zweizimmerwohnung, Meinungen habe ich: alle meine unverwechselbar, und sie sollen mich nicht kriegen zur Armee: erstlich eins, und dann überhaupt nicht ... so. Ich kann mir gut vorstellen, sieh mal ich bin ein spätes Kind, ich bin sicher das ist Zufall und hängt mit den Bewegungsgesetzen des Kapitalismus zusammen, meine Eltern konnten sich ein Kind nicht leisten, aber als sie mich willentlich in die Welt setzten, konnten sie sich das eigentlich auch noch nicht leisten. Verstehst du? dass ich elf Jahre früher unter die Räuber gefallen wäre. Vergleiche mal. Ist das etwa unwahrscheinlich dass ich jeden Juden totgeschlagen hätte aus Spass und mir wäre sehr wohl gewesen im Krieg? dass ich mich gefühlt hätte als Herrenrasse und alles andere unter mir? Ist vielleicht nicht unwahrscheinlich. Warum: ich wär zu der Zeit in die Schule gegangen, dies und das wäre üblich gewesen, »wir sind geboren um für Deutschland zu sterben«, und die Erwachsenen haben ziemlich lange recht: bis du ihnen alles nachmachen kannst, dann meinst du du bist auch im Recht. Ich gebe dir alles zu mit der wie hast du gesagt eigenartigen Person und Jedem sein eigener Blutkreislauf, Niemand Kann Im Ernst Dein Lächeln Nachahmen, aber kommt es darauf an? wird denn das erheblich? Das sind Gründe aus denen einer geheiratet wird, oder die sind sonstwie nützlich für dein heimliches Privatleben. Diese (wir können ja sagen:) persönliche Eigenart braucht aber Gelegenheiten, wird ja nur in Äusserlichkeiten sichtbar; in dem was du tust und nicht in dem wie du dich fühlst. Und Möglichkeiten zu tun gibt es immer nur was du vorfindest im Licht der Welt und was die Besserwisser: deine Erzieher dir anbieten. Will sagen ich hab nun Glück gehabt. Insofern nämlich als ich von Heute aus froh bin dass ich mit dem Krieg nichts zu tun hatte. Insofern als ich es bequem finde dass ich mich nicht mehr an meinen Vater gewöhnen musste, er ist gefallen, der Judenschlächter, der Hausanzünder. Ich sage aber dass sie mir das hätten ebenso beibringen können, und wenn einer heute dagegen ist auf seine sehr persönliche Weise, so soll er sich nichts darauf einbilden.

– Ja.

Nimm es nicht so ernst dass ich ja sage. Ich weiss nichts anderes, dies ist spät am Abend.

Ja.

Cresspahl stand vor dem Schrank mit den sieben Türen und stützte sich mit einer Hand fest an dem dunklen alten Holz; an den klaren harten Graten der erhabenen Schnitzlinien war die Dauer des Gebrauchs unendlich zu ahnen. Er trug jetzt nicht mehr das Corduroyzeug sondern seinen grauen Anzug und hatte einen Schlips vor dem Hals; der Stoff spannte sich in dicken Falten über seinem gebeugten breiten Nacken. Vor den schwarzen Fenstern war hart und ebenmässig der Regen, er prasselte auf die Steinplatten unter der Traufe, hackte auf die neblige Lichtbrücke, die von der Schreibtischlampe in die Dunkelheit nach aussen stieg. Jakob lag weit zurück in dem Ledersessel vor der vergerbten zerschnittenen Tischplatte und sah zu wie Cresspahl den Tonkrug und die Schale mit seinen Pfeifen und den Tabaktopf auf den Tisch setzte. Mitten in seiner Beschäftigung hob der Alte seinen mächtigen wilden bitteren Kopf und starrte in die Dämmerung des Zimmers, wo Jonas am Regal stand und Buchseiten blätterte. Sein Blick geriet ins Überlegsame und streifte Jakob, der aber reglos lag mit seinen Schultern. Seine Augen waren eng, es schien als ob er sich etwas vorzustellen versuchte. Cresspahl bückte sich zu der untersten Tür im Schrank und trug drei verbeulte abgegriffene Zinnbecher um den Tisch herum und liess sich nieder in dem Sessel schräg neben Jakob, und als er eingegossen hatte aus dem Tonkrug in die strahlend klare Höhlung des Zinns, kam Jonas ins Licht und fand für sich nichts als den breiten hochlehnigen Armstuhl auf der anderen Seite des Tisches ihnen beiden gegenüber. Nach einer Weile fragte Jakob: »Was haben Sie eigentlich für einen Beruf«; er hatte sich nicht gerührt, er schien nur die Bedachtsamkeit seines Blikkes in Worte übersetzt zu haben. Cresspahl rieb seine Schultern an der Lehne und betrachtete mit spöttischer Sorge den jungen Mann, der seine Tochter liebte; als er wahrgenommen hatte dass der nicht zusammenfuhr sondern nur gründlich ins Bedenken abseits geriet, lachte er in leisem Aufzucken seines Kopfes und hob den Becher vor sich und befeuchtete sehr zögernd seine Lippen. »Diesn Dscheneve schickt mie mein Tochte« sagte er mit seiner harten behutsamen Stimme, und nach einiger Zeit begann Jonas zu reden in seinem südlichen kultivierten Tonfall; er hatte nur am Anfang einmal länger Jakobs Profil betrachtet, dann sprach er sicher geübt respektlos vor sich hin. Jetzt sass er tief und angelehnt im Stuhl, seine Hände auf den Armstützen lagen ruhig und locker wie zwei kluge erfahrene träge Wesen für sich allein.

Notwendig sind nur wenige mittelgrosse Zimmer in einem Gebäude, das allerdings durch etliche Würde einer hauptstädtischen Umgebung und des eigenen Aussehens ausgezeichnet sein sollte vor den dicht an dicht gedrängten Bauten zu profanem Nutzen (Kasernen, Fabriken, Miethäuser). Es darf aus gewöhnlichen glindower Ziegeln gemauert sein wie die anderen auch, doch hier versteht sich ein dicker unebener

Putz als Schaustellung düsterer Unerschütterlichkeit (damals war ein Krieg gewonnen worden). Aussen heute noch starrt die ergraute Felsenlüge in den wilden verödeten Park. innen verschüchtern die mit Marmorplatten verkleideten Wandelgänge die menschlichen Reden und Schritte. In einem von den Zimmern sei die Bibliothek aufgestellt, sie sammelt möglich viel von den Büchern und Zeitschriften der einschlägigen Wissenschaft; im nächsten Zimmer sitzt die Sekretärin zwischen Schreibmaschine und Aktenschrank und jahrüber grünenden Pflanzen; das Zimmer des Chefs versucht stille Ehrwürde mit überalterten Büromöbeln und Buchrücken und Karteikästen. Nun setze man das Ganze mit Hörsälen und Seminaren und Assistentenzimmern unter Glas und sperre den Zutritt für Unbefugte und sehe einige Jahrhunderte später wieder nach; siehe, der Wissenschaft wird kein Schade geschehen sein. »Aber auch an die Wissenschaftler und Studenten ergeht der Ruf, in dieser ernsten Stunde der humanistischen Pflicht allen Forschens bewusst zu sein. Voreilige und unbedachte Handlungen können nun ein Gewicht erlangen, das als schwere Verantwortung auf die Urheber zurückfallen wird. Bei jeder Entscheidung muss die Frage gestellt werden Cui bono, wem nützt es. Nützt es dem Staat der Arbeiter und Bauern?«
Die Englische Philologie (Anglistik und Amerikanistik) befasst sich mit der Geschichte der angelsächsischen Sprache und Literatur. Die eigens auf den Lautstand gerichtete Linguistik untersucht die reine Sprache und deren erstaunliche Veränderungen von den frühesten Dokumenten bis zur Gegenwart; sie ist immer etwas in Verlegenheit, denn die Schreiber etwa des elften Jahrhunderts mögen wie die des zwanzigsten nicht die genaue sondern eine sehr ungefähre Aussprache schriftlich aufbewahrt haben, die Tradition als fahrlässige Gewohnheit, und es gibt keine Erklärungen für den Übergang von o zu a aus offenbar heiterem Himmel, solche Dinge beweisen nur dass es nicht bleibt wie es ist in menschlichen Angelegenheiten. So kann die Linguistik die Veränderungen nur beschreiben einzeln oder in einem vermuteten Zusammenhang; es gibt allerdings Regeln. Vom frühen über das mittle-

re zum neuen Englisch. In welcher Richtung bis wohin wanderte der Übergang von o zu a, hier lässt sich eine friedliche oder kriegerische Bewegung der Sprachgemeinschaft unterstellen; mit der Überfremdung der englischen Sprache durch französische Wörter gewinnen wir einen weiteren untrüglichen Beweis für die normannische Eroberung. Nutzen für die Geschichte überhaupt hinsichtlich von Zeiträumen, die in der Vergangenheit verdunkeln. Nun die Philologie die Philologie enträtselt erschliesst in den frühen Handschriften die inzwischen vergessenen Wörter durch deutlichere Zitate aus anderen erhaltenen schriftlichen Aufzeichnungen; sie vergleicht Wörterbücher Grammatiken Landkarten Ausgrabungen Fauna und Flora der wahrscheinlichen Landschaft. Sie spürt die Ordnung auf, nach der die Worte abgewandelt und zu Sätzen zusammengefügt worden sind; jede Mundart besitzt ihr Spezialwörterbuch mit grammatischem Anhang. Aus verschiedenen Fassungen eines Textes wird die dem Anschein echteste (unverderbteste) ersucht, welches Manuskript ist von welchem abhängig, Vergleichung, chemische Untersuchung des Papiers, auf welche Papiermühle deutet dies Wasserzeichen (ist das überhaupt eins), war die damals nicht schon abgebrannt, die Hetzjagd nach dem Verfasser, Klosterchroniken, Bürgerbücher, Familienregister, Gerichtsakten, Grabsteine. Dann der Druck des völlig durchforschten Textes mit Noten Einschüben Lesarten Glossen Exkursen Rechenschaftsbericht: dem textkritischen Apparat, jährlich ein Seminar zur Einführung der studierenden Jugend in den Sprachstand des englischen MA (Mittelalters). Die im Text benutzten Wörter geben genaue Kunde von Kleidung Gerätschaften Waffen Sozialverfassung Lebenserwartung des vergangenen menschlichen Zustandes, Nutzen für das historische Interesse des Menschen an sich selbst? Die Sprache lebt mit der Gemeinschaft, von der sie gesprochen wird, und vergeht mit ihr; in der Literatur aber ist uns erhalten das Weltverhältnis eines einzelnen Subjektes, soll man eigens achten auf das Subjekt, das achtzehnte Jahrhundert geistesgeschichtlich betrachtet, und welcher sprachlichen Mittel es sich bedient zur Erfassung und Bewältigung der Welt? Der Bildwandel der englischen Lyrik im Überblick der Jahrhunderte. Für die nun endlich in Buchform vorliegenden in mühseliger Kleinarbeit erworbenen Erkenntnisse des angesehenen Anglisten dürfte das Interesse der Universität-Bibliotheken, der einschlägigen wissenschaftlichen Institute, der Fachzeitschriften und ihrer Mitarbeiter kein geringes sein. Andererseits, hingegen, wenn die Geschichte eine ist von Klassenkämpfen, die Literatur als anschauliche Illustration zu den Lehren des Marxismus, unstreitiger Nutzen, was ist gegen das Mehrwertgesetz etwa einzuwenden? Und wenn nun eines Tages jedes in literarischer Absicht hingeschriebene Wort um und um gedreht ist und unsere Kenntnis der angelsächsischen Sprache und aller irgend beteiligten Kulturkreise ist umfassend, lückenlos, wie versehen wir uns der Gegenwart? Nutzen für das gegenseitige Verständnis der Völker, freundschaftliches Zusammenleben. In diesem Herbstsemester halte ich zur Hauptvorlesung des Herrn Professors und Institutsdirektors »Literatur im Elisabethanischen Zeitalter« das Proseminar an jedem Donnerstag von vierzehn bis sechzehn Uhr im Seminarraum 2, Dr. Blach, Assistent.

Jonas Blach sass an der Rückwand des Seminarraums unter den Studenten und horchte dem unbeständigen Geräusch der Stimme nach, die sich in erregten Betonungen hell aufschwang, mürbe abfiel, spröde vortastend den neuen Ansatz suchte. Das Gesicht des jugendlichen Redners war blond und dick und wie leergesogen von der Anstrengung des beaufsichtigten Sprechens, blicklos abwesend starrten seine übermüdeten Augen in heftigen Kopfrucken vom Papier auf die leere Wand neben dem Kopf des Seminarleiters; wenn er auf die Wandtafel deutete, blieb seine Hand in halbem Ausfahren stecken und fiel achtlos zurück an die Kante des Pultes und klammerte sich fest. Herr Blach sass Knöchel über Knie gelegt schräg gegen die Wand und betrachtete seine Fingernägel, Oberschüler: dachte er. Das Referat war nach dem berühmten Schema Einleitung-Hauptteil-Schluss schulgemäss aufgebaut, deutlich waren die Nahtstellen zwischen den benutzten Büchern abzuhören, die Aufgabe war gestellt worden, nun wurde sie erfüllt, für eigensinniges Augenmerk war keine

Gelegenheit. Da also die Bühne der Shakespeare-Zeit keine szenischen Hilfsmittel besass, wurden Anzeigetafeln für die Angabe von Zeit und Örtlichkeit benutzt, hierdurch erklärt sich dass am Anfang nahezu jedes Dramas die Personen sich selbst oder einander dem Publikum vorstellen; in der hinteren Wand tönte mit anmasslicher Feierlichkeit spinnwebdünnes Orgelspiel aus den Räumen des Instituts für Musikgeschichte, am Rednerpult raschelte Papier, die Studenten sassen zurückgelehnt in der durch achtzig Minuten Stillsitzens befestigten Haltung innigen Zuhörens, zwei Mädchen schrieben mit zwischen breit gespreizten Ellbogen. Die drei schmalhohen stumpfbogigen Fenster sahen in den Innenhof des wehrtrutzigen nebelgrauen Gebäudekarrees, schal und fahl kam das Oktoberlicht in die kalte abgestandene Luft des würfeligen Raumes. Die erschöpfte Stimme gewann die Sicherheit der Schlussformel, die gebildet wurde nach der Gewohnheit des Chefs und im ganzen bedeutete dass man nun vielleicht Bescheid wisse vielleicht aber auch nicht (kaum mehr als Mutmassungen und Andeutungen erworben habe). Und da Dr. Blach in der unerschöpflich bereitwilligen Aufmerksamkeit seines Blicks verharrte, fügte der Redner betroffen hinzu: Das sei es. Trat neben das Pult, kippte sein Papier in die Armbeuge, begab sich vom Podest auf die Ebene des Fussbodens und knickte krumm über dem leeren schützenden Stuhl in der Mitte zwischen den Tischen. Aber Dr. Blach hatte längst gesagt »Ach so« wie überrascht mit seiner klaren gewandten achtsamen Aussprache, eilig setzte er hinzu: »Ja. Ich danke Ihnen. Bitte. Setzen Sie sich doch, bitte«,

denn es war nicht nur Höflichkeit in Herrn Blachs Benehmen, während die Stuhlbeine auf den Fliesen kratzten und scharrten und die Jungen und Mädchen sich rückwärts wandten und dem Seminarleiter mitteilten ihre Meinung über Anlage und Aussage des angehörten Referats; reglos hielt er seinen kühlen zweiflerischen Kopf an der erkälteten orgeldurchtönten Wand und gewärtigte in seiner Vorstellung dass diese Arbeit angefertigt war in den überfüllten Sälen der Bibliothek rücksichtlosen Gesprächen kleinmütigen Spaziergängen und scheinbar kristallklaren Nachtstunden in einem möblierten Zimmer zwischen Bett und Waschtisch mit Mühe und Anspannung; er einigte sich auch freundlich blickweise mit dem Referenten, in dessen allmählich beruhigtem Gesicht über den Wangenknochen die Röte blasser wurde von einem Atemzug zum anderen. So wandte er sich seinerseits mit Erstaunen seitwärts, als die junge Dame neben ihm unversehens ausrief dass dies nur der Leiter der Übung zu beurteilen wisse, man beachte seine vornehm bedeutende Zurückhaltung; der Verweis wurde aber scherzhaft durch mutwillig unverborgene Heiterkeit, und Jonas hielt ihr versöhnlich vor er habe ja gar nichts zu verstehen gegeben, da sagten die anderen schon »Hörsde das! na!«, sie hatten aber nicht recht. Also fasste er die Meinungen und Anmerkungen zusammen zu einem längeren Satz und erwähnte die Worte gewissenhaft und fleissig und umsichtige Anlage; obwohl das Fräulein recht gehabt hatte und ohne hinzusehen aus seinem blossen Dasitzen den Missmut ertastet hatte: dies war Fleiss, der im Zeugnis der Oberschule bescheinigte Fleiss mit nichts als der Fähigkeit zu geistiger Bewegung ohne ausschliesslichen Wunsch Willen Vorsatz und ein Nicht Anders Können, so standen die Gedanken nicht auf eigenen Füssen und waren sämtlich Abkömmlinge der überkommenen (vorbildlichen) Denkweisen, als ob die Universität die Fortsetzung des Schulbetriebes sei, auch die Wissenschaft verträgt nicht ihre eigene Nachahmung: dachte er, wusste er etwas Besseres? vielleicht nein. Er stand vorn auf dem Podest am Pult und verteilte die Referate für den nächsten Donnerstag und schrieb auch dieses Fräulein in die Liste so widerspenstig sie sich betrug, wie hiess sie doch, mit dem Vornamen? Gisela hiess sie, tun Sie mir den Gefallen: sagte er lachend, aufsässig nahm sie die Versöhnung an (die kleinen Mädchen). Er hob die Sitzung auf und ging mit seinen Mappen unter dem Arm davon über die stumpfen Marmorfliesen in den hohen düsteren Wandelgängen, indes die siebzehn Stimmen von Jüngern der Wissenschaft wirr durcheinander hinter ihm her schallten aus dem geöffneten Hohlraum des Seminars, er hatte nicht vor sie nach seinem Bilde zu ziehen – zu einem erwachsenen jungen Mann in gutem Anzugstoff, dessen Gesicht von den geduldi-

gen Sorgen einer vergeistigten Wissenschaft nicht vorsichtig bekümmert sondern anschlägig abenteuerlich geworden war, der scharf und tonsicher eine Melodie pfiff aus dem ständigen Nachtprogramm eines amerikanischen Soldatensenders in Deutschland: wenn schon.
Denn dies Jahre lang. Seit zwei Jahren war er angesehen in den Korridoren und Unterrichtsräumen als der begabte zuverlässige hilfsbereite Assistent des Chefs, hielt er Vorlesungen und Seminare, führte er die Geschäfte des Instituts (Bücherbestellung, Anleitung der Studenten, Verhandlung mit der Obrigkeit, Briefwechsel mit verwandter und ebenbürtiger Wissenschaft), war er persönlich gehalten für verschwiegen abgefeimt eigensinnig, »in Wirklichkeit ein Bonvivant«, einige und auch die Sekretärin neben ihm im Vorzimmer sagten: hochmütig im stillen. Aber schon als die mündliche Hauptprüfung im staatlichen Examen für ihn endete mit der Frage: ob er zu solcher Arbeit im Dienste der Wissenschaft würde sich bereitfinden lassen?, das alterslos ungläubige kaum gütige Greisengesicht des Professors war angestrahlt von dem vormittäglichen schrägen Licht eines Junitages, scharf umrissen gebeugt über die Papiere der Prüfung, der Beisitzer sass blicklos abwesend vor dem weggeschobenen Protokoll, und der Student Blach antwortete der täuschenden Atmosphäre der Situation (Ehrung Auszeichnung Auslese Beförderung) höflich und guten Willens mit ja und erschrak heimlich vor dem zähen steten Blick des alten Mannes, der die Prüfung abermals begann – und schon lange vor dem Examen war er müde der Philologie. Damals hatte sein Leumund bestanden aus umgänglichem Wesen und Vielwissen und drei grossen Referaten, die mit gründlichen gedankenreichen Studien so etwas wie Unernst zu verstehen gegeben hatten. War er nun erzogen? ihm waren die Weisheiten eines abendländischen Greisenalters mitgeteilt, er versah seinen Dienst gewissenhaft und pünktlich und hielt auch noch im Versteckspiel des persönlichen Umgangs im Dienst auf sämtliche anerkannten Regeln. Wunderbar war die philologische Beschäftigung: eine sehr entlegene vereinzelte Erhabenheit des strengen Zusammenhangs (und dergleichen);

sie war nicht der Beruf und das Gefäss für ein ganzes Leben, zu dem sie unwissend und unberaten ausgewählt war von einem sechzehnjährigen Schüler in der abseitigen bedrängten Enge einer kleinen Stadt in Sachsen, nach wenigen Jahren nicht griffsicher genug für Wissbegierde. Sie hielt das Denken in Ordnung, war nicht schlafwandelndes Funktionieren oder Träumerei; war aber das Leben in einem Text? er kam sich vor als versäume er es. Das sei eine ungenaue Umschreibung, er könne es nicht ausdrücklich mit Namen nennen. Die Zettelkästen und Bücher für den Erwerb eines Lehramtes standen unberührt und unbedacht im Regal, er trieb sich ziellos umher in den beiden Städten Berlin an vielen Abenden mit seinem sicheren herrenhaften Benehmen und suchte nach er wusste nicht was. Dann findet einer nichts. Arbeitsam und ironisch kehrte er zurück anderntags zu seinen Studenten und wusste dass sie seine amtlichen Mitteilungen und Ratschläge ernst und wichtig nahmen aufs Wort, weil er älter war als sie und der wohlgeschätzte Gehilfe des alten Mannes. Dann gingen sie dahin, hiessen Gisela mit einem gutmütigen vollgelernten noch jugendhübschen Gesicht und lehrten die englische Sprache auf einer Oberschule der Demokratischen Republik und vergassen was hier gelehrt worden war, denn es war nicht von Lebensbelang gewesen; danach pflegten sie hier übrigens nicht zu fragen. Er hingegen, er würde ja wohl Dozent, Dr. habil. heissen im nächsten Jahr und Oberassistent werden und Professor und geachtet sein in der Würde des wissenschaftlichen Dienstes: wenn er nichts dagegen tat.
Jakob lag immer noch auf seinen Armen (die Hände schienen rücklings in den Gürtel gestemmt) in der Sesselhöhlung, sein Kopf war schräg abseits geglitten in die Blickrichtung des Dunkels mit trägen unwillkürlichen Bewegungen in seinem Kinn. Cresspahl goss sich zum dritten Mal ein, dann warf er sich vor auf Jonas' Becher und umklammerte ihn und zwang ihn unter den gekippten Krug. Als Jakob auf den Tisch zum Becher griff, kam sein Blick zu Jonas und rührte ihn an im Grübeln, es war keine Frage in dem Ansehen und nicht das gefürchtete voreilige Ich verstehe – Kann mir das gut vorstel-

len, denn Jakob hatte ja zugehört. Er sah ihn an und versammelte Jonas mit den neuen Eigenheiten seiner Erzählung und erwartete mit? vielleicht mit Geduld wie dies weitergehen sollte. Draussen regnete es nicht mehr. Nach einer Weile hustete Cresspahl in seinem faltigen Hals und sagte begütigend: »Er hat sie auf der Strasse angehalten«:

*Ja. Das war eine Strasse zwischen Gärten und Landhäusern in einem Berliner Vorort abends, die Beleuchtung war noch nicht eingeschaltet, in der weichen Dämmerung glommen unzählig die Standlichter der wartenden Automobile matt und nahmen unablässig zu an Farbe, als über die Treppe eines Hauses mit zwei amerikanischen Offizieren und einem behäbigen Zivilisten eine Dame kam auf den Torweg an die Tür im Zaun, eine Dame ein Mädchenkind, als ich ihr Gesicht sah, blieb ich augenblicklich stehen,*
*»Lissen« sagte ich; reglos auf der Stelle. Nichts war in mir als die klare kühle Furcht sie würde weitergehen. Ich würde sie verloren haben im nächsten Augenblick.*
*Sie drehte ihren Hals in dem aufgestellten hellen Mantelkragen ohne mich aus ihrem Blick zu verlieren, ich stand ihr genau im Weg, das bauerntöchterliche Märchenantlitz, hohe steile Wangenknochen, hintergesichtige wendische Augen, ihre Lippen achtlos sicher zu Spott verzogen: ich suchte in ihrem Gesicht und erwünschte mir Enttäuschung, damit es gut ausgehe, aber ihre Augen drehten mein – meinen Blutkreislauf um und um ohne Aufhören, – »Which feature is it?« fragte sie höflich mit ihrer Stimme.*
*Welcher Film war es: dachte ich gehorsam. Ich fühlte mich dastehen und angesehen in meinem Rücken und fühlte die Zufälligkeit und Abgebrauchtheit der Umstände, die Strasse mit Hausformen und Gärten und geparkten Autos war austauschbar, und jedes Wort war so leer wie Lügen, und und dies war wie ein Film. Ich nickte in der Enttäuschung, die anders war und schlimmer als die eben noch erwünschte Gleichgültigkeit, nun konnte ich mich sehen wie ein Filmbesucher den lyrischen Haupthelden, grinsend über mein*

ganzes ungeschontes Gesicht sagte ich: »I apologize«.

»You had better say that you'll never live a refusal down« sprach sie, ihre Stimme sang gleichmütig unverändert unwillkürlich. Sie rührte sich immer noch nicht.

»Nein« sagte ich: »I shall never live that down«, nun war es wieder wie wenige Atemzüge vorher. Ich fühlte wie jetzt die Bewegung der Uhr an meinem Handgelenk und begriff das Ticken nicht mehr. Einer von ihren uniformierten Begleitern richtete sich wieder auf vor dem Auto aus dem gebückten Einsteigen, fröhlich und munter fragte er was denn los sei, mit einem Kopfaufheben liess er sich heranholen von ihr, neugierig mit sportlichem Interesse betrachtete sie Einzelheiten in meinem Gesicht, während sie sagte: »It's a friend of mine«, heiter und kameradschaftlich streckte der Fremdländer mir seine Hand hin in einem fort redend »Glad to meet you, name Conne. Any time? we're short, come with us«, aber ich bewältigte die Vorstellung ohne Aufregung und Anstände (sogar ein bisschen überheblich), ich sagte dass ich mich auch freute, mein Name sei Blach, Doktor der Philologie undsoweiter, ich könnte nicht mitkommen, tut mir leid, sorry.

»It ought to be a scandal in a decent feature«: sagte ich, als die beiden andern eingestiegen waren, neben mir stand die Wagentür offen, sie musste ungeheuer eilig abfahren in diesem riesigen eidechsenlangen Auto, obwohl in meiner Erinnerung jetzt nicht Eile ist sondern ihr weltvergessliches Dastehen und Warten neben mir und nicht neben mir. Sie hatte die Hände nun in den Manteltaschen und sah verloren ermüdet auf das staubige Klinkerpflaster neben ihren Schuhen, damals trug sie ihre Haare in einem Knoten im Nacken, ihr Haar ist dunkel und dicht. Sie nahm meinen dummklugen Rückzug nicht an, sie schien für sich selbst zu sprechen, bis sie plötzlich ihren Blick hochnahm mitten in der Frage: »And what shall it be good for?« Wozu soll es gut sein?

Ich sagte das wüsste ich nicht.

»Ich danke für die Zurechtweisung«: sagte sie in deutscher Sprache, ihr Deutsch sang auch so. Jetzt zum ersten Mal lächelte sie. Die Nachtlichter der Stadt auf ihrem Gesicht in *diesem Frühjahr, als der Strassenstaub allabendlich duftete unter stillen feintröpfigen Regenschauern*

»Ja«: sagte Jonas Blach.
»Wo hest den'n her?« hatte Cresspahl beiläufig nach längerem Bedenken gefragt, als er sich im Sommer in Berlin traf mit seiner Tochter und sie nachts mit der Untergrundbahn von Jonas zurückfuhren über die Grenze zum Hotel, Gesine lachte leise auf in der Überraschung und sagte »Von der Strasse«; mehr sprachen sie nicht darüber. »Er hat sie auf der Strasse angehalten« sagte Cresspahl als ob das an diesem Abend in der gegenwärtigen Hinsicht müsse im Auge behalten werden, und Jonas fragte sich wie das für Jakob aussah. Das kam oft vor und war denkbar für fast jedermann, es war nichts Besonderes; aber er hatte es noch verschweigen wollen, als er sagte »Ja« wie er es verschwiegen hatte gegen alle seine Freunde. Seine Freunde waren bekannt in seinem Diensthaus und leicht aufzufinden in den benachbarten Gebäuden, an ihnen schon wurde er namhaft; kenntlich war er schon auf dem Wege vom Assistentenzimmer ins Sekretariat und war er etwa nicht zu sehen auf dem Postamt hinter der Grenze wo er fragte nach Briefen von ihr? Mitunter, wenn ihm der ganze geordnete Unsinn seines amtlichen Tun und Lassens im Ganzen wie in den Einzelheiten fragwürdig war und belachenswert, bedauerte er heimlich dass er sie nicht angesehen hatte und gehen lassen und zurückbleiben in der Erinnerung. Sondern sie hineingezogen hatte in die Unzuverlässigkeit und Langeweile seines Tageslaufes als wäre auch sie eine bekannte benannte bewusste bewältigte Alltäglichkeit.
Aber Jakob erzählte hierzu keine Geschichte. »Und an diesem Donnerstag?« fragte er. Cresspahl sah verwundert auf wie Jonas sich verhalten werde. Sie horchten alle drei in die Nacht auf das plötzliche Motorengeräusch vor der sowjetischen Kommandantur, ein schweres schnelles Gewicht stiess in die Pfützen, bis es davongetrampelt war auf der Strasse in

die Stadt. »Ja« sagte Jonas noch in dem kurzen tonlosen Auflachen von Ungeduld,

das ihm auch beigekommen war nach dem Seminar dieses Donnerstags, als er hinter der übermannshohen feierlich kassettierten Tür seines Dienstzimmers sass rauchend neben den Büromöbeln und sich seines Leumunds zu erwehren versuchte, der aber gespenstisch und bedeutend in der Nähe war und ihm mit grossem stummen Dastehen die Unkenntlichkeit seines eigenen Lebens bewies. Und wieder sass er hier wie dort ratlos und starrte über seine aufgestellten verschränkten Hände dem Rauch nach, den die Dämmerung aufsog des Parks, des nächtlichen Cresspahlzimmers:

GEGEN SIEBZEHN UHR nachmittags gab die Telefonzentrale noch ein Ferngespräch an das Englische Institut. Die Sekretärin, eine zierliche kleine Person behende hübsch vollgesichtig, kam mit drei Schritten vom Kleiderschrank zurück und schulterte sich noch in ihren Mantel, während sie sich meldete mit ihrem Namen und dem des Instituts. Die anderseitige Vorstellung war undeutlich gewesen, doch glaubte sie an der Sprechweise einen von Herrn Blachs Freunden zu erkennen (den Langen mit der randlosen Brille), der übrigens auch nach Herrn Blach fragte. Sie sagte Dr. Blach sei nicht mehr im Hause. Sie wisse nicht wo er zu erreichen sei. Er habe sich heute länger aufgehalten und scheine etwas vorzuhaben für den Abend. Nein. Auch Herr Professor sei nicht im Hause, solle etwas bestellt werden? »Nein« sagte die andere Stimme, und ein längeres Schweigen bestärkte sonderbarer Weise noch mehr das Bild des langen Freundes mit der Brille, bis die Verbindung nach Danksagung und Verabschiedung unterbrochen wurde. Die Sekretärin bedachte den dringenden und unergiebigen Anschein des Gesprächs noch ein Stück ihres Weges, aber als sie ihren Mann traf an der Strassenecke vor dem Bahnhof der Stadtbahn wie allabendlich, fand sie sich letztlich doch nicht berechtigt jedem beliebigen Fernsprechteilnehmer allerhand Auskünfte anzugeben.

Aber während hundertundvierundsechzig Reichsbahnkilometer südlich Herr Bessiger noch vorgebeugt sass über seinem Telefon, das er mit beiden Armen umzingelt hatte, mit unbehaglichem Naserümpfen sah er aus dem Fenster seines Büros auf die Strasse, langbeinig in seinen Corduroyhosen stand er auf und würgte mit einem Finger unachtsam in dem gestärkten Hemdkragen vor dem Schlips, Herr Bessiger, sechsundzwanzigjährig, Verlagslektor, mit Jonas Blach seit mehreren Jahren befreundet von wegen Gesinnung und einiger Ähnlichkeiten: umgänglich denklustig angreiferisch redebereit, selbst jedoch verheiratet zu seinem Glück, ein vorsichtiger zögernder Pfeifenraucher von äusserem Benehmen und der »unsteten Abenteuerlichkeit« Jonas' zugetan mit Billigung und Besorgnis und selbst doch nicht von jener unbedenklichen Fügsamkeit, die er hatte Jonas anraten wollen für diesen und die kommenden Tage, war Blach

*eben angekommen unter den Brückenbögen der Stadtbahn und stand angehalten zwischen den reglosen regenbestäubten umwindeten Menschen, die wie ich den Marsch auf der Fahrbahn betrachteten: in militärischer Ordnung und uniformem Anzug (in blauen Overalls aus Baumwollgewebe mit breiten Ledergürteln und Schulterriemen unter dunkelblauen Skimützen und mit roter Armbinde) zogen schweigende Männer neben dem Bürgersteig dahin starr geradeaus blickend und befremdlich lautlos auf den angefeuchteten Gummisohlen ihrer städtischen zivilen Schuhe: sie sangen nicht, und am Strassengitter unter den Zuschauern war nur spärlich und unterbrochen Murmeln hörbar. Ich bemühte mich um ein Grinsen in meinem Gesicht, vielleicht um wenigstens da Sicherheit einzurichten, und spasshaft schien die familienväterliche Unfreiwilligkeit in den Gesichtern der Marschierenden. Sie bedeuteten eben für sich nichts und waren anderseitig eingesetzt wie ein Foto neben einen längst vorbereiteten Text oder die Filmaufnahmen eines Vorgangs, von dem man bisher nur hat reden hören, »jetzt ist es so weit«. Aber das stille nässliche Schlürfen der Gummisohlen erheiterte mich überhaupt. Wandte mich ab mit meiner ange-*

*strengt besserwisserischen Miene und trat in den Windfang der Gaststätte; behielt aber als Bild und Unbehagen in meinem Gedächtnis das betroffene einsame Kopfschütteln einer zusehenden Frau, die neben mir gestanden hatte und ihre Einkauftasche achtlos an sich zog, bevor ich mich für Anstossen und Weitergehen hatte entschuldigen können.*

»Damit mag es angefangen haben. Ich ging durch den Speisesaal mit angelegentlich suchenden Blicken, denn mein Durchgang sollte für jeden zufälligen Beobachter den Sinn von Verabredung und Suchen annehmen, noch in der gegenüber offenen Tür bot ich mit einem letzten Umwenden unauffällige Enttäuschung als Eindruck an; dürftige Beleuchtung, fleckige Tischtücher: gehört alles dazu. Ohne Aufenthalt in die Schalterhalle der Stadtbahn, spärlich belebt, durchquerte sie ihrer ganzen Länge nach, sah mich hier nicht mehr um (Fehler), verschwand mit dem zielsicher eiligen Gang eines jungen Mannes (wie sie unzählig an jedem Abend da umherlaufen) durch den kleinen Ausgang auf den Weg zum Kanal, nun noch die graue nasse windige Abendlichkeit, hier war nicht die Strasse ... ich dachte das sei nun wirklich übertrieben, denn ich hätte unter den meisten anderen Umständen den selben Weg genommen, das war nur heute voller heimlicher Bedeutungen. Ich kam von hinten auf den Parkplatz damit ich die Kenn-Nummern ohne Mühe ablesen konnte, sonst hätte ich noch ein paar Wagen suchend umkreisen müssen, das sieht sonderbar aus. Das verabredete Auto sah aus wie tausend andere (wir bauen ja bloss drei Serien), ich stieg auf die hintere Bank neben meinen Chef und Brötchenverteidiger und sagte guten Abend zu den Herren auf dem Vordersitz. Ich hatte sie nie vorher gesehen, aber sie sahen so berühmt aus dass sie einem schon wieder bekannt vorkamen. Wir fuhren runter vom Parkplatz und rasch nördlich, und solche Sachen: der neben dem Fahrer hielt ein Blatt Seidenpapier vor sich straff, darauf schien ein Brief durchgeschlagen, aber die Anrede war ausgeschnitten (mit einer Nagelschere), und im zweiten Absatz fehlte wieder ein Stück, ein lächerliches Genitivobjekt, der am Steuer brummte befriedigt, das Papier verschwand: alles so Sachen, die einem kein Film mehr anbieten darf wegen Albernheit, die wurden ernsthaft betrieben. Und mein Chef neben mir, eins von diesen alten geistig bearbeiteten Gesichtern, wenn du mit so einem weisen Alten täglich zusammen bist und mit ihm redest und für ihn was tust, und wenn du weisst er hat früher den Nacken steifgehalten, die Faschisten haben ihm den Lehrstuhl weggenommen wegen Unbotmässigkeit, dann hat er ein paar Jahre gehungert in Amerika, jetzt ist er ein bisschen hilflos und will immer noch das Beste, sein Leben lang hat er mitgebaut an den Gebäuden des Geistes – dann ist er eben eine verehrenswürdige Persönlichkeit, und du bist der geehrte Gehilfe. Habe da recht. Hatte ich ihm nicht gesagt: Ihre Bereitschaft zur Teilnahme an diesen Besprechungen (nennen wir es so) ist bedeutend, aber sie ist privat. Denn diese Besprechungen werden nicht einmal mit Barrikaden enden und also mit Märtyrern im Zuchthaus; Sie wissen ich komme gern mit, und ich halte es für Unsinn –? Nun er freundlich neben mir mit seinen hochgezogenen alten dünnen Beinen und durchaus im Vorgefühl kommender Verbesserungen: ich gab mir Mühe. Wir waren beide in bester Laune als wir ankamen. Auf der Treppe stützte ich ihn hoch, vor der Saaltür verbeugte sich jedermann mit Flüstern (das ist der bekannte Anglist, und trotz seines hohen Alters) ... es war als hätten sie ihn ausgeliehen zur Feierlichkeit und Rechtfertigung wie eine Topfpalme von der Friedhofsgärtnerei. Denn ihn fragten sie nicht nach Einladung und Gewährsmann, wie es sich eben gehört bei einer anständigen Verschwörung; die nach uns kamen wurden gefragt. Als wir endlich in der dritten Reihe vorn sassen, rückte er sich zusammen wie sonst nur bei der Begrüssung junger Studenten vor dem ersten Semester, ihm war gewiss nach ernsten würdigen Worten zumute. Mir nicht: obwohl wirklich nicht belanglose Leute hier zusammengekommen waren. Alle hatten sie etwas geleistet mit ihren Dichtungen und wissenschaftlichen Lehrbüchern, jahrelang hatten sie nachgegeben und sich kompromittieren lassen, damit sie bekannt wurden in den Zeitungen und mit Nationalpreisen und durch die Aktuelle Kamera, damit sie an diesen Abenden zusammenkommen konnten als das geistige Gewissen unseres Staatswesens und reden wie es besser zu machen sei im Interesse eines sogenannten menschlichen Sozialismus.«

*Sie lachten als könnten sie nicht wieder aufhören. Besonders der dicke Moldaw, er wälzte sich geradezu, schrie ein über das andere Mal jeschtschoras, »jeschtschoras: i on skasal: Na sdorowje, Towarischtsch, na sdorowje ...«, aber ich weiss viele Geschichten, das können manche Leute bezeugen, wozu soll ich die selbe mehrmals erzählen. »Glawnaja stanzija Moskwa. Angliskije i franzuskije schnurnalisty ...« fing ich an, da kam die Ordonnanz ins Zimmer, stramm und dienstlich, das Gelächter und die Schnapsflaschen auf dem Tisch und die offenen Halsbinden waren mir peinlich, das ist nicht gut für die Moral der Leute, ich war so verklemmt dass ich ohne zu fragen mitging und mich etwas zu stramm verabschiedete, sie konnten alle nicht mehr richtig salutieren, nun wollten sie erst recht nicht darauf verzichten. Ich dachte nicht dass etwas Wichtiges gekommen sei. Vielleicht hatten sie wieder einen anonymen Brief, da müssen sie mich ja gleich zurückholen aus der Kommandantur, wo ich mir einen sogenannten vergnügten Abend bereite einmal in der Woche. Und dabei steht der Posten so kerzengerade und steif im Regen, hervorragende Disziplin, das ist ein Ruck und das Gewehr ist präsentiert, obwohl ich ja nach nichts aussehe in meinem Zivilzeug, er kann mich höchstens dreimal gesehen haben. Sie hatten mir den Jeep gegeben wegen der Strassen nach dem Regen, jetzt war die Luft still. »Poidjom« sagte ich. Wir fuhren an. Was weiss ich was sie haben ob es hilft. Klumpig schwarz stand Cresspahls Haus gegenüber, in zwei Fenstern hatten sie Licht. Sollen sie reden. Ich möchte da nicht sitzen als Jakob neben den ausgeräumten Zimmern. Ach lasst mich in Ruhe! Der Kurier kam aus Berlin, »Ich hielt es für richtig Sie wenigstens zu benachrichtigen« sagt der junge Mann, an dem ich Wohlgefallen gewinne, das Papier liegt auf meinem Schreibtisch, ich brauche mich nur hinzusetzen. Beflissenheit gegen Beflissenheit, dabei habe ich es nicht nötig nett zu sein. »Haben Sie es gelesen?« frage ich. »Ja« sagt er, »Sie werden ein Ferngespräch brauchen«. Gut! »Dann machen Sie mir eins« sage ich. »Sie werden mich ja inzwischen genügend beobachtet haben um zu wissen welche Leitung ich brauche«. Er grinst. Netter Junge. Ich will mir mal was überlegen. Jugendfreund! ach Jugendfreund. Sehr geehrter Herr Doktor, Jugendfreund Blach, was haben Sie sich eigentlich gedacht in Ihrem klugen geschulten Kopf, als Sie Ihren Professor dahin begleiteten wo der Pfeffer wächst? Erstens müssen Versammlungen angemeldet werden, das ist eine Polizeivorschrift: wissen Sie doch. Aber diese Besserwisser tun gerade so als ob ihnen ein Haus gehört, wenn sie ein paarmal mit Erlaubnis darin getagt haben. Amtsmissbrauch des Verwalters, soll sich vorsehen. Kann mir schon denken: sie werden es geschafft haben uns in diesem Klub zurückzudrängen, sanft auszuschliessen ... das kann ich mir eigentlich nicht denken. Jetzt treten sie ganz unverschämt öffentlich zusammen, stellen sich hin als wären wir immer noch dabei. Ich verstehe nicht: über solche Diskussionen hat eine Zeitung geschrieben! als wüssten sie genug um es besser zu wissen. Und schicken es uns mit der Post ins Haus für den Fall, dass wir mitreden wollten. Uhrzeit. Sie stellen sich hin und reden über die künstliche Atmung der sozialistischen Moral als hätten sie Veränderungen vor. Als hätten sie ein Ministerium und einen operativen Stab, als hätten sie die Ministerien insgesamt und mein Wort gilt nicht mehr vor allen Türen. Sie finden es noch witzig, mit uns Versteck zu spielen ... im Herbst mit einer Sonnenbrille ins Flugzeug, wie stellen sie sich das Leben vor. Wer sind sie denn, dass sie die Wirklichkeit ersetzen könnten. Über die Auflösung rückständiger Landwirtschaftlicher Produktionsgenossenschaften würd ich auch nicht reden, wenn ich nichts von Landwirtschaft verstehe: sie fangen ja mit schlechtem Gewissen an, und war-*

*um? weil sie allein sind. Wir haben sie gewöhnt auf der Strasse zu fahren, aber die Arbeiter gehen zu Fuss. Wollen sehen. Immerhin kann einer von diesen nicht einfach verreisen, beispielsweise weiss ich es zwei Tage später. Und so was sitzt nun hier vor mir in Jerichow und redet anständigen Leuten die Ohren voll als ob ich gar nicht da wäre. Ich werde den Fall wegen Angrenzung übernehmen. Weil ich früher hab mal Lehrer werden wollen. Das Gespräch. Danke. Gehen Sie schlafen.*

*Ja!*

*Sechsundzwanzig Jahre, von Beruf Sprachwissenschaftler, promoviert. Das Bild mitsamt dem Fragebogen ist genau drei Jahre alt, da war er also empfindsam und überheblich, wer weiss ob ich ihn danach erkannt hätte vorurteilslos. Konnten sie ihn denn nicht an der Tür fotografieren! werden sie wohl nicht gekonnt haben. Was sind das für Zeiten, in denen die Staatsmacht verkleidet sich schleichen muss in ihre eigenen Häuser! Nächstens hat er Geburtstag, ich glaub ich schenk ihm was. Vater Buchhalter Mutter ohne Beruf. Ich seh es vor mir. Unser Sohn muss was lernen, er soll etwas Besseres werden, deine Familie-meine Familie, hin mit dem armen Kind auf die Oberschule, und wer bezahlt für solche albernen Wünsche? die Staatsmacht, ja, wenn sie sich auch etwas denkt dabei. Wie die treusorgenden Eltern, die von Anfang an auf Betrug aus sind: und danach geht der Junge am besten zum Westen. Dann: »Der Junge kommt gar nicht mehr nach Hause, du musst ihm mal den Kopf zurechtsetzen«; er lässt sich aber nichts zurechtsetzen in seinem Kopf, der Junge. Kommt mir vor wie eine begabte Karriere: Studium Examen Assistenz Promotion. Ich habe gehört von einer Dame die hat auch studiert, Anglistik. War er in Halle zwei Jahre? Nein. Gleich nach Berlin. Seine Eltern und die Kleinstadt müssen ihm bis zum Hals gestanden haben, das ist nicht hübsch von dem Kind. Sehr geehrter Herr Geistesschaffender! ich will hoffen dies ist ein Dummjungenstreich gewesen. Die Begleitung des Professors ist ein lässliches Versehen, da hätten Sie sich rausreden dürfen; konnten Sie sich das nicht schenken, den Beitrag zur Diskussion? Ich wünsche Ihnen wenig-*

*stens dass Sie Cresspahls Tochter zufällig kennengelernt haben, nicht in einer Villa von Bölinn-Deelem sondern auf der Strasse davor (so was macht der aber nicht). Sonst wird die Staatsmacht böse, na sdorowje Sie Buchleser, erzürnt ist sie schon. Jetzt sitzt es da, das kluge Kind, und redet Jakob nach dem Munde, »Die Erkenntnistheorie des Leninismus, musst du wissen«, und ich soll am Dienstag diesen ganzen Schutt wegräumen ohne gross zu reden, Jakob mag die Reden nicht. Er sah mich an wie einen Opernsänger, Opern sind unmodern. Und es ist mir auch wieder recht: je mehr Mühe ich mir geben muss, desto mehr nehme ich voraus und beseitige Einwände, je mehr ich vorausgenommen habe, desto sicherer habe ich dich gewonnen Jakob. Das mit deiner Mutter tut mir leid. Wieder begreife ich es nicht: Täglich in jeder Stadt ist eine Kampfgruppe auf dem Marsch, unübersehbar; wenn einer von diesen Rednern einen solchen Marsch zur Kenntnis genommen hat, dann sollte ihn doch der bekannte Ekel der Erkenntnis ankommen, sollte er nicht?*

Wie einer sich nennt möchte er angesehen sein. Um Johann »den Grossmütigen« zu erkennen, vergleichen wir seinen Namen mit seinen Handlungen. Dies vorausgeschickt, und angefügt dass einer schicklich nicht sich Namen anmasse sondern besser von seinen Mitmenschen (untertan oder nicht) einen annehmen solle, vergleichen wir nun das Tun der »guten, auch besten Leute« mit ihrem Heissenwollen. »Gut« heisst hier »das Bessere wollen«, ihr Ruhm ist der Wille zur verbessernden Veränderung. Sie sind die einzigen, die es aufnehmen mit den Mächten der Bosheit (die offenbare Ungerechtigkeit der Mehrwert-Rate), darum vertreten sie die Schwachen sämtlich. Was wollen sie? sie wollen nicht dass das Lamm der Witwe gestohlen werde. Die Gerechtigkeit ist ein Nichtwollen. (Sie wollen: dass jedermann sein Lamm behalte und kein Streit mehr stattfinde um Lämmer, jeder besitze die gleiche Zahl von ihnen.) Hieran entscheidet sich die menschliche Zukunft. Was ist notwendig der Gruppe der »guten, auch besten Leute«, damit sie gerechter Weise obsiege? Einigkeit gegen den Gegner.

Wir gehen nun aus von den Zuständen eines Landes, in dem die Revolution siegreich beendet ist. (Wir verweisen die Frage Kann eine Revolution zu Ende sein? an die Unterausschüsse.) Was bedeutet dies. Ist das Dasein eines solchen Landes ohne weiteres gerecht? es ist so. (Warum ist es so? Dort hat die glückliche Zukunft bereits begonnen.) Tun seine Machthaber in allem das Richtige? anders kann es nicht sein. Was folgt daraus. Wie einer der Besten sagte nach dem Tode des Allerbesten (wie wir erfahren haben durch die Lügenmaschine der Mehrwertverdiener, warum, es soll uns schaden): hat der Allerbeste in seiner unendlichen Gerechtigkeit hinrichten lassen Mitstreiter unzählig, die schuldig waren nützlichen Widerspruchs. Er hat Land gestohlen für seine Macht. Er hat die gute Sache gebracht in Gefahr, indem er sich nannte des Führens von Krieg kundig, und er war es nicht (führte den Krieg am Globus). Dies alles (zu Beispielen) ist uns gesagt, nachdem die gute Sache gerettet ist durch seinen Tod. Dieses heisst man Personenkult. Ende der Einleitung.
Wo ist der Fehler. (Zwischenfragen: sind Fehler möglich? kann die gute Sache schlecht sein? Nein. Sie ist die bessere zumindest.) Ist die Gruppe der guten Leute (als Gruppe) unzweckmässig eingerichtet? Da ist eine schwache Stelle: die Person. »Die guten Leute sind an etwas interessiert / was ausser ihnen liegt«: ist die Person erhaben, die imstande ist abzusehen von sich selbst? Ja. Ist sie denkbar? Mischen Sie sich nicht ein in mein Privatleben mit Ihren zudringlichen Fragen. Wir erörtern das hier ganz sachlich.
Wodurch büsste die katholische Kirche ein an Ansehen und Verehrbarkeit? Durch das Dogma der persönlichen Unfehlbarkeit. Ist sie denkbar in einer gerechteren Hinsicht? Der Mensch ist schwach und anfällig für den Eigennutz. Die Möglichkeit recht zu haben macht rechthaberisch. Jeder macht mal einen Fehler. Aber beim Flugzeugführer macht ein Fehler mehr aus als bei spielenden Kindern; wann beginnt ein Fehler ein Verbrechen zu sein? Sind Fehler straffällig? Der Mächtige bestraft sich selbst für den Missbrauch der Macht: das ist ein neues Sprichwort, ich kenne es nicht. Die guten Leute sind viele, ihr Führer soll sein sie alle mit all ihren Augen. Dann

müsste rein statistisch die Fehlerquote niedriger liegen. Wäre nicht Wünschens wert: die Führer sollen Rechenschaft legen für jeden Anspruch der Angeführten, sie sollen strafbar sein für jeden Fehler, bei erwiesener Schädlichkeit sollen sie zurückgeschickt werden können in die harte Arbeit des alltäglichen Lebens von einem Morgen zum anderen?
Nein. Denn was stellt der Oberste der Besten vor, was vertritt er, was ist enthalten in ihm? Die gute Sache. Die gute Sache kann nicht zurückgeschickt werden. Schädigt nicht jede Bekanntmachung von Fehlern das Ansehen der guten Gruppe? Macht die Anerkennung von möglicher Fehlbarkeit die gute Sache nicht fehlbar insgesamt, gut nur im Wollen und Vorhaben, nicht heilig unantastbar aber als Das Bestehende sondern auch da noch wieder veränderlich? Rühmens wert ist der Versuch. Ist jedoch die gute Sache ein Versuch nur (unter anderen gleichwertigen), so könnte sie anders sein. Es ist notwendig dass ihre Gerechtigkeit unbestritten bleibe zu jeder Zeit. Freiheit die Einsicht in die Notwendigkeit ... (was ist notwendig?).

»Die Versammlung hatte ganz und fehlerlos das Aussehen einer wissenschaftlichen Zusammenkunft: es gab eine geschäftliche und eine Tagesordnung, zwei vorbereitete Referate und einen Präsidenten, der das Wort freigab, jedes wurde protokolliert: eine Verschwörung wird sich hüten Schriftführer anzustellen. Was sage ich ›hatte das Aussehen‹, es war eine harmlose Aussprache über verschiedene philosophische Probleme, etwa ›Wirklichkeit und Urteil‹, seit länger als einem Monat allwöchentlich, das kommt einem nur besonders und weniger amtlich vor, wenn er zum ersten Mal dabei ist; selbstverständlich wurde die Geheimrede des Nachfolgers nur in der Einleitung allgemein als ›klärendes Ereignis‹ erwähnt, darüber waren sie längst hinaus. Andererseits ... das war im Frühjahr, wir kamen gerade aus dem Urlaub zurück, an diesem Morgen hatte Gesine wieder angefangen ihre täglichen zweieinhalb Pfund Zeitung zu kaufen, bis München haben wir nur gelesen durch die italienische und die österreichische und die westdeutsche Zollkontrolle hindurch: Geheimrede des Ersten Vorsitzenden der Kommunistischen Partei der Sowjetunion, nicht wahr, und für mich war es ja nun überhaupt nicht Kriegslärm in der Türkei. Aber sie sagte gleich: »Hältst den wohl jetzt für einen braven Mann, ehrenwert und alles?«, ja sagte ich: wenn einer so anfängt mit Ehrlichkeit, muss es ihm wohl ernst sein, oder. »Jetzt« sagt sie: »in seinem Land«, sie meinte das sei eine taktische Einzelheit ohne Belang. Es hört sich ungerecht an was sie von uns sagt, weil sie mit uns nun einmal nichts zu tun haben will –«

Und nichts mit den Amerikanern: sagte Cresspahl.

»– und mit keinem überhaupt, ja wenn einer in der Mitte stehen will um jeden Preis, kann er wohl klaren Kopf behalten. Aber ich sollte ja raus aus dem Zug in München, meinen heimlichen Auslandspass umtauschen gegen die hiesige Ausreisebescheinigung und mir die Zeitungen wegnehmen lassen von der Grenzkontrolle und die Spruchbänder wiedersehen im ersten Augenblick der Ankunft und wieder hinein in den sozialistischen Alltag, versteht ihr, da hielt ich ihn lieber für einen braven Mann, damit es besser wird. Die Demokratisierung schreitet voran. Ich liess die Zeitungen lieber gleich auf dem Passamt liegen. Als ich die Zeitungen las, die sich im Institut ungelesen gehäuft hatten, war ich neugierig wie man es hier zu Lande nennen mochte, da gab es das nicht. Der XX. Kongress hatte stattgefunden, aber die Rede war nicht abgedruckt, sie kam auch nicht später, und allmählich wurde klar dass sie für uns nicht gelten sollte. So: die Zeitungen gab es ja zu kaufen in zweihundert Metern Entfernung hinter der Grenze, nebenan standen die Holzbuden mit all dem Gummiband und den Tomaten und den Wildwestfilmen, die auf unserer Seite auch nicht dawaren; da gab es den Text noch immer. Ich erinnere mich dass ich ihn ganz untersucht habe nach Wortwahl und Satzbau und Denkweise ob er wohl echt sein konnte, ja auch die Regierung streitet ihn doch nicht ab, echt ist er, geheim auch. Man kann nicht ›lächerlich‹ sagen zu dem Willen der Staatsmacht. Und diese Leute kamen hier zusammen als ob es sich anders verhielte und sie hätten wieder die Freiheit Fragen zu stellen: sie waren ein bisschen zu feierlich und übermässig begeistert unbeugsam als hätten sie bei jeder Wortmeldung die Furcht dass es am Ende doch nicht gutgehen würde (dass einer es aussprach). Ich sage ja es war nicht unbescheiden. Keiner sagte: wir wollen auch bitte mal bedenken dass die Industrieproduktion stockt, und die Lage in der Landwirtschaft sieht gefährlich aus ... ach was. Sie stritten sich gründlich und objektiv über Meinungen, und manchmal nahmen sie nicht viel Rücksicht auf die bisher einzig anerkannten: das war alles. Und wenn es Zweifel war, so war es doch wieder nicht wenig.«

– Ja aber habt ihr denn Kampfgruppen bei der Bahn?
– Lässt sich schlecht machen mit dem Dienst: mit Übungen, Spazierenmarschieren, Fotografierenlassen: kostet doch viel Zeit. »Helfer der Volkspolizei« heisst das (wir haben ja sowieso die Trapo auf dem Hals), und du kannst da gut von abkommen mit einem losen Maul, oder du warst eben in englischer Kriegsgefangenschaft, unzuverlässiges Element, nich? Bewaffnet bis an die Zähne, was? ja, mit einer Armbinde. Die Gewehre kriegen sie vor der Demonstration, und nachher geben sie die brav wieder ab. Du glaubst doch nicht dass sie uns jetzt noch Waffen in die Hand drücken! sie haben ja gesehen was man damit alles spielen kann.
– Und doch bist du drin in einer festen Organisation und marschierst in einer Richtung neben und zwischen den anderen wohin ihr ja sollt, wer weiss ob sich da einer umdreht allein.
– Ja. Und es muss auch noch einer mit Familie sein, sonst kann man das nicht ernstnehmen. Sei bloss ruhig.

*Mein Bein liegt auf dem Fensterbrett als gehörte es nicht zu mir steif krampfig. Der Knöchel schläft ein, beinah ist er schon taub; ich komme wenigstens nicht darauf ihn bewegen zu wollen. Nein: dafür nicht. Auch meine Hand ist nicht kaputtgegangen damit hier irgend welche klugen Kinder Fehler diskutieren können. Die Maschine liegt im Wagen; wenn ich jetzt was aufschreiben wollte, müsste ich den Assistenten rufen oder Hänschen. Manchmal will einer gern was aufschrei-*

*ben, wundert das wen? Verdammt also gut: sage ich, in Ordnung. Muss so ein Nachfolger (betrachte ich es so:) die Fehler des Vorgängers erwähnen, so gefährlich das ist für das Amt, muss er wissen. Ich halte (ich erachte für, ich weise zurück) diesen Namen »Fehler« für einen einzigen Unsinn, was ist denn damit gemeint: Massnahmen der Regierung sind von der Bevölkerung unliebsam empfunden worden – als ob sie damit falsch wären! Über die Notwendigkeit kann niemand urteilen als die Partei, wir. Gewissermassen ich. Sie hätten weitermachen können ohne Schwäche und Verluste, aber da sie an Wohlstand und Stärke zunehmen wollen in den Augen der Welt, ist ein bisschen moralische Aufregung nicht unnützlich für den Anfang. Werden unliebsame Massnahmen Fehler genannt, zeigen die Betroffenen Zufriedenheit Zustimmung Bereitwilligkeit: das war das Billigste. Und sie können sich moralische Spässe leisten, gross mächtig unabhängig unbesiegt ssajus neruschimy. Ssa-jus neru-schimy es war wieder still, die Sendung war zu Ende. Ich sage zu ihm ich erinnere mich genau er hatte schwarze starke eckige Augenbrauen tief darunter die treuen blöden verzweifelten Augen sonst Schnee überall. Kälte bis an die Knochen. Ich sage: Schiess wenigstens in die Luft. Er sagt nichts. Ich raus aus dem Loch in den Schnee, nach zehn Metern kann er mich nicht mehr sehen, Schneemantel. Er schiesst das Schwein schiesst, schiesst das Schwein mein Bein tot. »Diese Schweine« sagten sie, als ich drüben war, und ich immer nemezki kamrad Nemezki kamrad ergeben. Das mit der Hand merkte ich erst später. Wenn ich den treffe, dann spiele ich Fehlerdiskussion mit ihm. Dann lasse ich einen Winter anfertigen bis zu dreissig Grad und drehe die Zeit zurück bis ins Jahr 42 und nehme ihn mit zurück an die Ostfront in das vorderste Postenloch, und dann wiederholen wir das Spiel Wie verhalte ich mich zu meinem Kameraden der sich entschlossen hat überzulaufen, schiesse ich dem wohl ins ... dem wohl die Hand zu Matsch. Wie spät ist es eigentlich. Eben war ich weg. Das zweite Mal in dieser Woche. Diese ewige Fensterblende: man merkt gar nicht mehr ob nun Nacht ist oder früher Morgen oder Jahreszeit. Leisten: alle Grenzen sind fest si-*

*cher der Sowjetunion, innenpolitisch machen sie nichts weiter als Verwaltung. Und was können wir uns leisten (sie hätten die Rede nicht gerade dem U.S.State Department in die Hände spielen sollen, was ist das für ein Ausdruck, vielleicht stimmt es so. Eine intime Information wäre ausreichend gewesen, da hätte das Ju-Äss-Stet-Dipatmint nicht mehr zu erzählen gewusst als unzuverlässige unsichere Gerüchte wie immer: wär mir lieber. Es sind nicht genug Fehler im Text). Denn was können wir uns leisten. Braucht bloss das Radio einzuschalten. Jede westliche Station wirft uns üble Nachrede über die Grenze und dummwitzige Besserwisserei, und jeder kann verreisen wohin er will, raus rein nach Belieben, das soll gut gehen auf die Dauer? wir haben erst vor zehn Jahren angefangen. Ich möchte wetten drüben stehen sie Gewehr bei Fuss und warten auf den ersten Stein der hier ins Fenster fliegt und mir an die Nase wie ich hier sitze beschaulich mit meinem vergnügten Abend. Können wir uns nicht leisten. Dafür nicht. Ich habe einen Knick in meinem Lebenslauf, der soll deswegen kein Irrtum sein. Wir können hier nicht Fehler diskutieren lassen! Damit ich hier sitze und mich zum gemütlichen Lebensabend setzte und meine Fehler bedenke: das wär ja so als ob meine Tochter sich nicht ekelte vor meiner Hand krüppligen verdorbenen Hand und mein Bein wär heil und ich hinke kein bisschen (wenn sie grösser ist, wird sie es nachmachen, und was tu ich? ich werd es ihr vormachen. Und ihr genau Bescheid sagen wie so was kommt. Sie soll nicht von irgend welchen dummen Schweinen). Wenn irgend wo Übergriffe vorgekommen sind, ist das unsere Sache. Wir wissen längst Bescheid. Die es nicht angeht sollen den Mund halten. Sollen auch keine Lieder singen. Jetzt singen sie sicher schon.*

FAST UNABLÄSSIG AN den beiden folgenden Tagen betrachtete Jakob den jungen Mann aus den Städten Berlin in seinen Gedanken. Es fügte sich so dass die ganze Vorbereitung des Dienstagabends sich in Jonas' Andenken versammeln liess, und daran wurde Jakob gewahr wie sehr sein eigenes und amtliches Leben dahinlief von Morgen bis Abend allein und selbsttätig. Gegen Mitternacht in Jerichow war er schlafen gegangen. Er erinnerte das Schaukeln und Schwingen der schwarzen kahlen Birkenzweige vor dem Fenster, unter dem er schlief; manchmal schliffen die harten Astkrallen das Glas und überdeckten das ebenmässig murmelnde Geräusch der beiden Stimmen im Nebenzimmer. Die Nacht war dunkelblau hinter dem Birkenkopf (einem pechdüsteren trotzig aufgereckten Kopf, den der Wind mit langen zärtlichen Haaren umschwang). Sie schliefen noch, als er zu Morgen ass in der Küche neben dem fahlen Frühlicht; er war leise aus der Tür gegangen und durch die leeren grauen Strassen zum Bahnhof. In seinem möblierten Zimmer fand er einen Zettel von Sabine nachmittags. Er stand mit dem Papier in Händen vor dem Tisch und las zu mehreren Malen Sabines Brief, der ebenso schnell und heftig dringend war wie ihre Schrift; als er die Sammelmappe auf dem Bücherbrett sah, entschloss er sich das Papier zu falten und zu dem übrigen zu legen, seine Finger bewegten sich schon. Aber er nahm es wieder auseinander und legte es glatt auf den Tisch: obwohl er wusste er werde am Morgen dahin zurückkommen. Denn sofort am Sonntag nahm er die dritte Schicht, weil ihm der Feiertag eingefallen war und dass sein Vertreter ja auch verheiratet war; eigentlich hatte er beschäftigt sein wollen.

Als Sabine am Montag anrief bei Peter Zahn, wollte sie nur wissen welche Schichten Jakob nächstens hatte, aber von der Schichtleitung wurde das Gespräch umgesetzt auf die Lokleitung, wo die Frage nach Abs mit gemässigtem Erstaunen verneint wurde. Er stand aber unter den Fenstern der Lokleitung bei der Übergabestelle im Gespräch mit Kasch vor seiner 41er und erklärte ihm die Nicht-Überholen-Methode. 41 ist eine Baureihe der Güterzuglokomotiven ohne Tender. »Wenn du den 4073 fährst, kommst du zweimal ins Gedränge. Dann musst du zweimal warten auf dem zweiten Gleis, acht Minuten nach Plan. Personenzüge«. »Nach Plan«: sagte Kasch. Er war etwa vierzig Jahre alt. Sein kleiner runder Kopf war dicht bewachsen mit kurzem verklebtem Haar, die

Bartstoppeln waren heller. An den Schläfen hatte er dick fettige Streifen vom Augenwischen. Manche hielten ihn für tükkisch wegen seiner schrägen Augenlider; sie mochten seine verlässliche Bitterkeit meinen. Jakob hatte bei ihm angefangen, weil er schwer etwas versprach. Mit dem Jähzorn hatte es allerdings seine Richtigkeit. »Meine ich ja« sagte Jakob. Er hatte den Mantel und die Jacke am Hals offen, denn mittags war es warm geworden. Auf der Zunge spürte er aschig die schwere rußige Luft zwischen den langen stöhnenden Maschinen. »Meistens länger. Dann muss ich dich rausnehmen und irgendwo hinten wieder ansetzen«. Kasch hatte noch nicht ein einziges Mal genickt. Er liess sich die Zigarettenschachtel von seinem Heizer herunterwerfen und bot Jakob an und gab ihm Feuer. »Ansetzen«: sagte Jakob im Niederbeugen: »wegen Überholen. Verknotet sich immer. Kannst du schneller fahren als Plan«. Kasch hatte die Hände wieder in den Taschen. »Sieh dir die Mühle an« sagte er und nahm sich die Mühe mit dem Kinn auf den Kessel der Maschine zu weisen. »Ja« sagte Jakob, »nein«: sagte er. Dies war eine Gewohnheit, die er von Cresspahl angenommen hatte. »Du kennst doch die Strecke, Las, und wo du dir Schnell leisten könntest, wenn es Sinn hätte. Wenn du nicht wieder warten müsstest«. »Muss aber warten« sagte Kasch, obwohl er abseits sah und zu rechnen schien. »Du meinst: wenn ich vor Plan da bin ...«. Jakob nickte. »Lass ich dich durch und du kannst vorbei, wenn der Personenzug Aufenthalt hat, der ist ja Plan«. »Kann ich allein nicht machen«: sagte Kasch. Jakob erklärte ihm dass er mit Jöche und Oll Peters noch reden wolle und dass sie sich die Strecke nur einmal ansehen sollten auf diesen Vorschlag hin. »Solange du nach Kilometern Geld kriegst und nicht nach Verspätung, wird dir das nichts tun«. Kasch betrachtete seine Beine und drehte sie auswärts, während er sagte »Weiss schon. Aber nicht vor Donnerstag. Und nur wenn es wirklich geht. Und nicht in die Zeitung«. »Kann meinetwegen gern Methode Kasch heissen« sagte Jakob, er meinte das aber nicht ernst. Kasch lächelte flüchtig und sagte freundlich Scheisse. Jakob sagte Mahlzeit zu ihm und seinem Heizer und stieg davon über die Gleise. Am Montag hat-

te er die zweite Schicht. »Zug kommt« schrien sie ihn an am Stellwerk II, und der F-d-l sagte später Jakob habe den Zug lange gehört (er kam um die Ecke zwischen die beiden Gleise einer doppelten Kreuzung, sehen konnte er weder die Fahrt noch das Zwischensignal aus dem toten Winkel), er habe heiter hochgegrinst und sie hätten sich noch eine Weile so unterhalten von unten nach oben, bevor Jakob über das Rangierfeld auf seinen Turm zuging.
Mit Vorbedacht hatte er alle möglichen Benennungen aus der Sprache der Zeitungen vermieden, denn er wollte Kasch nicht verärgern. Sicherlich war dies »ein bedeutender Beitrag« (wenn es gelang) und ein »harter Schlag gegen die Monopolkapitalisten«, wenn der »Dorn in ihrem Auge« (das Staatswesen, in dem Jakob lebte) wuchs und gedieh. Mit Kasch hatte er über die Fahrzeiten reden müssen. Und so wenig Jakob sich eine wissenschaftliche Versammlung vorstellen konnte (nur als eine Versammlung eben mit ausgewechselten Teilnehmern und einem abgewandelten Thema, das allgemeiner war und nicht sofort den Tagesablauf oder die Einteilung der Arbeit ergriff), so sehr hatte doch Jonas' Erzählung mit der alleinigen Erwähnung der Fahrzeiten zu tun. Dieser Jonas war imstande sich zu ärgern. Es gab Leute, die er von vornherein und gleich nicht mochte oder mit Misstrauen abhielt: er hatte eine üble Meinung von ihnen. Und wenn nun einer in einer Versammlung (sozudenken) ein »wohlgenährter und wie sagt ihr da? unbedarfter Apostel aufsteht, der gut geschlafen hat in allen Nächten und nun der verehrten Zuhörerschaft seine schlaflose Sorge um die ›Freiheit‹ hinschmeisst, er kann nicht anders«, ist das ärgerlich. Ärgerlich weil jedermann im Saal gewusst hatte was ihm seine Verbeugungen vor der amtlichen Meinung eingebracht hatten vom Amt und Titel bis zum Landhaus. Jakob hätte gedacht Er soll mir vom Leibe bleiben vom Acker gehen, nicht mehr; vielleicht waren seine Versammlungen anders. (Er hatte auch nicht vergessen dass Jonas nach Gesine gefragt hatte als sei er lange ohne Nachricht von ihr. Wirklich war Herr Dr. Blach in der vorigen Woche täglich unter der Erde auf die andere Seite Berlins gefahren. Schon längst nicht mehr begriff er die Fahrt als Bewegung

über eine Entfernung. Sondern als reinen Zustand, der von immer andersstetig veränderten Lichtfarben (der Beleuchtung des Bahnhofs, der Erhöhung der Gleise auf Strassenniveau und Brücke) in die Fremde aufstieg: Stadtmitte Thälmannplatz (Kaiserhof) Potsdamer Platz Gleisdreieck Bülowstrasse. Aber auf dem Postamt lag nichts für ihn aufbewahrt. Und Gesines Briefe mit ihren wenigen lakonischen Zeilen hätten ihm nur den Unsinn einer brieflichen Verständigung beweisen wollen; das hatte er aber noch nicht gelernt, hatte also täglich einen neuen Vorwand für die Hinfahrt erdacht. Die einzige Nachricht von ihr hatte er seit mehreren Wochen nur im allabendlichen Wetterbericht des Westdeutschen Rundfunks für das Gebiet Nordrhein-Westfalen, dann war ihr Andenken unterstützt: es mag jetzt regnen vor ihren Fenstern; aber dies nur weil Fenster fest bleiben und sich aus freien Stücken nicht verändern von einem Tag zum andern. So konnte er geradezu selbst mit schriftlichen Mitteilungen zögern: als ob nicht sicher sei dass ein vorgestern geschriebener Brief sie heute überhaupt erreiche; dies auch deshalb, weil er selbst mitunter aus dem Verständnis verloren fand was er einen Tag vorher ernsthaft zu tun gemeint hatte. Dies dachte sich Jakob bloss; er hielt lediglich für möglich dass eine Unruhe solcher Art Jonas Ärger gekräftigt und ihn selbst schliesslich vom Sitz gestossen habe auf die Beine mit der Bitte um das Wort zu einer Entgegnung auf die freiheitlichen Meinungen seines Vorredners.) Und was Jonas' Verhältnis anging zu seinem Chef und Professor, den er also leise flüsternd um Erlaubnis (sozudenken) für die Wortmeldung gebeten hatte, der (wie Jonas beschrieben hatte) noch grimmig mit Humor gesagt hatte »Stechen Sie ihn ab«, der aber dann vom Rednerpult her krumm und unbehaglich Hand am Kinn zu sehen war neben dem leeren Stuhl seines Assistenten – so schien Cresspahl dies am besten verstanden zu haben. Der war es auch, den Jakob aus seinen ersten beiden Jerichower Jahren einsetzte auf der einen Seite, er stellte sich daneben als sechzehnjährigen Fremdankömmling auf die andere zum Vergleich, da war es vielleicht ähnlich: dem alten Mann ging das Gerede von Freiheit gegen den Strich, er war doch aufsässig gewesen wie sein Gehilfe von heute, der ihn nun aber vertreten sollte gegen Landhausbesitzer und »Freiheit«, damit ihm der eigene Angriff erspart blieb? (Cresspahl hatte fürchterlich geschimpft über die Besetzung der Ziegeleivilla, als die Flüchtlinge noch in den Scheunen lagen, er hatte Jakob nicht widersprochen, der diese Scheunen verglich mit denen, die er unterwegs gesehen hatte.) Dies war vielfältig, es mochte aber die Verflochtenheit als wahrscheinlich für sich haben, wenn Jonas damit erklären wollte dass er nicht fünf sondern zwanzig Minuten lang gesprochen hatte und nicht eine Zurückweisung sondern Vorschläge. (»Und ich fand doch den ganzen Betrieb albern. Ich war einer von den Jüngsten im Saal, Urteil der Zuhörer, eigenes: ich bin schon wieder zu alt als dass ich mir noch erstaunliche Leistungen für die Zukunft gutschreiben könnte; ich bin nicht überdurchschnittlich begabt. Stelle mich hin, mache Ansprüche.«) So mochte er reden vor Cresspahl (mein Vater ist ein Turm mit kurzen grauen Scheitelhaaren); aber wenn man es bedachte dreissig Stunden später vor dem unaufhörlichen Reden aus dem Lautsprecher, auf das nichts weiter zu antworten war als die zweite Wiederholung (Jakob schüttelte leise erheitert seinen Kopf wegen der Starrsinnigkeit des angrenzenden Dispatchers, der seinen Zug nicht übernehmen wollte, er war ihm zu pünktlich), schienen solche Selbstbekenntnisse da etwa frech? War es denkbar dass er Gesine »auf der Strasse« angehalten hatte mit Frechheiten? Was sagte Gesine zu den Frechheiten: du Look: sagte sie, du Urian, du Kurzhose voll Luft: hätte sie wohl gesagt. Nein: dieser redete wie ihm war, und gewohnt schien er es auch nicht. Und darum hatte er wohl mit so einem Haken angefangen in einer unvorstellbar entfernten Stadt und Versammlung an einem unverbesserlichen Donnerstag jenseits: Ob man sich nicht erst terminologisch einigen wolle? hatte er die verehrten Anwesenden gefragt erbost. Des Namens wegen? Kann mir nichts vorstellen: wiederholte Jakob still für sich und erheitert als dächte er eben erst in seinem Kopf. »Freiheit« ist eher ein Mangelbegriff, insofern: sie kommt nicht vor. Wer auf die Welt kommt redet sich an mit Ich, das ist das Wichtigste für ihn, aber er findet sich mit mehreren vor zusammen, und muss sich einrichten mit seiner Wichtigkeit; niemand kann so frei sein etwa aus der Physik auszutreten für seine Person. Als soziales und natürliches Lebewesen (ich bin ein ...) weitgehend fest. Da ist wohl die Auffassung der Welt von einem Punkt Ich aus gemeint, »dies sei aber nicht begriffen als Freiheit, solange man genau wie die Führung des Staates den Menschen (unsere Menschen, die Massen) beeinflussbar denke nach einem sehr schlichten Schema von Kausalität«, da hätt er auch gleich von der Lage in der Landwirtschaft reden können. Denn er war immer in dem zweihälsigen Rahmen von Staatsmacht und Staatsbürger geblieben (wie er sagte) mit seinem Unterschied. Und den Angelpunkt dieses Unterschiedes solle man vielleicht besser nicht Freiheit nennen (die Pawlowsche Reflextheorie) sondern eher die Halsstarrigkeit des Bewusstseins: und auch seine Trächtigkeit. Hier also hatte er angefangen mit dem, was er »Ansprüche stellen« genannt hatte. Was bedeutete »Finalität«? Ja: der Einzelne verfolgt seinen eigenen Zweck in jedem Tun, und mag das noch so oft uneigennützig genannt werden. Und welchen Zweck verfolge ich? dachte Jakob gelassen spöttisch vor seinem Bildblatt; er fand seine Stimmung selbst wunderlich. Verfolgte Jonas den Zweck die Welt zu bereichern um seine Weise sie anzusehen? vielleicht. Es war nicht sein Beruf »philosophisch über das Subjekt« zu reden, es hatte ihn überkommen, nicht wahr? und von dieser Redezeit her gesehen waren alle Überdrüsse und Enttäuschungen der albern verwarteten Jahre gerechtfertigt, ja? Wenn einer nun immer den Grundsatz macht aus seinen neuesten Umständen: dachte Jakob, er dachte aber nicht an Herrn Rohlfs. Ihm war eingefallen dass er Peter Zahn einen Anruf versprochen hatte, und es war ihm unbehaglich dass er diesen Anruf zu vergessen vorhatte. Er war auch wieder nicht ganz sicher ob Jonas so auf sich achtete wie auf das was er sah und was ihn nichts anging. Aber dieses Gesehenhaben (Gelesenhaben: dachte Jakob, Geredethaben: er erinnerte sich an Gesines Erzählungen von den Büchereien und der Universität überhaupt), dies wollte er gesagt haben und verantworten und sein Leben darauf einrichten: und es ergriff doch den Tagesablauf und die An-

strengung bei der Arbeit: wie Jakob überrascht gewahr wurde. Denn war Jonas nicht sofort verreist? nachdem er gebeten worden war seinen Vortrag aufzuschreiben und bis zum Ende des Monats zum Druck abzuliefern in der philosophischen Redaktion und zwar nur an einen vertrauten Mitarbeiter, auch kein Wort zu verlieren über das Vorhaben, weiterhin die Öffentlichkeit der Hauptstadt tunlichst zu meiden. Ja wenn es sich machen liess, und nun hatte er wahrscheinlich wieder den Blick seines Chefs gesucht in der Gruppe, die sie beide umringte vor der weit geöffneten (wieso weit geöffneten) Saaltür. Und der alte Mann würde genickt haben abwesend in anderen Gedanken mit seinem vorsichtigen wissenschaftlich zerschliffenen Gesicht: Arbeitsurlaub. Nennen wir es so. Nennen wir es so: da sass er in Cresspahls Haus in dem Zimmer neben der Haustür (heute, jetzt) und schrieb auf der Maschine was er gemeint hatte. Und mochte vor Cresspahl vielleicht manchmal des beunruhigten Gewissens sich entsinnen, das er gefühlt hatte vor seinem ehrwürdigen Chef, den er philologisch getäuscht hatte und der sich mit sehr unaufmerksamer Freundlichkeit (herzlich: dachten die Zuschauer) von seinem Assistenten verabschiedet hatte vor dem wartenden Taxauto. Denn Cresspahl wollte er immerhin eine andere (seine) Meinung beibringen über seine Tochter; die war aber in die Ferne gereist. Und Jonas nach Jerichow. Und meine Mutter in die Flüchtlingsbaracken von Westberlin mit der Eisenbahn, und ich sorge dafür dass sie alle sicher und pünktlich kommen wohin sie wollen.
Am Abend sprach er mit Oll Peters in der Kantine über die Nicht-Überholen-Methode. Der war aus Mecklenburg. Ein mürrischer alter Mann mit einem Walrossbart. Sein Lachen war ein dünnes tonhohes atemloses Kichern, und er pflegte jedes Gespräch auf eine Gelegenheit zu diesem Lachen anzulegen, so stiess er nach einer halben Stunde Jakob unablässig in die Rippen. Da waren alle Stühle um den Tisch neben dem Küchenschalter aber besetzt, und dicke Wolken Gelächter zerplatzten unter der niedrigen Holzdecke. In dem engen Schacht des Kantineneingangs unterhalb prasselte kurzer Regen. Jakob? der war doch immer dabei. Als ich kam,

war er schon weg. Wird wohl inzwischen weggegangen sein. Am Dienstag hatte er wieder zweite Schicht. Zur Dienstbesprechung am Nachmittag beim Amtsdispatcher war er anwesend: sass ohne kenntlichen Unterschied in seiner Uniform zwischen den Uniformen an der Längsseite des grossen spiegelnden Tisches im Konferenzzimmer der Direktion. Die vier hohen vielfach unterteilten Fenster malten das Licht des Nachmittags bunt in die Holzmaserung neben sein Papier unter seine ruhig liegenden Hände. Er hielt Vortrag über seine Abreden mit Oll Peters und Kasch und erbat sich die Genehmigung überhaupt für den Versuch die Planzeit in einzelnen Verkehrssektionen allgemein zur kürzest möglichen zu verringern; sass zurückgelehnt da und redete sachlich und bündig (ohne überflüssige Einleitung, mit Beispielen aus dem Buchfahrplan und der Beschreibung eines denkbaren Gewinns) wie sie es gewohnt waren von seinem verlässlichen bedachtsamen Gesicht. War vielleicht ein bisschen ernster als sonst: aber dieser Eindruck kam wohl dadurch zustande dass er den Hinweis auf seine alleinige Verantwortung für den Versuch beantwortete nur mit »Jaja«, das mochte ungeduldig ausgesehen haben. Gegen sechzehn Uhr nachmittags war er in seinem Zimmer.

»Jakow«: sagte Sabine, denn so pflegte sie ihn anzureden. Die Betonung lag auf der zweiten Silbe. Sie hatte ihn gebeten. Er stand neben ihr am Fenster seines Mietzimmers, hatte die Hände übereinander in den Riegel geklammert, starrte hinaus. Sein starker kurzgeschorener Hinterkopf war ein einziges starres Hinaussehen. Sie sass auf dem harten hölzernen Stuhl vor dem Tisch und rauchte an einer Zigarette. Als sie sich ungelenk hastig vorbeugte und die Glut am halben Stengel zerdrückte, wandte Jakob sich um. Sie war nicht sicher ob ihr sein Lächeln noch bekannt war. Man vergisst vieles.
»Entschuldige«: sagte Jakob. Sie war nicht in der Uniform gekommen. Sass vor ihm fremd sicher sehr wünschenswert. Sie hatte eigens ihre Haare anders aufgesteckt als unter der

Dienstmütze, jetzt staken sie in einem Knoten über ihrem Nakken. Über dem Kragen der Wolljacke stand eine einzelne feine Locke steif und zierlich.
»Es tut mir leid«: sagte sie. Hatte ihre Hände fest in die Seitentaschen gestemmt (so dass die Jackenschösse sich leicht abhoben vom Rock) und sah reglos mit mühsamen Lippen hinaus in den grauen hoch umbauten Hinterhof. Jakob mochte es nicht länger ansehen. Er lehnte sich seitlich gegen den Waschtisch. In seinem Zimmer war nicht viel Raum.
»Ich darf mit dir nicht darüber sprechen«: sagte er. Der Putz auf der Aussenwand gegenüber war in nassen Rissen aufgebrochen. An einem Leinengalgen vor dem Küchenfenster schaukelte Kinderwäsche klamm unter dem Wind, der in dünn pfeifenden Stössen von oben in den Schacht drückte.
»Ich auch nicht mit dir«: sagte sie.
»Wie findest du ihn?« fragte Jakob. Nun gelang es ihr den Hof aus dem Blick zu bringen. Sie wandte sich halb und schürzte ihre Lippen in der ehemals geliebten kostbaren überheblichen Art. Jakob nickte. Er schob ihr die Zigaretten hin und rückte den zweiten Stuhl an die Tischecke. »Wenn ich jetzt sage es ist zuviel verlangt und sage überhaupt der Sozialismus ...« begann er. Er liess sich das brennende Streichholz zurückgeben. Während er nachdenklich den Zettel vom Sonntag heranholte und ihn sorgfältig gefaltet zurücklegte, rollte die Zigarette qualmend zwischen seinen Lippen in den rechten Mundwinkel. Sabine sah ihm zu. Sie schwieg aber. »Kannst du gar nicht gegen mich aufkommen«: hörte sie ihn sagen. Sie hatte nicht alles gehört.
Unversehens setzte sie hinzu: »Ja«.
»Nein«: sagte Jakob mit einer Art von Geduld, nachdem er eine Weile gewartet hatte. »Du musst nichts zurücknehmen«.
»Und du sorgst auch noch für meinen Stolz, dass ich mir ja nichts vergebe«: sagte sie. Sie war aber schon aufgestanden und hatte sich den Mantel vom Bett gegriffen, mit dem Zeug über einem Arm stand sie vor ihm. »Wir hätten uns nicht mehr kennen sollen nach dem«: sagte sie.
Jakob stand kopfschüttelnd auf und half ihr in den Mantel. »Es ist nur dass es mir nichts nützt zu wissen was er dich ge-

fragt hat, und du sollst dich auch nicht verbeugen«: sagte er. Sie standen jetzt voreinander. Sie wandte sich halb, so dass sie im Spiegel neben sich Jakob sehen konnte im Spiegel über dem Waschtisch. Als sie die schwarze feuchtglänzende Kapuze über ihre Haare hob, blieben ihre Arme stehen in dieser Bewegung; sie sah von sich zu Jakob, der mit hängenden Armen neben ihr stand abseitig verengert blickend, die Falten zwischen den grauen Augenbrauen spannten das Gesicht. Sie sagte zu dem Spiegel überlegsam bestätigend »Hm-hm …«, und Jakob wachte auf. Er strich ihr eine Haarsträhne seitlich unter die Kapuze. »Ich bin nicht gekommen um dir um den Hals zu fallen«: sagte sie. Jakob nickte. Mit vorgeschobenen Lippen nickend lächelnd. Sie gaben sich nicht die Hände. An der Tür der Wohnung auf dem Flur standen sie noch einmal still. Sie hob ihre Handrücken auf zu seinem Gesicht und strich neben seinen Augen entlang. Da ging sie schon.

Und es war als hätte er sie sofort vergessen. Abends am Markt stand er zwischen den mächtigen Masten der elektrischen Fahrleitung und wartete auf den Bus. In dem dunkeln tiefgründigen Spiegel des feuchten Asphalts liefen die bunten Buchstaben der Sparkassenleuchtschrift in raschen Sprüngen einander hinterher. In einer engen nicht so hellen Nebenstrasse sah er vor dem nun wieder ebenen Grau des Himmels das Haus in dessen Giebelzimmern ehemals Sabine gewohnt hatte. Er wusste noch den Namen der Vermieterin. Er besichtigte den lichtüberflackerten Giebel auch nicht mit besonderem Aufwand. Er erinnerte sich nur. Er fühlte sich entfernt.

– Ich muss jetzt gehen.
– Hast du dich mit Cresspahl verabredet? du solltest auch mal seine Tochter anrufen. Ich hab Dienst zu der Zeit.
– Ja. Anrufen könnt ich sie.
– Grüss sie von mir.
– Will ich ausrichten. Ich muss jetzt wohl hier gehen?
– Das musst du. Mach es gut.
– Lass es dir gutgehn.
– Ich meins auch so.

# III

Teilnehmer bitte melden Sie sich.

– Hier ist Cresspahl. Wer spricht.
– Blach. Gesine.
– Spricht.
– Weisst du es schon
– nein. Was soll ich wissen.
Doch. Ja ich weiss es. Und er ist immer über die Gleise gegangen, nicht wahr?
– Ich glaube nicht dass man auf einen und jemand zutreten kann mit den Worten: du bist schuld, durch dich ist es so gekommen. Dann mag einer auch sagen: er hätte diesen Beruf nicht haben sollen.
– Noch besser natürlich hätte der zweite Weltkrieg nicht stattgefunden, die Spaltung Deutschlands könnte unterblieben sein; und wie gut es für ihn geworden wäre, wenn er das Licht der Welt nie erblickt hätte, das ist ja nun gar nicht auszudenken.
– Willst du sagen dass du hiermit zu tun hast, nur weil du ihm vor zwei Wochen an irgend einem Dienstag unter die Augen gekommen bist?
– Siehst du das will ich sagen. Und wenn ich könnte würd ich mir diesen Dienstag übelnehmen:

*Ich sage »Guten Tag. Ist Herr Abs zu Hause?« und stehe vor der halboffenen Tür in dem feuchten zugigen Treppenhaus und warte. Die Frau sieht mich an. Sie tastet mein Gesicht ab mit ihrem anstössigen Blick dass ich sie meinerseits ansehe. Sie ist alt: sie ist vierzig Jahre, unter den Augen und an den Lippen und an den Schläfen und in den Augen ist ihr Gesicht von Alter verdorben; so verständnislos sie mich betrachtet so lasse ich die dicke künstliche Farbe auf ihren Lippen nicht aus den Augen. Anderer Leute Leben. Was kann es mich kümmern wieviel Mädchen hier fragen. Nein. Wer nicht hiesig ist den soll es nicht kümmern. Es steht aber Jakobs Name neben der Tür, ich beuge mich halb zurück und lese ihn noch einmal. »Nein« sagt sie. »Herr Abs ist nicht zu Hause« sagt sie. Sie lehnt sich an den Türrahmen und lässt mir ihren Zigarettenrauch ins Gesicht steigen, ich sage »Danke. Guten Tag« und drehe mich um und laufe nach unten auf der engen knackenden Treppe viel zu schnell. Hat sie nicht die Augen niedergeschlagen? war es nicht nur Müdigkeit? ich weiss nicht; wenn es so ist habe ich mich geirrt. Falsch gemacht etwas. Ich stehe auf der Strasse und betrachte mein Spiegelbild im Schaufenster des Zigarettenladens: da steht eine junge Frauensperson im Trenchcoat und wartet mit den Händen in den Taschen Kragen hoch, unauffällig hält sie die Nase gerade, was ist denn (so stehe ich da). Habe ich Angst? Sie rührt sich nicht. Habe ich mich geirrt? so darf ich nicht aussehen. Ich sehe aus wie eine, die wartet auf den Bus. Wie ich mich einschätze werde ich mit dem nächsten Bus hier wegfahren: als wollte ich wohin. »Danke« sage ich. »Zwanzig« sage ich. »Geradeaus?« fragt er. Ich weiss nicht, was ist Geradeaus?*

*»Ja« sage ich.*

*Was ›falsch‹ wäre wüsste ich ja gar nicht, ich weiss nicht mehr als ich mir gedacht habe. Aber seit ich nicht mehr auf der Autobahn bin und in der Stadt, kommt es mir vor als spreche ich eine fremde Sprache. Die ich vergessen habe und an die man sich hier auch nicht mehr erinnert. Oder: This is the Elbe River. »Herr Abs ist nicht zu Hause.« Ich hätte fragen sollen wann er zurückkommt. Ich bin gegangen auf dem hohen nassen Strassendamm unter dem riesigen grauen Himmel nachmittags, da stand eine Strassenbahn im Dunst. Die Schaffnerin gab mir sieben Stücke wieder mit einem 20-Schein und einem für 10: so habe ich gedacht dass es zwanzig Pfennig kostet geradeaus (ohne Aussenzuschlag).*

*»Zwanzig.« Das ist ganz richtig. Was werd ich mich wundern weil Jakob nicht zu Hause ist: ich habe ja wohl geglaubt er wartet hier auf mich. Ich geh wieder hin nachher. Dies ist am Bahnhof. Hier werd ich bleiben bis es ganz dunkel ist. Light showers for the afternoon are also predicted. Sie haben hier noch immer Baracken stehen um den Hauptplatz. Und der Boden über den ich gehe zwischen den Autos war früher die erste Wohnebene von einem Haus mit Küche und Wohnzimmer und Flur, und ich gehe über die Einfassungen ihrer Kellerfenster (da hatten sie früher ihre Keller), die sind steckengeblieben in der Erde wie Grabsteine. Die Stadt ist nass ausgefegt überall, an drei Ecken hängen hier Abfalleimer an dunkelgrünen Holzpfählen, die sind voller Wurstpappen und Schnapsflaschen, kleinen für die Hosentaschen, solchen; kommt mir vor als bewegten sich dicke betrunkene Schatten von den warmlichtigen Kiosken auf die Ecken zu einzeln und in Gruppen. Hier ist auch schon Licht: ich würd gern hineinsehen, aber die Tür ist aus Drahtglas, ich weiss. Darin bin ich gewesen mit Jakob. Wir stellten uns an die lange messingne Theke zwischen lauter Männer mit hängenden Hosenböden, die standen schon den ganzen Tag da und sahen aus als würden sie nie wieder weggehen, und Jakob sagte »Zwei grosse Klare« und alle sahen mich erstaunt an und fingen an zu reden mit Jakob und auch mit mir, da hatte er aber gesagt »Das' mein Schweste«, kamen sie alle an, gaben mir die Hand. Das ist drei Jahr her, ich kann doch da nicht hineingehen über drei Jahr hin, obwohl wer weiss vielleicht stehen da die selben an jenselbigem Tresen und das fromme raffgierige Weib schenkt ihnen einen Trost nach dem anderen ein, wer weiss was sie sagen wenn ich Jakob nicht mitbringe, dann werde ich frech und mein Vater sagt: Gesine. Dich kann man auch nirgends allein lassen. Sage ich ja: in solchem Oktoberherbst und abends wenn alle Leute Licht haben sollte jedermann zu Hause sein können. Man kann es schon nicht mehr Dämmerung nennen. Ich will Schaufenster ansehen bis es ganz schwarz ist und dann geh ich was essen irgendwo und dann fahre ich wieder geradeaus und sage, angekommen: ich möchte hier warten bis er auch da ist.*

Gegen neunzehn Uhr sass sie in der Gaststätte des Elbehotels an einem Tisch allein. Zerschnitt langsam und wohlerzogen das Rumpsteak, das der Kellner ihr nach einer halben Stunde hingesetzt hatte. Vorher hatte sie nichts bestellt, wartete rauchend an der Banklehne und beachtete die Gäste an der Theke. Dreimal kamen junge Herren in abendlich feiner Kleidung zu ihr und fragten nach dem Platz gegenüber, sie tat nichts weiter als den Kopf schütteln. Sie war gekommen in ihrem blauen Kostüm, das war das mit den stumpfen Jackenschössen, von dem der Kragen aufstand im Nacken; die Bluse war aus grauem grobem Stoff und sah einfacher aus wenn auch nicht unüberlegt. So sah sie nicht aus wie jemand, der auf Reisen ist und mit sich nichts führt als eine auf die Hälfte geknickte Kollegtasche und einen braunen dicken Trenchcoat; wenn sie gelegentlich aufsah und mit einem schrägen Blick aufwärts das Bild des hiesigen Obersten und den aufgebrachten Stimmenlärm an der Theke darunter in ihre Gedanken hineinnahm, so bot sie nicht den Anschein als müsse sie jede Ausweiskontrolle fürchten und als werde sie ihre Mahlzeit bezahlen mit Geld, das sie jenseits der Grenze zu frech billigem Kurs eingetauscht hatte. Herr Rohlfs sass auf einem der Hocker links vor dem Barkellner und trank regelmässig von seinen hundert Gramm Wodka, er hielt sich steif aufrecht und bewegte nicht seine rechte Hand in der Jackentasche. Manchmal sah er aufwärts zur Uhr.

*Neunzehn-sieben. Noch acht. Und Sabine wollte ihm wahrscheinlich sagen wie sie es findet, dann hätte er antworten können: Nicht wahr?, dann wären sie sich wieder einig geworden: ich hätt es ihm gegönnt. Ich hab sie aber auch aus dem Haus kommen sehen. Eigentlich weiss man soviel wie nichts. Ich weiss nicht einmal ob er nun kommt, ich denk mir das nur. Was sie reden, diese Leute. Am liebsten würde ich mir den Richtigen vornehmen und ihm zuflüstern wie man diskutiert, er verteidigt sich ja nur, das nennt er für sich seine Verbindung zu den Massen. Ist vielleicht glücklich weil sie ihm antworten (in den Nacken schlagen), sonst ha-*

*ben sie ihn in Ruhe seine Zeitung lesen lassen: und sie haben sie nicht gelesen. Er soll ihnen gefälligst auf den Kopf hauen! das ist falsch und das ist schlecht, früher hat die Partei so geredet und heute anders: sie scheinen nicht zu merken wie die Situation heute anders ist und nicht mehr so. »Ja« sagt er, »ja«. Ich könnt ihm das Abzeichen runterreissen. Und spiele hier den intelligent beobachtenden Bürger beim Feierabend und handle um Blicke mit alleinsitzenden jungen Damen als ob ich nicht im Dienst wäre. Neunzehn-neun. Hübsch finde ich sie gar nicht (ja was ist schon hübsch. Ich weiss nicht wie ich mir meine Tochter erwachsen wünsche. Mir unähnlich); ihr Gesicht ist in keiner Weile gefällig und so nun einmal unveränderlich dass man sich doch endlich gewöhnen kann, es ist als könnte sie nach diesem das sein nächstens. Ich sehe. Im Profil könnt sie mich sogar stören. Eigensinnig. Schmal unter den Wangenknochen, schmal in den Schläfen. Sie wär imstande jeden zu übersehen. Wie sie den Knoten im Nacken trägt ist es doch wieder ein Vogelkopf. Die mit ihren irrlichternden Augen, die lacht ja. Mit achtlosen Lippen als wüsste sie nichts von ihnen. Ist dieser Platz nicht frei. Vielleicht seh ich noch auf wen sie wartet, es würde nichts hinzutun: sie kann warten auf wen sie will: sie wird doch immer klar achtsam gespannt dasitzen auf ihre Weise so dass ein Zuseher es wissen will ohne jeden Nutzen. Das ist es ja. Wenn sie so halb aufsteht und sich beugt über ihre Manteltaschen: sieht sie aus wie auf Reisen. Viel zu schmal: ich fühl nichts. Reden möcht ich wohl mit ihr. Ich gehe hin und sage nach den bekannten Regeln des Anstands »Rohlfs. Gestatten Sie?«: so. Ich sitze hier ganz gut. Ich dürft den Kellner nicht so anschnauzen. Ich hab eine Menge schlechter Gewohnheiten. Früher war ich ein zartes Kind: und ich hab ein unbrauchbares Gedächtnis an manchem Abend. Neunzehn-elf.*

## Guten Tag

*Ich weiss gar nicht was ich davon halten soll: sagte der Frosch, da sah er in den Spiegel. Was für eine herrenhafte Neugier der Mensch am Leibe hat, und dann reitet er so steif aufrecht auf dem Hocker als wollte er darauf bis Mitternacht reisen. Warum er wohl die Hand nicht zeigen will. Er hat sowieso zuviel in den Taschen. Habe ich mir so das Gesicht der herrschenden Klasse vorzustellen? mürrisch anmasslich sehr weise? Aber das Abzeichen der herrschenden Klasse hat der neben ihm, über den ärgert er sich, was kann er sich erbosen so still vor sich hin! bei unbewegtem Rücken. Er wird sich schon wieder umwenden. Er besichtigt mich als suchte er nach einem Anlass mich auszulachen. Wenn ich nur sagen könnte: ich halte ihn für einen Professor der Geologie, für einen Flugzeugpiloten. Er kommt mir nur vor wie ein Privatmann, gibt es aber hier Privatleute, die ohne Scheu sich so benehmen nach ihrem Hochmut? vor drei Jahren noch hätt ich ihn für was halten können. Er fährt auf den Kellner los wie ein Schiesshund. Wie eine kranke und unausgeschlafene Dogge, und sehr würdig. Mag sich nicht leiden im Spiegel. Er lebt schon eine ganze Weile so. Wir sehen uns an wie zwei fremde Tiere.*

Guten Tag. Wie geht es Ihnen?

*Jakobs Mantel ist ganz feucht. »Regnet es draussen wieder?« sage ich. Er steht da mit den Händen in den Taschen und sieht mich an. Wenn ich ihn jetzt zu einem Glas einlade, schlägt er mich vom Stuhl. Siehst du wie aufmerksam du warten kannst mit deinen Flaschen, du Bediener. »Ich komm wieder« sage ich, das wird Jakob auch nicht gefallen. Jakob betrachtet mich so neugierig als hätt ich mich verändert. Sie sehen hier einen pflichtbewussten Beamten des Staates, den die unumgänglichen Erfordernisse des Dienstes hart ankommen an regnerischen Abenden. Während ich mich umwende und abstütze von der Thekenkante, gerät sie mir wieder ins Blickfeld, ich erinnere mich. Sie hält ihr Gesicht unbeweglich auf mich zu als könnt sie nichts anderes sehen ausser dieser Gegend um meinen Hocker. »Sehen Sie mal diese Dame an« sage ich zu Jakob, »So stell ich mir Cresspahls Tochter vor. Irre ich mich sehr?« frage ich. Sie hält die Kaffeetasse über dem Teller erhoben und sieht schräg an mir vorbei in tiefem*

*Bedenken, sie hat mich auch vorhin nicht angesehen. »Kann ich nicht finden« höre ich Jakob sagen mit seiner langsamen verlässlichen Stimme, ich stemme mich von diesem Stelzhokker, unten. »Kriegsverletzung« sage ich, er soll nicht denken ich gebe an. Wir gehen durch die Schwingtür zum Pförtner, ich sage Fahrstuhl. Er lässt sich Zeit mit seinen Schlüsseln, kommt steifbeinig heran, gibt mir meine Nummer 23. »Ich hab wenig Zeit« sagt Jakob. Ja doch.*

Guten Tag Jakob

*Denn es ist auffällig dass man seinem grossen Bruder gehorcht ohne Widerrede; will ich nicht Geschimpftes haben? Jakob schimpft nicht mit mir. Aber er kann vielleicht sagen: Und du wolltest es wieder besser wissen, wolltest du das?*
*– Nein. Ich bin hellwach still wie ein schlafender Fisch.*
*– Hast du gesehen und verstanden?*
*– Ja. Aber komm auch wieder:*
*ich sah ihn erst als er stehenblieb bei meinem Gegenüber, das nun wieder still und leicht über den Wodka gebeugt war, er blieb stehen und knöpfte seinen Mantel auf, da dachte ich noch: Oh Jakob was bist du fein angezogen am Abend und nasführst die Leute, die denken du bist ein Eisenbahner, Jakobs Bauerngesicht und der starre Haifischkragen mit einem geflissentlichen Schlips vornehm darunter. Und beinah war ich schon aufgestanden und die sieben Schritt vorgegangen und stand vor ihm und sagte*
*– Jakob!*
*– Gesine, guten Tag: hörte ich ihn schon sagen, ich sah sein Gesicht erinnert an mich in den Augenwinkeln, er sieht sich um und findet dass sie alle warten können und wendet sich zurück zu mir und lacht nun auch mit den Lippen und sagt*
*– Nu wik di wisn wa du wist, das' man schoin. Du wiest öwri*
*während ich vor ihm stehe und lache, denn ich freue mich. Aber ich blieb reglos sitzen auf der Bank mit meiner Tasse Kaffee in der Hand und sah ihn mein Gegenüber anreden, der sollte mich nicht fragen wie es mir denn geht, soll er doch*

*erst fertig werden mit dem. Der dreht sich um und will herunter von seinem Hocker, es sieht aus als stöhnte er dabei, plötzlich bleibt er starr so halb hängen und greift mich an mit seinem grauen wilden Gesicht und murmelt vor sich hin (so dass Jakob mich sieht) ohne mich zu verlieren aus seinem Blick von misstrauischen sehnsüchtigen herrenhaften Augen, indes Jakob mich sieht, seine Augenbrauen in einem einzigen scharf gleitenden Ruck wie Flüstern*
*– Du darfst dich nicht rühren.*
*– Ich rühre mich nicht.*
*– Du musst hinausgehen bis*
*antwortet dem Grossen auf das Murmeln: seine Augen so fremd dass wir uns nicht erkennen, bis sie sich beide abwandten und Jakob hinter den langen unregelmässigen Schritten des anderen in die Hotelräume folgte; aber Jakob hatte schnell leise unsichtbar wiedersehend gelächelt vor der Kehrtwendung und bevor er verschwand in der düsteren Holztafelhöhle of the reception*
*– später. Bis später. Hast du verstanden?*
*– Ja. Aber komm auch wieder*
*which may have been the lobby at the same time: with the staircase. Sie werden den Lift genommen haben, der andere ging recht mühsam.*

»Warum sind Sie eigentlich nicht zum Westen gegangen inzwischen?« fragte Herr Rohlfs. Quer vor den beiden verdeckten Bettstellen stand der Tisch unter einer niedrigen Hängelampe, an dem hatte er sich niedergelassen. Er hing weit rücklings gegen die Lehne und hatte seine Beine lang von sich gestreckt; er atmete noch vorsichtig, jedoch hatte sein Gesicht wieder die ihm eigene luftfrische Farbe. Ihm gegenüber sass Jakob auf dem anderen stoffbezogenen Stuhl. Er hatte die Hände in den Hosentaschen und sah prüfend abseits. Der Mantel lag vor ihm auf dem Tisch und warf kleine Tropfen ab auf die Wachstuchdecke. An diesem Abend trug Jakob seinen dunkelblauen Anzug, für den er sonst selten Verwendung gefunden hatte; in der billigen vermietbaren verwechselbaren

Umgebung eines Hotelzimmers unter dem Dach sah er aus wie jemand, der zufällig wenn auch unausweichlich angehalten worden war auf dem Wege zu einer abendlichen Festlichkeit. Eigentlich weiss man soviel wie nichts. Die vorigen Benutzer des Zimmers (zwei Kollegen von Herrn Rohlfs, die hier ein Mädchen aus den volkseigenen Nähmaschinenwerken der Stadt erwartet hatten zu einer ersten Zusammenkunft und die übliche Scheu Aufregung Angst einleitend zu beschwichtigen suchten mit ihrer regelmässigen Versicherung: »Sie brauchen keine Angst zu haben, wegen der Ehebetten, wir haben nicht vor mit Ihnen zu schlafen; wir sind im Dienst«) hatten die Lampe mit einem sehr sauberen fadenscheinigen Tuch umhüllt zurückgelassen. »Ich habe Ihnen Grund genug gegeben«: sagten Herr Rohlfs und Herr Fabian.

– Wenn er das dich gefragt hätte Jonas
– sage ich: ich hätte auch vor sieben Jahren gehen können und seitdem täglich. Vielleicht hab ich zu lange gewartet.
– Aber Jakob.
– Dass er »Grund genug« hatte ist die Umkehrung davon dass sie ihm das Dezernat Republikflucht von Jerichow auf den Hals schickten und ihn fragen liessen warum seine Mutter denn nun gegangen ist.
– Dafür hat er sich entschuldigt, Rohlfs.
– Ach.
– Doch, so einer ist er. Aber Jakob hat ihm gesagt er soll sich seine Bedeutungen selbst ausdenken.
– Er hätte sich verdammt denken können etwa dass der Sozialismus der gute Neuanfang war für junge Leute nach dem Krieg, davon soll einer sich trennen nach acht Jahren. Und zum Beispiel dass im Sinne des sozialen Fortschritts der sozialistische Mehrwert gerechter ist, die Fahrkarte nach Berlin (und was mich angeht: die Ausreisebescheinigung, die Flugkarte) ist in dieser Hinsicht ein historischer Rückzug. Passt das nicht?
– Aber Rohlfs wusste dass Jakob gerade an diesem Tag eigens was für den Sozialismus getan hatte, Erhöhung der Arbeitsproduktivität: Schnellfahren nach Methode Kriwonow.

– Das ist was ich nicht verstehe.
– Du musst nicht denken ich überhebe mich. Für mich kann es dabei bleiben dass die Arbeit acht Stunden dauert, das ist ja eine Lebenszeit. Ich will dir nicht erklären wollen was es darüber hinaus bedeuten könnte. Bei euch. Für euch: ihr seid sehr eifersüchtig auf Erklärungen.
– Ja. Und Jakob
– Jakob, verstehst du, hat vielleicht gedacht: wenn es anders gemacht wird als bisher, kommt Jöche (nehmen wir Jöche) früher nach Hause, zur rechten Zeit. Und die Kohlen sind zur rechten Zeit in den Bunkern, kann der neue Tag also angefangen werden. Und wenn du (nehmen wir dich) mal verreist, so sollst du pünktlich ankommen und nicht drei Stunden Uhrzeit verloren haben auf einem Nebengleis verspätet. Das sollte seinetwegen gern bedeuten dass er nichts gegen Jöche hatte und ihm seine Freizeit gönnen wollte. Wenn sie schon auf ihn angewiesen waren, sollten sie auch gefällig behandelt werden. Sieh mal wenn einer sich was wünscht.
– Du hast mich missverstanden. Ich weiss auswendig dass die Grundfunktionen eines Gemeinwesens sowieso erfüllt werden: unabhängig von der unterschobenen Bedeutung. Ich meine nicht dass Jakob beurteilen sollte wie notwendig es ist ob einer verreist. Nicht einmal deine Wünsche hat er dir verweigert. Nur: er hat ja doch nicht einen Augenblick gedacht dass er eigentlich auch wegfahren könnte und es geht ihn nichts mehr an was wir hier für den Fortschritt ausgeben. Überall in der Welt konnten sie ihn brauchen, hier war er doch nicht unersetzlich.
– Hat damit nichts zu tun. Er hat es mir ja erzählt. Gewundert hat er sich. »Wie einer so fragen kann«, lustig fand er das. Sagt er: »Wenn ich nicht kündige und einfach wegbleibe von einem Tag auf den anderen, steht Peter Zahn da und weiss nicht wo er in anderthalb Minuten einen Ersatz hernimmt; hat er nicht um mich verdient, wär unfreundlich von mir. Und in fünf Minuten passiert viel auf einer Strecke von hundert Kilometern. Kündigen konnt ich ja schlecht«, denn dann hätt er noch drei Wochen lang Dienst tun müssen, damit war ihm nicht geholfen. Erstlich eins: er macht eine angefange-

ne Arbeit fertig und lässt den Platz ordentlich aufgeräumt zurück. Und dann war er was gefragt worden. Nun war er mit der Antwort gekommen.
– Nein.
– Doch. Höflich entgegenkommend verlässlich und was nicht alles. »All diese Menschen«, ich hör ihn, dieser war auch einer. Mit dem hat er einen Abend verbracht. Und wenn der auch eine andere Meinung hatte, so handelte es sich doch um die gleiche Sache.
– Ja. Er wollte dir garantieren dass du dich frei entscheiden kannst und ungehindert wieder ausreisen. Denn solltest ja öffentlich auf Besuch kommen dürfen nach Jerichow, nur einmal quer über die Strasse gehen w wojennuju kommandanturu.
– Wie du redest. Ja! Als ob ich bei Jakob je in schlechten Händen gewesen wäre. Und gar nicht mal meinetwegen (aus Rücksicht auf das zarte Kind) hat er gesagt »Ich lade sie nicht zu Besuch«.
– Die Garantie wäre nur gültig gewesen, solange sie in der Notwendigkeit war. Die Wechselfälle wird Jakob deinem Vater nicht haben zumuten wollen.
– Ja Jonas, dein Misstrauen. Mein Misstrauen: ja. Aber wir sind doch nicht Jakob. Ich weiss nur noch wie er ausgesehen hat fünf-acht-elf Jahre lang, und wie mir war wenn er sagte »Liebeskind« –
– Gesine.
– und es ist alles. Ich würd eher sagen: er für seine Person hatte sich eingelassen nach dem Krieg mit dem, was wir also nennen wollen Hoffnung des Neuanfangs, er für sich wollt es verantworten und auch die Entscheidung, die darin bedeutet sein sollte. Aber wie er diese ganze Nacht unterwegs war und dann am Morgen am liebsten noch zurückgefahren wäre: damit Martienssen (das ist einer von den Dispatchern) ordentlich ins Bett kam nach seinem Dienst und zu dem was er vorhatte und nicht belästigt wurde – so hat er niemand eine Entscheidung über diese Dinge aufnötigen wollen, sobald sie konkret werden konnte: ja. Sie hätten mich gleich dabehalten können als republikflüchtig und wegen Unterstützung des

amerikanischen Imperialismus: das ist auch eine Entscheidung und an sich recht proper; nur daran hätte ich unglücklich werden können, dachte Jakob vielleicht: ja. Aber erst hier das Misstrauen.
– Und was sagte Rohlfs dazu?

Er war aufgestanden und zum Fenster gegangen. Mit den Händen in den Seitentaschen seiner Jacke stand er still in sich aufrecht und schwieg. Sein Blick folgte dem schrägen Abhang des Mansarddaches in die nächtliche Strasse hinunter. Der Bahnhofsplatz war leer. Unter dem Vordach der Schalterhalle lehnten kleine verwischte Gestalten an der hellen Wand. Näher an der Strassenecke war die Telefonzelle ein klarer gelber Quader von Licht, das noch unter dem Dach hervorquoll. Der Wagen war nicht zwischen den Mietautos zu unterscheiden, weil der Chauffeur Herrn Seemanns jetzt nicht las. Vom Regen waren nur dünne Wasserbahnen übrig, die trüb am Fenster hinuntertrieben. Nach einer Weile sagte er: »Ich hätte Ihre Mutter nicht mit Gewalt aufhalten können. Ich wollte ihr aber klarmachen dass dies nicht die einzige Möglichkeit war. Ich hätt sie lieber aussteigen lassen auf diesem Bahnhof und sie zu Ihnen geschickt. Die Meldung kam fünf Stunden zu spät. Verstehen Sie mich«.
Jakob hatte sich nicht gerührt. Er beugte sich vor und legte beide Hände fest auf das feuchte harte Tuch seines Mantels. Ohne den Kopf zu wenden sagte er: »Ja. Sie wollen sagen dass Sie sich nicht zum Spass mit anderer Leute Leben befassen«. Er blieb so vorgestützt, reglos starrte er aus seiner Schräge auf seine Hände, in denen das Blut arbeitete. »Soll einer sich selbst versäumen über einem Zweck«: sagte seine Stimme selbstwillig fragend zäh bis zum letzten Laut.
Herr Seemann blieb horchend stehen aufgehobenen Kopfes. Er fühlte sein Gesicht wie erstarrt auf versteiftem Nakken und mitten darin den harten Griff der Zähne auf den Lippen. Er warf sich gewaltsam herum und marschierte aus dem Zwielicht in den Lichtnebel vor den Tisch und stellte sich auf vor Jakob. Jakob hatte sich zurückgelehnt und sah

den Anblick hinein in sein Bedenken. Seine Schläfen bewegten sich.
»Ja«, sagte Herr Rohlfs grob.
»Du wohl« sagte Jakob. Seine Hände kehrten sich mit locker ausgestreckten Fingern offen.
»Du auch Jakob« sagte er.
»Ja«: sagte Jakob. »Aber keiner, der nicht gefragt ist.« Ihre Blicke umklammerten sich. Bis Jakob überrascht wahrnahm dass der andere genickt hatte mit plötzlich geschlossenen Augen. Er stand auf. Sie verabschiedeten sich. Sie waren verabredet für Donnerstag.

*Ich wartete unter dem Baum trotzig mit krummem Nacken. Jakob blieb stehen neben mir. Ich rührte mich nicht. Seine Hand griff so hart um meinen Hals dass ich gleich hochkam; er hatte mich gar nicht ansehen wollen. So schrägköpfig allein neben mir abseits im Dunkeln: als ob er nur die Hand frei hatte um sich meiner zu vergewissern. »Wenn ich deinen Schritt nicht kennte« sagte ich. Vor dem Hotel schlug eine Wagentür zu. Ich wandte mich um den Baumstamm und kam mit den Augen gerade in das Licht und war noch geblendet als Jakob mich an den Zaun zurückgerissen hatte zwei Meter in einen Sprung über den Bürgersteig. Er hielt mich noch am Handgelenk*
*in seinen Fingern spürte ich das weiche warme Waldgras und Baumduft Kiefernborkenduft und die Russen die auf uns zukamen. Lautlos drehte sich Jakobs Kopf auf seinem Hals mir zu, mit seinen Augen duckte er meinen Nacken niedriger, seine Hand zwang meine Schultern eng an den Boden. Er spreizte die Blätter auseinander vor uns dass wir sie sehen konnten: die Uniformen, klapperndes Geschirr, müde Pferdehälse, Stimmen, dumpfes Hufklappern. Als ob die Erde hohl wäre. Die unendliche Stille über uns zwischen den Baumkronen. Jakobs Finger streckten sich, locker lagen unsere Arme nebeneinander*
*vor dem Hotel war eine Wagentür zugeschlagen. Der Wagen tobte mit harten wilden Katzenaugen vorbei an uns einsam*

*auf dem breiten nassen Fahrdamm, kauerte auf dem öden Bahnhofsplatz, sprang knurrend in die Dunkelheit.*
*»Wann kannst du wieder hier weg?«*
*»Übermorgen früh auf der Autobahn.«*
*»Sei man nicht traurig. Du denkst wohl hier will dich keiner haben?«*
*»Nein. Darf ich dich einhaken« sagte ich.*

Der Chauffeur des Taxis sagte:
»Ich sage: das kost Sie siebzig Mark, seit einer halben Stunde ist Nachttarif. Macht ihnen nichts aus. Gewiss ist das eine ungewöhnliche Strecke, aber ich krieg mein Geld fürs Fahren und nicht fürs Diskutieren, nich? Wenn sie von dem einen Bahnhof an den anderen wollten, wird ihnen der erste eben nicht gefallen haben: schon gut, Meister. Ich meine: sie hatten da keinen Anschluss mehr. Ich wollt erst nicht recht, mitten in der Nacht auf Chaussee mit meiner Kaffeemühle, ist ja nicht zu vergleichen mit Ihrem Schlitten. Eigentlich hab ich es ihretwegen gemacht. Er war so ein grosser Ruhiger, und am Anfang dacht ich sie wär noch ein halbes Kind, aber sie hat dann alles mit mir abgemacht, sie hatte das Geld. Gepäck hatten sie keins. Ja, so eine Kollegtasche hatte er wohl. Waren beide angezogen als wollten sie tanzen gehen oder so. Fuhr ich los. Kümmert mich nicht was hinten passiert, wenn ich das Licht einmal ausgeschaltet habe; bloss bei Betrunkenen pass ich bisschen auf. Die waren sehr angenehm zu fahren. Geredet haben sie nicht, Namen hab ich keine verstanden. Wenn mir recht ist, ist sie nach der ersten halben Stunde eingeschlafen, so mit dem Kopf an seiner Schulter. Hat er sich aber nicht gerührt, sass ganz still und rauchte; hat mir auch Zigaretten durchgegeben, ganz gewöhnliche hiesige. Beurteile das so: die kennen sich seit lange. Wenn das ein Liebespaar ist, hätten sie längst verheiratet sein können. Ringe haben sie keine getragen. Sie war doch noch sehr jung; von weitem hätt einer sie für hochmütig halten können, lässt sich aber reden mit ihr. Wenn sie auch genau weiss was ihr zukommt. Hat mich sogar gefragt wann ich denn nun ins Bett komme; wenn

sie bloss so zum Abschied reden wollte, hätt sie leicht was anderes finden können. Ich fand sie ganz nett. Das mag sein, weil sie ja ziemlich verschlafen hochkam, als wir da waren. Sind dann beide in den Bahnhof gegangen. Nein nicht Arm in Arm, so waren sie angekommen. Sie hatte die Hände in den Taschen und lehnte an seiner Schulter beim Gehen: als würd er sie tragen ohne sie anzufassen. Wie ich ja sage.«
Herr Fabian sagte:
»Wieviel kriegen Sie für fünf Minuten Warten nach Nachttarif? oder wie lange ich Sie aufgehalten habe. Nichts zu danken. Wiederhören, und noch so einen Fischzug, was? Vielleicht können Sie davon mal Ihre Handbremse reparieren lassen.«

*»Mach das Radio aus«: sage ich. Jetzt muß ich auch noch vor meinem eigenen Fahrer mich in die Brust werfen. Er schaltet das Licht aus. Mitten in der Nacht stehen wir ohne Licht irgend wo in diesem verdammten schwarzen Wald als wüssten wir nicht weiter. »Mensch!« sage ich. Würgt die Kupplung rein wie ein Wilder, in einem einzigen Satz blindlings sind wir durch den Graben zwischen die Bäume zurückgesprungen: bloss weil Lichter auf uns zukommen. Fernlastzug. Wenn sie aufgepasst haben, werden sie uns doch gesehen haben. »Da stand hinter der Kreuzung so ein langer Russenkarren halb im Wald, ohne Licht, hab ich doch gesehen, war kein Unfall, die sassen ganz aufrecht hinter der Scheibe und liessen sich bestrahlen von unseren Scheinwerfern, na, die werden wohl aus Versehen den falschen Sender erwischt haben.« »Chef« sagt Hänschen, »meinen Sie dass es stimmt?« Darauf kommt es nicht an. Wichtig ist wie lange die Leute hier in der Gegend schon vor den Lautsprechern sitzen und sich das erzählen lassen und es ebenso glauben wie dass heute Vollmond sein soll nach dem Kalender. Ich seh ihn nicht. »Als Sie mit dem Taxi zugange waren, hab ich an dem Kiosk darüber reden hören, die waren aber betrunken. Ich wollt mich bloss mal vergewissern« sagt er. Also gut. Das kann Jakob noch nicht gewusst haben.*

*Jakob kann das nicht gewusst haben. Das ist anders. Wo hätt er sie denn lassen sollen. Bartsch ist ihm wahrscheinlich zu nervös gewesen, Jöche ist weit weg, die anderen können den Mund nicht halten. Von Sabine hat er nun nicht verlangen mögen dass sie gerade Cresspahls Tochter aufnimmt und versteckt vor mir: da macht er es lieber selbst. Und bringt sie nach Jerichow als wär mir das egal. Wenn ich ihn mir vorstelle jetzt in dem Schnellzug, den sie also richtig gekriegt haben vom Taxi aus, so sehe ich ihn freundlich lächeln, so: Ich gehe auf die Situation ein, Herr Rohlfs, ich kann es aber unmöglich ernst nehmen; er stellt es an wie ein Spiel. Oder er traut mir nicht zu dass ich begreife sie ist es wirklich auf ihren eigenen Füssen hier und nicht da. Ich begreife es hier viel besser. Ich wette dass sie nicht geradenwegs nach Jerichow weiterfahren sondern vorher aussteigen und dann noch ein Stück mit dem Bus in ganz anderer Richtung, das letzte Ende gehen sie zu Fuss. Und er weiss dass ich nur meine Hand ausstrecken muss und ich habe sie. Die Taube ist nicht mehr auf dem Dach. Er spielt Versteck mit mir als wär ich kein Spielverderber und hätt das mit Handschlag versprochen. Bin ich einer?*
*»Hänschen« sage ich. »Wenn sie uns jetzt erkennen durch irgend einen dummen Zufall (der Taxichauffeur hört endlich die neuesten Westnachrichten und besinnt sich wie ich doch noch aussah. Und dann diese seltene Automarke Pobjeda) und uns anhalten, eh? und schmeissen unseren Wagen um, den du in persönlicher Pflege hast Hänschen, bis er ausbrennt, dann haben sie gut Licht, und können sich da den passenden Baum aussuchen, an dem sie mich aufhängen werden ohne Hosen und mit dem Kopf nach unten, und dich, Hänschen«: sage ich. Er hat immer noch ein schlechtes Gewissen wegen des Westsenders, und dann dieser Rückwärtsgang wie kopflos. »Das war Nervosität. Entschuldigen Sie, Chef« sagt er, endlich findet er sein Mundwerk wieder: »Ich würde Sie natürlich bis zu meinem letzten Blutstropfen verteidigen« sagt er. Wie man sich an die Dunkelheit doch langsam gewöhnt. Ich sehe ihn grinsen. Sonst noch was.*
*»Dann mach mal das Licht wieder an, wir wollen zu unse-*

*ren lieben Verwandten fahren« sage ich. »In Ordnung« sagt er. Der Wagen klettert durch den Graben wie ein Bär. Am meisten spürt man seine Kraft, wenn er still zitternd dasteht bei laufendem Motor mit seinem Licht in der Nacht und auf den Absprung wartet. Der ist gar nicht so leicht umzuwerfen. Im Stillstand könnt ich es mir denken. Aber nicht solange ich fahre.*

– Das will ich sagen. Gewiss gehört er nicht zu denen, die vor drei Jahren sich die Abzeichen vom Rockaufschlag nahmen und die Hintereingänge benutzten, als die Arbeiter auf der Strasse waren und die Achtgroschenmänner die aufklärenden Pavillons ansteckten und niemand wusste wohin das kommen sollte. Ich möcht glauben er ist da genauso herrenhaft umhergegangen mit seinem Abzeichen ohne sich zu verstecken und war bereit jedem ins Gesicht zu schlagen, der ihn anfassen wollte als die Staatsmacht. Nicht auf sich, aber stolz ist er.
– Du meinst: die Radionachrichten an diesem Dienstagabend über den Aufstand in Ungarn hatten nichts damit zu tun dass er dich erst mal abfahren liess mit dem Schnellzug? Aber doch waren die Telefonleitungen blockiert, die er brauchte, und die drei Mann standen anderswo auf Posten, die zu deiner Verhaftung nötig waren. Überhaupt würde das bedeuten sollen die Staatsmacht hatte ein persönliches Verhältnis zu Jakob und wollte bestehen vor ihm in der Achtung und mochte freundlich gegrüsst werden von ihm. Wenn die Polizei dir den Reisepass verweigert (sie mag es meinen wie sie will), so hat sie auch ein einzelnes Gesicht und ist eine Person allein, aber sie achtet nicht auf deinen Verdruss, du kannst die Hände ruhig in den Taschen haben und dich abwenden, wenn sie vorüberkommt: das beunruhigt sie nicht, weil sie das Recht hat recht zu haben. Und hier war es eher so dass Jakob nicht zu früh verärgert werden durfte, wenn der Auftrag gelingen sollte.
– Ja. Solche auch. Jonas ich kann doch nicht reden für dein Haus. Von jenseits der Grenze, und für mich sind es alles

Wünschenswerte; überdies habe ich nichts zu tun mit den Erlaubnissen eurer Polizei. Ich weiss nur dass ich diesen einen zu Gesicht bekommen habe. Sieh mal wie so zwei sich die Hand geben. Hätte der Jakob eine Reiseerlaubnis verweigert, so wollte er auch mit Jakob reden darüber. Das verstehst du nicht.

– Das verstehe ich nicht.

– Und sie hätten befreundet sein können, wenn sie nicht gestanden hätten an unvereinbaren Stellen, wenn dazu nicht der schmerzliche Unterschied der Meinungen gehört hätte. Du wünschst dir etwas, dir wird es vorenthalten; er hat nicht solche Wünsche. Und als er Jakob verändern wollte zu seiner Wünschbarkeit, da redete er mit ihm als Staatsmacht persönlich. Verstehst du es jetzt.

– Sie hätten eine so verdammt gute Zeit miteinander haben können.

– Ist es nicht hübsch sich das vorzustellen? Ich weiss nicht: vielleicht hat er doch angerufen wegen der drei Mann die er gebraucht hätte wie du sagst; da war die Leitung nicht frei.

*Oh und wie mocht ich das Taxi leiden. Ich ging ganz harmlos neben Jakob auf die Bahnhofshalle zu und verhielt überrascht mit seinem Schritt vor einem greisenhaft dicken Kasten auf Rädern zum Fahren, und die ungeschickt vorstehenden Lampenköpfe waren zum Leuchten, die breite dellige Lederbank hinten war zum Sitzen der Fahrgäste, ein fünfspeichiges Rad zum Steuern, und all diese verschiedenen Zwecke sassen ungelenk und treuherzig nebeneinander in einem einzigen Auto. »Das kost' Sie fünvenachzich« sagte der Chauffeur. Er hatte uns Licht gemacht, blieb aber träg unentschlossen gelegen schräg über seine Lehne und sah Jakob an, der machte aber kein Rechengesicht sondern ein erstauntes und hob sein Kinn auf als hätt einer ihm die Frage nach der Uhrzeit mit der Wettervorhersage beantwortet: was man doch gar nicht wissen kann, da fing ich an zu lachen und sagte »Wenn es bloss nicht neunzig werden«, nun ging das Licht aus. Der Wagen versammelte seine steif gespreiz-*

*ten Beine unter sich und räusperte sich in seiner Brust und kriegte das Husten und rollte klappernd in die Strasse zurück, aus der wir gekommen waren, und glitt anmasslich behende alterseigensinnig unter den strahlenden Richtzeigern hindurch auf die Ausfahrtstrasse zwischen den Giebelhäusern und Lagerschuppen aus dem vorvorigen Jahrhundert, die Scheinwerfer pflückten Fetzen aus der Nacht ich dachte an Fackeln und rupfte das Klappern von Blech zu schnellen Hufschlägen auseinander und dachte Wenn er doch nur den Arm hochnehmen würde und Jakobs Arm stieg hinweg über meinen Kopf und liess mir den Platz frei an seiner Schulter, »Beschützu mich Jakob« sagte ich und fühlte in seiner Brust das leise Zittern von innerlichem Lachen und schlief ein und träumte von klopfenden Chausseebäumen, die sich vor uns verbeugten mit weissen Schürzen um den Bauch*

*und noch immer so steif schlaftrunken wie ich neben Jakob lehnte am Fahrkartenschalter stand ich am Schluss des Schnellzuges und hielt mich fest an den Griffen der verschlossenen Tür und sah die Gleise scharf sich aufbäumen hinter unserer heulenden Fahrt, zurückbleibende Signale schrien uns hinterher rot rot, der Wald lief weg mit ihnen als hätt er Augen bekommen und dann kam die grosse Wiese mit dem grauen Mondlicht und die eingeschlafenen Knicks rutschten zum Horizont hinunter mit den sanften Abhängen des nächtlichen Landes, bis die Wolken wieder zusammentrieben und wir schwarz durch das Schwarze jagten in dem engen schwankenden Gehäuse, dicht und finster und hoch standen Menschen um uns wie Bäume und schwiegen und ich schwieg und Jakob schwieg und das Land schloss sich ebenmässig über der aufgerissenen Lärmfurche hinter uns um uns zu Stille. Aber Jakob hielt mich fest an einer Schulter.*

*»Warum steigen wir hier aus, Jakob, ist die Verbindung anders inzwischen?« fragte ich, als wir ausstiegen mit allen anderen auf die riesigen unbeweglichen Plattforminseln um Mitternacht und sofort umklammert wurden von dem grossen fahlen Lampenlicht und dem heiseren Gebell aus den Lautsprechern* BITTE ALLES AUSSTEIGEN DER ZUG ENDET HIER DIE NÄCHSTEN FERNANSCHLÜS-

*SE IN FÜNF STUNDEN AM BAHNSTEIG GEGENÜBER DER TRIEBWAGEN NACH und ich sagte: »Jakob das ist doch westlich, Jerichow liegt im Norden«. Ich bin umgegangen mit Leuten die mir zusehen mit lächelndem ungläubigem Erstaunen, wenn ich etwas denke in meinem eigenen Kopf, das finden sie lustig und rührend und weiblichen Liebreiz, der sich versucht gegen den Anstand; Jakob nahm mich am Arm und hob mich die Eisenstufen hinauf und sagte »Wa denkst wo du büst«, gleich darauf stelzten die Falten quer über seine Stirn als ob er Ungerechtigkeit gesagt hätte, da sah ich es zum ersten Mal. Und zum zweiten Mal als wir dann wieder ausstiegen auf den Bahnsteig und er mir sein Handgelenk vorwies mit der Uhr shockproof und sagte: »Verspätung«; mit seinen schmalen gewaltsam ruhigen Augen stillstehend*

*wie ein Kind in der Schule, aller Hohn und Spott wird auf einen allein versammelt, ich wusste gar nicht wie dies vernüftig sein konnte vor lauter Zufälligkeit: warum lachen sie über meine Nase und lassen die roten Augen da in Ruhe, so dünnhäutig in die Wüste getrieben stand ich stockstill da drei Vormittage lang und ging Jakob mit Fäusten an, als er auf mich zukam im Garten und sagte Willn wi din Drachen nu loslaotn hüt, das sollte mich gar nicht ärgern. Ich duckte mich wie blind und trommelte blindwütig auf ihn ein, bis er meine Fäuste sehr sacht unüberwindlich auseinanderhielt und mich ansah Jakob ist mein grosser Bruder (de hett Nögl ünne de Schauh) hüt gaon wi uppe Rehbarg laotn Drachn stign*

*und finde deinen großen Bruder wütend. Und kann ihm nicht beistehen mit Nögl ünne de Schauh. Und weiss nichts weiter als »Dat geit uns je niks an«.*

*Und es war als hätte ich ihn an den Schultern genommen und auf die andere Seite gekehrt, wo er mich stehen sieht naseweis und das stille innige Lachen ihn überrascht in den Augen. »Wat söln wi de brukn« sagte er.*

– Um Mitternacht. Der Triebwagenführer mag bei der Aufsicht im Kiosk gesessen haben, da erzählten sie sich die Neu-

igkeiten, um diese Zeit kam es ja nicht mehr an auf pünktliche Abfahrt.
– Immerhin war die Strecke freigegeben, und wegen dieser sieben Minuten herzhaften Männergesprächs hat an der Abzweigung bei den grossen Seen ein Güterzug auf unsern Triebwagen warten müssen, da war der Plan in Unordnung gleich zu Anfang des neuen Tages. Uns kam es nicht darauf an (als der Motor endlich ansprang und die warme stickige Luft fing an zu dröhnen im Vorwärtswälzen der Abfahrt, waren wir beide längst im Geschichtenerzählen und hatten kaum noch acht auf die Verspätung, wir hatten die Nacht vor uns), aber der Triebwagen sass voll mit Leuten, die aus dem Theater oder vom Nachtdienst nach Hause wollten zu ihrem knappen Schlaf; ich hätte Jakob doch nicht auffordern sollen zu unserer Besserwisserei: es geht uns nicht an, denn wir können es nicht bessern.
– Du meinst: er hat da zum ersten Mal verzichtet auf das Prinzip Pünktlichkeit und Rücksichtnahme. Das soll ein Anfang gewesen sein. Mit einem Mal war ihm gleichgültig dass einer es nicht genau nehmen konnte mit seiner Verantwortung für fremde Lebenszeit.
– Vielleicht. Ich möchte nur wahrhaben dass keiner sich hinstellen kann und sagen: So war es und nicht anders. Die Schuld hat der und der. Wenn du sie nun hättest Jonas.

Cresspahls Katze hatte ein graugrünes Fell. Von der Schwanzspitze über den Rücken lief eine schwarze Zeichnung ihr auf den Kopf in immer blässeren Flecken, aber unter der Nase fing sie an weiss zu sein und war weiss an ihrer Brust und an ihrem Bauch bis zur Unterseite des Schwanzes. Als Jonas am Sonntagmittag in sein Zimmer kam, sass sie auf dem eingesunkenen grünen Polsterstuhl vor dem Tisch sehr würdig aufrecht, so dass Jonas überrascht Guten Tag sagte. Darauf antwortete sie nicht.
Nach dem Essen sass Jonas in dem trockenen Pflaumenbaum und sägte die kleineren Äste heraus mit einem Fuchsschwanz.

Unter ihm stand Cresspahl zwischen den Stachelbeerbüschen und redete über den Feiertag, an dem man nicht arbeiten dürfe, aber Jonas war es ganz zufrieden. Dann holten sie die grosse Leiter aus dem Flur und nahmen alles ab, was über der Gabelung stand; Cresspahl hielt die Leiter fest und zog mit einem Strick an dem Ast, den Jonas gerade absägte. Manchmal kamen Leute auf dem Weg am Gartenzaun vorüber und standen still bei ihnen, denn sie waren so angezogen, nämlich sie hatten die Woche über gearbeitet, aber nun war Sonntag, und sie sagten etwa: Ach, da werde wohl aus dem Baum das Trockene weggenommen, und vielleicht solle sogar der ganze Baum aus der Erde? Ja: sagten sie, denn auch Jonas lehnte sich zurück und sagte etwas wo es zwischen Cresspahls Antworten passte: so verhalte es sich. Es scheine eben als könne ein Pflaumenbaum nicht länger als zwanzig Jahre leben. Das mag wohl sein: sagten sie, und dann gingen sie weiter. Wenn sie an der Ecke des Ziegeleischuppens waren und nicht mehr zu hören aber noch zu sehen, sagte Cresspahl vielleicht: dies sei ein Jugendfreund von Gesine, der sei jetzt Tierarzt. Ach: sagte Jonas: wieviel Autos habe der denn? Zwei: sagte Cresspahl: eins zum Leben und eins für die Arbeit. Ach so. Ja. Dessen Vater sei ein Lehrer gewesen, aber endlich auch zum Westen gegangen. Dann sägten sie weiter, und als sie alles unten hatten, brachen und sägten sie es handlich und trugen es in den Holzschuppen vor der Werkstatt. Die Werkstatt war im rechten Winkel an das Haus gebaut und hatte grosse staubige Fenster. Die Fenster von Jakobs Wohnung sahen klar und bewohnt aus, solange es hell war. In der Dämmerung hatten sie den Stamm beinahe ganz ausgegraben. Die letzten Spaziergänger kamen vom Strandweg herüber, dem sie eine Ecke abschneiden wollten, und blieben eine Weile stehen und fragten: Hier werde wohl Brennholz gemacht. Ja: sagten sie. Es habe ja den Anschein als ob es für den Winter ausreichen werde. Ja, das Aussehen sei vorhanden. Man könne also sein Brennholz im Garten wachsen lassen, nicht wahr? Das sei sozusagen möglich: sagte Cresspahl. Jonas stand neben ihm auf den Axtstiel gestützt und sah den Besuchern freundlich ins Gesicht; er wunderte sich

nur dass niemand nach Jakobs Mutter fragte oder nach Jakob. Vielleicht war er selbst ihnen zu unbekannt. Oder das alles war für Jerichow gar nicht so bedeutend wie es einem in diesem Garten scheinen konnte. Oder Cresspahl gab sich zu solchen Gesprächen nicht her, und darum versuchte niemand danach zu fragen. Gute Nacht: sagten sie. Gute Nacht: sagte Jonas, und versuchte sich vorzustellen dass er die Fremden seit langer Zeit kannte. Sie trugen noch den Stamm an die Hauswand und warfen das Wurzelloch wieder zu, und dann assen sie Abendbrot. Jonas war sehr zufrieden mit seiner Müdigkeit und mit dem daumengrossen Hautfetzen, der von seiner Hand abhing, wo der Fuchsschwanz angekommen war. Am Ende würde die Haut da härter werden müssen. Zu wünschen war nur noch dass er die Woche über eine nützliche und vorweisbare Sache gearbeitet hätte, dann hätte er auch sich festlich anziehen können und am Gartenzaun entlanggehen und mit den Leuten reden: oder nach ein bisschen feiertäglicher Arbeit abends in den Krug gehen oder einfach ruhigen Gewissens dasitzen und bereden was gewesen ist im Haus und was die Tage etwa bringen werden. Er ging bald nach dem Abendessen in das Zimmer, das Cresspahl ihm überlassen hatte (es war die kleine Kammer zwischen Küche und Werkstatt, in der ausser dem Kleiderschrank und der Schlafpritsche nur der niedrige Tisch mit den Binsenstühlen stand). Cresspahl hörte ihn umhergehen und am Fenster stehen und endlich mit der Maschine schreiben; es klang eifrig und ungestört.
Cresspahl war kaum noch Gäste gewohnt. Er sass den ganzen Abend allein an seinem übermässigen Tisch mit den Armen auf die Platte vorgestützt und rauchte geduldig mit langen Pausen immer aus der einen Pfeife. Er hatte das Radio nicht eingeschaltet. Die Schreibmaschine war leise zu hören und auch angenehm, das Geräusch liess ihn an Fleiss denken. Er versuchte sich zu erinnern wie Frau Abs für Gesine gesorgt hatte, als sie noch kam aus dem Studium an den Wochenenden. Sie hatte sich doch selten angekündigt, und also hing es nicht an rechtzeitigem Einkaufen und einem gastlich bestellten Tisch. Alles in allem konnte er (Cresspahl) ja wohl nicht

in die Speisekammer gehen und Jonas einen Teller mit Äpfeln und Birnen vor die Tür setzen wie Jakobs Mutter das getan haben würde: oder so: und es war auch nicht genug Jonas auf die offenen Schlösser der Speisekammertür hinzuweisen. Und Gesine war hier zu Hause gewesen. Sah man Jakob an, so war der allerdings immer nur besuchsweise angekommen, wie war es in den Zeiten gewesen? Jakob hatte eben einfach vor sich hin gelebt; wenn Cresspahl ihn auf dem Flur hörte, trafen sie sich bald irgend wo und verredeten den Abend über Geschäfte und betrogene Obrigkeit und städtische Ereignisse, und einmal hatte Jakob auf dem Briefkasten gesessen und eine Ansprache wegen der Intarsien gehalten an sein Volk, unter dem auch Jöche gewesen sein mochte, aber Jöche konnte damals noch nicht so viel vertragen wie heute. Und Jakob stieg nicht vom Briefkasten, bevor Cresspahl als Intarsienminister den herzlichen Wünschen seines lieben Amtsbruders von der gleichen Tribüne herab geantwortet hatte. Das Volk war eigentlich Brüshaver gewesen; aber Brüshaver war tot. Beinah wären sie beide abgestürzt. Als Cresspahl sich an Jakob erinnerte, lächelte er vor lauter Gegenwärtigkeit, denn Jakob erstarrte nicht in den Bildern des Abschieds sondern blieb im Gedächtnis als eine Wirklichkeit von Lächeln und Antworten und Spass und Leben überhaupt: wie eine Gebärde. Natürlich lag nichts daran dass Jakob den Ast einfach abgebrochen hätte, gegen den Jonas mit beiden Armen ankämpfte, denn Jonas hatte sich gefreut über die eigene Mühe, am Ende liess sich das nicht vergleichen. Gesine lebte ja auch in der Stadt. Aber davon sollte er vielleicht gänzlich absehen. Nun kam er zu keinem Ende. Jonas war gekommen damit die Welt ihn ein bisschen aus dem Gedächtnis verlor, und weil er deswegen auch anderswohin hätte fahren können, war er hier zu einem Besuch in Gesines Haus. Ja? ja. Es war lehrreich ihn ohne hauptstädtische Umstände und Gewohnheiten zu sehen, er hatte sich ja nicht einmal Bücher mitgebracht, was er da drüben schrieb musste er alles aus sich selbst nehmen und aus seinem eigenen Kopf, das war er also, da war etwas zu sehen. »Glauben Sie bitte nicht ich wollte die Welt verändern, indem ich mir Gleichgesinnte anwerbe« hatte er gesagt.

»Es ist für mich nur eine Gelegenheit dass ich meins auch mal sage«, und das hiess schliesslich doch dass er an der Welt teilnehmen wollte. Nun hatte er eine gewissenlose Weise im Umgang mit Worten. Sie gingen ihm leicht und ohne Zögern vom Munde, so dass Cresspahl manchmal einen Anschein von Zauberei wahrnahm: als bringe jemand ohne Aufhören immer neue boshafte Zeichnungen von der Welt zustande, und darin sei bei aller Übertreibung und Gedankenverkürzung doch genau gerechnet worden und nichts unterschlagen; die Richtigkeit sah fremd aus. »Wir« hatte er gesagt, und so ehrlich er damit seine Freunde und sich selbst zu meinen schien, so konnte er damit auch bestritten haben dass so eigensinnige widersprüchliche Leute überhaupt zusammengehörten: »Wir sind ja der Sache des Fortschritts unbelehrbar ergeben«. Cresspahl hatte an der SACHE DES FORTSCHRITTS wohl nichts mehr zu verteidigen gefunden (denn was war das?), aber über dem UNBELEHRBAR ERGEBEN war er bedenklich geworden. Denn UNBELEHRBAR war das Wort, das die sozialistische Staatsmacht für ihre Feinde gebrauchte und hiess soviel wie streitsüchtig besserwisserisch töricht unnütz, aber ERGEBEN verwandte sie für den anderen Teil der Bevölkerung und der internationalen Arbeiterklasse, der von dem einmal eingeschlagenen Weg zum Sozialismus UNBEIRRBAR überzeugt war und unermüdlich arbeitwillig die Anweisungen der Parteileitungen ausführte, und was hiess UNBELEHRBAR ERGEBEN (dachte Cresspahl:) wenn es in Jonas' Munde war? Sichtlich waren seine Gedanken sämtlich auf die Einrichtung des einen deutschen Drittelstaates gerichtet und befassten sich unablässig mit dem was die einen und die anderen und die dritten und die neunten mit jeweils unterschiedlicher Sinnesart und Bedeutung SOZIALISMUS nannten, und da Jonas schlechthin nur die Regierung seines Landes im Auge haben konnte, sah er manchmal den Wald vor Bäumen nicht, so klug war er: konnte das sein? dachte Cresspahl, aber so etwas hatte ihm inzwischen wohl noch nicht auffallen können. Würde Jonas nun wohl eigenmächtiges Augenmerk behalten, wenn er (im Spass. Im Spass) den einen Namen annahm und den anderen behielt und er immer da-

zwischen gab sich aus für namenlos? Er sagte so: es lag im Interesse der Regierung dass sie eine ideologische Schwarmgeisterei im rechten Anfang unterband, das begründete er so eingehend und verständig dass man sich nur wundern konnte über seine frühere Feindseligkeit, und er sagte es liege im Interesse der UNBELEHRBAR ERGEBENEN dass endlich nicht mehr nach den Vorschriften und Regeln des Lehrbuches gedacht werde, und da dies unbestreitbar auf der Hand liegen sollte wie es schien, blieb nur noch zu fragen wer denn etwa recht haben sollte (von der Richtigkeit zu schweigen, die war unkenntlich geworden). Cresspahl fühlte sich ungerecht in seinen Gedanken. Er beschloss dass Jonas' Reden ihm Spass machten. Da sass er nun und dachte an seiner Tochter Leben und wusste nicht wie ihr Leben war. Sie kam morgens aus der Haustür und stieg in die Strassenbahn und nickte dem Pförtner zu auf Englisch und schrieb mit der Maschine eine Sprache um in die andere und vermittelte zwischen den einen und den anderen Rednern als sei sie wirklich am Mitreden; von wem konnte man so etwas nicht sagen? Wenn er allenfalls sich vorstellen konnte wie es ihr erging in den Gelegenheiten, so half das dem Briefwechsel wenig; also sollte die Mühe um einen Besuch nicht verwunderlich sein. Ihr mochte gerade die lustige wechselhafte Denkweise gefallen haben an Jonas (und dass er bei aller Besserwisserei auf dem Bürgersteig stehengeblieben war im Frühjahr wie im Film); und dass er mit seinen dreideutig verknoteten Wortbezüglichkeiten die herkömmliche Weise von Verständigung aufgab, war am Ende auch für Cresspahl in der Ordnung. Obwohl er sich eine andere nicht zu denken wusste: die Dinge sollten klar sein und handlich. Ja, das möchtest du wohl.
Bevor er sich schlafen legte hinter seinem Tisch, stand er noch eine Weile in der Küche neben der Speisekammer und kaute an einem Hasenkopfapfel, und als Jonas müde und gedankenlos aus seinem Zimmer kam und von dem hingeschobenen Apfelteller zu essen anfing ohne sich eigentlich wahrzunehmen, stand Cresspahl neben ihm und versuchte sein erfreutes Lächeln aussehen zu lassen nach den Bewegungen im Gesicht, die vom Apfelessen herkommen. »Gute Nacht«

sagte er und verliess die Küche mit seinem breiten Rücken mit den Händen in den Hosentaschen wiegend wie ein Schiff. Er sah nach Wohlbehagen aus. »Ja. Gute Nacht« sagte Jonas.
Als er zurückkam, lag die Katze auf seinem Stuhl wie ein Burgwall: mit höherem Rückenwulst und dem niedrigeren Halbring von Hals und Kopf und sämtlichen Pfoten und Schwanz; den Kopf hatte sie fast gänzlich umgeben mit sich. Jonas stand vor ihr und dachte: Sie muss doch nun aufschrekken, sie kennt mich nicht, sie hat sich zu fürchten ...?
Aber sie rührte sich nicht. Vorsichtig hängte er seine Jacke über die Lehne und drehte den Stuhl so, dass die Jacke die kalte Luft des offenen Fensters abhielt. Er wollte sich abwenden, da bemerkte er ihre Augen offen. Sie schienen gelb und sehr hochmütig. Natürlich: sie war ja zu Hause bei Cresspahl.
Am anderen Morgen war sie nicht zugegen. Auf dem Binsengeflecht lagen unzählig weisse Haare, die Cresspahl vielleicht abgebürstet hatte, bevor er Jonas das Zimmer übergab: als ob hier nicht längst jemand wohnte.
Schon beim Nachsehen der ersten Seiten merkte Jonas dass er nur die Oberfläche eines Zeichengewebes wahrnahm, das waagerecht und senkrecht gegliedert war und von dieser Regelmässigkeit her eben nicht zu verstehen. Er achtete auf Schreibfehler und den Bau der Sätze; er fühlte sich nicht imstande den Inhalt noch einmal zu denken. Das Niedergeschriebene kam ihm vor wie ein mitgebrachter Vorrat, der am Ende der Reise nicht mehr zu gebrauchen war. Das Zimmer half ihm nicht. Die schweren alten Möbel schienen ihn mit sich zu vergleichen, sie erinnerten ihn nicht an seinen Vorsatz. Er wusste ihn noch, Kapitel zwei endet mit den Bedingungen der Begriffe, er hatte aber keine Lust. An diesem Tage beachtete er die Müdigkeit noch nicht besonders. Er schob den Tisch mit der Maschine von sich und ging an den Wänden entlang, bis er am Fenster stehenbleiben konnte, dann ging er weiter. Es waren keine Bilder aufgehängt. Neben der Tür am Rand einer weissen sonderbar ausgesparten Fläche hing eine Landkarte aus dem siebzehnten Jahrhundert, die die Küste bis Lübeck darstellte. Das sollte nichts bedeuten, sie war üb-

riggeblieben. Warum war Cresspahl nicht ausser Landes gegangen. Weil er ein Haus hatte. Was bedeutet ein Haus. Das weiss ich nicht: sagte Jonas sich befriedigt. Er setzte sich wieder hin und strich die letzten beiden Seiten zusammen und schrieb sie noch einmal. Dabei blieben siebzehn Zeilen übrig, nun sah es unbescheiden aus.
Cresspahl hatte vom Morgen an in der Werkstatt gesessen und Furnierstücke poliert. Das war eine Beschäftigung, bei der er genau auf seine Hände achten musste und nicht mehr bedenken als was sie taten. Er kam zu Jonas und stand hinter ihm und rieb unter seinem Kinn her mit einem Handrücken, blickte in die Ferne ohne das Bruch vor den Fenstern zu sehen und sagte endlich träumerisch etwa: auch der Fischfang ist ein ehrliches Gewerbe, oder Siehe die Lilien ... so ungefähr, Gesine könnte es wissen. Jonas wusste schon dass ein Grinsen die falsche Antwort war, er sah ihren Vater an und nickte unschuldig; sie gingen zum Essen in die Stadt. Aber es lief nicht ganz Jerichow zusammen um ihren Marsch anzusehen: wie Jonas eigentlich erwartet hätte: Lisbeth Papenbrock sah ihnen harmlos zu durch das Schaufenster und wartete, bis sie Cress-pahl blickweise hatte begrüssen können und ging unerstaunt aus dem Laden. Jonas hatte nur etwas über den amtlichen Namen der mit Aufrufen bemalten Stoffbänder gesagt, aber Cresspahl nahm sich die Mühe des ausführlichen Stehenbleibens, antwortete ihm gewaltigen Tones und vertraulich sich niederbeugend: das solle wohl sein, diese Transparenz leuchte so manchem hinter den Ohren hervor ...!, blieb stumm vorgebeugt und starrte ihn bedeutend an mit seinem weitläufigen faltigen Gesicht, bis er sich abkehrte und schwer auf Jonas' Schulter gestützt wie vergesslich weiterging: redend und atmend. Vielleicht war ihm so: dachte Jonas. Aber er brachte doch nicht die gelassene Geduld auf, mit der die Stadtpolizisten an der Marktecke Cresspahls Stampfschritt und seine ausfallenden Armbewegungen und Ausrufe an sich vorüberziehen liessen, »Lisbeth Papenbrock sein Jung hat wiede Brüshaves Katze giägit, werd i-ech doch füe aufpassn, dise Slöpentraibe ümme hinte he das aame Dee-t mit seine infaomtigte Munhemonika, Brüshave hat je ümme gesung, wenn

er sein Halls wäsch, nu issie das Kunstveschtännis so an un i-ech pass füe auf –«; es war dazu nichts zu sagen, keine andere Teilnahme war möglich als durch gleichmässigen Gang die Schulter im Gleichgewicht zu halten gegen den mächtigen Druck und stumm erfreut zu lächeln. Er sprach mit solcher Eindringlichkeit von dem verstorbenen Brüshave und seiner testamentarisch vererbten Katze und von seiner Zerstreutheit und seinen prächtigen Manieren: als wolle er der Stadt und der Zeit und dem feinen sanften Regenwind vorwerfen dass es Leute dieses Schlages nicht mehr gebe, einfach gestorben sind sie, »un nu szüh die disn Look an, denn weiss je Bescheit. Disn Kiljan«. Und wenn er sich mit angestrengtem Klammergriff mühsam mächtig hinter den Tisch in die Ecke des Ratskellers sinken liess und einem trübsinnig schweigend gegenübersass im mittäglichen Dämmerlicht, konnte man mit einem sonderbar frommen Schreck sein beengtes arbeitsames Lufteinholen bemerken, *wann wird er sterben dachte ich.* Er erzählte dem Kellner ausführlich die Vorgeschichte und die Schicksale des Alkohols, den er vor dem Aufessen des Fischs trinken wolle, Jonas möge wohl wissen dass er dieses Gift nirgends sonst bekommen werde, abwesenden Blickes sprach er von der Chininbitterkeit und erwähnte den gewichtigen unausweichlichen Druck des Geschmacks auf den Kehleneingang, »denn es gibt welche, an den' kannssu voebei, mit disn mussu es änshaff aufnehm!«; aber als sie ihn hatten, kippte er den Kelchrand wortlos erst gegen Jonas und dann gegen seine Lippen, seufzte einmal hoch auf und sprach bis zum Ende des Essens kein Wort weiter. Er hatte sich gegen die Lehne zurückgeworfen, trommelte mit den Fingern einen unregelmässigen nachdenklichen Rhythmus auf dem Holz und verwahrte sich durch unmässige Zerstreutheit des Blicks gegen die Grüsse, mit denen seine Bekannten auf den Tisch zukamen, er verbeugte sich und schickte sie mit eben dieser angelegentlichen Gemessenheit von dannen. *Es wird mir nie gelingen eine ganze Stadt zu bewohnen: dachte ich: und wenn ich dreissig Jahre ansässig wäre und hätte die Kellner und Tabakverkäufer an meine Wünsche gewöhnt und würde mein Geld ausgeben als sollten sie es von mir übrigens auch gern haben. Ich dachte an meine Freunde und versuchte mich zu erinnern was es doch war das mir an ihnen gefiel und merkte dass sie wie ich dem Leben zusahen abseits entlegen urteilsüchtig, und hätten das Zusammenleben doch lieber nicht betrieben als ein System von Regeln gesetzlichen Ansprüchen Gewohnheiten zur Verteidigung der Einsamkeit und des Alleinseins (der sogenannten Unabhängigkeit der Person). Es gibt welche, an denen kannst du vorbei; ich konnte an allem vorbei. Ich erinnere mich an den öligen herben schweren Geschmack des Getränks, ich werde ihn vergessen. Ich werde die Städte verlassen, sie werden mich nicht entbehren. Das muss doch irgend wo angefangen haben, irgend einer muss es gemacht haben dass ich bei meinem Tode sagen soll: ich bin nur zum Spass bei Euch gewesen, nehmt es nicht ernst. Und es wird nicht einmal die schmerzliche Würde sein, mit der Cresspahl die grossen Gesten und Gebärden auf geringfügige Dinge verwendet, weil die kostbaren Inhalte verloren sind. Wenn ich so etwas sage wie »unbelehrbar ergeben«, nickt Cresspahl bedeutend und antwortet mit einer Geschichte von zwei Uniformen, die er einmal nebeneinander gesehen hat, er habe sich im ersten Anblick gefragt was denn ein Zivilist mit einem Eisenbahner zu tun haben könne (so habe er Jöche kennengelernt): dies lustige Befremden sei es, wenn man die Worte in regierungstreue und aufständische Truppen unterteile unterscheide und sie als Uniformen doch nebeneinanderstelle, aber es sei eben Jöche gewesen, kennssu Jöche? Jakob, geh mal mit ihm zu Jöche, erklär ihm dass das kein Eisenbahner ist. Ja? Das war die Antwort, als Jakob schon aufgestanden war und sich schlafen legen wollte, und wir haben noch die ganze Nacht gesessen mit solchen Reden, die ich nicht verstanden habe.*

Nach dem Mittagessen fand Jonas die Katze wieder auf seinem Stuhl. So schmal und anmutig kam ihr Hals hoch aus dem breiten starken Sitz, riss sie plötzlich ein leises Geräusch vor dem Fenster ruckweise in Augen und Ohren, dass Jonas bedauerte nicht von einem »Widerrist« sprechen zu können bei ihr. Er stand über den Stuhl gestützt und fragte sie ob sie da bleiben wolle. Sie gähnte und begann sich zu waschen

höchst gelenkig mit den weissen Vorderpfoten über Hals und Ohr. Er räumte sein Papier von dem anderen Stuhl und setzte sich gegenüber an den Tisch und drehte die Maschine um. Er hatte gefürchtet das scharfe Klappern der Hebel auf der Walze werde sie verstimmen, aber sie lag dann still Kopf über Vorderpfoten und spann und bewegte den Kopf wie in müssigen aber weitgreifenden Gedanken manchmal von einer Seite zur anderen. Dachte an vieles. Plötzlich sprang sie hinunter und stelzte an den Wänden entlang, bis sie die Fussmatte fand, auf der sie sich dehnen und strecken mochte federnd in allen Gelenken verankert in fest eingesetzten Krallen. Jonas hatte die Hände still auf den Tasten und sah ihr zu. Sie wandte ihren Kopf seitlich. Er erhob sich sofort und öffnete das Fenster. Sie stieg hindurch. Er hatte es richtig erraten: er hatte sie verstanden. Steifbeinig und leicht mürrisch schritt sie durch den nassen Garten in den Nebel hinein.
Abends sass Cresspahl bei ihm. Er hatte sich die fertigen Seiten ausgebeten und fragte nun nach der genauen Bedeutung einiger Worte. Sie hatten kein Licht. In einer Pause des Gesprächs hörte Jonas sie kommen. Deutlich den Niedergang, leise aber auch das Aufsetzen von Pfoten. Er war sehr zufrieden. Er kannte sie schon ein bisschen.
Als Cresspahl schlafen ging, blieb er stehen vor dem Stuhl und hielt seine gekrümmte Innenhand vor ihrem Kopf. Sie streckte sich im ganzen Leibe und hob starr vor Mutwillen eine Pfote über seine Handhöhlung und schlug sie zärtlich ein in das harte Hautleder. Weiter begrüssten sie sich nicht. Als Jonas von der Tür zurückkam, lag sie wachsam und gleichmütig auf ihren Beinen als sei nichts gewesen.
Er schirmte die Tischlampe mit einem Doppelbogen ab gegen sie, damit sie nicht geblendet wurde. Schaltete an und begann vom anderen Stuhl aus zu schreiben neben ihr. Nachdem sie sich überall gewaschen hatte, richtete sie sich auf und beobachtete ihn aus engen glimmenden Augen reglos. Sie hatte dreiundzwanzig Barthaare. *Und das schreiben Sie so zu Ihrem Spass? sagte sie. Irgend wie leben muss einer, jedermann ist der Beste, schto lutsche tschewo. Hätten Sie nicht vielleicht ein bisschen Milch …? … sehen Sie mal wie mein Bart zittert.*

*Sie lag auf der Seite neben ihren ausgestreckten Beinen, als ich zu Bett gehen wollte. Ich kauerte neben dem Stuhl. Unsere Köpfe waren in gleicher Höhe. Sie wölbte ihren Hals empor aus der Lage und setzte fest mit spürbaren Krallen eine Pfote auf mein Handgelenk. Meine Hand stieg unter ihrer Schulter auf ihren starken harten Hals und verschob ihre Haut zum Kinn hin. Bis sie in einem einzigen Zucken auf den Rücken glitt und den Kopf hinter sich warf über die Stuhlkante und sich krümmte und wälzte gegen meine Hand ohne die Gegenwehr vollends aufzugeben. Unversehens kam sie zu sich sehr kühl und wach und stemmte mich fort mit ihrem ungebärdigen Sprunggelenk und rollte sich ein zum Burgwall und schlief unverzüglich davon. Ich war betrübt. Ich hätte es früher: rechtzeitig bemerken sollen. Eine Sekunde lang war ich ihr lästig gefallen. Eine Katze kennt keine Sekunden.*

Am anderen Morgen (das war Dienstag) betraf Cresspahl ihn im Schlafanzug auf den Dielen hockend und mit der Katze beschäftigt. Sie stelzte krummen Rückens um ihn herum und warf sich heftig schmiegsam gegen seine Beine im Vorübergehen. Seinen Händen wich sie aus. Schritt in grossen Bögen und Querzügen davon und kam zurück, streifte ihn aber durchaus angelegentlich abermals. Er fragte Cresspahl was hiervon zu halten sei. »De mach di« sagte der, er wiederholte es sogar, während er ihr zusah. Jonas dachte: es werde eher die morgendliche Schläfrigkeit und die Wiederbelebung der Muskeln sein, oder sie möge Gefallen an dem rauhen Stoff des Schlafanzuges gefunden haben. Dennoch wartete er, bis sie von ihm abliess.

Nach dem Frühstück kam sie aus dem Garten zurück. Er war eben aufgestanden und schabte selbstvergessen an seinem Hinterkopf, weil er in dem Absatz über Materialität und Subjektivität des Bewusstseins steckengeblieben war. Sie sass noch gar nicht, als er sie schon über seinen Kopf hob und sie bei aller Eile behutsam auf das Fensterbrett gleiten liess und anfing zu schreiben wie ein Wilder. Dann erschrocken suchte er sie überall in den entlegenen Winkeln des Zimmers. Sie sass sehr zufrieden an dem Fensterglas und ermunterte sich mit kleinen Bissen in ihren eigenen Hals. Ich finde ja auch: dachte Jonas. Ich betrachte den Stuhl immerhin als mir zur Verfügung gestellt. Warum nimmt sie nicht den anderen. Wir müssen uns einrichten. (Auf dem einen Binsensitz lag ein Polster.) Als sie eine Weile gewartet hatte, stand er auf und hob sie zurück und schob die Maschine auf die andere Tischseite und schrieb da weiter bis spät in den Nachmittag. Als er aufsah, fing es an zu dämmern, und weil Cresspahl auswärts war, nahm er sie mit nach draussen, als er in die Stadt ging. Er ass wieder im Ratskeller und blieb eine ganze Weile da sitzen, obwohl neben ihm ein Lautsprecher die nachmittägliche Tanzmusik (zur Teestunde) von einer Sendestation des Demokratischen Deutschland übertrug; um diese Zeit waren viele junge Paare zum Bier gekommen und freuten sich an den Lautsprechern, ihre Zufriedenheit hing unübersehbar im Raum und teilte sich ihm heimlich mit. Er dachte aber an Cresspahls Tochter. Und war erstaunt wie wenig das Gefühl der Entbehrung der heftigen Ungeduld glich, die er aus früheren Zeiten an einigen Gewohnheiten kannte: die Frage nach der Post dreimal täglich, die eigenmächtige Abkürzung verabredeter Trennungen und dies alles. Die Erwartung war nicht länger ungebärdig. Die Entfernung liess sich in zu vielen Hinsichten ausdrücken: in Tarifkilometern der Reichsbahn und der Bundesbahn, in Aussenministerkonferenzen (mengenmässig), in parteilichen Namen und anderen handfesten Umständen. Und er mochte sich nicht einreden dass der Regen auch fiel wo sie war und dass sie etwa Treppen stieg mit ihrem Nacken im hochgeschlagenen Mantelkragen, denn der Wetterbericht für das Gebiet Nordrhein und Westfalen war keine zuverlässige Nachricht. Er hatte nicht gefunden dass sie ihrem Vater ähnlich sei. Es schien ihm als könne man mit Cresspahl nicht in völligem und dazu ausgesprochenem Ernst verhandeln; die jederzeit verteidigten Intarsien, deren Zeit aber vorüber sei, waren vielleicht ein Gleichnis für die schamhafte Spanne zwischen dem Wünschenswert und der Enttäuschung seines Lebens. Cresspahl selbst schien die Intarsien nicht ernstzunehmen. Er hatte es vermieden über Jakobs leere Zimmer noch das auszusprechen was er etwa inzwischen

bedacht hatte. Und Gesine mochte allenfalls die Vorsicht des Blicks und den Spott der Redeweise und die Verschwiegenheit an sich haben, die sie von ihm gelernt hatte: erlernt hatte. Ja? Das waren Mutmassungen so ungenau wie die Möglichkeit ihre Erzählungen nun mit Jerichow und ihres Vaters Haus auszustatten. Sie war erinnerlich als das Gefühl einer unverwechselbaren Weise von Augenzuwenden und Treppensteigen und Erschrecken und Stillstehen: da konnte man von den Einzelheiten absehen, denn das Unverwechselbare hing daran dass dies alles für sich selbst wirklich war unabhängig von einem Betrachter und Zuhörer und einem, der sonderbarer Weise im Ratskeller zu Jerichow sass und sich ihrer erinnerte. Am Ende war nur zu sagen man sei zufrieden dass es dies gebe in der Welt, es war nichts zu bedenken.
Den ganzen Abend über war die Katze unterwegs. Er konnte sich nicht denken womit sie sich wohl beschäftigte. Die Mäusejagd war ein menschlicher Gesichtspunkt der Nützlichkeit; sie war ja nun keine Hausangestellte. Sie mochte zwei Jahre alt sein. Cresspahl sagte die Mutter lebe auch hier (die der Notar hatte hertragen müssen mit schönen Grüssen von Brüshaver, der tot war), sie sei aber mit zunehmendem Alter sehr scheu geworden. *Mein Vater ist geachtet in der Welt und angesehen, die Katzen laufen ihm nach.* Die hatte er noch nicht gesehen in ihrem vornehmen Misstrauen. Die Junge bewohnte das Zimmer mit ihm, er wollte nicht gerade sagen er sei ihr Gast. Cresspahl war noch nicht nach Hause gekommen.
Gegen Mitternacht, als er die Schlaflosigkeit vor sich anerkannte und die Lampe wieder einschaltete zum Lesen, kauerte sie sehr wild geduckt und wach mit gesträubten Barthaaren (er sah nur ihren Kopf) unter der Schreibmaschine. Er fühlte sich so ruhig dass es ihn befremdete. Er wunderte sich dass er niemandem geschrieben hatte und auch nicht Briefe vorbedachte. Ihm fiel ein dass er Jakob nichts zu schreiben wusste. Er hätte ihn gern da sitzen sehen, und er stellte sich vor Jakob werde schweigend da sitzen und unaufhörlich warten wie er selbst.

HERR ROHLFS BESASS in einer besonderen Mappe viele grau bedruckte Papierblätter mit zerknitterten fleckigen eingerissenen Rändern, das waren die Blätter der Landesaufnahme im ehemaligen Deutschen Reich zu handlichen Stücken zerschnitten. In dem sehr alten Druck erschienen weder die Gewässer blau herausgehoben aus dem grauen Land noch waren die verschiedenen Oberflächenformen überhaupt farblich unterschieden. Lediglich eine altertümliche fliegenbeinige Schrift in roter Tinte umkreiste Orte Inseln Gehölze und wies hin auf Geologie und Vorgeschichte, und ein jedenfalls unbefugter Betrachter hätte die heutigen Zwecke dieser Oberlehrerkarten kaum ersehen mögen in der auffälligen Genauigkeit der Zeichnung. Herr Rohlfs erinnerte sich seines Vaters nicht mit Bosheit und gänzlich ohne Vorsatz, und wenn er an den Kreisen und Pfeilen und Zeichen des Ausrufs vorbei seinen eigenen Wegen nachging auf der Suche nach Straßen Brücken Verstecken Gestellwegen Hinterhalten, so hiess der grimmige Spott in seiner Aufmerksamkeit allenfalls: man könne dies alles auch frühgeschichtlich und geologisch betrachten, es hat auch solche Zeiten gegeben. Und vielleicht unterliess er eigene Eintragungen (etwa in schwarzer oder grüner Tinte) mit dem selben Eigensinn, der die Hälfte seines Lebens für einen Irrtum ansah: damit das Gegenwärtige das Rechte blieb. Man sollte auch wohl nicht die Dienstvorschriften ausser acht lassen.

Er hatte sie nicht mehr aus dem dritten Bahnhof kommen sehen; Hänschen war langsamer gefahren als der Triebwagen. Unter dem abgeblendeten Kartenleselicht holte er das Blatt hervor, das an den westlichen Rand des Gebietes Jerichow gehörte. Mitten in die Ostsee über der Küste war »Rode-, Hagendörfer« geschrieben mit der roten Tinte, das Eis der skandinavischen Gebirge wälzte sich auf das heutige Europa, die Gletscherschmelze schob Erdwälle auf und wusch das Gestein zu weiten welligen Sandflächen auseinander, am Ende der mecklenburgischen Seenplatte hat eine weitere Rückzugstaffel des Eises die nördliche oder innere Endmoräne aufgetürmt, Endmoränen nennt man die Ablagerungen am Eisrand, Grundmoränen die der Eisfläche. So hat sich nördlich der Endmoränenwälle bis zur Küste hin (im Lauf der Jahrtausende) eine Decke geschichtet von Schmelzwassersanden und Kiesen und Geschiebelehm und Kiesen und Mergel und Löss und Bändertonen mit den Wasserresten von Gräben Mooren Sümpfen Bruch, dies alles bewuchs dicht undurchdringlich mit Eichen Rotbuchen Erlen, die Tiere des Waldes und des Wassers lebten in Frieden, ein fruchtbarer brauner Waldboden wuchs aus der Vergänglichkeit. Die Endung mancher Dorfnamen auf -hagen ist letzte Nachricht von den deutschen Siedlern, die diesen Wald rodeten am Anfang des gegenwärtigen Jahrtausends; Hagen hiess Wald; zu den Wasserläufen ist noch zu sagen die mittlere Höhenlage der Seenplatte ist etwa vierzig Meter höher gemessen als der Ostseespiegel, so dass sich die Wasserläufe gewaltsam einen Weg durch die Hügel der Endmoränen gebahnt haben in das Grundmoränenland ins Meer. Eckige spitze Haken in dunkleren Feldern mit dünnen Strichen gegliedert bedeuten Nadelwald mit Gestellwegen, runde Laubwald. Die Punkte nebeneinander auf heller Fläche sind Wiesen, feinere Striche Gräben, Löcher im Stich Wasser eingebohrt von kreisenden Eisbergen, sträubige zierliche Strichrosen mit Zahlen welliges Ackerland mit Höhenangabe, parallele Striche in Abstand einfach oder aussen mit Zacken bestückt die Kunststrassen erster und zweiter Ordnung, die Striche mit Verdickungen Wege auf Dämmen, weiss ausgesparte Ortsgebiete mit schwarzen Quadern herausgerodet aus dem Wald frassen ihn auf. Wer diese anmutig schwingende Landschaft durchstreift macht sich in den seltensten Fällen klar was aber allenfalls zu einer erweiterten Allgemeinbildung gehören mag und was die Heimatbücher oder Wanderkarten immerhin dem Badegast oder Ferienreisenden an die Hand geben sollen, wenn die sich vorfinden in einem Land ohne mächtige Höhenzüge oder übersehbare Flächen und wissen nicht wie sie nennen sollen was ihnen vorkommt unter dem Himmel, der über der Landschaft ist.

Nein. Und auch nicht an den Spuren der germanischen Besiedlung den Münzenfunden aus römischer Zeit der Völkerwanderung der slawischen Besiedlung den Burgwällen dem deutschen Vordringen wiederum an den Rundgräbern Lang-

gräbern Kegelgräbern ist jetzt noch etwas zu ändern. Wer dieses Land bei Nachtzeit durchstreift zum Spass und zur Erholung sozusagen (nicht im Dienst und nicht auf der Heimkehr von der Arbeit und nicht zum Nutzen der Allgemeinheit in einem irgend erfindlichen Sinn sondern nur auf der Suche nach einem Land, das ferne leuchtet wie man hört) sollte sich klarmachen in jedem Falle dass wir nicht fragen werden nach dem eiszeitlichen Oberflächenaufbau der Landschaft und nicht nach einer Heimat der Erinnerung sondern etwa ob einer sich das vielleicht anders denkt mit den erkennbaren Verbesserungen des menschlichen Befindens. Soll der Kapitalismus zurückkehren in die Landwirtschaft? (Der Boden der vertriebenen Grundherren ist verteilt unter die Tagelöhner und Flüchtlinge, die Urkunden sind ungültig, die Schlösser sind zu Altersheimen Schulen Kulturhäusern Ferienhotels gemacht.) Wer soll dann noch baden dürfen in der Ostsee. Der schimmernde ebenmässige Bau des Schlosses, der aufsteigt aus dem nächtlichen Wald und den Blick des Betrachters an sich zieht durch die Alleen des Parks, ist nicht Architektur und stehengebliebene Geschichte sondern ein Denkmal der Ausbeutung. Wer nicht für uns ist ist gegen uns und ungerecht im Sinne des Fortschritts. Es wird gefragt werden wer ist für uns und nicht wie gefällt dir die Nacht mit den dunklen Dörfern zwischen den Falten des Bodens unter dem mächtig bewölkten Himmel.
Denn nur mit diesem Wissen um Fragen und Antworten kann der eine wie der andere sich richtig verhalten zu dem letzten Omnibus, der auf dem Bahnhofsvorplatz die Fahrgäste des Triebwagens erwartet hatte; ein Wagen vom Typ Pobjeda schwenkte in die Auffahrt und hielt an vor dem Pfahl mit dem Omnibusfahrplan, und wenn Hänschen richtig lesen konnte unter dem Licht seiner Taschenlampe und wenn der Plan nicht hängengeblieben war aus den Zeiten des sommerlichen Urlaubsverkehrs, so waren sie hier vor wenigen Minuten eingestiegen und sassen jetzt auf den durchstossenen Bänken mit den Knien gegen die vordere Lehne gestemmt mit den Händen an der Haltestange schweigsam nebeneinander sehr sonderlich zwischen den übernächtigen Passagie-

ren neben ihrem gerüttelten Spiegelbild in den nachtblinden beschlagenen Fenstern, denn sie hätten so sieben Kilometer Fussweg vermeiden können; aber Hänschen richtete sich wieder auf vor der Wagentür und kehrte zurück zu dem rostigen vielfach überklebten Blechkasten mit der Taschenlampe und warf sich bäuchlings zurück in den Wagen mit dem Kinn aufgestützt vor der undeutlichen massig zurückliegenden Gestalt von Herrn Rohlfs und sagte: »Chef ..., der fährt aber genau bis an die Grenze, wissen Sie, das ist das mit dem See, wo das Ufer noch uns gehört, und das Wasser ist westdeutsch ...«, und Jakob war achtlos vorbeigegangen an der wartenden Menschenreihe vor dem noch verschlossenen Einstieg: als der Chauffeur aus der Bahnhofswirtschaft zurückkam mit den beiden Kontrollpolizisten unter das Licht der einzigen Laterne über der Treppentür: dass Gesine den wartenden Bus überhaupt nicht beachtete und das schnelle unregelmässige Geräusch ihrer Schritte neben dem ebenen langsamen von Jakob aus der schmalen niedrig umbauten Strasse zur Stadt für die Zurückbleibenden schon anfing mit dem Klang von Nachhausegehen, und weil sie also nicht auf der zuständigen Polizeibehörde gewesen waren (dachte Herr Rohlfs:) und Jakob am Schalter gestanden hatte vor Gesine, die auf der Bank neben der Tür wartete womöglich in einer Zeitung lesend oder an den Wänden umherging mit den Händen auf dem Rücken neugierig wie ein Kind die Augen zu den Bildern und Texten der angenagelten Plakate erhoben. Ich möchte eine Einreisegenehmigung für das Sperrgebiet an der Grenze beantragen, Ihren Personalausweis bitte, handelt es sich nur um Sie? und was wollen Sie als Grund der Reise angeben. Ja eigentlich wollen wir nur den Bus benutzen bis zur zweiten Haltestelle, Und gibt denn Ihr heutiges Verhältnis zu unserer Staatsmacht Ihnen das Recht zu einem solchen Antrag?, ausserdem war ja die Dienststelle überhaupt nicht geöffnet an einem beliebigen Dienstag nach Einbruch der Dunkelheit, weswegen man sich also einmal auf die anderen Organe auch verlassen können musste, Herr Rohlfs dachte ja gar nicht daran dem Bus hinterherzufahren und von der Grenzkontrolle zwei verhaftete Personen zu übernehmen für einen noch anderen Amtsbereich, denn das kann man telefonisch auch besorgen und vielleicht sind sie überhaupt schon von hier aus zu Fuss gegangen dreiundzwanzig Kilometer in der windigen mondlosen Nacht. Als Hänschen zurückkam aus der Bahnhofswirtschaft mit den warmen Würsten auf Papptellern mit Senf, schaltete Herr Rohlfs das Kartenleselicht aus. Während des Essens sagte er nichts weiter als in erstaunlich eigensinnigem Ton dass auch westdeutsches Wasser zu kalt zum Baden sei für diese Jahreszeit.

– Und heute immer noch kann ich dir nicht mehr sagen als wie wir gegangen sind und welche Dorfnamen ich inzwischen wieder vergessen habe. Sogar wenn da etwas in Sicht gekommen wäre, liesse es sich nicht erzählen. Denn wir haben geredet über die Himmelsrichtungen und die Wege und die Lichter, die wir gesehen haben, wir konnten uns ja nicht nach den Sternen richten in dieser Nacht. Eine Zeitlang sind wir nach dem Wind gegangen.

*Nein sie werden nicht geredet haben von dem Spatzen in der Hand, der wird gerupft und gebraten, das weiss sie auch, und weil es so sonderbar war auf einer Chaussee zu gehen statt zu fahren und sie sahen kein Dorf vor Augen bevor sie zwischen den Häusern waren wegen Nacht und Nebel und Sprühregen: Rukiwwerch! schrie sie in Gedanken jeden Baum an, der unvermutet sich aufstellte vor ihnen, denn man muss es früher schreien als der andere. Der Weg war ihnen unsicher, sie waren beide hier nie gewesen. Ich habe mich immer gewundert woher die Bauern die entlegensten Dörfer der Nachbarschaft kennen, in die sie nie gefahren sind und aus denen sie doch nur haben erzählen hören von Höfen und Bodenklassen und Verhaftungen und Jungenstreichen, dann eines Tages spannen sie an und fahren hin geradenwegs ohne anzuhalten als sei in den Redereien der Weidendamm und das Brachstück und die Waldecke enthalten gewesen mitsamt dem Weg, der die Ecke abschneidet von der Fahrzeit: sie wird sich nicht haben aufstellen können vor dem Bahnhof und fremdtun auf Sizilien und so verblüffend neugierig fragen Where is the bus leaving for Taormina Would you have the kindness of. Sie mit Jakob werden gegangen sein als hätten sie lange reden hören von dem Knick in der Chaussee bei der Kiesgrube von dem Stichweg durch die Dorfausbauten bis zu der zerfetzten Scheune und von den Waldklumpen, die da genau nordöstlich vor einem stehen. Das muss etwa zweieinhalb Stunden nach Mitternacht gewesen sein. Bleib stehen: sagte Jakob. Als sie eben erkannt haben wo die Balken wohl liegen könnten über dem Bach, denn der Ackerweg hatte aufgehört vor dem Graben, und so mit dem Rücken zu ihm und ihren halben Schritt voraus blieb sie stehen und wartete und versuchte schliesslich ihn anzusehen über die Schulter. Weil er sich auch nicht rührte und nicht vorausging zu der Lücke zwischen den Uferbüschen und nirgendwohin sah als sie an, und sie versuchte die Kälte aus ihren Schultern zu schütteln und starrte an ihm vorbei zur Chaussee den immer wieder abgebrochenen Scheinwerferläufen nach über dem Nebel und sagte Ich bin mürrisch Jakob: hilflos enttäuscht und wissentlich unheilbar: all diese fremden Stellen. Die verlassenen Höfe und die Dachstühle schwarz und kahl in den zerrupften Rohrdächern und die neugebauten Konsumverkaufsstellen und weiss renoviert das Schloss die Schule der Genossenschaftsbauern und die pappbedachten Schuppenkästen von Erfassung und Aufkauf und das verrottete Maschinengerümpel im Schmutz auf den Gutshöfen und die verdammten Kriegerdenkmale: und dass alle Welt sich streitet darüber und sie weiss nicht worum es sich handelt: es war also nichts mit dem Nachhausekommen schon in der dritten Stunde nach Mitternacht, als ich hellwach mit offenen Augen in Cresspahls dunklem Zimmer lag und dachte verdammt nochmal es gibt so viele Meinungen über die Freiheit, die Welt hat nicht eben auf mich gewartet, ich verhalte mich ja geradezu als hätte ich was zu sagen was niemand weiss und jeder werde zugrundegehen ohne die Neuigkeiten aus meinem Kopf, will ich etwa unentbehrlich sein? nicht mal zum Heizen taugt es. Und Jakob auf dem anderen Ufer hielt ihr die Hand entgegen dass sie nicht ausrutschen soll-*

*te auf dem schmierig glatten knorrigen Baumstamm und sie sagte so auf den Zehenspitzen vorwärtsgebeugt im Gleichgewicht nein Jakob sagte. Selbst wenn da etwas in Sicht gekommen wäre, liesse es sich nicht erzählen.*

– Nein. Aber ich habe dich nicht gefragt um mir vorstellen zu können ich hätte dich von der Autobahn nach Jerichow gebracht und nicht Jakob.
– Warum hast du denn gefragt

*Wir hatten in der Halle vor der Gutsschmiede angehalten. Er lehnte am Torpfeiler und rauchte, der Wind schlug unstet um die Ecke und beleuchtete sein Gesicht. Ich ging auf blossen Füssen hin und her über die rissigen zerstampften Dielen und schlug meine Schuhe gegeneinander ab. Er sah zu wie ich mir das triefende Tuch aus den Haaren zog und in den Ring schlang, an dem wir die Pferde anbanden, als er mich mitgenommen hatte zum Beschlagen, und es war nicht das blosse Weisstdunoch du bist von einem Fuss auf den anderen getreten, als wir dem Fuchs den Huf zurechtgeschnitten haben, du dachtest es tut ihm weh, es war Jakob, der übriggeblieben war für mich. Der mich angehalten hatte am Arm, da war alles wirklich. (Ich weiss dass die Pferde tot sind.) Nun wollen wir gehen in die Stadt meines Vaters und ansehen wie sie abgefallen ist von meiner Erinnerung. Ich war aber vergnügt. Ich knöpfte den Mantel wieder zu am Hals und blieb vor ihm stehen wie er da sass in seiner massigen Gestalt bedenklich und aufmerksam auf einem zerbrochenen Dreischarpflug in der gräflichen Schmiede mitten in der Nacht an einem beliebigen Mittwoch, und ich stemmte die Hände in die Seiten und betrachtete ihn streng, bis er sagte: »Dann werden wir wohl ohne Regenschirm auskommen«, denn ich hatte ihm von denen erzählt, die sie mir in Taormina immer über den Kopf gehalten hatten wegen Kundendienst und Trinkgeld. Ich stützte mich auf seine Schulter, während ich mir die Schuhe wieder über die Füsse zog, er wusste dass sie mir wehtaten, er sagte nichts. Als ich seine Zigarette zu Ende geraucht hatte, gingen wir in den Gräfin-*

*nenwald. Das war gegen drei Uhr morgens, denn wir wollten niemand mehr begegnen auf der Fahrstrasse dicht bei Jerichow. Ich konnte nicht einmal den Polarstern finden, allein hätte ich mich gewiss verlaufen in den unzähligen Wegen und wäre in den Typhusfriedhof gekommen an die offenen Gruben wie in dem Sommer nach dem Krieg, als ich nachmittags immer von Jerichow zu Jakob lief ins Dorf. Und das dritte Mal brachte er mich auf den Mittelweg und fragte nach der Schonpflanzung und nach dem Ameisenhaufen, seitdem wusste ich den Weg, die Angst war noch in der Nähe aber kam mir nicht mehr entgegen. Jedennoch die offenen Gruben mit den Hühnern, die immer wieder herankamen aus dem Küchengarten und der dicke schwammstreifige grobe kalte Schlosswürfel und die Toten auf den Leiterwagen wie Korngarben und wie ich einen nackten Mädchenfuss steif herausrutschen sah aus der fleckigen Zeltplan und mit geschlossenen Augen den schweren hölzernen Aufschlag hörte unter mir dröhnend auf meinen Lidern: und wie ich betäubt von der Hitze in dem braunen Waldgras lag halb im Kiefernschatten und Jakob zog mit den Pferden ebenmässig wie die Ewigkeit über die frischen Stoppeln und wir sassen nebeneinander an den weich überkrusteten Pflugscharen und assen Nachmittagbrot und es fragte plötzlich aus mir Ist das wahr Jakob mit den Konzentrationslagern: sind Zeitabläufe, von denen ich nie habe denken können: das war gestern und morgen wird es schon vorgestern gewesen sein, oder das war vor zehn Jahren und inzwischen weiss ich über den Monopolkapitalismus als Imperialismus viel besser Bescheid und kann das Vergangene betrachten von heute aus. Sie vergehen nicht, ich bin dreizehn Jahre alt jeden Augenblick vor Jakobs grossflächigem reglosem Gesicht und seinen halb geschlossenen Augen und höre ihn sagen Ja das ist wahr. Damit kann man nicht leben, das ist unbrauchbar, wie soll es verantwortet werden. Wie soll das eingerichtet werden mit dem nassen Buchenblätterrascheln unter unseren Schritten und mit den schwankenden kreisenden Kieferkronen über uns vor dem grauen nächtlichen Himmel und mit meinem verdorbenen Leben und mit Jakob, den ich nicht se-*

*hen kann in dem schwarzen engen hochwandigen Hohlweg, er sollte nicht so schnell gehen, habe ich es so gewollt? so habe ich es gewollt. So ist der Wünschenswert. Was hat es zu tun mit Jerichow, das vor uns gelegen hat im Bruch, als wir oben auf dem Berg herausgekommen waren durch den fussbreiten Pfad im Unterholz und stillstanden Jakob neben mir ohne ein Wort: ein finsterer Klumpen in der Senke mit der Kirchturmspitze und dem Licht in meines Vaters Haus: was wollte ich in meines Vaters Haus.*

– Können wir nicht endlich Schluss machen, dann bezahlst du und gehst nach Hause
– Und wohin wolltest du gehen Gesine

*denn als sie über die Straße gelaufen waren schräg den Damm hinunter und hinter den Erlen auf dem Knüppeldamm standen im Bruch, kam das schwere Rasen auf der Strasse viel zu schnell näher, die Scheinwerfer schienen in der Kurve genau auf sie zuzuspringen und Jakob blieb stehen in einem einzigen Ruck das Licht suchte ihre Gesichter genau ab und verweilte auf jeder Einzelheit, da war sie gegen ihn geprallt in dem ungeheuren Schreck und blieb so starr mit dem Gesicht gegen seine Schulter gepresst und Jakobs Hand in ihrem Nacken drückte sie mit unendlicher ewiger Langsamkeit aus dem Lichtkeil nach unten, bis auf der Chaussee der Suchscheinwerfer ausgeschaltet wurde und der Wagen davonging hinter den Bäumen und sie küssten einander nach wieviel Jahren. Nach elf Jahren. Vielleicht. Nein. Sie zerbiss sich die Lippen, als sie sein Gesicht beobachtete unter dem Licht, das die Geästschatten von seinen Augen und seiner Stirn zur Seite drängte und ihr zeigte was eine Reise nach Jerichow wert war. Es gibt Eisenbahnen und Aufenthaltsgenehmigungen und die erhöhte Lebensmittelkartenzuwendung für den westdeutschen Besucher, und weil sie schon vorher gewusst hatte dass Freiheit nicht das Anderskönnen bedeutet sondern das Andersmüssen, begriff sie nun dass Jakob nicht übriggeblieben sein konnte aus der Zeit unverändert als der Grosse Bruder: über alles sicher und aller Behilf-*

*lichkeit mächtig. Umarmt hat sie ihn erst, als er in der Tür stand und wieder gehen wollte, als wir es sehen konnten mit unseren Augen und sie niemandem mehr sagen musste: es hat sich etwas verändert. (Denn man kann es nicht erzählen.) Und genau so setzte sie die Zähne in die Bissspuren auf ihren Lippen als ich in die Küche kam und Jakob eben anfangen wollte zu sprechen, bevor Cresspahl oder ich sie bemerkt hatten. Und Jakob? Und Jakob?*

Als Jonas in die Küche kam, stand Jakob vor Gesine am Tisch und stützte sich mit den Händen rücklings auf die kalten bunten Fliesen, als Jakob wieder in ihr Gesicht sah, hatte sie die Störung kaum begriffen. Ihre Lippen bewegten sich nicht. »In Budapest sind Aufstände ...«: sagte Jonas immer zögernder und blickte von einem zum anderen als sei er unschlüssig wegen des begonnenen Satzes. Er war barfuss, hatte aber wohl noch nicht geschlafen. Das Hemd stand ihm weit offen am Hals. Das Lächeln wurde ihm wieder von Gedanken zerstreut, er sagte noch einmal. »Budapest, Aufstände ... « als wisse er nun auch nichts mit seinen Worten anzufangen und wolle die Anwesenden nur zu kräftiger Verwunderung auffordern. Plötzlich trat Gesine aus dem blendenden Lampenlicht heraus und erhob ihre Ellbogen, bis sie ihre Augen reiben konnte mit den Handrücken. Sie taumelte vor Müdigkeit. Jakob wandte sich halb um zu Jonas, sein Gesicht begann zu strahlen als könne er vor Spass nicht aus den Augen sehen. »Doll, was ...?« sagte er.

*Das einzige was ich dachte war Was ist denn hier los. Ist mein Zimmer ein Absteigequartier? Was redet er dieser völlig betrunkene junge Rüpel. »Kommandeur meldet Genosse Stalin Regiment angetreten. Plötzlich: Hatschi. Niesen. Genosse Stalin fragt: Wer war das. Melden. Keine Antwort. Ersten Block: ERSCHIESSEN! Legt an Feuer erschossen. Wer hat geniest. Keine Antwort. Zweiten Block: ERSCHIESSEN! Legt an. Wer hat geniest. Niemand. Legt an.*

*Dritten Block: ERSCHIESSEN, ERSCHIESSEN. Flach am Boden drei Blocks erschossen. Vierter Block ragt noch. Genosse Stalin dreht sich um, sieht vierten Block noch ragen. Nun, wer hat geniest. Flügelmann tritt drei Schritt vor, reisst sich zusammen zum Denkmal. Ich, zu Befehl, Väterchen, habe geniest. Stalin nickt heftig freundlich sagt: Na sdorowje, towarischtsch! Gesundheit, Genosse!« sagt er. »Wollen sich die Herren bitte mir vorstellen«: sage ich. Sie kommen von den Sitzen hoch wie verhaftet. Jedes Gesicht verrutscht. Den Dicken da in der Ecke müssen sie knuffen, damit er mir nicht um den Hals fällt. »Der Diensthabende« sage ich. Dieser Rüpel. Dieser vielversprechende junge Mann. Auf den ich zwei Stunden meiner Zeit verwandt habe. Jetzt sitzt er da und erzählt meine Witze und hat Dienst. »Kleines Beisammensein« stammelt er, sieht die anderen an, alle rangälter, keiner hilft ihm. Er stellt sie mir einzeln vor. Wenn sie dran sind, nehmen sie Haltung an, sehr aufrecht ist sie nicht. Ach was. Kann mir schon vorstellen. Die halbe Nacht sitzen sie da und hören AMERICAN FORCES NETWORK und RADIO LIBERATION und NORDWESTDEUTSCHER RUNDFUNK, wir geben Ihnen Nachrichten, und gegen Morgen haben sie zu trinken angefangen. In Uniform. Also gut. »Und die Würde unseres Staates?« frage ich. »Können Sie nicht einmal begreifen dass der richtige Witz in der richtigen Situation erzählt werden muss? Sind wir Zirkusbeamte?« Keine Antwort. Wer hat geniest? »Die Herren werden über ihre Dienststellen von mir hören.« Ich kann sie doch nicht Genossen nennen. »Ich bitte mein Zimmer zu verlassen. Schreibmaschine«, da war Hänschen in der Tür erschienen. Er grinste bei dem Anblick der betretenen Rücken. »Jawohl, Chef« sagte er. Sie drehten sich sämtlich um, da war er nicht mehr zu sehen. Ich winkte ihnen einfach ab. Den Diensthabenden. »Hausarrest. Die Schlüssel.« Jetzt kann er ordentlich dastehen. »Räumen Sie Ihr Gesöff vom Tisch.« Immer den billigsten Wodka. Wozu kriegen die ihr Gehalt. Er kommt zurück mit einem Arm voller Flaschen, in der anderen Hand die Gläser. Jetzt salutiere mal. Warum sagt er nun nicht Bitte Entschuldigung, woher weiss er dass ich das nicht mehr anhören könnte? Hänschen steht hinter ihm bepackt mit unseren Sachen und denkt ich bin ungerecht ich lasse nur meine Wut an anderen aus. Jawohl bin ich ungerecht. Aus Selbstachtung. Dieser junge Hund war dann am Weinen, schluckte und zitterte vor Erröten und Erregung und sagte mit seiner rührenden unsicheren Stimme nach vielen Ansätzen, wir standen ruhig vor ihm und warteten, bis er es heraus hatte: »Warum schiessen sie denn dieses Pack nicht zusammen? Warum schiesst die Rote Armee dieses Pack nicht zusammen?« Ich wandte mich um und besah meinen Schreibtisch. Es lag alles wieder ordentlich. Auf der Unterlage war ein Fleck, einer von meinen Federhaltern war in den Blumentopf gespiesst. Das frage ich mich auch. Pogibschim sa tschestj i slawa naschy rodini. Ich weiss es nicht.*

»Das bist ja du« sagte Jonas, jetzt erstaunte er sich. Er hatte die Zurechtweisung von Jakob schlicht angenommen und dann vergessen. »Es leuchtet mir völlig ein. Siehst du, deines Vaters Haus gefällt mir«: sagt er. Sie hielt ihren Kopf schräg gesenkt und betrachtete ihn so von unterwärts mit Neugier und Erwartung. Es war als wisse sie nichts zu sagen. Jakob stützte sich ab von der Tischkante. Sein Gesicht zuckte unwillentlich. Er sah sie beide aufmerksam an und ging mit diesem Blick (wie von einem vorläufig abgebrochenen Gespräch aus einem Dienstraum in den anderen) in das Zimmer, aus dem Jonas gekommen war. Sie begriffen dass er noch bleiben werde. »Guten Tag Jonas« sagte sie. Wieder zog sie sich das Tuch aus den Haaren, drückte sie mit einer Hand hoch gegen ihre Schläfen. Sie waren nicht so sehr nass.

*Heiliger Cresspahl was ist es: dachte ich. Habe ich etwas vergessen. Warte: die Strasse roch nach Sprühregen und Staub und nach meiner Müdigkeit, ich sah gerade vor mich hin auf den Gartenzaun den wartenden Wagen und sah in diesem Blick voraus das Hotelzimmer und die letzte Zigarette und das Schlafenkönnen unter der Bedingung des unverdächtig aufrechten damenhaften Treppensteigens, nun waren es noch neun Schritte: und aus dem Halbschlaf riss einer mich hoch, ich kannt ihn gar nicht, er sagte etwas Ungehöriges und das in grober Art, dann erinnerte ich das Geräusch seiner Stimme und begriff ich hatte mich geirrt und sah ihn an und hätte beinah gefragt* WAS WÜNSCHEN SIE I AM A STRANGER HERE MYSELF. *Da war ich immer noch auf dem Bürgersteig. Ich wusste dass die Universität drei Strassen weiter war, ich suchte in seinem Gesicht nach Universität, aber der Fremde hatte offenbar vergessen sein Gesicht zu beherrschen und es aussehen zu lassen so wie er angesehen sein möchte, er starrte mich an wie man einen Menschen nicht ansieht, die Grenze war ihm verschwunden, und ich bemerkte den Frühling. Nahm den Frühling wahr, sah mich um nach Mond und Sternen, und fragte ihn welchen Film wir denn spielen. Ich weiss es nicht mehr. Er begriff, nicht wahr, und diese gewandte geschulte schamlose Art zu begreifen machte meine Schlafwandlerei (den Film) vollkommen, sie mag mir gefallen haben, was weiss ich, ich habe es vergessen. Ich besann mich dass ich englisch gesprochen hatte, ich begann mich zu freuen an dem Spass, es war ungefähr die Erwartung, die man aufbringt für die Seite mit den Witzen in der Familienzeitschrift, und es war die Vorraussicht der schalen Enttäuschung am Ende der Witzseite, wenn die klugen ausgeklügelten Lustigkeiten vorüber sind, und so sagte ich in King's English, mein Vater hätte seine helle Freude an mir gehabt: er werde es wohl nicht zu Boden leben können wenn ich jetzt den Mund zu Gähnen öffne und mich abwende und mich schlafen lege wie ich es verdient habe nach vier Stunden probability conference oder was für Konjunktive hatte ich eigentlich da übersetzt? Er antwortete, und dies weiss ich: ich habe seine Worte sofort vergessen damit ich nicht verlor was er meinte, hier wie in allen war nun die zähe Zielstrebigkeit, die man aufbringt in Träumen vom Wünschbaren, aber es fehlt etwas, der Wünschenswert ist nicht vollkommen, etwas in dir stemmt sich gegen die Wirklichkeit und löscht sie aus wie ein Schwamm Kreide auf Schwarz und dann kommt der Traum wieder mit seinem Anfang und die Zufriedenheit steigt auf als nehme ein Flugzeug den zweiten Anlauf vor der Schallgrenze und weicht wieder zurück vor dem Unvermögen und zum dritten Mal immer fadenscheiniger beginnt der Schlafwandel mit dem Treppensteigen, eine Stimme sagt LISSEN, YOU, meine Stimme sagt Which feature is it (ich weiss: hier fehlte vorhin etwas so geringfügig wie Sand zwischen zwei losen Fingern) und die Stimme sagt I shall never live that down und der Traum bricht ab wie ein Glasfaden mit dem krampfigen Zittern des Gefühls, das ich aus einem Kulturfilm erinnere mit den drei inständigen Rukken des Düsenjägermodells im Windkanal beim Durchbrechen der Schallgrenze, nun war der Traum vollkommen wie er sein kann im Halbschlaf gegen Morgen und man weiss beim Aufwachen deutlich die Absichtlichkeit des Selbstbetrugs. Wollen wir nun aufhören: habe ich gedacht. Aber ich hatte mich eingelassen, nun war nichts abzubrechen, denn wenn einer erst gesagt hat name Conne: DARF ICH VORSTELLEN DIES IST, dann läuft es alles von allein auf den Gleisen des bürgerlichen Benehmens, dann kommt die Einladung zum Tee dann das Theaterrestaurant dann dies dann das und alles was erfunden ist damit wir uns einreden können wir seien nicht einsam und hätten, bei Licht besehen und nun sei doch mal vernünftig und gesteh zu was auf der Hand liegt, doch manche Gemeinsamkeiten, shouldn't we raise a fambly. Er stand vor mir in meines Vaters Haus und war so wirklich wie Jakob neben mir ich wusste kein Wort und sagte GUTEN TAG und schämte mich und befahl mir die Erinnerung: dies ist Jonas der mich liebt. In Ordnung.*

Jakob sass auf dem Boden vor der offenen Ofentür mit einem Stück Holz in jeder Hand und blies in die Glutreste. Er hatte die (die überraschte Asche, mitternächtlich frühmorgens) Asche schon einmal abgestreift, die rote Hitze bekam wieder weisse Ränder und verdämmerte grau, er fuhr abermals über die Kohlenkruste und blies. Dann warf er die Hobelspäne auf, die er aus der Werkstatt geholt hatte. Sie streckten sich. Sie qualmten. Mit jähem Knall und Fauchen platzte die Flamme auf. Er legte das erste Stück ins Feuer, mit Stück für Stück erschien seine Hand durchleuchtet vor der Ofentür. Er schlug das Windeisen vor, das Prasseln wurde hohl und dumpf. Der Wind fing an zu atmen. »Wir müssen noch Holz haben« sagte er zu Jonas, der hereingekommen war. »Setzt du mal Wasser auf.« Sie verliessen das Zimmer in verschiedenen Richtungen. Jonas nickte ihm vergnügt hinterher, obwohl Jakob schon im Garten war, und ebenso still erheitert stand er am Küchenfenster und sah zu wie Jakob am Holzschuppen sich die Arme voll Scheite sammelte im Schein der Küchenlampe. Seine Bewegungen glitten hin und her zwischen den starr niedergelegten Schattenkreuzen des Fenstergitters. Jonas ging zurück. »Sie ist bei Cresspahl« sagte er. Jakob richtete sich auf vor dem Feuerloch. Sein Blick kam so überraschend belustigt, dass Jonas, sich erst jetzt auf Jakobs reglosen Stillstand bei der Ankunft besann. Jedoch sah er heiter aus, als er sich niederliess in den Stuhl vor der Schreibmaschine und den Schlips unter sein aufgerecktes Kinn zurückzwängte. Er strich leicht über die Tasten der Maschine, es sah aus als möge er sie leiden. »Du hast ja mitten im Satz aufgehört« sagte er. Jonas nickte. Auf der Seite standen nur drei Worte wie um Mitternacht, als Cresspahl nach Hause kam und sagte: »Hie sitzu un schreibst –«. Aber es war anders, wenn Jakob über die Lage beschriebener Blätter strich ohne sich vorzulehnen und sagte »Junge. Du schreibst hier, nich? Wir haben dein Licht von weitem gesehen«. Sie lächelten sich zu. Jakob schob seine Schulter höher an die Lehne, so dass er Jonas bequem sehen konnte. »Nu erzähl doch mal, Mensch« sagte er.

Sie sass vor Cresspahl auf der Tischkante und liess den nassen Schal pendeln vor seinen Blicken. »Heut hättst mehr habn müssn assn Shawl mein Tochte« sagte er. Er sass vollständig angezogen mitten in der Nacht auf seinem Sessel und betrachtete sie aus seinen Augenwinkeln widersätzlich. Sie warf das Tuch weg. »Sie muss doch einen Grund gehabt haben« antwortete sie heftig. Das Radio war ausgeschaltet. Die Tischplatte war leer bis auf die verbeulte Taschenuhr, die nicht zu hören war, wenn Gesine sprach. »Nimm dir eine Zugeherin

ins Haus. Es geht nicht an dass du hier allein sitzt in deinem Stuhl und –«: sie brach zögernd ab. Sie war nicht erschrocken. Cresspahl blickte sie höflich an aus seinen Falten und sagte es zu Ende ohne zu zögern langsam zwischen dem Ticken: »Dat ik hie dotbliew ein Nacht un kein ein süht mi sittn«. »Ja« sagte sie erschrocken.
Jakob schlug mit der flachen Hand vor sich hin in die Luft und antwortete nichts. Hinter der Tür des Cresspahlzimmers war es ganz still geworden. Der Lichtklumpen, der unter der Lampenkuppel hing und die Rauchfäden knebelte, schien das einzig Wache im ganzen Haus. Die Dämmerung war noch nicht zu sehen. »Wir wissen nur eins gewiss«: sagte Jakob. Er sah zu Jonas auf. »Ja« sagte Jonas. Er stützte sich unruhig hoch vom Fensterbrett und begann umherzugehen. »Wenn sie sie jetzt zu fassen kriegen, dann hat sie hier in Jerichow einen Aufstand vorbereiten wollen. Sie darf nicht aus dem Haus, ja, Jonas?« Er lag nun völlig zwischen den Armlehnen mit schaukelnden Beinen. Seine Hosen waren beschmutzt und verdorben von den nassen Wegen. »Hat sie ihre Kamera mit?« fragte Jonas. »So ein kleines fingerlanges Ding, Spielzeug.« »Zum Teufel«: sagte Jakob. Jonas schien es als sei er dann sorgenvoll abgeglitten in seinen Gedanken und beschäftige sich schon mit etwas anderem, als Jakob unversehens fragte: »Kannst du autofahren?«. Jonas schüttelte den Kopf. »Sie kann. Ach, du musst jetzt zurück in den Dienst?« Jakob fuhr überrascht zurück. Er starrte ihn an und versank wieder in seinem Grübeln. »Zum Teufel, ja ...« knurrte er nachdenklich. Jonas sah zu wie Jakobs Blick die im Stuhl ausgestreckte Gestalt wiedererkannte im Spiegel neben der Tür. Das ungläubige Lächeln vertiefte seine Mundwinkel, bis es ein ganz offenes stilles Lachen war. Jonas begriff dass sie sich nicht verstanden hatten.
Cresspahl stand am Herd und mischte den Rum mit dem kochenden Wasser. Die Pfeife klemmte unbewegliche Falten in seine Mundwinkel. Jonas fragte nach Jakobs Mutter. Cresspahl hielt das Glas gegen Licht und neigte die Flasche darüber, bis der Grog überzufliessen drohte. Sie sei noch nicht im Auffanglager angekommen. Gesine habe ihr Geld überwiesen. Aber die Quarantäne dauere drei Wochen.

Das Zimmer mit der Schreibmaschine hatte drei Ausgänge: den einen zur Küche, den anderen zu Cresspahl und den dritten durch eine winzige Kammer in die Werkstatt. Es war Gesines Zimmer gewesen. Sie hatten Jonas' Bettzeug mitsamt Maschine und Papieren in die Werkstatt getragen und ihm Schlafgelegenheit bereitet mit dem Federbett, das sie in der Kammer gefunden hatten. Dort standen die verschnürten Kartons, die Jakobs Mutter für den Postversand hinterlassen hatte.

Jakob stand vor dem offenen Schrank und bezog eine von seinen Decken mit neuer Bettwäsche. Gesine nahm langsam ihren Mantel ab und stellte die Stühle anders vor dem Tisch. Aber sie gab es bald auf und ging zu Jakob und blieb neben ihm stehen. Sie sah wieder die Falten zwischen seine Brauen gespreizt, er achtete nur auf seine Arbeit. Er hob den Bezug hoch auf vor sich, seine Arme schüttelten die Decke in die unteren Ecken. Er warf sich alles lose über die Schulter und begann zuzuknöpfen. Endlich warf er die Decke auf die Pritsche, zog das Laken noch einmal glatt, wandte sich ab ohne die fertige Arbeit anzusehen. Er fasste sie an den Schultern. Ihr Gesicht war schmal vor Übermüdung, aber ihre Augen hielten sich kühl und klar vom Wind über den Wangenknochen. »Musst du gehen« sagte sie. Seine Augen verengten sich zu einem abseitigen Blick im Nicken. Er liess sie los und nahm ihre Tasche auf und hielt sie ihr hin. »Schütt aus« sagte er.

»Regint das noch« fragte Cresspahl. Er griff Jonas am Handgelenk und sah auf die Uhr. In zwanzig Minuten musste Jakob am Bahnhof sein. Jonas ging zum Fenster und öffnete die Klappe. Cresspahl stand am Herd und bewegte seine Lippen als schmecke er die kühle windige Luft. »Jetzt ist es still« sagte Jonas.

Ihre Sachen lagen verstreut auf der Decke umher. Jakob griff sie Stück für Stück zusammen. »Bist du verrückt!« rief er leise aus. Er richtete sich auf und hielt ihr seine Hand hin. Die beiden Stücke Metall lagen zierlich und glänzend der Länge nach nebeneinander; sie klirrten gedämpft, als er die Hand darüber schloss. Er liess sie in die Seitentasche seiner Jacke gleiten und holte sie wieder hervor und steckte die Kamera allein weg. »Zeig mir die Entsicherung« sagte er. Sie streckte ihre Hand aus und strich mit dem Zeigefinger von einer Stelle des Laufs an langsam abwärts, bis sie über dem Auslöser anhielt. Jakob steckte jetzt alles in die Innentaschen. Erheitert und mit Kopfschütteln ging er zu seiner Truhe, die unter dem Spiegel stand. »Nass wie eine Katze« sagte er, während er ihr einen Pullover und einen Overall zuwarf. Er ging zum Ofen und befühlte die Kacheln; sie sah an seinem vergesslichen Kopfneigen dass es warm geworden war. Sie stand noch vor dem Bett mit den aufgefangenen Sachen über dem Arm. Er strich ihr das Haar zurecht und fragte ernsthaft: »Ja?«. Sie liess sich die Jacke abnehmen. Dann sagte sie: »In Ordnung«. Er wartete, bis er ihr Gesicht gesehen hatte. Dann ging er in die Küche.

»Jetz füe to See« sagte Cresspahl, als sie in Jakobs Sachen unter dem Türbalken stand. Sie betrachtete vergnügt einen nach dem anderen, das Licht blendete sie. Sie nahm ihr Glas, das in dem kochenden Wasser gestanden hatte. »Mein Vater hat das Recht zu reden« sagte sie mit ihrer Stimme. Sie setzte sich an den Tisch. *Und wir haben es nicht gesagt. Dass es uns wohl ergehe in unseren alten Tagen.* Sie standen alle mit Jakob auf. Gesine stieg über ihren Schemel und ging um den Tisch herum und blieb vor Jakob stehen. Sie hob ihre Arme auf zu seinem Hals, seine Hände kamen an ihre Schultern. Ihre Lippen berührten sich. *Und ich hätte mich gewundert wenn sie es nicht getan hätte.* »Komm auch wieder« sagte sie. Jonas stand hinter ihr. Er nickte. Cresspahl hielt den Kopf schräg, damit der Rauch frei hochstieg. Er öffnete seine Augen. »Ich meins auch so«: sagte Jakob. Er wandte sich ab. Sie hörten die Haustür einklinken.

*Ich bin ja selbst schuld an dem Versteckspiel. Die Staatsmacht redet düster vom Ernst der Stunde und hofft sie hat der Bevölkerung was zu verstehen gegeben; die Bevölkerung weiss schon was gemeint ist aber findet es irgend wie. Irgend wie taktlos damit in die Sprechstunde des Abschnittsbevoll-*

*mächtigten zu gehen. Wär es nach mir gegangen, so würden wir uns noch immer im Kreise drehen und aneinander vorbeisehen und kämen nie zusammen. Ist das Jakob, der hier sitzt vor mir? Sollte mich nicht wundern wenn er einschläft so zurückgelehnt als ob viel Zeit wäre, aber er hat ja auch viel Überstunden. Ja, das ist Jakob. Warum trinkst du keinen Schnaps Jakob. (Das weiss ich ja gar nicht.) Wenn ich ihn bloss rechtzeitig gewöhnt hätte mir was zu glauben. Jetzt kann ich ihm meinen Ausweis und meine Dienstpistole und mein Seelenheil auf einmal zum Pfand anbieten, er wird immer denken ich habe zwei und spare eins im Hinterhalt. Ich besitze eben nichts Unersetzliches. Er hätte seine Jacke auch gleich zum Bügeln geben können. Darin hat er was. Wer hat nichts in seiner Jacke. Einer von uns muss jetzt etwas sagen jetzt. Jetzt.*
*»Versprich« sagte Jakob, ich kam mir überrumpelt vor. Es war das Einfachste. In der Atmosphäre des Vertrauens nach dem Prinzip des gegenseitigen Vorteils. Als Hänschen von unten kam mit Jakobs getrockneten gebügelten Sachen, teilte ich ihm dienstlich mit dieser Auftrag ist abgeschlossen. Hänschen fuhr herum zu Jakob als hätt er ihn falsch eingeschätzt oder als wär an ihm nun was Neues zu sehen. Jakob stand hinter dem Stuhl und zog sich wieder an. Hänschen begriff es nicht. »Mit vier vierzig stehst du unter seinem Kommando«: sagte ich. Es war längst fünf Uhr, Hänschen hielt die Hände an den Nähten und tat beleidigt nichts als Strammstehen, er verzichtete ein bisschen zu auffällig auf Nachdenken. »Zu Befehl Herr Hauptmann« sagte er. Nicht mal er hatte die Hoffnung ich würd ihm nachher Geschichten erzählen. Nicht mal ich hatte die Hoffnung. »Ach, ja«: sagte ich: »Das ist Hänschen. Das ist Jakob«. Sie gaben sich die Hand. »Bist du sehr müde?« fragte Jakob ihn. Nein. Wir waren alle nicht müde. »Ich gebe dir Befehl, ich möcht was trinken.« Du fängst gut an Jakob: dachte ich. Es ist nur noch ein Gespräch möglich, soll Hänschen etwa sagen Ja Wie ich es sehe. Er schickt ihn nicht weg. Warum sollte er eigentlich verdammt noch mal.*
Die Dämmerung war weiss geworden. Die Katze sprang auf

Jakobs Truhe, das war ein dumpfes Aufklopfen. Sie reckte sich und geriet dabei in den Blick ihres Spiegelbildes. Im Spiegel waren Gesines Schultern unter ihren Haaren zu sehen. Sie rührte sich. Die Katze fauchte sie an. Dann schüttelte das Gähnen sie von neuem. Sie ging steif gedankenvoll zum Fenster und stieg hinauf, Stück für Stück glitt ihr grünes Fell durch den Fensterspalt hinaus in den Nebel, bis die Schwanzspitze in einem einzigen Ruck hinunterstürzte.
Als Gesine in die Küche kam, sah sie Jakob am Tisch sitzen. Sein Kopf lag auf den weit ausgestreckten Armen schräg. Er schlief lautlos und geduldig wie ein Tier. Sie ging zurück.
Ihre Kleider waren trocken und verharscht in Falten und Regenschmutz. Sie stieg in Jakobs schwarzen Rangierkittel und begann das Bett in Ordnung zu bringen. In Cresspahls Zimmer war es noch still. Sie richtete sich auf und horchte. Der Nebel knisterte. Sie ging zu den Fenstern und schob die Flügel nach aussen. Die Katze stand krummen Rückens unbehaglich unter den nassen bereiften Grashalmen und trat von einem Fuss auf den anderen. Sie tat ein paar Schritte ohne den Rükken auszustrecken und blieb wieder unschlüssig stehen.
Jakob richtete sich langsam auf. Er fühlte sich angesehen. »Hast du Hunger« flüsterte Gesine. Er schüttelte den Kopf. »Nimm mein Bett« sagte sie. Er stand auf. Er hatte die Zigarettenschachtel schon halb aus der Tasche gegriffen, aber er verzog die Lippen als ob er schon zuviel Geschmack im Hals habe, er liess sie liegen. Gesenkten Kopfes mit unregelmässigen Schritten ging er an ihr vorbei. Er nahm die Hände nicht aus den Taschen in der Tür, er drückte sie auf mit seinem Rücken und verschwand, Gesine fing an den Tisch abzuräumen.
Er lag unter der Decke ausgestreckt als habe er sich inzwischen nicht bewegen mögen. Er wandte die Augen nicht zur Tür. Gesine setzte sich auf den Bettrand neben ihn. Sie sah ihn fragend an. »Zu Mittag« sagte er. Aber sein Blick verliess nicht die starre Richtung auf etwas unsichtbar Entferntes, das er nur ansah aber nicht mehr bedachte. (Sein Blick bewegte sich nicht.) Endlich streckte er einen Arm aus und zog ihren Kopf neben sich und schloss die Augen. Sie lag un-

beweglich still neben ihm mit offenen Augen, bis er eingeschlafen war.
Die Katze sass auf den morschen glatten Brettern der Treppe zur Werkstatt. Verdrossen wandte sie ihre zu schmalen Schlitzen verkleinerten Augen hin und her. Gesine blieb vor ihr stehen, setzte aber die Milchschale noch nicht hin. Über der feuchten bemoosten Dachkehle hatte der Himmel zu strahlen begonnen, das Weiss wurde immer härter. Die Reifkante glitzerte schon. *»Sei nicht so mürrisch«: sagte ich. Sie blinzelte griesgrämig und wand sich Pfote nach Pfote die Stufen hinunter. Ich bückte ihr die Schale hin. Bevor sie anfing zu lecken, drückte sie den Kopf in den Nacken und sah mich vollen Blicks an. Ich hockte neben ihr und sah ihr zu. Die Luft fühlte sich an nach mittäglicher Wärme. Mir war als sei ich am Ende doch nach Hause gekommen.*
Jonas stand in der Haustür und sah Cresspahl entgegen, der mit einem Netz Brötchen aus der Stadt zurückkam. Schaukelnd stieg er über die Pfützen hinweg, seine Arme schlenkerten, sein Kopf sass aufrecht im Nacken. Mit mutwillig verzogenen Lippen starrte er Jonas an und übertrieb Lisbeth Papenbrocks Misstrauen, so habe sie ihn angesehen. Sie sei vor lauter erstauntem Abzählen der Brötchen gar nicht zum Fragen gekommen. Das sei eine Grosstante. Die hätte er mitbringen sollen, da wäre was zu erfahren gewesen. »Ich seh doch dassu blouss auffe Sseitunk kucks. S-teht niks binn. Abe Lisbeth wüed die ässähln die Aufständischen habn schon den Bahnhof von Jerichow besetz!« Jonas schüttelte den Kopf. Er wolle die Zeitung gar nicht ansehen. Cresspahl betrachtete ihn unter erhobenen Augenbrauen. Dann erstaunte er sich schweigend und ging voran in die Küche. »Mein Tochte –« begann er mit grosser Gebärde.
Beim Frühstück erzählte Gesine von einer Reise. IN TUTTO IL MONDO PALMOLIVE IN TUTTO IL MONDO PALMOL: sagte sie, aber auch das Münchner Hofbräu habe sich der Frau empfohlen, die sich im Niedergang des Untergrundbahnhofes zur Nacht einrichtete auf den Rosten der Fernheizung, schweigend hätten die Obdachlosen dagelegen, die Kritik der sozialreformistischen Theorie, diese gewissen-

los bedacht im IMPERIAL PALACE Hotel (il nuovo grande albergo), und auch diese Leuchtschrift habe über den Gesichtern im Untergrundbahnhof geflackert. Cresspahl hatte sein Geschirr von sich geschoben und grübelte finster. Jonas sass aufmerksam da mit der Hand am Kinn und fragte. Sie erzählte also von Eseln im Regen, achtzehn Liebesanträgen von Roma Termini bis Villa San Giovanni, may I carry your suitcase, was tun Wirtinnen nicht für Geld, Lei Communista –? Sisi. Cresspahl wälzte sich gegen die Lehne auf. Ob sie vielleicht auch Grappa getrunken habe. Nein. Das war jemand anders. But I never drank anything so cool and clean like Martini DRY in einer altezza su livello del mare metri cinquecento cinquanta. Bei Regen sei es aber so gewesen wie in den Rehbergen, wenn der Herr Vater absehen wolle von dem Jungen, der sie unter einem ungeheuerlichen Regenschirm in die Pension zurückgebracht habe und auf die spöttische Frage entgegenkommender Kinder »una Inglese?« nur mit verächtlichem Murmeln geantwortet habe, denn er wusste es nicht genau. Und die 25 Lire, übrig vom letzten Trinkgeld, seien für Jonas mitgebracht, aber er dürfe die auch einem alten ehrfurchtgebietenden Vater übergeben, weil indem dass der immer so mit seinen Streichhölzern sparen müsse. Von denen sei auch noch ein Rest, bloss die PHILIPP MORRIS sind nu alle. Because this Philipp Morris HAS IT. Scusi. Sie habe nur zwei Tage bleiben können, und von solchen Ausflüchten wird nichts besser. Cresspahl steckte die gestopfte Pfeife in die Tasche und ging hinaus. Sie sahen ihn auf dem Hof stehenbleiben. Über das brennende Streichholz gebeugt stieg er nach oben, bückte sich unter dem Türbalken, verschwand. »Warum bist du eigentlich dahingefahren«: fragte Jonas. Das war was Jakob nicht gefragt hatte. »Ich bin unglücklich gewesen Jonas.« Ihr Lächeln nahm stetig zu an Spott, und endlich griff er sich eine von Jakobs Zigaretten um für eine Zeit wegsehen zu können. Er erinnerte sich an die Woche, die er im Frühjahr verbracht hatte mit ihr in der selben Gegend. Er begriff: sie hatte im Herbst nachsehen wollen ob die Woche ausgehalten habe. Es war nicht zu verlangen.

– Du hattest uns davon erzählt als wolltest du uns etwas zu

verstehen geben, und ich habe dich gefragt, damit du es aussprechen konntest. Aber du wolltest es nicht aussprechen.
– Nein. Wir haben kaum je so ungerecht miteinander geredet wie heute.
– Ja.

Cresspahl sah nicht auf, als sie in die Werkstatt kam. Sie blieb hinter ihm stehen und sah seinen Händen zu. Er hatte eine Furnierplatte vor sich liegen und ritzte dicht nebeneinander Spalten hinein, deren Bedeutung sie nicht verstand. Sie brauche nicht dazustehen als wolle sie verdiente Schelte: knurrte er. »Du hast dich nicht umgesehen.« Das fühle er mit seinem Rücken, und »ik süll woll seng dat is nich recht as du läwst. Ik kann min eegn Dochte nich helpn, ik kann nich föe di upkaomn, dat is nich wägn den Hus. Bloss wo du nu so wit aw büst, stöt'k mi de Näs betn dülle. Ge-sine! Seng de Lüe ümme Uln sittn Uln ut dat warn kein Kramsvagels, wennu man dei-ne Gro-us-tan-te weitn dee woans du letts. Wou du di Wöte ssu sätzn vemachs un isses mie wüklich eine s-til-le Ffreude dassu sou allens von einiger Äheplichkeit in dein vollgeläntn Kopf bewechs un mie so akkurat übe schreibs, ümme so graod nembei un aufssu un is man scha-de dass ich da nich gleich hintekomm, kann sik ein denkn wat he will un ok dat doe ne Ul hett sätn, dat sall woll so. Denn weit'k nich väl to seng. Seng künn'k vleich mit Brüshave sin Katt is dat as ik sech, un alldings: dass dä Himml aamts see blaach is un das drüpplt nu ümme so eem runte den gansn Tach un denn ist de Asphalt so blachschimmrich, ik weit öwe he is swatt, un die Lichte sünd gäl so lang as dat dämmit. Sün Tüntaogl schriew'k di up, du wetts ümme noch nich wo ik nu läw. Ore du schriws »allns schedoch see klae und di Äste in Paak schaaf stakich voe das grousse Blage un inne Schtatt di Giebl von hintn düste wie abgeschnittn un von voen wo die S-trassenbaen fäit so grau in das Gälb un di Gerüste so s-pillerich zielich wie S-treichhölze un so bei lüttn wid das Blag ümme finnsre büs an Ende alle Lichte weiss sünd un allens oune Nebl«, ja-o, das mach nu de sälbe Nebl sein, wekke väl späre kümmt, wenn ik mirrn inne Nacht dat Finnsse upmaok, ik hew mi wunnit dat'k den Büknboom nich sei. Denn is doe Nebl, un di Büeke is da. Man blouss ich seh sie nich. Wegn den Nebl. Dein dich liemde Vate. Das' das werübe wie uns nich wädn streitn müssn un was keine den annrn äklän muss, öwe süss sei ik niks, in all de annin Saokn büssu hie nich me-i to Hus, mössi nich wunnin wenn ik mein dat is nich recht as du läws. Jerichow kann di nich helpn«, und er hoffe eben sie sei nicht deswegen gekommen. Sie möge doch auch beachten wie dies ein Tag werde mit grossem blauem Himmel und glänzenden Ästen, dann sei ganz deutlich zu sehen dass die Werkstattfenster wieder einmal geputzt werden müssten, bei solchem Wetter habe es ihm immer eigens leid getan dass sie nicht hier sei. Er schwieg so plötzlich wie er begonnen hatte. Er war jetzt dabei sehr winzige Holzstücke gegeneinanderzupassen, die Unebenheiten schliff er weg mit Sandpapier in ganz kleinen Strichen dicht vor seinen Augen. Er fühlte sie immerwährend hinter sich stehen, aber als er sich umwandte, war sie schon gegangen. Jonas sah sie aussen auf der Treppe stehenbleiben. Sie schirmte ihre Augen ab mit einer Hand, sie versuchte wohl gegen die Sonne zu sehen. Jonas fing an ihren anderen Schuh zu putzen. Als er sich aus dem Küchenfenster beugte und das fleckenlose stumpfe Leder in die Sonne setzte, sah er sie auf den Stufen hocken. Sie trug Jakobs Pullover bis zum Kinn, ihre Beine baumelten in den weiten ausgebeulten Hosen und die polierten dünngeschliffenen Holzpantoffeln schaukelten an ihren schmalen Füssen, so schien sie vergnügt gegen das Licht zu blinzeln

*und wir durchwühlten den ganzen Wäscheschrank zu dritt nach dem damastenen Tischtuch, wir hatten eins sagte Jakob, Cresspahl schüttelte nur den Kopf und begriff es nicht, völlig hilflos kam er zurück aus seinem Zimmer und sagte Sie schläft, wir sahen uns betroffen an und stiegen auf Zehenspitzen hinter ihm her aus der sonnenwarmen Hälfte des Hauses in die graue klare Kühle des Cresspahlzimmers, wo sie auf der Couch vor den Büchern lag unter der gelben Decke und schlief, sie schien eingeschlafen in der Be-*

*wegung zur Seitenlage mit einer Schulter höher über die ihr Haar sich aufgelöst hatte, der Atem bewegte den eigensinnigen Umriss ihres Gesichtes, ihre Arme waren am Kopf entlang ausgestreckt wie für ein Liegenbleiben in allen Zeiten, vorsichtig trat Cresspahl näher und hob die Decke über ihre Füsse und trat wieder zurück, sie sahen mich beide an und lächelten, weil ich mich nicht rührte, bis auf ihren Gesichtern wieder der besorgte Ausdruck erschien und sie auch nicht wussten wie es anstellen, dann Jakob neben mir bewegte sich und beugte sich vor und hob mit seinen Händen an der abgekehrten Schulter und unter ihrem Nacken sie behutsam in die Höhe, so dass sie beim Augenöffnen nichts weiter erkannte als ihn und sich festhielt an seinem Hals und mit ihrer selbstvergessenen Stimme das Erstaunen sagte »Jakob was bist du breit geworden« aus dem Traum, und Jakob lächelte aus den Augenwinkeln und sah sich um ob wir ihn ernsthaft verspotten wollten. Sie liess sich zurückfallen und sah mich an und Cresspahl und lächelte und kehrte zurück mit ihrem Blick zu Jakob und betrachtete ihn ernsthaft. »Komm« sagte er.*

*und wie sie nachmittags in ihrem Zimmer sass vor mir mit der Maschine auf den Knien und das letzte Blatt herauszog und mir hinreichte, mit den Händen auf den Tasten versunken vor sich hinsah unter dem gebrochenen Sonnenlicht, das zwischen den Stäben der Jalousie hereindrang, sie setzte die Maschine von sich und packte den abgeschriebenen Essay säuberlich zusammen in den einzelnen Lagen und ging einmal bis zum Spiegel und kehrte um und blieb vor mir stehen. Ich hörte aus ihrer Stimme dass sie wie vergnügt nachsann und mich heiter betrachtete, als sie sagte »Jonas ich will dir was sagen. Es ist meine Seele, die liebet Jakob«. Sie sass vor mir auf der Tischkante unerreichbar entfernt in Heiterkeit, ihre Augen waren ganz schmal vor Sichbesinnen Spott Neugier. Ihr sparsames verschwiegenes Gesicht, das ein anderes wird, wenn sie den Kopf wendet zu den Fenstern, wo die Sonne in den Ecken sass und immer fahler wurde von den Wolken die den Himmel überzogen*

*Jakob ging durch das Zimmer und blieb nicht stehen vor un-*

*serem Schweigen, umfasste uns mit einem einzigen Blick wie zusammengehörig erfreut von unserem Anblick schweigend nebeneinander in dem sonnenwarmen arbeitsamen Zimmer, er sagte im Vorübergehen »Ihr könnt jetzt an den Strand gehen, es ist gleich dunkel, und seid zurück zu Abend« und verschwand hinter Cresspahls Tür. Wir hörten Cresspahl auf den Dielen ankommen und sahen die schmale gebogene Messingklinke gebückt vor dem harten alten Holz und fühlten wie die Tür sich streckte unter dem Schlosszapfen, der leise und scharf in die Wand geglitten war.*

– Ich sah dich schon aufstehen und an der Tür und hinausgehen mit der eilfertigen Würde der jungen Männer von leicht gekränkter Konsequenz, und ich schämte mich gebeten zu haben du solltest mir nun auch in diesem helfen, *aber er rührte sich nicht vor mir. Er starrte mich an als wolle er vielerlei Fremdheit in einzelnen Schalen ablösen von mir, bis er achselzuckend sich abwandte und quer in den Sessel rutschte mit den Händen in den Hosentaschen nachdenklich, sofort kam sein Blick zurück jetzt ohne Neugier. »Ich habe versucht, wie verhalte ich mich, ich weiss es nicht« sagte er mit verlegenem Auflachen*

– Verstehst du: die allgemeinen Regeln für anständiges Verhalten ... man muss es von Fall zu Fall neu erfinden, *und ich wäre sofort abgereist wenn ich vermocht hätte sie auch nur einen Atemzug lang aus den Augen zu verlieren, das war unvorstellbar wie die Möglichkeit des Dableibens, »ich weiss es nicht« sagte ich, »du musst mir sagen was zu tun ist«. »Komm« sagte sie, »wir gehen an den Strand«, ich besann mich auf die verschlossene Tür, sie entfiel mir wieder wie alle Zeit bis zum Abend. Ich erinnere mich dass der Himmel wieder völlig weiss war als wir aus dem Haus kamen, es fing bald an zu regnen, der Himmel kam immer gewichtiger dichter lastend herab auf die schmalen Ränder von Land. Ich erinnere mich an den harten Wind, der aus der See aufsprang und uns in die Augen schlug und ihre Hände geklammert um meine Schultern und ihr Kopf regennass unbeweglich neben mir hinunterstarrend auf die Brandung auf die Wellen, die unter uns sich aufwälzten über die stählernen Buhnen und schäumend sprühend erstarrten vor dem Zusammensturz, und sich überschlugen, und quer ausliefen durch die schweren Pfahlreihen hindurch und träge unhinderbar in ungebrochener Länge ausrollten auf dem Sand. »On the crest of the waves« sagte ihre Stimme, ja, auf den Schaumflocken der Wellenkämme, bevor sie sich überschlagen.*

– DU NIMMST DIR also übel dass du die Grenze überschritten hast wie auch immer, das heisst: man darf nicht zurückkommen. Dann heisst es für mich man kann es sich auch nicht erlauben einfach in der anderen Richtung hinüberzugehen.
– Ich bitte dich zu kommen.
– Ich weiss nicht warum ich hierbleibe. Ich habe etwas angefangen, vielleicht will ich sehen was daraus wird. Dein Vater würde sagen: man kann nicht vor seinem eigenen Leben davonlaufen. Also: möchtest du zurücknehmen dass wir drei Stunden nach Sonnenuntergang aus dem Regen zurückkamen in deines Vaters Haus und dass neben Jakob ein Herr sass, der sich als Rohlfs vorstellte, er verbeugte sich und gab dir die Hand und liess hören er freue sich sehr dich kennenzulernen. Und dass auf der anderen Seite ein junger Mann, den sie uns als Autoschlosser vorstellten, du gingst auf ihn zu und dachtest er gefällt dir, und weder Cresspahl noch Jakob wussten wie sie dich wieder aus dem Haus kriegen sollten zwischen ihnen heraus?
– Das hing doch alles gar nicht von mir ab. Das hatte ich nicht erst in Gang gesetzt, das war schon vorher so gelaufen. Jakob wusste wohl wie er mich auf die Autobahn kriegen sollte. Das ist es nicht, das ist nicht alles.

»Das ist ein Freund von Jakob« sagte Cresspahl. Er stand auf und überliess ihr seinen Sessel. Er blieb hinter ihr stehen auf die Lehne gestützt. Auf der anderen Seite des Tisches sassen Jakob am Fenster und neben ihm in dem anderen Sessel Herr

Rohlfs. Sein Gesicht war an diesem Abend weniger grau, er hatte den ganzenTag geschlafen. Er sah gutmütig aus und hellwach unter seinen harten aufgesträubten dunkelblonden Haaren, und als er seine schweren Augenlider gegen Gesine aufhob, lächelte er freundlich. Guten Tag, auch sie deutete mit verzogenen Lippen die Erinnerung an den Abend im Elbehotel an, dann war es vorbei. Sein Gesicht wurde straff und an den Schläfen kantig, sein Blick verlor die sanfte Unbestimmtheit und wurde griffsicher. Er bewegte sich selten, nur zu Jakob pflegte er den Kopf zu wenden. Hänschen sass auf der Couch neben Jonas, aber während der halb über dem Kopfpolster lag, hielt Hänschen sich nur auf der Kante mit den Händen zwischen den Knien vorgebeugt. Er beobachtete Cresspahls Lippenbewegen. Die Fensterläden waren nicht geschlossen. Von der Strasse aus hätte man sie mindestens zählen können in dem gelben warmen Licht, das hinter dem Regen stand.

»Wir fangen besser noch einmal an« murmelte Herr Rohlfs unschlüssig. Jakob warf sich mit seinen Schultern zurück. Er schien Cresspahl mit zärtlicher Besorgnis zu betrachten. Cresspahl schüttelte den Kopf. Gesine hob ihr Gesicht schräg auf, aber ihr Vater stand still, und ihr Blick ging zurück zu Jakob. Die Fenstergläser waren nachtschwarz. Das Licht erreichte nur die dünnen Rinnsale, die der Wind festdrückte und am Ablaufen hinderte.

»Er hat gesagt, dein Vater«: sagte Jakob: »Wie gehn sie mit dem Menschen um, sieh dir an was einem zustösst und wie es noch kommen soll, und kannst dich auf nichts berufen. Da jammert einer sie lassen ihm kein Geheimnis, oder sie lassen ihn nich reden: ja warum solln sie nich? Das' dumm Zeug mit den Menschenrechten. Kann einer nicht von Würde reden und von menschlichen Ansprüchen und Ordnung in der Welt, kann einer nicht, wenn er nicht Pastor Brüshaver ist, bin ich nich, bist du nich. Aber wie gehn sie mit einem um«.

»Ihr Herr Vater meint den Staat« sagte Herr Rohlfs. »Wir waren ausgegangen von der natürlichen Notwendigkeit des menschlichen Zusammenlebens. Ich hatte behauptet dass der Fortschritt eines Gemeinwesens abzulesen ist an dem vernünftigen und gerechten Ausgleich der Einzelinteressen, der Befriedigung der Egoismen. Dass einer den anderen zufrieden am Leben hält: nannte Ihr Herr Vater das. In der Folge muss die Lebensfristung zwangsläufig angenehmer werden durch ständige Verbesserung und Erweiterung der gesellschaftlichen Produktion. Die Grundvoraussetzung für solche Vernunft«: sagte Herr Rohlfs.

*ist die Beseitigung des Kapitalismus, die Errichtung einer proletarischen Staatsmacht, der Aufbau einer sozialistischen Wirtschaft. Dass einer den anderen zufrieden am Leben hält. Sie hob ihr Gesicht auf und wandte ihr Kinn schräg, ihr Blick ging auf Jakob zu und glitt am Fenster ab*

»Das liegt nicht an uns sondern an den Verwaltern des sozialistischen Mehrwerts. Wir werden leben wie sie sich der fortschrittlichen Möglichkeiten bedienen«: sagte Jonas. Hänschen zog die Oberlippe zwischen die Zähne. Seine Finger gerieten ineinander und verschlangen sich.

– Ihr wart grossartig, ihr beide.
– Wir waren grossartig.
– Was ist eine fortschrittliche Möglichkeit. Die Eisenbahn, zum freundlichen Reisen. Sie ist ausserdem die Möglichkeit der Mobilmachung für die bewaffnete Verteidigung des Sozialismus. Wieviel Mann oder Pferde je Waggon. Die Technik im allgemeinen, lenkbares Hilfsmittel oder übermächtige Zauberei. Die unzuverlässigen Medizinmänner. Die verlässlichen Fachleute. Die gewisse Zukunft. Die ungewisse Zukunft. Die moralischen Ergebnisse der angewandten Naturwissenschaft. Das menschliche Glücksverlangen, gerichtet auf die unbehinderte Beteiligung an den Maschinen des automatischen Lebenslaufs, in Westdeutschland streikt es. Der Streik. Der Staat, liberal errichtet vom Kapitalismus des vorigen Jahrhunderts. So liberal nun nicht. An dessen Grundmodell der neue Zweck der Verwendung nichts hat ändern können. Der mit der Machtergreifung des Proletariats von Grund

auf verändert ist. Ist eine solche Regierung noch selbstsüchtig? Nein. Vielleicht in dem Sinne dass jeder Funktionär mit seiner vollen Persönlichkeit der Sache seines Staates sich ergeben hat, er steht und fällt mit ihr? Sagen Sie das in einem anderen Ton. Aha. Wer ist hier konservativ? Glauben Sie an ein moralisches Subjekt des Menschen, meinen Sie dass die Eigensucht zu brüderlicher Menschenliebe umgewandelt werden kann? Ich möchte so sagen; mir ist die eine Möglichkeit der Eisenbahn lieber. Wem sagen Sie das! Die Sowjetunion hat aber Ungarn vom Faschismus befreit. Sie wären nur die Befreier geblieben, wenn sie danach wieder gegangen wären. Die Aufstände sind ein historischer Irrtum. Sie sind eine Wirklichkeit. Man soll nicht die Wirklichkeit ausdeuten nach den nichts weiter als persönlichen Erfahrungen sondern die durchhaltenden Linien der Entwicklung aufsuchen: die Anatomie des Fortschritts in jeder gegenwärtigen Minute. Was ist der Fortschritt. Intellektuell. Sozial. Deutsche Möbelthesen: Nur an meinem Tisch sitzt man auf dem richtigen Stuhl.

– Waren es wirklich zwei Stunden? Es war nichts anderes als was wir seit zehn Jahren reden.

– Es waren wirklich zwei Stunden. Ihr wart euch bekannt sobald ihr euch saht. Ihr musstet euch nur noch darauf einigen dass ihr unvereinbar seid. Als ihr soweit wart, gabt ihr euch Namen. Dann merktet ihr dass wir euch zugehört hatten. Ihr wart sehr erstaunt. Da stand Cresspahl hinter mir, Hänschen lag längst zurückgelehnt und schwieg, Jakob hatte kein Wort gesagt. Und in der plötzlichen Stille dachte ich an all die Züge, die überall auf der Erde gefahren waren inzwischen.

»Das kann man von einem Menschen nicht verlangen …« sagte Jakob endlich. Er lächelte nicht. Er sah nicht auf. Er hatte die Gewohnheit die Zigarette immer im Mundwinkel zu halten, seit er bei der Arbeit die Hände frei haben musste, und deswegen war sein rechtes Auge immer halb geschlossen, wenn er gesenkten Kopfes dasass rauchend.

»Und das ist genau was verlangt wird« sagte Herr Rohlfs. Jonas hatte sich zu den Zigaretten vorbeugen wollen, seine Hand erstarrte in halbem Zugreifen.

*Ich liebe dich wie den Regen*

– In dem Augenblick war ich nahe am Begreifen. Ich wollte aufstehen, ich setzte nur dazu an, und merkte dass die Bewegung die einzige im Zimmer war. Die jedermann im Gefühl hatte, obwohl ihr alle nicht hinsaht, selbst Jakob nicht:

»Sitzenbleiben« sagte Jakob. Jonas' Kopf fuhr auf, er suchte Jakobs Blick.
*wie den Regen*

Zusammen mit Jakobs Achselzucken kam das verdrossene Nicken von Herrn Rohlfs, das vorwegnahm was Jakob sagte in der halben Wendung zu ihm ohne ihn ansehen zu wollen. Denn in diesem Moment mag Jakob begriffen haben wie es für Cresspahl aussah. Alle Zeit des Gespräches stand Cresspahl reglos vorgebeugt auf seine Ellbogen gestützt über dem Stuhlrücken, an dem seiner Tochter Kopf lehnte, er hielt mit einer Hand das Gelenk der anderen in eigentümlichem Klammergriff umschlossen: zwei Finger lagen auf dem Ärmelrand in weitem Abstand ausgestreckt als brauchten sie sich nur zu krümmen und hätten schon etwas Längliches unter der Manschette hervor in die Wölbung der Innenhand geschoben; er hielt den Kopf gesenkt und schien Gesines Hände in ihrem Schoss zu betrachten, aber Jakobs Gefühl erwartete immer dass Cresspahl mit einem einzigen Kopfheben niemand anders in seinen Blick holen werde als Herrn Rohlfs: so sah es für Cresspahl aus. (Und warum hat Jakob Gesine mit Jonas an den Strand geschickt und Cresspahl die Tür abschliessen lassen hinter ihnen und dann gerade vor Cresspahl angefangen zu sagen »du, Cresspahl ...« und zu erzählen vom vorigen Donnerstag an? oder vielmehr: er sagte nichts, er legte den Revolver auf den Tisch und liess Cresspahl ihn ansehen und begreifen dass die Umstände (die Sseitn) nun gediehen waren bis zu diesem kostbaren Stück Stahl, diesem Meisterwerke der französischen Feinmechanik, von dem aus es nicht weiterging und dem nicht auszuweichen war, da hatte Jakob nur noch zu erklären dass Herr Rohlfs ihm aber die Hand gegeben hatte. Wollte er endlich einen Mitwisser und nicht mehr gänzlich für alles aufkommen müssen mit seinem einsamen Urteil? oder hielt er seine Meinung nicht für die einzige Zuständigkeit?) Cresspahl hatte neben ihm auf der Seite gelegen gewaltig aufgewälzt, er liess das Ding zwischen Daumen und Zeigefinger drehen wirbeln schaukeln, »ja«: sagte er, wenn Jakob eine Sache zu Ende erklärt hatte, »Ja« in einer umsichtigen arbeitsamen Art, die jedes Stück der Neuigkeiten allseits umwandte und prüfte und weglegte an den zugehörigen Ort als ordne er das Gehörte Stück für Stück in die Fächer seines siebentürigen Schrankes. Aber wenn Jakob weitersprach, hob Cresspahl den Kopf und besichtigte ihn trüben schwermütigen Blickes, gedankenreich plötzlich aufstöhnend fügte er ein und legte sich zurück auf der Couch: »Wo geen sie mit den Menschen um«. Jakob blickte auf. Cresspahl lag da mit über der Brust verschlungenen Händen, aus seinem aufgetürmten Kopf starrte er gegen die Zimmerdecke, atmete erbittert vor sich hin. Da war es schon dunkel vor den Fenstern. Sie schwiegen. Hiervon war ja nicht die Rede gewesen. Nämlich wenn Herr Rohlfs sicheres Geleit und ungehinderte Entscheidung versprochen hatte, so war in Jakobs Antwort nur die Frage vorgekommen nach der Bewirtung (»Ihr könnt auch Abendbrot haben, und was für Schnaps trinkst du denn am liebsten«), darin war für beide enthalten dass sieben bewaffnete Spaziergänger ausreichten für die Ecken von Cresspahls Haus und dass Herr Rohlfs in einem einzigen Zugreifen die Lampe ausschalten konnte und dass beim ersten Geräusch von umstürzenden Tischen Stühlen Fussbänken und mit dem dumpfen Anprallen weggeschleuderter Körper das Schloss der Haustür knackte und aus der Schliessleiste brach und die Scheinwerfer auf den Torpfosten der sowjetischen Kommandantur über die Strasse schwenken konnten auf die lange niedrige Hausfront, in der soeben die beiden Fenster neben der Tür dunkel geworden waren: Herr Rohlfs stand vor dem Spiegel und band sich einen Schlips in seinen feiertäglichen Anzug und verzog die Lippen vor dem zergrübelten Anblick seines Gesichtes, Freiheit ist die Einsicht in die Notwendigkeit. »Das hilft nichts« sagte Jakob.

(Das war was Jonas auch gesagt hätte, Jonas hätte den Revolver nicht vom Tisch genommen, darum ging er an ihm vorbei und liess Gesine sitzen auf der Kante vor ihm und lächelte erstaunt gutmütig die Billigung fremden Wohlbefindens, auf das er sich nicht einlassen konnte.) »Das hilft« sagte Cresspahl. »Er hat was er will« sagte Jakob. »Von ihm rede ich ja« sagte Cress-pahl, und dies war es was Jakob in der Stunde vor Mitternacht begriffen haben mag: wenn einer noch so mächtig war in der Welt und so viel Wirksames getan und verändert hatte, dass er jenseits lebte von Verachtung und Wohlwollen: wie Herr Rohlfs, so war Cresspahl immer noch imstande ihm Nachtlager Hilfe Beköstigung abzuschlagen mit den Worten »Sie sind ein schlechter Mensch«, obwohl diese Art von Urteil jedem vernünftigen Staatsbürger unsinnig vorkommen musste. Anfangs hatte Jakob in Cresspahls Vorhaben die Rache der alten Bücher verstanden, die sich nicht kümmert um einen unbestreitbaren Erweis von Schuld; in der Tat aber machte Cresspahl einen Unterschied zwischen der *Sache des Sozialismus, für die ein jeder muss Opfer bringen in Erwägung der bedeutenden Zukunft* und dem einen, der sie ausgeführt hatte bis in Cresspahls Haus mit der Anstrengung und dem bedenkenlosen Einsatz seiner Person (auf dieser Versicherung hatte Cresspahl bestanden mit heftigen Kopfrucken und verengten Augen, er richtete sich auf und starrte Jakob an mit seinem wilden Gesicht unter den verwühlten grauen Haaren, bis Jakob sagte: »Ja. Er hat es zu seiner Sache gemacht«.), dieser Eine hatte sie angefangen und war interessiert an ihrem günstigen Ausgang (den niemand ausser ihm zur Gänze als Ergebnis einer Leistung zu begreifen imstande war), und dieses voraussichtliche ganz einzelne Gefühl von Erfolg wollte Cresspahl enttäuschen, weil er die Leistung für »schlecht« hielt ohne ihre Wirklichkeit anzusehen (denn die andere Wirklichkeit war Gesine, seine Tochter. Er konnte nicht hindern dass sie vor die Lampen des humanen Strafvollzugs zu sitzen kam, aber hinter den Lampen im angenehmen Schatten sollte nicht sitzen der, dessen stolzer eigener Erfolg das war). Für Jakob mag das Achselzucken von Einverständnis am Ende das Gefühl bedeutet haben, das die unverständliche Schönheit billigt an den Bauten des Altertums, das geduldig ist gegen die sonntäglichen Kirchgänger, die in dieser Unbegreiflichkeit von Gesang und bodenlosen Worten und heiligem Orgelgeräusch ihr Leben erheben und so wirklich sind wie der Anblick einer Liebesumarmung nachts an den Hauswänden auch, die der Vorübergehende mit betroffenem Lächeln hinter sich lässt, weil es unerreichbar ist und nicht einmal wünschbar. Er selbst wandte sich ab von Cress-pahls über dem Revolver gekrümmten Fingern und sagte unbeirrbar gleichmütig zu Herrn Rohlfs:

– Er sagte: Ich bring dich um wie einen tollen Hund, wenn. Und erinnere dich, sie haben gleich hinterher Brüderschaft getrunken.

– Und wann haben sie es dir gesagt? gleich als ihr abfuhrt? *Ich sah sie zum letzten Mal unter dem Scheinwerferlicht der sowjetischen Kommandantur. Sie nickte mir zu und trat einen Schritt zurück neben Cresspahl, der in der Einfahrt nass übersprüht aufragte, »Binde einen Shawl um deinen Hals« sagte er. Die schwarzen nächtlich regnerischen Bäume im Wind, das harte Scheinwerferlicht, der überdrehte Lautsprecher mit der verwehten verwischten herbstheiseren Nationalhymne ssajus neruschimy, das reglose verschlossene Gesicht des Chauffeurs, der ihr die Tür entgegendrückte, der Lichtkeil über ihren Augen (sie wandte sich nicht mehr um, sah starr geradeaus in die Dunkelheit) über ihren kühlen schmalen Augen und der Ruck, der das lange gelenkige Tier von Auto vorwärtsriss in den Regen, der das Motorgeräusch und die roten Rücklichter und den Schatten sofort verschluckte.* Du kannst doch von ihm nicht gemeint haben er fährt dich ganz harmlos zurück an die Autobahn.

– Es war harmlos. Ich hörte Jakob hinter mir reden mit ihm und schlief einfach ein. Dann hielten wir an einer Tankstelle, da tauschten wir die Plätze, Jakob hing sich rückwärts über die Lehne und begann mir die Geschichte zu erzählen, die liess sich in drei Worten erzählen, ich sagte was man so sagt: ich werde es mir überlegen, und wir verabredeten uns für den zehnten November in Berlin, das war alles. Wer wird sich

vor kaufmännischen Situationen fürchten. Die letzten fünfzig Kilometer haben sie mich fahren lassen, ich weiss jetzt Bescheid mit der russischen Synchronschaltung, hättest du gedacht? Hast du Ringkämpfe und wilde Schiesserei im fahrenden Wagen erwartet. Aber du sollst wissen: ich wollte es mir wirklich überlegen.
– Das ist morgen.
– Ja das ist morgen. Ich sage dir ja das war es nicht. Wir standen siebzehn Minuten am Parkplatz, du kennst doch diese Abzweigbögen hinter einem Baumstreifen, da war es früh am Morgen, der Regen war hellgrau geworden, da sah Jakob sie schon kommen, er hatte sie an dem gelben Schild erkannt. Sie bremsten kaum, ich stieg ein und fuhr davon. Es war kein Film. Eine Zeit lang sah ich hinter uns noch den Wagen, mit dem ich gekommen war, ich dachte darin sitzt nun Jakob, ich konnte mich nicht besinnen wie wir uns verabschiedet hatten. Dann verschwand er in der Ausfahrt hinter der Elbebrücke, der Besuch war beendet. Es ist nur: dass wir alle es seelenruhig überstanden haben und einfach so weiter leben als wär es nicht auf uns genauso zugekommen wie auf Jakob. Hänschen, der Chauffeur, war mit mir nach draussen gekommen und hat sie gestoppt, der hatte unterwegs gesagt: »Wissen Sie, er ist schon in Ordnung«, er meinte Jakob, »aber damit wird er nicht durchkommen«: das meinte ich. Und morgen siehst du ...

Teilnehmer sprechen Sie noch.
– Die Verbindung bitte
Wir bitten um Entschuldigung, es handelt sich um eine technische Störung. Wir können keine Auskunft geben. Das Gespräch kann nicht fortgesetzt werden.
Bitte das Amt. Hier Meldeleitung sie-ben, Nummer der Liste einsundfünnefzig, laufende Nummer siebzehen. Bitte die Gebühren.

# IV

Am frühen Morgen mit dem ersten Zug aus Jerichow fuhr Herr Dr. Blach zurück in die Städte Berlin.
Cresspahls Tochter stand in dem ersten Postamt hinter der Grenze und beschrieb ein Telegrammformular mit Worten für ihren Vater.
Herr Rohlfs war von der Autobahn zurückgekehrt durch die Südvorstadt über die grosse Brücke und sass vor den Berichtzetteln der beiden letzten Tage. Er erfuhr dass Jakob seit Dienstagabend aus der Stadt verschwunden sei. Nach kurzer Zeit kam die telefonische Meldung, die ihn aus einem Wagen vom Typ Pobjeda hatte steigen sehen vor zwanzig Minuten an der Strassenecke neben seiner Wohnung; er sei nicht in Uniform gewesen. Die Dienststelle Jerichow teilte mit Herr Dr. Blach habe den Frühzug benutzt, seine Fahrkarte sei ausgeschrieben für Berlin. Dann kam der Text des Telegramms.

Die Sekretärin des Englischen Institutes sagte:
»Der Chef kam nicht in die Stadt rief aber an. Die Hilfsassistenten fragten ob das Seminar ausfällt, dabei hatte ich den Zettel an der Tür hängen lassen. Zweimal wurde aus dem Haus angerufen, aus der Stadt noch öfter, aber das war immer der selbe. Ich sage: Herr Doktor ist auf Dienstreise, mehr wusste ich ja nicht. Wenn ich wenigstens Bescheid gewusst hätte! und da fragte ich nichts weiter als Haben Sie eine gute Reise gehabt? als er kurz nach Tisch in der Tür stand. Er war geradenwegs vom Bahnhof gekommen, kennst ihn ja, blieb vornan stehen und sagte: Da sind Sie ja! das sagt er immer, aber heute hörte es sich wirklich erstaunt an, lange Zeit

war er nicht ganz da. Er setzte sich im Mantel bei mir hin als wollt er so bleiben und weggehen: als wär er nicht bei uns zu Hause; sah auch vor sich hin ohne was zu denken, das sieht man nach ein paar Jahren, sonst sah er einen kleinen Augenblick weg und überlegte sich was bis er grinste, dann kam es, aber jetzt starrte er als wär ihm was zugestossen was man nicht denken kann: als wär es mehr ein Gefühl. Er sah die Zigaretten an und begriff sie nicht, ich unermüdlich hielt sie ihm hin, dann nahm er eine und griff in die Tasche und holte einen Groschen raus und legte ihn in die Schachtel neben der Schreibmaschine, aber ich suchte den Groschen wieder raus und sagte ihm wir wären ja alte Freunde. Verstehst du nicht, hm? Weil ich ihn hochmütig genannt hab, so im stillen, ja? Nicht weil nun schon alles egal war, auch nicht wegen Mitleid (denn passiert ist ihm was, und ich versuchte mir vorzustellen was mag denn das für eine sein) sondern weil ihm auch passieren konnte was einem Menschen eben so zustösst, die Hochmütigen können alles von sich abhalten, dies hatte er nicht von sich abhalten können. Ich sagte ihm er soll den Chef anrufen. Das erfährt er alles früh genug: dachte ich. Ich erzählte ihm von den anderen Anrufen und dass da so ein komischer Name dabei war, da sah er auf die Uhr, mit dem Namen stimmte es also. (Ich sag ihn dir lieber nicht, dann brauchst du ihn nicht zu vergessen.) Irgend was musste ja mal stimmen heute. Zu den anderen aus dem Haus sagte er bloss er hat vergessen seinen Monatsbeitrag für die Gewerkschaft zu bezahlen, das war so frech wie immer früher, aber es kümmerte ihn nicht dass er das ja ganz hübsch gesagt hatte. Nun hätt er ins Chefzimmer gehen können und anrufen, verstehst du? aber er zog sich mein Telefon ran und fing an: Teilnehmer meldet sich nicht. Meldet sich nicht, und als ich das Zeichen zum siebenten Mal quäken hörte, wär ich am liebsten in die Luft gegangen. Der Chef wollte den ganzen Tag nicht aus dem Haus gehen und warten, nun ist er nicht da. Warum kommt hier keiner? fragte Blach und sah im Zimmer umher, sonst sitzen sie da haufenweise und wollen das Neueste wissen und auf den Chef warten und Zigaretten von mir kaufen, jetzt waren wir schon sechs Minuten ungestört. Das erfährst du alles früh genug. Ja und da, das hab ich dir ja gleich vorhin gesagt, da kam der Chef, kennst ihn ja, hast ihn doch neulich gesehen, der so aussieht wie ein Igel, diese kleine rührende kurze Person mit dem Kopf im Nacken, nun mit beiden Händen vorgestreckt auf Blach zu: Da sind Sie ja. Er meint es aber. War ganz merkwürdig ihn mit leeren Händen zu sehen, sonst muss der Taxichauffeur ihm zwei grosse Taschen schwer mit Büchern nachtragen, nach denen sieht er sich dann immer um. Igel: sagen wir. Er kann sich rasieren so viel er will, er sieht doch aus wie ein Igel, nun mit dem Zeigefinger hinten im Hemdkragen, reibt sich, starrt Blach an, freut sich dass er da ist, Ich hätte Sie gern ... Ich hätte Sie gern ...: kannst dir ja vorstellen. In meinem Zimmer gesprochen. Blach wiegte sich in den Schultern, damit er nicht soviel grösser aussah als der Chef, hab ich nie gemerkt, hat er aber immer getan, nickte mir zu, ging hinterher. Ich war so aufgeregt, dass ich die Zigarette nahm, die er hatte liegenlassen, lief im Zimmer umher, schloss die Tür ab: denn ich dachte sie würden anfangen zu schreien, genügt ja wenn ich das hör. Es blieb ganz still. Dabei hatten sie die äusseren Türflügel offengelassen. Ich ging hin, machte sie zu. Knarrt es. Ich hin, nehme den Hörer ab, der Chef. Ganz freundlich gelassen und alles: Ach bitte kommen Sie doch zum Diktat. Ich holte tief Luft und rein. Es war als hätten sie es in drei Worten abgemacht. Der Chef in seinem Sessel, Blach am Fenster, sein Hemd sah aus als hätt er es selbst gewaschen, na ja den ganzen Tag auf der Bahn, nicht ausgeschlafen, nun war er aufgewacht, ich meine: als ob er das von vorhin für eine Weile losgeworden wär, er gab nicht an, war nicht unruhig, stand bloss neben ihm, und ich dachte wie oft ich sie schon so nebeneinander gesehen habe und dass es doch eine angenehme Zeit war seit Blach ins Institut gekommen ist, er konnte den Chef nehmen, der Chef mochte ihn, und sieh mal: was so der eigentliche Ärger war, da bin ich ja nie rangekommen, Blach hat es erledigt und mir diktiert, ich legte es dem Chef vor, er zog die Augenbrauen ganz hoch und suchte nach Blach, Blach sah ihn ebenso erstaunt an, er unterschrieb. Und dann standen sie so nebeneinander und hatten es wieder mal fein gemacht. (Es war als ob ich gewusst hätte was kommt.) Der Chef fing an: In Anbetracht ..., aber das hatte ich schon stehen auf meinem Block. Er beugte sich seitlich und griff Blach am Handgelenk und schüttelte hilflos den Kopf. Blach zuckte mit den Achseln, es war ja wirklich schwer zu sagen. Sie fingen noch mal an. Professor: sagt Blach, schade dass ich es nicht mehr genau im Kopf habe. Also ungefähr: es ist sehr nett dass der Chef ihn meint, aber er soll sich lieber verbitten dass man ihm vorschreibt welchen Assistenten er behalten darf und welchen nicht, so. Ja: sagte der Chef: es ist ein Eingriff. Die Beurteilung wissenschaftlicher Äusserungen nach dem politischen Nutzwert ist eine durchaus läppische ... ich sage dir ja, ich weiss es nicht mehr. Aber es wehte einen an, und wenn ich damit über die Grenze gefahren wär, könnten wirs jetzt im Radio hören und ich hätt zweihundert Westmark, könnten wir den Mantel kaufen, ich meine ja bloss. Blach machte es sehr förmlich, verwaltungstechnisch, das war eigentlich noch besser. Nach dem Arbeitsrecht durften sie gar nicht kündigen, und schon gar nicht beide auf einmal. Wir waren so sicher dass kein Mensch was daran findet. Und sie haben es bloss einer für den anderen getan. Ich weiss nicht, es war eben so, ich kann da nicht allein sitzen wie übriggeblieben, dann sagen sie im Haus ich hätt sie verpfiffen oder so, ach ich mocht eben nicht mehr. Und als sie rausgegangen waren, setzte ich mich hin und schrieb meine Kündigung dazu, jetzt kannst du schimpfen, aber nicht länger als fünf Minuten. Ich seh ja: jetzt ist es Unsinn, ein ganz verfluchter Anstand und Edelmut, aber da, in der halben Stunde, da stimmte es. Ich mochte sie nicht allein lassen. Es hat einer angerufen, der fragte nach Blach, ich sah Blach an, er bewegte hochmütig (hochmütig, jetzt mag ich es) amüsiert den Kopf von einer Seite zur anderen, und ich sagte: Herr Doktor ist nicht im Hause. Es war zu Ende. Sie nahmen sich am Arm und gingen raus. Möchte bloss wissen: der Chef hat alles und ein Bankkonto, der liegt jetzt zu Hause und hört Musik, aber was Blach jetzt macht möcht ich wissen.« Hast du die Kündigung auf dem Tisch liegenlassen? Ja. Dann gehst du morgen früh hin, bevor die Putzfrau kommt, nimmst sie weg. Nein. Doch. Wenn man es so genau nehmen will, kann man nirgends mehr arbeiten, wo soll da das Geld herkommen.

*Zeig doch mal her was du da liest, Junge, es interessiert mich. Der gedankliche Aufbau und was sich ergeben soll, Fragen des Stils und des Ausdrucks (darin hatte ich gute Noten, vielleicht bin ich dir behilflich). Und ob du deinen Mund so ablesbar öffnest wie bei Cresspahl. (Cresspahl erinnert mich wie eigenes Leben, und er ist doch nichts weiter als eine von unzähligen Bekanntschaften.) Diese Schreibmaschinenblätter hast du kaum für Leute wie Jakob geschrieben, nicht wahr? was stellst du dir vor. Ich habe gesagt: wir müssen dafür sorgen dass sich folgendes herumspricht: es kann einer also doch nicht sich hinstellen und reden was ihm gerade in den Sinn kommt. Ängstigen sie sich vor dem ausgeräumten Institut, zeigen Schwäche, ich sage Unnachgiebigkeit oder wir verstecken uns in den Heizräumen. Den Alten werden wir zurückholen, wenn sein Assistent unseren wissenschaftlichenMöglichkeiten über die Grenze ausgewichen ist, er mag jetzt noch vierzig Mark haben, er weiss nicht wo er morgen hingehen soll, er steht ausserhalb als wär er schon im Westen. Überlege dir doch mal das ist nicht alles. Nachdem du auf die Strasse gesetzt bist, ist es doch gut möglich dass ich zwei Tische entfernt im selben Kaffeehaus sitze wie du und auf den Kellner warte, es ist denkbar dass ich dir näher komme als gestern abend. Sage ich. Aber er liest und liest was er geschrieben hat als erstaunte ihn die eigene Handschrift. Zeig mir doch mal. »Setzen Sie hin. Ich zahle gleich«, zu heiss. (Haben wir uns nicht schon einmal gesehen, doch, ja, waren Sie nicht) er wird es in die Manteltasche stecken und warten, bis er Kaffee und Zigarette am Ende hat, so macht man das. Ich müsste aufstehen durch den Gang gehen mich anziehen aber mit seinem Mantel ihm meinen am Rükken hängen lassen raus auf die Strasse weg: der Kellner. Ich habe bezahlt. Dann weiss er ja Bescheid. Er weiss aber nicht Bescheid, wenn ich zu dem Papier noch das Portemonnaie nehme oder ein bisschen von dem Geld: einleuchtendes Motiv, das Papier ist Zufall. Aber er kann sich doch keinen neuen Mantel kaufen. Den Mantel gebe ich ab auf dem Fundbüro. Kommt er hin und sagt: Mein Mantel ist aus grauem Popelin. Ist es dieser? ja. Fehlt was? Bloss Geld. Am nächsten Tag steht in der Zeitung Edelmut in der Verbrechermoral, Dieb teilte das Geld und entkam, gab Mantel ab in Fundbüro. In der Zeitung steht eine ganze Menge zur Zeit. Ich versteh es nicht. Was sitzt er hier als wollt er bleiben. Ich hab ihm Anlass genug gegeben. Mehr geht mich nicht an. Soll er sein Papier hintragen wo er will, das ist ein anderes Amt. Ich befass mich nicht mit Taschendiebstahl.*

– Und da kamen Sie sich vor als hätten Sie die Fäden aus der Hand verloren.
– Ich fühle mich nicht als Puppenspieler. Ich gebe zu dass der Ausfall der Bewegungen sich nicht mit meinen Erwartungen deckte. Ich hatte zu lange mit anderen Verhältnissen gearbeitet, nennen Sie es die atmosphärische Nachwirkung von Jerichow.
– Deswegen haben Sie aber doch nicht alles laufen lassen können. Sie haben mich fragen müssen was Dr. Blach inzwischen getan hat, ich habe Ihnen erzählt was ich von Jakob weiss. Statt jetzt für die Ergebnisse Ihrer Handlungen zu sorgen, haben Sie ...
– Ja. Ich habe ein Gutachten für das Fernsehen gemacht über irgend eine waffentechnische Sache. Sie können lachen.
– Warum haben Sie nicht mit Jakob reden mögen?
– Worüber denn. Er lebte noch so eine Weile.

»Ach, weisst du?« sagte Jakobs siebzehnjährige Melderin, die mit ihrer Freundin im Vorzimmer der Prüfung sass und gern über etwas anderes reden wollte: »Der, das ist ein Lustiger. Hättst gedacht? ich kann es aber auch nicht so sagen. Schon wie er reinkommt, denn gibt er dir die Hand und sieht sich um als ob er sich nicht erinnern kann, steht so da mit der Hand im Nacken, bis er sich endlich hinsetzt und sagt: Wolln wir anfangen. Als wär es nichts was du da alles machen musst und schnell sein und genau, als wär es Spazierengehen und Blumenpflücken, so. Wenn kein Betrieb ist, schaltet er erst mal einen Lautsprecher nach dem anderen ein und lässt sie reden, er kennt sie ja alle, was man da so zu hören kriegt! wo sie gestern abend gewesen sind und wer Krach zu Hause hat und Mariechen kriegt ein Kind, sie weiss noch nicht von wem ... nein. Aber davon kann ich natürlich nichts erzählen, ich bin nur zufällig da zur Ausbildung, sie reden ja nicht mit mir. Denn geht es los, ich fang an zu schreiben. Und so was: alle Leitungen sind besetzt, wir brauchen aber noch eine, und auf der sitzen zwei, ich hab dich so lange nicht gesehn, komm doch heute abend; ich werd bei so was ja rot. Denn steht er auf und nimmt mir den Hörer aus der Hand und hört eine Weile freundlich zu und wartet bis sie sich verabredet haben, aber von vorn anfangen lässt er sie nicht, er schaltet um und wir haben die Leitung, ich mein: er hätt ja lachen können über mich. Aber er geht so überernst zurück und macht weiter, dass mir das Lachen aus dem Gesicht springt, dann macht er die Augen eng und nickt und findet es auch. Verstehst du? Ich dacht ja wunder was als ich zu ihm kam, wegen dieser da vom Reichsbahnamt, weisst doch, die ist so fortschrittlich, er hat sie einfach sitzenlassen: sagen sie, und sonst hab ich auch schöne Sachen gehört, ja, das mit dem Lindenkrug, wo die Schaffnerinnen gegen Mitternacht auf dem Tisch tanzen und ... na ja. Aber erzählt wird viel. Was ich dir gesagt habe, und was du so siehst von seinem Umgang, das ist alles sehr nett und ruhig. Ruhig: wenn wir Arbeitsbesprechung gehabt haben beim Amtsdispatcher, manche regen sich da fürchterlich auf und schimpfen auf Gott und die Welt, es geht nicht, was die sich da so ausrechnen; er macht es einfach. Und wenn es eben nicht gegangen ist, sieht er mich an, was ich wohl sage, das ist so eine Art stilles Lachen in einem einzigen Blick, und wir fangen an zu reden ohne uns aufzuregen dass jeder zu seinem Recht kommt. Kannst viel bei lernen. Oder wenn einer von seinen Freunden kommt und erzählt vom Heiraten, er macht da keine Witze oder so, auch wenn ich lange rausgegangen bin, denn sitzt er immer noch so ebenmässig da und hat den anderen höchstens gefragt wieviel Geld er denn nun braucht, verstehst du? Und er hatte ja bald raus dass mir nicht ganz wohl war wegen der Prüfung, da hat er den ganzen Stoff mit mir durchgenommen, und wie. Ohne dass ich das merk. Nebenbei. Er gibt Einfahrt. Ich schreibe auf Einfahrt Uhrzeit, Kreuzung von Zug soundso mit soundso, wir telefonieren und überreden den F-d-l, er will nicht, er muss. Was ist ein Blockfeld: fragt er. Ein elektrisches Schloss zum Verriegeln von Fahrtstrassenhebeln und Signalen. Stimmt das? ja. Er zeigt mir die Lageskizze. Da sind drei Gleise. Wenn der F-d-l Gleis 1 freigeben soll ... er lässt mich erklären. Der F-d-l blockt sein Befehlsabgabefeld $A^2$, damit gibt er dem Stellwerk $A^2$ (Befehlsempfangsfeld) frei, der Block wird weiss. Nun hat er, der F-d-l, sich alle feindlichen Befehlsabgabefelder gesperrt, die im Stellwerk stellen die Weichen und legen die Fahrstrasse blockelektrisch fest mit Festlegefeld $a^{1,2}$, damit wird beim F-d-l Auflösefeld $a^{1,2}$ entblockt, jetzt können die im Stellwerk Signal $A^2$ ziehen: Einfahrt. Er hat natürlich dazwischengeredet, und wenn du dir das so vorstellst, im Unterricht nicht und in den Büchern kannst dir das auch nicht so klar machen, aber hier hab ich sie gesehen, wie das so hin und her geht, dass da überall ja jemand sitzt, und so. Und immer noch eine Kleinigkeit dazu. Wenn mir also ganz klar war dass der Zug kommen kann, denn fragt er: Und nun erklären Sie mir bitte warum der Zug nicht kommt, siehst du, das kannst du nicht erklären, da lachst du eben. Aber es war ganz richtig dass ich im La-Verzeichnis nachgesehen hab, da stand: für alle Züge, Grund: Weiche nicht signalabhängig. Er fängt von vorne an und redet zu wie einem kranken Pferd, er soll sich nicht so haben, der F-d-l ... das mein ich mit lustig. Kannst viel lernen. Denn es gibt auch Dispatcher, die sitzen bloss vor dem Mikrofon und geben Anweisungen, und wenn du sie nach der Streckenelektrik fragst, dann haben sie damit nichts zu tun, das wissen sie nicht so genau. Aber er hat alles in seinem Kopf ohne steckenzubleiben; und als ich ihm einmal mit der Hand über dem Tisch zeigte und jammerte wie hoch der Stapel von allen Vorschriftenbüchern ist, hat er bloss nachgesehen ob es die richtige Höhe hat, und genickt. Sagt: »Ein Arzt muss auch viel lernen«. Das mein ich.«

– Aber Sie wissen doch dass sie sich inzwischen gesehen haben, nicht wahr?
– Gewiss. Ich weiss sozusagen alles, und es nützt mir nichts. Denn die Maschine lief ja weiter, ich konnte die Berichte nicht abstellen, mir hätten die Unterlagen gefehlt ... oder ich hätte mir eingebildet dass ich den ganzen Vorgang nicht mehr übersehen kann, weil mir ein winziges Stück von drei Minuten darin fehlt, das habe ich nicht ansehen lassen, was ist da vorgefallen. Ich weiss also dass Herr Dr. Blach am folgenden Dienstag Jakob besuchte, das war der dreissigste Oktober, am folgenden Tag reiste Jakob ab in den Westen. Sie verbrachten den Abend ... ich kann nichts anfangen mit diesen Kenntnissen. Fünfzehn Uhr zwanzig.
– Er kam vom Personenbahnhof durch die Stadt mit der Strassenbahnlinie 11 und liess sich von der Schaffnerin das Reichsbahnamt zeigen, vor der Tür standen zwei Eisenbahnlehrlinge, die fragte er nach Herrn Abs, er dachte sie tragen auch die Uniform sie werden ihn wohl kennen. Aber sie hatten den Namen nie gehört. Sie sahen dem zivilistischen Fremdling ins Gesicht auf eine Art des Misstrauens, die Jonas sofort an die Aufstände denken liess und an rote Plakataufrufe SEID WACHSAM GEGEN AGENTEN, und es war falsch, die Jungen hatten nur gemeint: wenn schon ein Fremder kommt, sollte man ihn wenigstens von Ansehen kennen. An diesem bemerkten sie eine gelassene zuversichtliche Erwartung von Hilfe und Auskunft (Jonas war immer noch gewohnt alles funktionieren zu sehen), da riefen sie den Pförtner heraus, der konnte vor lauter Heiserkeit und Blutandrang keinen freundlichen Ton hervorbringen wie es schien, in Wirklichkeit freute er sich über die Unterbrechung und wies erst einmal unbestimmt in den Dunst, wo Flötenpfiffe neben einem vernebelten Koloss aufstiegen, ehe er ihm sagte, oder vielleicht

konnte er es ihm auch nicht sagen, und jetzt kam Sabine.

– Bisher war alles richtig; aber Sabine kam nicht. Sie haben sich kennengelernt, ja, das ist aber nicht beobachtet worden, und hier hätte ich es ohnehin nicht geglaubt, denn sie kannte ihn doch gar nicht. Führt man einen gänzlich Fremden sechs Minuten lang. Sabine nicht, weil Jakob eine so lange Zeit hätte für absichtliche Erinnerung halten können, das aber wollte sie ja nicht:

– so dass Jonas den Weg allein suchte bis zu den Posten vor der Gittertür,

– bis zu den Posten,

– die er in einer Art Hellsichtigkeit nicht gefragt hatte um eine Auskunft als ein Fremder. Sondern er ging an ihnen vorbei als sei er bestens vertraut mit den Räumlichkeiten und habe Dienstliches in seiner Aktentasche. Und sah vor dem Eintreten hoch an dem sauberen roten ordentlichen Gemäuer, so dass er in der niedrigen Halle vor der Pförtnerkabine sich fühlte wie im Keller wegen der ungeheuren Menge von Aufbau über dem untersten Geschoss. Sagte Guten Tag und griff mit einer nur in Berlin erlernbaren Selbstverständlichkeit in die Brusttasche und legte den Ausweis aufgeschlagen auf das Fensterbrett und sagte: Herrn Abs bitte. Lustig dass die Posten vor der Tür nur Schmuck und Zierde sind.

– Nein, das ist anders. Die Aufgabenbereiche sind nicht genau abgegrenzt. Die Polizeiposten hatten eine Zeit lang auch den Pförtnerdienst, das heisst: sie liessen niemand durch, was theoretisch ganz in der Ordnung ist, aber sie hatten natürlich keinerlei Einsicht in das verwickelte Gefüge des Betriebs und der dienstlichen Zuständigkeit, so dass die Reichsbahn selbst sich behindert vorkam durch die zu beflissene Einhaltung ihrer eigenen Vorschriften. Da wurde die Pförtnerloge innen wieder besetzt mit einem Mann, der abschätzen konnte wer nun ausnahmsweise doch durchdurfte, und die Posten draussen machten die polizeiliche Vorkontrolle. Und wenn Blach schon ihnen hat seinen Ausweis vorzeigen müssen (was ich annehme), so wird er innen noch mehr das Gefühl erworben haben, bitte:

– ja: als sei ein harmloser Spaziergänger unversehens vom Bürgersteig weg hinuntergezaubert worden in die unterirdischen Gewölbe eines Generalstabes, draussen schien die Sonne und in Wirklichkeit ist Krieg. Denn Jenning (wenn er es war) wird ohne einen Blick auf den Ausweis ohne zu zögern gesagt haben: Nein. Und erklärte dem Fremden mit vielem Genuss wie unmöglich das Betreten des fünften Stockwerks sei für Privatpersonen und aus welchen Gründen, sehen Sie mal, da braucht man nur eine Meldung zu überhören und der Blockwärter auf der Strecke hält dem Zugführer die falsche Tafel hin (denn Jenning war Blockwärter gewesen, das konnte er beurteilen, und natürlich war es ein schiefer Gesichtswinkel für die Diskussion über einen Passierschein, den Pförtnern beliebt es), ich sehe nicht wie Jonas an so verständigen gewichtigen Blockwärtereinwänden vorbeigekommen sein soll, wenn nicht endlich

– jetzt eher:

– Sabine aus dem Fahrstuhl kam und einen fremden jungen Mann nach Jakob verlangen hörte (Und wann ist der Dienst von Herrn Abs denn zu Ende), da nahm sie ihn mit und kehrte um zum Fahrstuhl anstatt auf die Strasse zu ihrem Büro zu gehen, und während sie vor der Signalscheibe auf den Kasten warteten, nannten sie sich ihre Namen, während Jenning

– sich mürrisch grinsend abwandte und den Telefonhörer abnahm und Jakobs Nummer wählte, er wollte sich sozusagen entschuldigen, indem er den Besuch ankündigte. Sabine ist sehr hübsch.

– Und in dem engen aufsteigenden Gehäuse wird er ihr heiter und angeregt erklärt haben dass man sich bei solcher Wachsamkeit vorkommen könne wie ein Pfadfinder oder wie ärgerliches Sandkorn in der Maschine oder wie ein unnützer Mensch überhaupt: ohne dass ihm anzumerken war wie dies auf ihn zutraf im gesellschaftlichen Zusammenhang, er war ohne Arbeit ohne Aussichten ausgeschlossen nichts als er selbst: ein junger Mann ohne Bewandtnisse, denn was sich in der Anzahl von Mark ausdrücken lässt als der Rest vom vorigen und letzten Gehalt ist nicht viel, damit kann man tanzen gehen.

– Ich sehe eine andere Möglichkeit. Einmal wie Sie sagen, Sabine brachte ihn nach oben, während sie bei aller Lustigkeit des fremden zivilisierten grundsätzlich klugen Geredes entweder: von neuem ihre Entfernung von Jakob abschätzte, dies war einer von seinen Freunden, den sie nicht kannte und nie gesehen hatte und nicht einzuordnen wusste, wenn Jakob mit solchen Leuten umging, musste er sich unerreichbar verändert haben, oder: dass sie ihn für abgesandt hielt von mir. Denn er wird sich so unschuldig freundlich verhalten haben dass es nicht zu glauben war. Er konnte eine Nachricht einen Befehl eine Empfehlung für Jakob haben (oder für sie), und darum brachte sie ihn nicht an Jakobs Tür, sondern liess ihn zurück in der Kulturecke, wo zwei Sessel stehen neben einem Tisch mit der Eisenbahnerzeitung und dem Organ der Gewerkschaft, an die Wand ist eine Fahne gepinnt, die die Bildnisse der Staatsoberhäupter unterstützt (ich sage es wie es Blach erschienen sein muss, diese Kulturecken gleichen sich, in seinem Institut wird sie ähnlich gewesen sein). Er fing natürlich an zu blättern, und als Jakobs Melderin vor seinem Sessel stand und ihn nach seinem Namen fragte, hatte er nahezu vergessen dass Sabine an ihm vorüber zum Fahrstuhl gegangen war, denn bedankt wollte sie nicht werden, sie nahm ihm übel dass er sich nicht angedeutet hatte. Aber er war wirklich der einzige, der von nichts wusste bis gestern morgen.

– Also wie denn nun.

– Ich sage ja.

– Sie muss ein Klopfzeichen für Jakobs Tür gewusst haben. Und sie sagte nur durch den Türspalt den Namen von Jonas und ging zurück in der Meinung dass Jakob nun werde mit ihr reden können, wenn dieser unbekannte junge Mann abgesandt war von Herrn Rohlfs. Das konnte aus mehreren Gründen nicht ausgesprochen werden. Ich will hierfür nicht aufkommen. Ich möchte nur für mich erklären dass es nicht zufällig war dass keiner sie gestern verstanden hat. Sie brauchen nicht zu zögern. Noch können Sie zustimmen.

– Also gut. Wir einigen uns darauf dass niemand besteht aus den Meinungen, die von ihm umlaufen. Ich möchte jetzt aber fragen was Blach denn bei Jakob wollte. Hier mag Ihnen die zeitliche Folge fehlen ... er hatte das Manuskript des Ent-

wurfs in der Redaktion abgegeben. Es war für den Druck angenommen mit dem Vorbehalt dass die politischen Ereignisse der folgenden Tage die Veröffentlichung eher verbieten könnten, da hatten sie recht.
– Aber noch fuhr Ihr Chauffeur täglich nach Westberlin, während er Ihren Wagen vor dem Tor des Fernsehfunks stehenliess, und kam zurück mit den neuesten Illustrierten, in denen die originalen Bildberichte aus Budapest genau so viel wert waren wie sonst Fürstenhochzeiten; das wollen Sie ja gar nicht bestreiten. Aber er hat sie Ihnen wenigstens nicht vor die Nase gelegt, nicht wahr?
– Ja. Blach hatte also weiter nichts zu tun als private Dinge, er wird Spasses halber versucht haben den Entwurf zu einem Buch auszuarbeiten, einige Tage sass er sehr gleichgültig und aufmerksam in seinem Zimmer an der Kirche von Pankow, die Miete war bezahlt. Irgend welche nützlichen Hinweise auf Arbeitsstellen hätte er nur von seinen Freunden bekommen können, die hätten versucht ihn wieder unterzubringen vor meinen sehenden Augen, er aber fuhr zu Jakob, Dresden ist auch eine schöne Stadt. Was wollte er von ihm.
– Wir wissen doch ausführlich was sie an diesem Abend unternommen haben. Und wir wissen nicht welche von den Einzelheiten Jonas sich gewünscht hat, worauf er sich gefreut hat während der Reise,
– und es ist nicht bekannt was Jakob eigens in die Wege geleitet hat und was sich zufällig ergab, wir mutmassen also
– Zunächst einen Besuch beim vernünftigen verantwortbaren praktischen Leben:

Dass Jakobs Rücken in der geöffneten Tür zu sehen war, wie er vor seinem schrägen Tisch sass mit den Händen im Schoss und zu den Lautsprechern aufblickte, die Lautsprecher sagten: »Wird Zug vier-fünf-eins angenommen ich wiederhole wird vier-fünf-eins angenommen« und antworteten sich: »Zug vier-fünf-eins wird angenommen, wenn eins-drei-eins eingefahren ich wiederhole«; Jakob beugte seinen Nacken vor und schaltete auf das Mikrofon um und sagte »vier-fünf-eins sofort annehmen auf Gleis eins, eins-drei-eins Durchfahrt auf zwei«; die Melderin sass schon wieder über ihrem Berichtbogen und schrieb mit, während die Lautsprecher wiederholten. Jakob hob die rechte Hand über die Schulter ohne sich umzuwenden; diese Bewegung hatte etwas sehr Gefälliges und Höfliches in sich, und Jonas sah dass es hier auf einen Händedruck nicht ankam. Als Jonas die Hand wieder losgelassen hatte, kam Jakobs Gesicht schräg über die Schulter. Er betrachtete den Besucher freundlich, und weil seine linke Hand schon wieder umschaltete, schien es als könne er nur den Anblick des Besuchers in sich aufnehmen aber keine Gedanken darauf verwenden; dies mochte jedoch eine Eigentümlichkeit von Jakob überhaupt sein. »Zwanzig Minuten« sagte er. Jonas ging zu dem Hocker am Fenster. Ein Flügel stand offen, schräg über ihn hinweg schlug leichter Sprühregen. Von der Strasse gesehen war der Himmel so tödlich blau gewesen wie Oktober; jetzt war die Gegend im Westen strahlend weiss und hart, das gefilterte Sonnenlicht drängte sich scharf unter dem Regen hindurch, deswegen waren die einzelnen Tropfen zu unterscheiden. Für den Abend waren Klumpenwolken zu erwarten. Plötzlich war Jakob am Fenster gewesen. Er hatte eine Seifenschale auf das Fensterbrett gestellt und seine Zigaretten zurückgelassen und war lautlos zurückgegangen, nachdem er mit einem Lippenlängen und einem Augenwenden wegen der Melderin angedeutet hatte: sie ist sehr nett, sehr jung, du siehst ja ... wir reden nachher. Sass ergeben gegen die biegsame Lehne seines Drehstuhls gestützt mit den Händen im Schoss und führte seine Gespräche als sei er auf der Treppe eines Miethauses angehalten worden und lasse sich die Neuigkeiten eines fremden Tages erzählen ohne Interesse ohne Ungeduld, hier sass er nun einmal. »Soll einer erst drauf komm« sagte er. »Sag bloss, denk mal an. Nein, das ist kein Wettbewerb. Also Abstand drei Minuten, die Vormeldung mach ich, in Ordnung. Wird angenommen. Wird angenommen«, und Jonas bekam eine unbändige Lust auf solche Arbeit. Hier handelte es sich um feste dauerhafte Dinge, Wagen, Zugmaschinen, Apparate; die Bewegung aller war sich ergänzend sich entsprechend zusammengeflochten und gebündelt in einer einzigen überhöhten Übersicht; aber was in Jakobs Kopf vorfiel und geschah, das hatte eine wirkliche Entsprechung, da fiel in der Tat etwas vor, musste einer sich hier nicht vorkommen als versorge er allein die Zeit eines halben Tages und das Gelände eines kleineren Fürstentums mit Weltereignissen? »Sie haben drei Knöpfe da« sagte Jakob vorgebeugt schreibend, und Jonas wandte sich um zu ihm, »Wechselsprechverfahren, du weißt. Einer für Empfang, einer für Sendung, einer um mich abzuschalten ohne dass ich es merke«. Er sah sich um, lächelte Jonas? ja. »Aber eines Tages« sagte Jakob zurückgekippt in den Stuhl und feierlich das Mädchen neben dem Tisch anstarrend, sie hob den Kopf in den Nacken zu eben solcher Haltung von festlicher Ankündigung, was für lustige Augen sie hat, und er sagte: »werden wir diese verdammten hundertunddreizehn Kilometer automatisiert haben, dann werde ich die Gleise als erleuchtete Glasstäbe vor mir haben in vielen Farben, das sind dann so kleine Lichtkäfer, die reisen voran wie ich ihnen Platz mache oder den Kanal abwürge, alles elektrisch von einer Zentrale aus, die Züge ohne Lokomotivführer, Relaissteuerung, Ultraschall, stell dir vor was da für Personal freikommt und was das einbringt ...?« Jonas hatte sich wieder zurückgelehnt, er hatte abermals das Gefühl von Missverständnis, er schämte sich seines Lächelns, weil es höflich gewesen war. »Und wenn dann eine Sicherung durchbrennt?« fragte er. »Ja-nein« sagte Jakob, »dann bin ich sowieso Elektriker, Kontaktsucher«. Er stand auf und ging unruhig im Zimmer auf und ab. Dann erinnerte er sich dass er vorher heiter gewesen war und stützte sich freundlich neben Jonas auf den Sims und sah so auf ihn hinunter. Er hatte breite harte Hände mit langen Fingern, aber er konnte seine Finger nicht gerade strecken wie Jonas, darin war die Arbeit nach dem Krieg steckengeblieben.

»Das ist aber der Fortschritt der Technik und was anderes« sagte Jonas. Zwei Telefone brummten. Jakob ging zurück und nahm dem Mädchen einen Hörarm ab. Während er zuhörte, war das andere Gespräch erledigt, und Jonas sah dass das Kind in aller Bescheidenheit sich darauf vorbereitete etwas zu sagen. Wie alt mochte sie sein? siebzehn Jahre, und sehr höflich. Jakob warf seine Hand auffordernd hoch, fing die Zigarette aus dem Wurf, wirbelte sie in den Mundwinkel und zündete sie achtlos an. Seine Blicke gingen hin und her über das Linoleum wie die Zigarette über seine Lippen rollte. Dann schaltete er die Lautsprecher ein. »Ausgefahren. Ich wiederhole. Was macht ihr da eigentlich?« fragte eine Stimme. Jakob starrte aus schmalen Augen auf den schräg verstrebten Brückenkasten über dem Fluss. »Er kommt« sagte er. Aber jetzt schien es nutzlos.

Denn sie konnten noch lange nicht nach Hause. Als Bartsch die Tür aufschloss, hatte Jakob eben ein weitläufiges Stück Zeit aus der Nacht geschnitten mit leichtem und schwerem Eilgüterverkehr und Vorortzügen und Fernverbindungen, die blieben als ein verknäulter Haufen für den kommenden Tag, man konnte es nur noch zusammenwickeln und ordentlich verschnüren und wegschmeissen: sagte er, er hatte einen queren Strich gezogen und alle Fahrten mussten aufhören wo der hingefallen war, da schrien die Lautsprecher ihn schon lange an: wie sie das machen sollten, so unendlich wären die Ausweichgleise nicht, wie lange sollen denn die Fahrstrassen noch leer stehen, ob denn verdammt nicht der eilige Verkehr noch schnell durchkönne, wir haben hier auch was zu tun, nimm uns doch diesen einzigen Schnellzug ab, bitte: aber die Anweisungen lauteten anders, die Fahrstrasse musste frei bleiben, wofür denn, das werdet ihr schon sehen, allerdings hatte Jakob da schon längst die Verbindung mit dem Dispatcher der Nordstrecke unentwegt am Ohr, jedermann konnte hören dass sich nichts rührte im Schallarm, und da kam Bartsch, der mitten im Raum stehenblieb und sagte mit vergesslicher Andacht: »Diese Idioten. Diese«, und erst jetzt wandte Jakob sich zum Fenster ohne hinzusehen und sagte: »Das ist Dienstgeheimnis, verstehst du, und wenn du rausgehen willst«, aber Jonas schüttelte den Kopf, obwohl Jakob seinen Blick ja gar nicht von Telefon und Bildblatt entfernt hatte. Sie schwiegen alle vier und warteten, Stimmenlärm und Lampenlicht beulten den Raum immer mehr aus, und irgend wo an der grossen Wiese in der Dämmerung stand ein Güterzug beladen mit Panzern und Jeeps und leichten Kanonen vor einem unbeweglichen Signalarm, das war der erste, die Soldaten waren längst von den Wagen gesprungen und standen in kleinen Gruppen rauchend zusammen und wunderten sich über die vielen zivilen Züge, die ungehindert an ihnen vorüberkamen, während sie warten mussten, und wenn Jakob sich räusperte über der Membran, sagte der Dispatcher der anderen Richtung: »Sie geben ihn mir nicht«. Jakob sank schweigend rauchend immer mehr vornüber, bis sein Arm plötzlich ausfuhr und auf den Tisch schlug, und Jakob schrie auf: »Schreib mir den Namen auf von dem Kerl! Der hat eine Meinung über die Russen, hält er sie auf, ja glaubt er denn dass wir uns nichts denken dabei! ich weiss auch wohin sie fahren, hält er sie auf. Als ob zehn Minuten was nützen. Mach ihm klar dass seine verdammte Ehrenhaftigkeit uns hier an den Rand bringt, wir können nicht ewig reinen Tisch machen, wir haben hier Züge zu stehen. Die Leute wollen nach Hause, die haben auch eine Meinung über die Russen, deswegen tun sie doch noch keinem Menschen was«, zwei Minuten später kamen die Durchsagen aus dem Norden, der Militärzug bewegte sich nach unten, würde in zwanzig Minuten durchfahren, der Name des Ehrenpussels sei nicht rauszukriegen, »in Ordnung« sagte Jakob. Sie warteten weiter wie überall jetzt auf den zweiten Gleisen die abendlichen Arbeiterzüge und Schnelltriebwagen und Güterfahrten aller Art stillstanden verständnislos neben dem freien Durchfahrtgleis, auf dem sich nichts rührte, nichts. In den Bahnhofshallen traten die Beamten an die Anzeigetafeln und wischten die Zahl weg und schrieben eine höhere hin: wird voraussichtlich dreissig Minuten später ankommen. Vierzig. Sechzig. Unbestimmt. Denn da hatten sie wohl den schweren eiligen Zug mit windverwehtem Gesang durch den Nebel schlagen hören unterhalb des Turms, er war nicht beleuchtet und sah von oben ungeheuerlich aus wie ein rotäugig zurückkriechender Wurm, er donnerte auf der Brücke, war weg, aber: aber der zweite (aus lauter geschlossenen Güterwagen mit je vierzig Mann) war irgend wo hängengeblieben, und gleich nach Ankunft dieser Meldung musste Wolfgangs Telefonistin (eine ältliche Frau mit einem träumerischen zärtlichen Gesicht, die den Pullover für ihr Enkelkind in dieser Nacht hatte fertigmachen wollen) ihr Strickzeug weglegen, denn Jakob stand auf vom Platz des Melders und setzte sich neben Bartsch als müssten sie sich nun den Rücken decken, da begann das Gehämmer von Fäusten an der Tür, Jakob beugte sich seitlich und hob von den schreienden Telefonen einen Hörer nach dem anderen ab, hilflos zirpend lagen die Schallarme nebeneinander, während die Lautsprecher erdröhnten von den Meldungen über die Durchfahrt der Kriegsmaschinen und unzählig zivile Züge angeboten wurden und nicht angenommen von Jakob, der weniger ungeduldig als Bartsch jedoch ebenso zuverlässig sagte »Nein« und auch schon nicht mehr erklärte dass sie ja selbst nicht aus den Augen sehen könnten. Jetzt hatten sie eine ständige Verbindung mit dem Dispatcher Nord und dem Dispatcher Bahnhof und dem Wagendienst und mit der Transportpolizei (zentrale Befehlsstelle), die Transportpolizei war in grosser Eile vor den Zufahrtstrassen zum Güterbahnhof aufgefahren, die Funkwagen überall in der Stadt hielten an unter den Befehlen vom Bahnhof und wendeten und verteilten sich auf eine lange unbebaute Strasse zwischen hohen nassen Bäumen, das war vorläufig das, Nord meldete den Mannschaftszug, aber Bahnhof hatte nicht den Hörer am Ohr, denn noch klang der Rangierfunk unten in der Dunkelheit unsicher, erst nach einiger Zeit bölkten die Lautsprecher rechthaberisch und wachsam, lange Wagenreihen wurden zusammengezogen und beiseitegedrückt, und der Wagendispatcher hatte seine Telefone stehen lassen und kam zu ihnen ins Zimmer gestürzt, wo er die Wagen vielleicht hernehmen solle. Bartsch (jetzt völlig ruhig rauchend vorgestützt mit der Stirn in die Hand) wies darauf hin dass man auch Schwerlastwagen brauchen werde und sie könnten einen gewissen Leerzug aus dem Süden erst in zwanzig Minuten hierhaben, wenn er überhaupt freizumachen sei aus dem Geschlinge da unten, also gut, und jetzt kam der zweite Zug aus dem Norden und blieb heftig atmend stehen zwischen den Bahnsteigen des Personenbahnhofs, fröhlich unterhaltsam lehnten sich die Soldaten vorwärts hinaus über die Sperrstangen in den offenen Türen und versuchten Gespräche mit der übermüdeten gereizten Menschenmenge, die wartend stand neben Koffern und umdrängten Mitropakiosken unbeweglich wie die Güterwagen sich nicht rührten, weil nicht nur auf den Fahrstrassen der südlichen Richtung rangiert wurde sondern auf allen, und die Laderampe war noch nicht einmal abgeräumt. Indessen öffneten sich die Tore der Garnison in der Stadt, die Scheinwerfer der Armeelastwagen glitten hinaus auf die nächtliche Strasse, mit roten Leuchtzeichen hielten sie Verbindung, Motorräder rasten voraus auf die Kreuzungen mit dem Stadtverkehr und sprangen quer auf die Fahrbahn und winkten mit gekreuzten geöffneten überkreuzten Armen die Strassenbahnen und Lastautos und Personenwagen und Fussgänger zum Stillstand, in ungestümen Wendungen glitt Heck für Heck der Armeetransporter davon unter der städtischen Beleuchtung unter den Blicken der wartenden Bevölkerung, die regelmässig den rätselhaften weissen Farbkreis wiederkehren sah mit der kyrillischen Schrift auf den Schlussbrettern: Utschebnaja (Fahrschule). Als der Leerzug über die Brücke gekommen war, hielten sie ihn an vor der Einfahrt ins Bahnhofsfeld, die Rangierbrigaden stürzten sich auf ihn und rissen und pflückten die brauchbaren Teile heraus (immer noch standen die Soldaten über den Bahnsteig gebeugt, rührten sich nicht die wartenden Züge auf der Richtung Nord-Süd, die freien Durchfahrten lagen leer und still), endlich knallten die Wagen an die Laderampe, die Fahrstrasse wurde geräumt, der zweite Militärzug bekam die Ausfahrt, den sind wir los, jetzt noch den dritten: die Panzerkommandanten mit halbem Leibe aus den Luken ragend drehten ihre Gefährte mit kreisenden Armen aus der Fahrtrichtung, schwerfällig und geschickt begannen die Ungetüme auf die Rampe zu klettern, die Rangierer krochen noch unter den Wagen umher und schlossen die Bremsschläuche, Trupp für Trupp stürmte aus den Lastwagen über die engen Treppen auf die Waggons zu, Megafone knatterten, Motoren heulten, Holz splitterte zierlich unter den Raupenketten, die Rangierlokomotive zog fauchend ab. Nun noch ein Gespräch an die Lokleitung, ist die S immer noch nicht da, was macht ihr da eigentlich, die Fertigstellung

des Zuges ist an F-d-l zu melden, F-d-l fragt ob ausfahren soll, soll ausfahren. Und nun wollen wir mal sehen was wir inzwischen geleistet haben. Da ist ein grosser freier Platz auf dem Blatt zwischen Zeit und Raum wo sonst ein säuberliches dichtes kluges Knüpfwerk war, und was läuft quer durch diese Leere? drei Striche und ein halber. Wir gehen jetzt, und wenn der inzwischen eingestampfte Verkehr sich nicht festgefressen hat, wirst du um Mitternacht die bis jetzt vorliegenden Verspätungen aufgedröselt haben, dann hast du natürlich neue. Die Russen? das Armeekommando? Schöne Grüsse. Mahlzeit. Mahlzeit Jakob. Mahlzeit. Du Jakob.
»Ja«: sagte Jakob.
»Und wenn wir mitgemacht hätten?« fragte Wolfgang. Jakob fragte nicht weiter. Sie wussten den Namen. Wenn sie wie Nord die Durchfahrten blockiert hätten. Wenn sie die Militärtransporte irgend wo abgestellt hätten und den gewöhnlichen Betrieb ungestört hätten durchlaufen lassen.
»Morgen früh wären sie doch da gewesen« sagte Jakob. »Ich red nicht davon dass wir alle drei – Ehrenpussel sagt er, er ist ja wohl rein beleidigt! und du und ich verhaftet wären. Ich mein: es wär als hätten wir verrückt gespielt aus lauter Lust und Drolligkeit«.
Herr Dr. Blach stand auf und kam ins Licht. Die Melderin wartete. Jonas räusperte sich und sagte: »Und ihr hättet euch benommen nach eurer Meinung«.
»Das mein ich mit Verrücktspielen« sagte Jakob lächelnd. Er beugte sich seitlich zu der Frau und gab ihr die Hand. »Alles Gute, Herr Abs« sagte sie. »Ich bin nicht traurig« sagte er. Sie lächelten alle.
Und Bartsch sagt heute, ihm wär schon damals so gewesen. Wie Jakob so dagestanden hat mit dem Mantel über dem Arm und so als ob er nicht wisse wohin nun gehen.

– Zweitens die sichere Unterbringung eines Manuskripts. Blach hatte ein Zimmer im Elbehotel genommen

und am späten Abend sass er mit Jakob neben dem Tisch, an dem vor einigen Tagen Cresspahls Tochter eine ungünstige Meinung vom hiesigen Kundendienst erworben hatte. Und während der Kellner das Essgeschirr wegräumte, sagte Jakob, nie war seine Sprechweise Jonas so pommersch erschienen: »Is es nich schrecklich?«, das war keine Frage. Er hatte sich damit nicht an Jonas gewandt, sein schweres übermüdetes Gesicht hing einsam schräg in die Hand gestützt, die Augen waren halb geschlossen unzugänglich: und wiederum fragte Jonas sich wie Jakob denn dem Verständnis erreichbar sein könne. Denn Cresspahl in der Ferne und seine verschwundene Mutter und Gesines wahnwitziger Besuch, das alles half gar nichts, das waren wieder alles Leute mit ihren Handlungen für sich allein, die einander nicht erklärten. So war eigentlich nicht zu begreifen ob Jakob eine gewisse Einzelheit der demokratischen Hochschulpolitik gemeint hatte mit seinen Worten. Vielleicht hatte die Müdigkeit sie ihm auf die Lippen gedrückt wie sie die längst versunkene zärtliche Sprache der Kindheit am Fluss hatte aufsteigen lassen, denn Jakob wandte sich ohne Übergang und Atemholen und Veränderung des Gesichtes um und winkte dem Kellner und sagte bei zwei erhobenen Fingern »Sto gram«, und nun passte sein Benehmen sogar zu der still erfreuten Miene des Kellners. Jakob beugte sich vor und begann betulich eifrig: »Jonas«,
er hat ihn gefragt ob er nicht Rangierer werden wolle. Da könne jedermann untergebracht werden, denn die Rangierer fehlten an allen Ecken und Enden.
Darauf blieb Jonas sich treu und fragte nach den Ursachen. Warum will keiner diese Arbeit.
Ja-ja: sagte Jakob. Das wird schlecht bezahlt. Sieht ja einfach aus: musst bloss hin und her laufen mit den Hemmschuhen, auf dem Trittbrett mitfahren, die Grenzzeichen beachten, die Kupplungen einhängen, die Bremsschläuche verbinden, das ist aber schon eine ganze Menge. Und es ist auch gefährlich, sieh mal bei der vielen Lauferei, jetzt wo es glatt und schmierig ist, du rutschst aus und wirst angefahren; hast das mal gesehen am Ablaufberg? Und anstrengend: wenn einer früher zwei Gleise zu bedienen hatte dann heute manchmal vier,

da muss er sehr oft zwischen den Wagen durchklettern zum nächsten Gleis, da kommt aber schon wieder was gerollt, meistens steht das Signal jetzt genau senkrecht: schnell abdrücken. Und Jonas: Arbeitskräfte fehlen ja überall, die sind zum Westen oder in die Armee gegangen, die übrigen suchen sich natürlich günstigere Beschäftigungen. Aber für dich wär es interessant, viel Neues, immer in Bewegung, an der frischen Luft.

Und in unablässiger Berührung mit vielen Leuten: dachte Jonas. »Doch-doch« sagte er. Er wolle sich das überlegen. Ohne Innehalten fügte er hinzu: »Nein, gewiss nicht«.

»Und dass einer sich immer aussuchen kann was er will und verantworten mag: das nennst du Freiheit?« fragte Jakob. Jonas suchte in der Ernsthaftigkeit nach Spott. »Da sdrastwujet twoja slawa« sagte Jakob ernsthaft.

Da sdrastwujet twoja slawa. Und Gesundheit. Und langes Leben. Ja.

»Sag mal ich versteh das nich« begann Jakob von neuem. »Warum gehst du da nich zum Westen. Du hast doch Gesine da und da lassen sie dich auch wieder arbeiten in der Wissenschaft ...?«

»Das ist kein Grund für eine Republikflucht« sagte Jonas höflich. »Das reicht aus für ein Abholen am Bahnhof, guten Tag, da bist du ja, und es reicht für Bewirtung und Hilfestellung am Anfang; ich müsst da ja aber leben« sagte Jonas. Jetzt nahm er wahr dass Jakob die Antworten nicht verstand und sie auch gar nicht augenblicks bedenken wollte, er wollte sie hören. Die unendliche Leere der Müdigkeit und des Überdrusses, die nichts mehr aufbringen kann aus sich selbst und von fremden Lauten Wirklichkeiten leben muss, sie annimmt unbesehener Massen. Sag mal ich versteh das nicht. Jonas schüttelte den Kopf und nahm zurück was er gesagt hatte. »Ihre Seele ist in fremde Gärten gegangen.«

»Meine kleine Schwester« sagte Jakob erstaunt überrascht lächelnd. »Tschelowek! Sto gram!« rief er. Er lehnte sich erheitert zurück und sagte mit der schweren zäh gedehnten Tonbildung der Russen: »Nun wollen wir trinken auf ihr Wohl«.

*Sie hat es ihm nicht gesagt: dachte ich. Sie wird es ihm nie sagen: dachte ich, ich suchte nach äusseren Sicherheiten, die mich heraushalten würden und mir eine Rolle geben: ich war untadelig angezogen, irgend wo über mir war ein Hotelzimmer mit zwei Taschen, noch sass ich hier und benahm mich unauffällig, morgen aber würde ich abgefahren sein. Ich war auf der Durchreise: so versuchte ich zu sitzen ihm gegenüber mit der fadenscheinigen Bereitwilligkeit eines durchaus befristeten Aufenthaltes höflich, während in mir aufstieg aber und abermals wiederholt wie jetzt: begreife doch dass sie verzichtet haben – dass sie dreizehn Jahre alt war und er achtzehn, als er unverhofft hergeschenkt wurde von der unabschätzbaren Fremde, wie muss er ihr aus dem Weg gegangen sein mit seinen Liebschaften, die allesamt Behelfe der Not waren, für solche Vertraulichkeiten ist die Schwester immer noch zu klein, dann war sie achtzehn und hielt die Heimlichkeit nicht aus vor ihm, sie besprachen dies alles mit der gelassenen zurückhaltenden Teilnahme und Ratgeberei von Geschwistern: die sie für einander bleiben mussten, sollte es irgend zu ertragen sein. Ich weiss wie es für mich war; aber was es für sie beide war wird nie einer wissen. Ich würde sie wiedersehen nach langer Zeit (nach sechs-acht-zehn Jahren, nicht einmal das hängt von mir ab) und würde sie wiedererkennen an der anschlägigen wachsamen Bewegung ihrer Augen, an dem mit unter dem Kinn verschränkten Händen ausgedrückten Spott, an der Entlegenheit Unerreichbarkeit ihres schweigenden Zurückgelehntseins zwischen Leuten, die allesamt auf das angelegentlichste mit ihr reden und wie ich nicht wissen was ihr eigenes unverwechselbares Leben ist. Auch ich würde mich dann angefüllt haben mit Äusserlichkeiten dieser und jener Art: beinahe mit den schnellen kräftigen gewandten Bewegungen des Rangierers, der zwischen den Rädern hindurchspringt, ehe noch die Puffer aufeinandergeknallt sind, und sich aufrichtet und den Hebel der Kupplung mit wenigen Stössen wie unachtsam anzieht, sich bückt und davon ist wie ein Schatten im Dampfdunst zwischen den nassen schmierigen Gleisen und dem schweren Anrollen des Waggons, den ich gleichmütig erwarte mit dem Hemmschuh in der Hand, mit dem ich mich keine Sekunde zu eilig verbeuge und die Räder kreischend ins Gleiten Knirschen Stillstehen bringe – und was man sonst so von einer Fussgängerbrücke über dem Rangierfeld beobachten kann. Aber all diese gewichtigen handfesten Inhalte Tätigkeiten Ausdrücke eines Lebens werden nicht verändert haben dass ich mich beobachte in jeder Einzelheit und in der grössten Angst und Eile mich noch laufen sehe als »einen undeutlichen Schatten im Dampfdunst zwischen den nassen schmierigen«, ich werde nie erlernen zu leben wie sie. Ich würde sagen: und was kommt dann? und was sagt das soziale Urteil zu meinem Verhalten? was hat mich veranlasst zu dieser Änderung meines Lebens aus der sichernden Gewohnheit heraus? ich würde mir kein Wort glauben, während sie blindlings sicher den Mantel anzieht und weggeht ohne sich zu misstrauen für die Länge eines Atemzuges und so im Recht ist wie ein junges Pferd, dem sie das Zaumzeug zum ersten Mal aufgelegt haben, es versucht die Riemen mit seinen vorderen Beinen abzustreifen vom Kopf, manche können es, wer hätte nicht die schlanken behenden Fohlen gesehen auf der Koppel in der Sonne aus dem Fenster des vorüberjagenden Schnellzuges, der übrigens versehen ist mit Zugfunk und Gaststättenbetrieb, der sich über dich beugt mit seinem Kaffeetablett und deine Aufmerksamkeit beansprucht, selbst wenn du zufällig mal aus dem Fenster gesehen hast: ich fahre morgen früh. Und erinnern werde ich mich an die schäbige Vertraulichkeit des Barkellners und die auf zwei Dimensionen retouchierten Fotografien der Staatsoberhäupter an der Wand über den Schnapsflaschen und an fremde Gesprächsfetzen und an die grässliche Musik und das erhitzte schwüle Fleischgedränge auf der Tanzfläche unter dem Krach der Lautsprecher Heisser heisser Wüstensand – fern so fern das Heimatland: viele Jahre schwere Fron, harte Arbeit, karger Lohn, tagaus, tagein, kein Glück, kein Heim, alles liegt so weit so weit. Die danach tanzen müssen sich doch etwas denken: und insofern hätte nun wieder ich recht. Dies ist eine hübsche wissenschaftliche Annahme.*

Meist nur vormittags in sehr begrenzten Räumen (Stücken städtischen Strassenpflasters, Fensterdurchblicken, einzelnen Hausfronten, auch in hoch umzäumten Gärten) gibt der Oktober ein so hartes dichtes strahlendes Licht, dass man um zehn Uhr noch meinen kann es sei auf der Strasse der frühe Junimorgen zu sehen. Es ist nicht immer klar, oft ist es nur ein dickes blütenweisses Auge hervorgetrieben aus grauen Klumpenwolken, das leuchtet wie der heisse helle Sommer. Wird aber das Fenster geöffnet, beugt man sich vor über die sauberen warmlichtigen Pflasterfugen, so fühlt man die Luft kühl am Haus vorüberstreichen; wenn man die engen Räume zwischen den Häusern verlässt und ins Land geht, so sind die Entfernungen zu Waldrändern Schienenübergängen Bodenwellen graublau geklärt und dem Betrachter gewaltsam auf den Leib gerückt; und selbst wenn einer in dem langen blondhölzernen Wagen der Strassenbahn über die Elbebrücke fährt und blinzeln muss gegen die gewaltige Lichtfront, kann ihm kalt werden. (Ist hier alles versehen? Die Fahrscheine bitte. Jakob fühlte sich so befremdet ohne Uniform und Dienstausweis, dass er die zwanzig Pfennige schon beim Einsteigen in der Hand hielt um sie ja nicht zu vergessen.) Da muss nicht gerade eine Tür offenstehen und den Fahrtwind einsaugen: einer weiss nicht nur dass es später am Tag düster werden kann, es ist auch an ganz geringen Einzelheiten zu sehen mitten im Wasser. Das Wasser sieht kalt aus.
Jöches Hände wischten sich gegenseitig trocken mit einem verschwärzten rissigen Putzlappen, dann flog der Lappen auf ein Hebelrad, schaukelte, blieb hängen. Jöche murmelte etwas und henkelte sich rücklings an der Maschine hinunter auf der schmalen steilen Treppe. Er blieb stehen und hielt eine Hand an die Stirn und schob damit die Mütze noch schiefer über seine Haare, er sah nach dem Wetter. Der Himmel war nicht mehr sehr blau, die Helligkeit dauerte noch. Jöche schüttelte ärgerlich schweigend seinen harten mageren Kantenkopf und ging an den Gleisen zurück unter den hohen Signalmasten hindurch zum Personenbahnhof. Wenn er so für sich allein ging, hielt er die Augenlider immer gesenkt. Er erstieg die hohe Kante und ging den verabredeten Bahnsteig ab. Er

ging auf eine aufrechte Weise, die gerade wegen seiner langen schlenkernden Arme und wegen seines geduckten Nackens auffällig war.
Er konnte Jakob anfangs nicht finden. Dann unter der Uhr am Fenster des Mitropakiosks sah er einen jungen Mann von der Seite, der war zunächst in einem festtäglichen dunkelblauen Anzug mit Haifischkragenhemd und schwarzem Schlips und allem möglichen und hielt auch den leichten kurzen Mantel über dem Arm wie ein Fremder, und dann war es sein schwerer bedachtsam geneigter Kopf unter den kurzen Haaren, der so von der Seite gesehen in einer sehr einfachen umrissenen Art erinnerte an die Profile, wie sie zu sehen sind auf den im Konversationslexikon abgebildeten Münzen aus entlegenen Zeiten. Komisch: dachte Jöche (dies war das Wort): er kann einen nun ansehen oder nicht, und er sieht einen doch sichtbarlich an, du fühlst dich immer wie beim Zusehen, komisch. Als Jakob das Geld aufgesammelt hatte, blickte er ohne Erstaunen auf und trat zu Jöche. Sie begrüssten sich. Jöche sagte etwas über Jakobs vornehmen Aufzug. Jakob antwortete einfach mit einem Augenzukneifen. Er bot Jöche von den Zigaretten an. Er hatte nur den Mantel und einen mässigen Koffer, den konnte man immer noch unter dem Arm tragen, darin mochte er drei Hemden und ein Handtuch haben. Der Bahnsteig war nicht besonders gefüllt, ab und zu standen Reisende sehr einzeln in dem blendenden Sonnenlicht, das schräg unter das Regendach stiess. Der Wind kam in kühlen kurzluftigen Anfällen hindurchgefegt.
»Dass man nichts machen kann« sagte Jöche erbittert. Jakob fragte nach der Verspätung, die er gestern gehabt hatte. Das hatte Jöche nicht gemeint. »Ich weiss nich ob ich sie gefahren hätte« sagte er grüblerisch zweiflerisch. Seine Zähne klemmten einen Mundwinkel fest. Er hatte ganz helle graue Augen, und sein Blick war wie sein Wesen eine schmale harte unbeugsame Brücke von Freundschaft und Erinnerung und Zuverlässigkeit. Jakob drehte die Zigarette zwischen zwei Fingern, dann sah er auf. Die Augen hat er ja immer schmal gemacht, aber heute sieht das aus als ob er das nur noch mit Falten zwischen den Brauen kann, das sieht gar nicht aus wie

eine Falte sondern wie ein Muskelbuckel zwischen den Augen, der bewegt sich nicht verändert sich nicht wird nicht weniger. Ich hätt es ihm nun auch nicht sagen müssen. Ich hätt sie ja doch gefahren; vielleicht wär ich unfreundlich gewesen. »Und warum, ich mein: wogegen willst du was machen?« fragte Jakob. Er hatte den Mantel über die Schulter geworfen und blickte Jöche so aufrecht aufmerksam an, er lächelte nicht. »Weil sie eine Lügenbande sind, die nehmen dir das Wort aus dem Mund und stecken es sich in den Arsch ...«: aber Jöche war zum meisten Teil aus Erstaunen so heftig geworden in der Stimme. Sie sprachen nicht weiter davon. Jakob hatte seinen Blick nicht bewegt, sein rechter Mundwinkel zuckte einmal wie unachtsam, dann war es vorbei.
»Also, mein Lieber, du fährst« sagte Jöche lächelnd und betrachtete den Betrieb auf dem Bahnsteig mit erfreuter Anteilnahme. Sie hatten das Schild schon gezogen, es war schnellzugrot und trug allerhand westdeutsche Namen, unter denen man sich so etwas wie Verlust und Entfernung vorstellen konnte. Die Aufsicht machte sich sogar die Mühe den wenigen Reisenden die Wagenfolge durchzusagen. »Wie er bölkt« sagte Jöche begeistert, er stiess mit der Zigarette zum Lautsprecher hoch. »Und hast auch ein Speisewagen.« Er umfasste Jakob mit einem ernsthaften besorgten Blick. »Komm auch wieder«, sagte er.
Jakob antwortete lächelnd: »Ich fahr zu Cresspahls Tochter«. Sie lachten beide auf. Das war keine Antwort gewesen. Jetzt wusste Jöche dass er sich in allem Fraglichen an Cresspahl zu wenden hatte. Sonst war nichts. Denn in jener Zeit nahm man ein Passbild und den Personalausweis und ging auf die Polizeidienststelle des Wohnbezirks und legte dies auf die Barriere vor den Tischen und stellte einen kurzen formlosen Antrag. Nach zehn Minuten konnte man das Haus mit der Personalbescheinigung für die Ausreise verlassen und sofort zum Bahnhof gehen, wenn es eilig war. (Die es eilig hatten sammelten sich allmählich auf dem Bahnsteig ihnen gegenüber, wo der Schnellzug nach Berlin erwartet wurde.) Und dass Jakob diese Bescheinigung wäre verweigert worden, wenn nicht über Fernschreiber eine Anweisung aus Berlin ge-

kommen wäre nach einem sehr kurzen Gespräch zwischen Herrn Rohlfs und der Kaderleitung des Reichsbahnamtes, – das wusste Jöche nicht. Und so genau hatte Jakob es auch wieder nur von Sabine erfahren.
»Ich hab unterschrieben« sagte Jakob. Erklärung! Ich wurde heute darauf hingewiesen, dass ich ohne besondere Genehmigung des Leiters meiner Dienststelle nicht Westdeutschland bzw. den Westsektor von Berlin betreten oder durchfahren darf./Bei genehmigten Reisen dorthin darf ich keinerlei dienstliches Material mitnehmen. / Dies gilt auch für Privatreisen ausserhalb der Dienstzeit. / Ort, Datum, Unterschrift. / II/15/52 – C 324/55 16: na ja. Da hatten sie das falsche Formular erwischt: da war kein anderes, und eigentlich hatte er hiermit versichern sollen dass er zurückkommen werde. Sie hatten ihm nur den Dienstausweis abgenommen und ihn auf die vielen ihm bewußten Geheimnisse des Dienstes hingewiesen; er bekam sogar einen Freifahrschein, obwohl die für Westreisen nicht mehr ausgegeben werden sollten. Herrn Rohlfs' Gedächtnis war genau. »Na, wenn du unterschrieben hast« sagte Jöche. »Grüss deine Mutter« sagte er.
Sie sprachen nun noch über Dr. Blach in den restlichen drei Minuten, so dass Jöche noch am gleichen Nachmittag von Jakobs Wirtin eingelassen wurde und einen grösseren Briefumschlag vom Tisch nahm, den er Cresspahl übergeben sollte oder Jonas, wenn er den etwa nach der Beschreibung erkennen konnte, sonst lass dir doch den Ausweis zeigen. Und leg es nicht grad ins Bücherfach.
»Zu denken« sagte Jöche still verblüfft: »zu denken dass der Zug heute abend bei Gesine ist, und er kommt täglich hier durch ...«. Jakob nickte nur, es sah nicht nach Abschied aus. Sie sahen beide zum Schluss des Zuges, wo der Schaffner die Arme über dem Kopf zusammenlegte. Die Schläuche krampften sich starr unter dem Wagenboden. »Will ich gehn« sagte Jöche. Er trat zurück und lief über den Bahnsteig davon. Als Jakob an der Lokleitung vorbeifuhr, heulte eine einzelne Lokomotive plötzlich auf, und Jakob sprang auf von der Bank und riss am Fenstergriff und winkte mit der anderen Hand, aber Jöche war nicht zu sehen und längst vorbei.

Gegen Mittag drückte der Wind am Zug herum, und wenn er so kam, kam er nass. Dann blieb der Himmel weiss wie Blei bis zur Dämmerung.

– DA SOLLTE JAKOB mir erklären was ich von meiner Welt zu halten hatte.
– Nicht in dem Sinne dass Sie Nachhilfestunden gebraucht hätten. Ich habe mich verlassen darauf dass Sie in einer demokratischen Oberschule erfahren haben von der Theorie des Klassenkampfes. Von den Anlässen und der Geschichte der Ungerechtigkeit: von der Ökonomie des Kapitalismus und den notwendigen Zielen der Revolution. Und wenigstens für die Dauer einer solchen Schulstunde oder Vorlesung (da genügen Minuten:) müssen Sie versucht haben diese Kenntnisse in der Wirklichkeit anzubringen, sie zu überprüfen, in irgend einer Sekunde wird da immer der Strassenverkehr oder eine zerschossene Hauswand zum ersten deutschen Staat der Arbeiter und Bauern, indem die Spuren und das zeitliche Nacheinander hinweisen auf die Beseitigung des Faschismus der Ausbeutung der Unmenschlichkeit, und so in dieser schnellen überraschenden ungewollten Erkenntnis wird das Gelernte Wirklichkeit, es muss gar nicht in völliger Stimmigkeit aufgehen mit allem Vorhandenen. Und mit den Lehrern hat es nichts zu tun.
– Sie haben eine eigentümliche Auffassung von Jugendlichkeit. Dies zumindest verstehen Sie von sich aus und mehr für Ihre Person.
– Das Wertgesetz war schon als Schulaufgabe und als pflichtmässige Vorlesung von Marxismus und Leninismus fremd, blieb gewiss so willkürlich: aber Sie verliessen es ohne es überwunden widerlegt zu haben; da war es die Erinnerung von Gerechtigkeit geworden.
– Sie haben Jakob für einen Menschen von Gerechtigkeit gehalten; das war aber nicht die Ihre,

*indem ich nichts war als Zufriedenheit und nichts wusste als dies, die Ankunft des Wünschenswertes begann (und allerdings die Angst vor dem möglichen Verlust). »Cresspahl« sagte ich. Ich war in der Eile quer über meine Beine auf der Couch vorwärtsgekrochen zum Telefon, ein Knie zerdrückte mir einen Knöchel, das Kleid war kein Kleid mehr sondern eine Zwangsjacke zusammengepresst über den Schultern verrutscht und verschoben, aber ich war nichts weiter als Hand Mund Kopf am Telefon. So übergibt ein Portier ein Gespräch aber nicht das Amt. Es war kein Ferngespräch. »Wie redest du mit mir« sagte Jakobs Stimme. Wenn Jakob telefoniert, ist die Hörmuschel in der hohlen Hand aufgehängt an den Fingern ausgestreckt über die Schläfe; mit ihm verwächst alles so. »Wie geht es dir« fragte ich. Ich fürchtete zu hören wo er war, ich wollte in kleinen erträglichen Stükken zunehmen an Hoffnung abnehmen an Hoffnung. »Ich tu taubstumm« sagte seine Stimme. »Ich hab alles so angestellt wie Cresspahl mir gesagt hat, ich bin mit der Strassenbahn angekommen und hab meinen Koffer selbst getragen, sie haben ihn mir nicht gelassen. Sie bedienen mich. Haben der Herr vielleicht sonst noch einen Wunsch, ich hab gesagt ich werd sie rufen zum Schuhausziehen. Sie haben meinen Ausweis gesehen, woher ich komm, dass es also nicht nötig ist, da wollten sie mich im Haus umherführen. Ich glaub taubstumm ist immer noch am vornehmsten.« Ich setzte mir das Telefon in die Armbeuge und kroch die Couch hinan zum Fenster mit dem Hörer am Ohr. Unter der blauen Leuchtschrift des Hoteleingangs glommen die Standlichter der Mietautos in dem nassen Dunst von Nebel und kostbarem Benzingeruch, und in irgend einem der matt und warm erleuchteten Fenster querüber unter mir lag also Jakob über seinem Zimmertelefon und berichtete von den Unterschieden. Ich begriff dass diese Reden mir hatten Spass machen sollen. Es war nicht mehr so einfach wie das Warten auf dem Bahnsteig und das enttäuschte verwundete heimliche Nachhausegehen, obwohl ich ihn nur verfehlt hatte: vor mir auf dem Tisch lagen seine letzten Briefe und auch der über das Brückenbauen, ich hatte darin offenbar nur Jakob ver-*

*standen in der Weise etwas zu erzählen und anzusehen und zu verstehen von zwei Betonarbeitern und einem begeisterten Ingenieur (»er hat ja nicht aus den Augen sehen können. Dann haben wir die Bausektion nicht genehmigt, er hat sparen wollen. Er musste sie abreissen, und das mit seinen Überstunden haben sie uns hintenrum erzählen müssen«) und kaum das was Sozialismus genannt ist. Ich hatte da nur einen Arbeitseinsatz gesehen und Jakob auf den Spaten gestützt mit anderen redend auf dem hohen Ufer der Flussböschung; erst sein strenger mürrischer Ärger über den Empfang in einem westdeutschen Hotel bereitete mich vor auf die Veränderungen meines Lebens, er würde es ansehen und nicht einfach durchgehen lassen was ich harmlos übersah, ärgert er sich über den Kundendienst, jeder hätt sich gern bedienen lassen, ich auch, ich würde über die Strassen steigen und aus der feuchten Kühle durch die Drehtür geschleust in die trockene käufliche Heizluft der Hotelhalle, der Portier würde warten und mich von der Garderobe führen bis zu dem Sessel, in dem Jakob sass taubstumm sehr verständnislos und vornehm, ich vergass wieder die Furcht vor der Reinlichkeit, die kommen würde,*

– aber Sie haben in einem recht. Natürlich haben wir beim Abendessen über nichts weiter geredet als über diese durch und durch verluderten Engländer. Ich hatte ja nicht einmal den Eindruck irgend etwas sei mir noch wichtiger.

HERR DR. BLACH war bei seinen Freunden zu Besuch. Des Morgens lag er wach in einem hellen freundlichen Zimmer an den Bücherwänden zwischen den für ein geistiges Leben eingerichteten Möbeln, die alle er aus dem Gedächtnis hätte beschreiben können von ungezählten Abenden der Gespräche und Freundschaft her, die fremd genug waren um ihn zu nichts aufzufordern. Zwischen den Stäben der Jalousie kam kühles heiteres Sonnenlicht an, draussen vor dem Haus würden die erkälteten Gärten von dickem Nebel umschlungen sein, der Tag wartete auf ihn als eine grossartige Möglichkeit, er wusste nichts vorzuhaben. Seine Zunge erinnerte den klaren bitteren Geschmack des Alkohols, vergangene Rederegungen wiederholten sich unbeaufsichtigt in seinen Gedanken, der gestrige Abend versprach neue Dunkelheit für den kommenden: und er war lange gewohnt gewesen sich das Ende des Tages mit Beschäftigung zu verdienen statt einfach teilzuhaben an dem natürlichen befriedigenden Dunkelwerden, in dem das Licht nicht mehr nur hell sondern eigens warm war um diese Jahreszeit.

Wenn der Briefkastendeckel zufiel und das dicke Papierpaket aufschlug im Flur, hörte er bald seine Freunde ins Badezimmer ziehen. Sie gingen auf Zehenspitzen, sie flüsterten, sie weckten ihn nicht, er war der Gast. Eine Weile, nachdem Manfred zum Dienst gegangen war, stand er auf; und wenn Lise gewaschen und vergnügt ihr Kind anzog und den Frühstückstisch deckte, war sie einfach wunderhübsch von Kopf bis Fuss wegen ihrer Gastlichkeit: so von heissem Tee und frischen Brötchen und haushälterischer Fürsorge am Frühstückstisch her gesehen hörte die Welt an der Tür der Wohnung auf, in gewissem Sinne also hatte sie recht gehabt und es besser gewusst, sie hatte ihr Kind neben sich und fütterte es zärtlich, darüber war nicht zu streiten. Sie hatten sich schon als Studenten gekannt, und übrigens mochte er sie gern, weil sie glücklich geworden war. *Ich habe aber gewünscht es solle stillstehen in Cresspahls sonnenwarmem hellem Südzimmer vor der Werkstatt, ihre Finger sprangen auf eine völlig ungeschulte wilde zierliche genaue Art in die Tasten, beim Warten auf den nächsten Satz legte sie den Kopf langsam schräg und vertiefte ihre Mundwinkel lächelnd mit ihren schmalen überlegsamen Augen, bevor sie sagte. Bevor ich begriff ich hatte sie und mich und uns (seit wann. Wie lange schon) von aussen gesehen erstarrt in der wünschbaren arbeitsamen Einigkeit des unendlichen Zusammenlebens. Ich habe auch mich täuschen lassen von Ähnlichkeit: und heute noch weiss ich und stelle mir vor gegenwärtig dass sie die Zeitung weggleiten liess gegen die zitternde lichtübersprungene Lehne von Bus oder Strassenbahn und vor sich hin-*

*starrte und erbittert leise sagte für sich allein »diese durch und durch verluderten Engländer«, liegt es denn daran dass sie nicht kennzeichnet wie ich sondern missbilligt als Cresspahls Tochter? mit Kopfschütteln und eigenwillig noch im Kopfschütteln Ablehnen von Verständnis? Wahr ist dass ich es verstehe. Jetzt. Nachdem ich ihr keinen ständigen Frühstückstisch würde zumuten wollen.* Er hielt daran fest dass er Geschäfte in der Stadt habe. Man kann nicht einfach aus Verlegenheit zu Besuch gekommen sein, und so (obwohl die Zeitung einladend aufgefaltet neben seiner Tasse lag und das Arbeitszimmer eigens geheizt war und die neuesten Bücher und Zeitschriften der Wissenschaft für ihn zurechtgelegt waren auf Manfreds Schreibtisch) half er ihr das Geschirr in die Küche tragen und reiste mit nichts weiter als den Handschuhen in der kalten rasselnden Strassenbahn eine halbe Stunde lang aus dem Vorort in die Innenbezirke der Stadt um auf den Abend zu warten den ganzen Tag. Es war ihm nicht verwunderlich dass er ins Zusehen geriet.

Manchmal ging er in die Bücherei nach dem Mittagessen, und er benutzte den langen Fussweg neben der Strassenbahn unter den schmutzigen ausgeplünderten Linden im Wind, der die Blätter um seine Füsse wirbelte; er gab aber acht auf sich und geriet zu seiner Befriedigung wenigstens nicht in die Gedichte, die es gab über das Gehen in herbstlichen Alleen. Er wusste kein Buch zu bestellen, weil er darauf hätte warten müssen und Einrichtungen treffen für den nächsten Tag; so sass er am Ende im Zeitschriftenlesesaal; auf die amtlichen Veröffentlichungen musste man warten, die Blätter der kommunistischen Parteien Westeuropas kamen in diesen Tagen endlich durch. Er verstand die Sprache der Stadt, er fiel nicht fremd auf, und besonders abends in den erleuchteten betriebsamen lauten Strassen des Zentrums verglich er die kahlen Flächen und die hohen finsteren Ruinen mit dem Menschengewimmel und dachte daran den unterbrochenen gesellschaftlichen Zusammenhang wieder aufzunehmen und zu leben in dieser Stadt; aber dann meinte er wieder dass die Neuigkeit und der Wechselreiz eines anderen städtischen Betriebs doch nicht ausreichten für einen Anfang. Ihm blieb üb-

rig zu sagen und behalten zu haben: die Vorstädte sind in allen Richtungen durch breite Parks vom Weichbild getrennt, für alle Wege war da auf amtlichen Tafeln vorgeschrieben ob da geritten und wie da gefahren werden durfte. Die Weiden waren noch gänzlich grün. Unter mächtigen Brückenschwüngen dehnten Flussbetten sich unübersehbar, das Wasser stand knietief um die mächtigen Pfeiler; und wenn die Spaziergänger Brot hinunterwarfen, schwebten die Möven höflich heran und strichen dahin über die Nahrung, aber sie nahmen nichts auf und verzogen sich schweigend. Der Abendnebel schmeckte nach Schornsteinrauch: es lag nicht allein an ihm dass er nur das Verwechselbare an der Stadt sah aber dabei blieb es. Herr Bessiger telefonierte viel zu seinen Gunsten, und offenbar mit dem Selbstbewusstsein wissenschaftlicher Befähigung wartete ein Herr Dr. Blach aus Berlin in den Vorzimmern der Institutsdirektoren; übrigens hatte er Grüsse seines Chefs auszurichten und war auch insofern ein umgänglicher angenehmer Besuch als er bereitwillig zustimmte der Meinung dass ja vorläufig gar nichts weiter abzusehn sei als dass es vielleicht einen dritten Weltkrieg geben werde.
Er nahm eine Einladung an zu einer Übung über ein Problem seiner Fachwissenschaft. An diesem Nachmittag begann er unverzüglich sich wohlzufühlen in dem engen hohen Seminarraum, an dessen Wänden die Bücher übermannshoch standen mit schwarz gebundenen Rücken ordentlich weiss beklebt, einfach durch ihre Masse behaupteten sie Handgreiflichkeit für die wissenschaftliche Forschung und Einsicht. Das Lampenlicht war abendlich, unablässig drang das beunruhigte Gurren der Tauben aus den Ruinenhöhlen des Hauses durch die notdürftig vermauerte vierte Wand. Die Studenten kamen in feuchten Mänteln windfrisch aus der Dämmerung in die Wärme, und Jonas war es zufrieden dass Manfred einen Arm um seine Schultern hielt und so unter beständigem Reden ihn hineinführte und ihn unterbrachte im Hintergrund des Raumes und sich nicht trennen konnte von ihm vor angelegentlichem freundschaftlich vertraulichem Gespräch, denn so bedeutete er doch für eine grössere Anzahl von Menschen eine Rolle: Herr Dr. Blach aus Berlin,

zu Besuch. (Und dann würden sie hinausfahren und Abendbrot essen mit Lise und bis Mitternacht reden zu dritt in dem nächtlichen stillen geheizten Haus als hätten sie gewartet den ganzen Tag auf diese ungestörte feierabendliche Zusammenkunft Begegnung Erörterung.) Sie durften rauchen, von ihrem beschatteten Platz in der trockenen Luft der Heizröhren an der Wand mit den Tauben konnte er die Studenten beobachten und sich erinnern an die unerhörte Stimmigkeit des Lernens, es wurden Neuigkeiten verteilt, die Kenntnis der Gegenstände schritt vor und hatte darin viel von der Bewegung des Lichtes (ein physikalischer Vergleich, der aber nicht völlig auf den Ansturm der morgendlichen Helligkeit verzichten möchte), und vollends fühlte er sich aufgenommen aufgehoben, wenn der Herr Professor sich an ihn wandte und er antwortete und alle drehten sich um zum Hintergrund und hörten zu und zogen ihn in das Gespräch und bezweifelten zumindest nicht seine Rolle als Gasthörer; die Erscheinung des Professors, der altersmüde in seinem Sessel zusammengesunken den Kopf in einer sehr wachen Art erhoben hielt und redete unter unablässig wachsamem Umherblicken, die Worte reichten ihm vor lauter Abgeschliffenheit und Dürftigkeit nicht aus für die übermässige Verschränktheit der bewiesenen und der vermutbaren Tatsachen, unermüdlich erweiterte er die begonnenen Sätze und brach sie rücksichtslos ab, wenn sie ihn einmal an einen brauchbaren Neuansatz gebracht hatten, er hatte die Uhrzeit und die Gegenwart überhaupt verlassen und bewegte sich vollends in den Räumen und Zeiten der Vergangenheit, von der sein Geist voll war: die Erscheinung des Professors brachte Herrn Dr. Blach zurück in gewisse Zeitabläufe, er fühlte wieder den schmalen mageren Greisenarm seines Chefs, den er durch die hohen marmornen Gänge zum Hörsaal führte, wieder sass er schräg vor dem Pult und beobachtete die gelbhäutigen fleckigen Hände lässig und achtlos über dem Konzeptpapier ausgebreitet, die überanstrengt deutliche Stimme errichtete das kunstvolle Geflecht der erinnerten wiederhergestellten Vergangenheit, und so ist die angelsächsische Lyrik überhaupt erst auf die Möglichkeiten des subjektiven Ausdrucks gekommen und verwiesen worden, dessen heutige Veränderungen wir nicht nur aus den Umschichtungen der sozialen Struktur verstehen können, wiederum war nichts wichtiger zwischen sechzehn und siebzehn Uhr. Er schrieb nichts mit. Dass er auf das Ende wartete, konnte nur Ungeduld sein, denn er wünschte sich nichts anderes. Er ging noch weiter und dachte das Unbehagen erwachse nur aus seiner eigenen Situation und sei ohne Bedeutung. Denn offenbar war es möglich säuberliche und nachdenkliche Notizen zu machen und sich zu melden und von langer Hand vorbereitete Ergänzungen zum Protokoll des Seminars vorzuschlagen wie Herr Bessiger (also gehen seine Gedanken nicht auf Abwege), der zu Hause doch auch sich einliess auf die ungeheure Spannung des Vergleichs, dessen Einzelheiten auszurechnen waren dessen Zusammenhang unfassbar. Erstens war der sechsundzwanzigste Juli der vierte Jahrestag der ägyptischen Revolution. Ich hätte den Suezkanal auch nicht an einem beliebigen Dienstag verstaatlicht. Den Assuan-Staudamm müssen sie bauen wie die Deutsche Demokratische Republik nicht leben konnte ohne eigene Schwerindustrie: bei Gefahr des Wohlstands und des Ansehens. Sie hätten Kredite ja brauchen können, die hat der Westen ihnen verweigert, der Imperialismus als Monopolkapitalismus, da nahmen sie den Kanal, wir können hier absehen von Moral. Der Gewinn insgesamt hatte im Jahr 1955 einhundert Millionen Dollar betragen, davon bekam Ägypten drei. Wer nun nicht gerade wie die britische Regierung die Hälfte der Aktien besitzt, wird sagen: dies ist die einzige unbescholtene Sache, lasst uns ein Visum beantragen. Aber wie kommt es denn dass wir sofort abstehen von diesem Vorhaben, wenn wir erfahren die Unbescholtenen hätten die Kommunistische Partei Ägyptens verboten? Die, solange sie nicht an der Macht ist, bedeuten soll die wirkliche Kraft des Fortschritts; ein einziger Verstoss gegen die Theorie verscheucht uns, vielleicht ist er aber von Nöten gewesen. So sind die Bombengeschwader des britischen und französischen Kapitals über Ägypten für eine einleuchtende Reaktion innerhalb der politischen Physik zu halten. Und das Vorgehen der Roten Armee gegen den ungarischen Aufstand ist nur als ein gelungener Lehrversuch im Physikzimmer zu beurteilen. Geht es denn an dass die Wirklichkeit vor sich geht und wir zensieren sie im Moment der Entstehung nach der Erfüllung oder Vernachlässigung der wissenschaftlichen Vorschrift? Zumindest für die eigene Situation sollte man Entscheidungen treffen. Die Frage Warum gehst du nicht in den Westen heisst richtiger Warum bleibst du hier.

»Weil das Wertgesetz stimmt, und weil der Sozialismus nicht bleibt wie er ist« sagte Lise.

Wie wir es gelernt haben. Womit wir grossgewachsen sind. Was wir nie vergessen dürfen am Anfang der Spirale, die wir aber und abermals ausmessen in sicheren Sprüngen aufwärts hinan bis zu jenem Punkt, an dem einer abstürzen kann, will er sein Leben darauf einrichten. Das Sichere ist nicht sicher, so wie es ist bleibt es nicht, und aus Niemals wird Heute noch. Ich begreife es nicht. Als fühlte ich den Regen nicht. Jedoch sehe ich ihn.

»Wo sind Sie eigentlich untergebracht in der Stadt?« fragte der Professor, als Jonas sich verabschiedete. Er nickte, als er erfuhr Herr Dr. Blach habe Wohnung gefunden bei Freunden aus der Zeit des Studiums; es schien ihn irgend wie beruhigt zu haben.

– Sie hätten ihn aber fragen können warum er verreisen wollte.

– Und er hätte wiederholt was bereits auf dem Zettel hingeschrieben steht, den er vorschriftsmässig auf dem dienstlichen Weg zum Reichsbahnamt kommen liess: Wünsche meine Mutter zu besuchen. Er wird sich gedacht haben der Antrag bleibt nicht liegen wo er ihn hingelegt hat, aber es war vielleicht nichts worüber er mit der Staatsmacht persönlich reden mochte, und schliesslich hätte ich von Hinzufügungen nichts gehabt.

– Also jedes Mal, wenn Jakob einen dunkelroten schmutzigen bespritzen Pobjeda über die Straße kriechen sah ... erinnerte er Herrn Rohlfs und wusste dass seine Hand über ihm war zu allen Zeiten.

– Und jedes Mal, wenn ich abends nach Hause fuhr unter den Überwegen entlang an den Trassen der Eisenbahn, wenn ein Schnellzug über der Strasse dahinfuhr mit dem kühlen klaren Umriss der erleuchteten Fenster in der Dunkelheit und man konnte in dem laufenden Gehäuse den hellen warmen schnell bewegten Raum vermuten, in so einem Wagen war er weggefahren; oder wenn wir mit ganz anderen Geschäften eine Plattform abgingen auf den Fernbahnhöfen, genügte eine von den nicht so bekannten Einzelheiten: wie etwa der schwere Lederkasten einer Schaffnertasche an einen Pfeiler gelehnt neben den berussten Lampen, die am Schluss des fahrenden Zuges Rotlicht geben ... jedes von all diesen Malen habe ich nun versucht Jakobs mir unbekannte Zeit weiterzuleben bis zu diesem Moment der Erinnerung, und weil die Schnellzugwagen von einem westdeutschen Typ waren wie ich zufällig weiss habe ich unaufhörlich Jakob an einem solchen niedrigen abgerundeten Fenster in die Hallen westdeutscher Bahnhöfe einfahren sehen und gedacht beim Anblick des Weltniveaus in der Reklame: Sieh dir an Jakob. Sieh aber gut zu.

– Ja wenn Sie es gewesen wären. Sie gewiß wären gekommen um uns allen hinter der Grenze zu sagen dass wir falsch leben.

– Ich weiss: und Jakob hat nur seine Mutter besuchen wollen.

– Lassen Sie sich doch ein auf Unterschiede. Sie würden es einen Besuch beim Kapitalismus nennen. Den es nicht gibt: würde ich hinzufügen, solange die Konjunktur dauert. Zuerst kommen die handgreiflichen Auswirkungen der relativen Verelendung des Proletariats, oder der notwendigen Krise, dann kommt der Klassenkampf, und am Ende sind es ökonomische Gesetze gewesen: das nimmt aber von Stufe zu Stufe ab an Wirklichkeit.

– An Erlebbarkeit.

– An Erlebbarkeit. Die Mehrwertrate ist genauso eine wissenschaftliche abstrakte Einsicht, die an den wirklichen Personen und Umständen kaum anzubringen ist, wie die Theo-

rie vom notwendigen Sieg des Sozialismus, und die ist das vielleicht noch mehr insofern als der Sozialismus noch nicht wirklich ist und nur in den Anstalten zu seiner Einführung vorhanden: ablesbar. Ich kann so abstrakt nicht denken dass ich über die Wirklichkeit des ungarischen Aufstands und seine Unterdrückung hinauskäme mit irgend einer Zuversicht des Zukünftigen (einer nicht bewiesenen nicht gegenwärtigen Hoffnung) wie vielleicht Sie oder Herr Dr. Blach: auf jeden Fortschritt muss eine Reaktion eintreten und umgekehrt; ich weiss nicht einmal was diese beiden Worte bedeuten.
– Nehmen wir doch Jakobs Besuch auf der zuständigen Abteilung der Stadtverwaltung. (Ich weiss nicht ob er da gewesen ist.) In den einzelnen Ländern und Städten ist es verschieden, die ungefähre Mischung ist so: Der Besucher aus dem Osten muss seine tatsächliche Anwesenheit am Orte irgend wie beweisen. Dann heissen sie ihn willkommen, händigen ihm aus vielleicht zehn da gültige Mark, einen Gutschein für Kinobesuch, ein Heft Omnibusfahrscheine und eine Freikarte zum Besuch der städtischen Bäder.
– Das kannten wir, Cresspahl hat es einmal versucht, so ist Jakob nicht auf den Gedanken verfallen. Wir kamen darauf zu sprechen, und gewiss hat er den Kopf geschüttelt. (Mit der selben wie soll ich sagen: Vornehmheit, mit der er am Ende das Hotelpersonal in Zucht hielt gegen einen Besucher aus dem Osten: indem er sich einfach auf nichts einliess, indem er sich nämlich nicht »benahm«. Und wenn er da für nichts weiter gelten wollte als für einen Benutzer und Bezahler von Übernachtung, dann hat er nichts als das Geschäftliche für Beachtens wert gehalten.) Wirklich war sein Kopfschütteln so verlegen um Verständnis (Spott oder Verärgerung wären angenehmer gewesen), dass er einem doch ganz fremd vorkommen konnte: befremdet.
– Das genügt Ihnen nicht?
– Das genügt mir nicht. Denn er war ja zu Besuch gekommen und nicht zur Besichtigung. Und weil ich den ganzen Tag auf die Dämmerung wartete und auf den Bus, der die deutschen Angestellten aus dem Wald zurückfuhr in die Stadt über sechzig Kilometer Schnellstrasse entlang am Rhein (ich mache Ih-

nen eine Ortsangabe, ich hoffe Sie wissen nichts damit anzufangen), vergass ich mir seinen Tag vorzustellen. Ich sah ihn erst wieder abends auf den Plattforminseln vor dem Hauptbahnhof; es war nicht so dass er vor Warten nichts anzufangen wusste, nur er stand eben nicht da wie ein junger Mann mit Geschäften und Plänen hierzulande, der sich zehn Minuten zu vertreiben weiss nützlich und elegant mit Zeitung und Zigarette, er sah verloren aus mit den Händen auf dem Rücken reglos, es war so eine dauerhafte Art von Dastehen. Wenn ich ihn fragte was am Tag gewesen sei, erhob er seine Lippen und fing an nachzudenken und sagte belustigt am Ende: Nichts; dann erzählte er die Geschichten, und nun sollten sie nur noch Spass und Erstaunen bedeuten: mit dem allen ist es mir wahrhaftig so ergangen wie mit dem ersten Telefonanruf aus dem Hotel, der auch hatte Spass sein sollen. Morgens rief er mich an und lud mich zum Frühstück, und obwohl man doch mindestens drei Minuten unterwegs ist

der Pförtner stand auf beim ersten Geräusch ihrer Schuhe auf den Schmutzrosten, er ging um die Theke herum zur Tür und hielt sie ihr auf und begrüsste sie, für ihn war sie so mit dem nebelschimmernden Tuch aus dem grauen Morgen gekommen und stand noch an der Garderobe mit gesenktem Kopf, sie mochte die schwarzen Fugen zwischen den blanken nassen Pflastersteinen in sich hineingesehen haben und ihre Schritte darüber; der Anblick ihrer ernsthaften vorbedachten Ankunft und der ihres Frühstücks mit Jakob in dem frühkühlen aufgeräumten leeren Speisesaal gewann an Bedeutung und interessantem Geheimnis mit der Voraussicht des Hotelangestellten: dass der Besuch eines Tages nicht mehr im Speisezimmer sitzen würde, dann konnte sie nicht mehr ankommen um diese Zeit aus der Fremde in ein vorläufiges befristetes Zuhause, dann sagte niemand ihr Guten Morgen wie er, der Pförtner, auf eine sehr förmliche fürsorgliche Art, die bei diesem Anblick wohl erlaubt war. Denn im Gespräch mit den Kellnern äusserte er die Meinung: man sehe es der Dame nicht an dass sie aus dem Osten komme, »aber wenn einer nicht auskommen kann ohne Besuch, die Eltern, und nun noch der, aus dem Osten, dann kann man hier nicht gut leben. Entweder das eine oder das andere, beides geht nicht«

– war ich doch jedes Mal überrascht dass er keine Uniformjacke trug mit den silbernen Achselklappen und Rangsternen und Kragenspiegeln: dass ihm so gar nichts anzusehen war von Vorhaben und verlässlicher Beschäftigung. Ich liess ihm meine Schlüssel da, aber wenn ich zum Dienst wegfuhr, sah ich ihn doch sitzenbleiben als wolle er sich nun bis Mittag nicht rühren aus seiner Unbeweglichkeit von Rauchen und Nachdenken, das kann nicht einmal für die Kellner nach geübtem Nichtstun ausgesehen haben.

*Das lass ich ihr ja, das nehm ich ihr nicht weg. Sicherlich ist er mitunter in ihre Wohnung hinübergegangen. Da hat er sich angesehen ob es nicht etwas zu tun gab, Cresspahl hat sie vielleicht zum Ankauf irgend eines alten Sessels überredet, da geht manchmal was kaputt, ich kann mir vorstellen wie Jakob zwischen zwei Fingern den Schaden besieht, etwa ist das Scharnier stückweise herausgebrochen aus dem mürben Holz, er zieht den Mantel wieder an und geht unten in den Geschäften Sandpapier und flüssiges Holz und Leim und Schraubenzieher zu kaufen, wenn sie abends den Mantel über die Lehne hängt, fühlt und sieht der Sessel sich so anders an. Dann hat er vielleicht eine Stunde Vormittag lang auf dem Fussboden gekniet und die Bruchstelle ausgeschliffen und verkittet und trocknen lassen und das Scharnier zurechtgebogen und vorsichtig den Schraubenzieher in der hohlen Hand drehend den Stift hineingetrieben und mit den Fingern die Stelle betastet ob sie nun wieder in Ordnung war ... oder wenn er das Abendessen einkaufte, bevor er sie von diesem verdammten N.A.T.O.-Bus abholte, er stand vor den Ladentischen und wählte sehr gründlich sorgfältig aus und bedachte womit er sie überraschen konnte, was isst sie besonders gern, und weil er ein Fürsorglicher war, hat er mit einer gewissen Zufriedenheit das immer schwerere Netz zurückgetragen und den Tisch gedeckt ... oder sie fand beim Nachhausekommen irgend ein Buch angefangen aufgeschla-*

*gen im Regal liegen gelassen, also hatte er hier in ihrem Zimmer gesessen, ihre Wohnung benutzt, mitunter aufgesehen zu den nassbeschlagenen Fensterausschnitten ...: wir wollen uns nicht streiten wo er nun noch einmal zu Hause gewesen ist. Ich habe ihn fahren lassen.*

– Wenn ich es mir jetzt überlege, so habe ich ihn nicht fahren lassen zu irgend einem Zweck, sondern weil er es wünschte. Darüber reden wir wohl noch.
– Ja. Was haben Sie da für Zigaretten? Sie können bitte auch von meinen versuchen. Es sind nicht Philipp Morris. Und weil Sie ganz unbesorgt waren. Nicht nur wegen der Gerechtigkeit, die einer sich bei Ihnen erwerben kann
– Sondern auch wegen einer gewissen gründlichen Art, Sie würden es anders nennen, ich will mich erklären: es gibt bei Ihnen
– im Kapitalismus
– gewisse täuschende Annehmlichkeiten des äusseren Lebens, ich meine also bestimmte Auswirkungen der ungehinderten Privatinitiative, der freien Konkurrenz. Der Konsument kommt sicherlich in manchem besser weg. Sehen Sie, bei uns, ich sage ja schon: im Sozialismus ist es zur Zeit und vorläufig nicht denkbar dass einer sich hinstellt an den Ausgängen eines Vorortviertels und die Leute zählt, die hier täglich tagsüber in die Stadt gehen. Er zählt die Wege zur Arbeit, zum Dienst, zur Schule, zum Einkaufen, die Rückkehr zum Mittagessen, die Gänger zum Kino, zur abendlichen Unterhaltung; am Abend hat er eine bestimmte Anzahl Striche auf seiner Zigarettenschachtel und zählt sie zusammen. Wenn er findet es lohnt sich, dann kauft er zehn Omnibusse auf Raten und richtet da einen Linienverkehr ein und hat seine Auslagen nach drei Wochen zurück mit der Aussicht sie siebenfach wiederzukriegen: es ist sehr angenehm mit dem Bus in die Stadt zu fahren anstatt zwanzig Minuten zu gehen. Aber es kam ja gar nicht an auf den Fahrgast. Das sieht aus wie Kundendienst und ist für einen Besucher aus dem Osten etwas so Erstaunliches, dass er darauf hereinfällt und vergessen kann dass das Prinzip der freien Konkurrenz auch weniger ange-

nehme Auswirkungen hat wie Produktionskrisen Massenentlassungen Aufrüstung Krieg. Auch wenn Jakob diese wissenschaftlichen Rückhalte nicht gehabt hätte, er wäre doch verlegen gewesen vor der nervösen Angst des Angestellten: der Kunde werde weggehen ohne etwas zu kaufen. Und gewiss hat diese »gründliche« Art auch Sie peinlich auf gewisse Einzelheiten verwiesen; was genügend ist, man braucht sie nicht gleich Beweise für die Unmenschlichkeit des kapitali-stischen Systems zu nennen. Also: ihm haben die technischen Einrichtungen der Bundesbahn und der sogenannte Fahrkomfort gefallen, aber er hat sie mit Neid verglichen

– und »Sie fahren die Schnellzüge auf einen Mann« sagte er betroffen, wieder mit dem Mangel an Verständnis, der Missbilligung war. Natürlich verstand ich es erst, nachdem er mir erklärt hatte dass die Fertigstellung eines Zuges und die Wagenverzettelung und die Bremskontrolle und der Dienst von Schaffner und Zugführer zugleich auf einer Strecke von vierhundert bis sechshundert Kilometern für acht bis zehn Wagen ein bisschen viel ist für einen einzelnen Mann, und ausserdem ist er zu billig für solche Leistung. Aber er hat mir nicht die Benutzung von Bus und Eisenbahn verleiden wollen. Und überdies.

*»Ich will dir noch was zeigen« sagte ich. Ich nahm ihn am Arm und führte ihn durch die Bahnhofshalle an die Biegung des Treppengeländers, von der aus man das Fenster der Aufsicht beobachten konnte. »Sieh ihn dir an« sagte ich, und obwohl ich es hatte zeigen wollen, kam ich nicht los von dem Anblick des menschlichen Kopfes im Fensterausschnitt, er hatte eine Dienstmütze auf mit dem gelben Schriftband Auskunft und so dienstlich maschinenmässig tasteten seine Blicke die vor ihm aufgehängte Fahrplantafel ab übersetzte sein Gehirn die optischen Signale in die genauen unmenschlichen Sprechbewegungen seiner Lippen, die von uns aus lautlos anzusehen waren und nur irgend wo aus den Bahnsteiglautsprechern auf die gerade ankommenden Fahrgäste niederprasselten ohne Atemzüge ohne Begrüssung ohne Zärtlichkeit: »Schnellzug nach Frankfurt am Main neunzehn Uhr sieben Bahn-*

*steig vier Schnellzug nach Köln neunzehn zwölf Bahnsteig drei nach Basel neunzehen einundzwanzig zehen neunzehen dreissig sechs zwanzig fünnef vier«, so dass ich versäumte Jakob zu beobachten. Ich wandte mich um und fand ihn neben mir am Geländer mit einer Zigarette über die Flamme in der Höhlung seiner Hände gebeugt; er merkte gar nicht gleich dass ich wollte hier müsse einer was sagen, schliesslich sah er ganz unerstaunt hinauf zu dem Mann und sagte nichts weiter als: »Was glaubst wie ich dasitz. Wollen wir gehen?« Wenn er seine Antworten nur nicht so verschwiegen hätte. Wenn wir ihm nur die richtigen Fragen gestellt hätten.*

– So wie Sie das Verhalten von Besuch beschreiben, kann ich es mir für Jakob aber nur am ersten Tag vorstellen. Denn er ist doch nicht verlegen, die Leute gehen ihn doch alle an, also muss er sofort sehr viele Bekanntschaften gemacht haben und also den ganzen Tag unterwegs gewesen sein mit Verabredungen, in denen er etwas erfahren wollte: wie es denn ist hier im Westen, was man so machen kann …?
– Was Sie sich hier vorstellen ist das Benehmen des ostdeutschen Agitators, der nach Erledigung seines Auftrags zurückfahren wird; oder die Unruhe des Flüchtlings aus Ihrer Republik, der sich auf das Hierbleiben einrichtet. Ich weiss nicht wann er sich zur Rückfahrt entschlossen hat: bleiben wollte er von Anfang an nicht und nein.
– Sie wissen dass ich Sie nicht fragen kann.
– Und wenn ich Ihnen erzähle er hat einmal in einer vorstädtischen Gaststätte auf mich gewartet, da war gerade ein Männergesangverein zusammengekommen, und weil die sowieso mit der Zigarre und dem Bierglas neben sich um das Klavier sassen und dem Dirigenten behutsam die Melodie nachsummten, kamen sie aus dem Saal auch oft in die Gaststube, da sass Jakob an der Theke, und es ist wahr dass er mit dem Wirt über den vielen Regen geredet hat und dass sie nach einer Weile mitten im Tiefsinn der abendländischen Verteidigung angelangt waren, das hörten die Sänger, die wollten nun sofort den Kommunismus aus erster Hand eines frischen Ostflüchtlings erklärt haben, wann ist er denn angekommen,

*ein Helles ein Bier für den Bruder aus dem Osten, hier, Zigarre*
*ich bin kein Bruder aus dem Osten*
*ach, bleibst du hier, nicht wahr*
*nein, ich fahr zurück*
*warum, Mensch, kann man denn da überhaupt leben? oder musst du, Familie*
*gefällt mir hier nicht*
*was!*
*sag doch mal, was denn*
*Das ist nicht schwer. Etwa die music box vollautomatisch, ging einer hin mit seinem Groschen und suchte sich eine Plattennummer aus und warf die Münze ein, in dem rot und grün und engelsblau vollgestrahlten Gehäuse lief der Greifarm vorwärts auf der Schiene und rastete ein vor der gewählten Platte. Knickte vor. Ergriff sie. Hob sie hoch über seinen Kopf und führte sie zum Teller, der zu drehen begann, ging zurück, während der Tonarm sich auf die äusserste Rille legte und hinauszuschleudern begann in den engen warmluftigen widerhallenden Raum den Badenweiler Marsch*
*warum magst du das nun nicht*
*ist der Lieblingsmarsch des Führers.*
*eben*
*aber er ist doch tot*
*und ihr macht ihn euch wieder lebendig*
*ach was, ist schöne Musik*
*ne-i*
*ach, du bist so ein Hergeschickter*
*ein Kommunist, alle Kommunisten sind Volksverräter*
*als Jakob den Tisch umwarf beim Aufstehen und sorgfältig seine Schläge abwog in die glatten zufriedenen vergesslichen Gesichter, in die Fresse schlagen*

– dann hoffen Sie dass er versucht hat mit ihnen zu reden (sie zu überreden): aber es war kein Reden mit ihnen, sie verstanden ihn nicht. Ich kam etwas zu spät, ich konnte ihn nicht sehen, bis ich darauf kam dann müsse er an dem grossen Tisch sein, wo die lärmende Herzlichkeit aufstieg von den vielen

immer erneuerten Gläsern. Ich blieb stehen in der Nähe und hörte mir an wie Jakob einem netten jungen Mann (er war nicht eingebildet nicht wohlhabend nicht anmassend, fröhlichen Sinnes Schornsteinfeger, und singen tat er aus wirklicher Liebe zur Melodie) wie Jakob ihm zu erklären versuchte dass die Leute ihn nicht wegen seiner blauen Augen leben lassen sondern weil sie ihre Schornsteine gefegt haben wollen: dass er in der Gesellschaft lebt, und das fanden sie alle sehr lustig, und ich musste auch noch einen trinken mit ihnen und Jakob kriegte eine Menge Einladungen für die nächsten Tage zum Mittagessen zum Besuch in der Werkstatt zum Autofahren.
– Aber er ist doch nicht hingegangen.
– Warum soll das denn Verachtung bedeuten, Gegnerschaft? Verlegenheit.
– Das kann ich mir nicht vorstellen. Er kann nicht vergessen haben dass es vernünftig ist gegen den Krieg zu sein.
– Gewiss, er hat auch keine einzige vergessen von den Meinungen, die er in »dem Deutschland, das den Weg zum Sozialismus eingeschlagen hat« erlernt hatte, wo alles und jedermann ihn in diesen Meinungen bestärkt hatte, so dass sie etwas Eigenständiges geworden waren so vernünftig wie das Leben. Damit kam er zu Besuch, und er verstand die Bürger des Abendlandes nicht, weil sie davon nie etwas gehört hatten. Und überdies (Sie haben mich unterbrochen); wenn wir abends nach Hause fuhren durch die strahlenden hellen überfüllten Regenstrassen und mit Menschen zusammentrafen im Bus im Hotel oder zwischen ihnen warteten an den Fussgängerstreifen vor den Signalampeln und ihre Stimmen hörten, oder wir sahen sie sich bewegen in den Autos eng stolz eigensinnig nebeneinander, oder ihnen auf der Treppe begegneten und sie begrüßten zum guten Abend, dann kann er nicht haben ihr Leben als »schlecht« beurteilen wollen, denn es ist ihm übrigens alles sehr wirklich vorgekommen. Sie denken ich bin ein schlechter Zeuge, mein Urteil ist bestochen. Sie hätten früher höflich sein können.
– Es ist nicht Höflichkeit. Aber ich kann Ihnen nicht zuhören ohne Vorurteil, denn dann gerät Jakob mir in Verlust, dann passt er nicht mehr zu meiner Erinnerung. Was hat er denn

zu den Fahrzeugkonvois der Bundesarmee gesagt, wenn sie plötzlich im alltäglichen bürgerlichen Strassenverkehr auftauchten als eine bewaffnete übermenschliche Macht mit Vorfahrtrechten aller Art? Ich weiss. Jetzt werden Sie sagen: er hat sich an die Armee unseres Staates erinnert. Es kann nicht anders sein, ich kann es mir sogar vorstellen, aber es gefällt mir nicht.

– Ja: früher hatte es ein geringeres Gewicht und stand an anderen Stellen. Das war aber auf dem Boden: innerhalb der Gesetzlichkeit der Deutschen Demokratischen Republik. Und dies ist hier immer noch ein Weinlokal in Westberlin nahe der Grenze. Sie können in sieben Minuten mit der Stadtbahn in den Osten zurückfahren (ich glaube die Stadtbahn ist schon exterritorialisiert), und zehn Minuten haben Sie bis zum Bahnhof zu gehen, siebzehn Minuten sind eine unschätzbare Entfernung.

– Sie wissen warum Sie so klug sind.

– Weil ich gewissenlos bin: ich habe die fortschrittliche Republik längst verlassen und mich eingerichtet hier. Ich brauche nicht einmal mehr Expeditionen nach Jerichow. Was machen Sie eigentlich mit solchen Tatsachen, die Ihnen nicht gefallen? Was denken Sie womit Jakob seine Hotelrechnung bezahlt hat?

*»Hast du denn gut geschlafen in deinem verdammten Hotel« fragte ich. Ich hatte gewartet, bis der Kellner mit dem heissen Kaffee kam und zwischen uns vorgebeugt die Tassen vollschenkte, ich war überhaupt kopflos, denn ich hatte vergessen dass ein Kellner ein Hotelangestellter ist, weil er nichts weiter sein sollte als vor meinem Gesicht und mich schützen vor dem Angesehenwerden. Als ich aufsah, hatte Jakob genickt und gesagt »ja« mit schmalen nachdenklichen Augen als hätte er versucht sich an den Schlaf zu erinnern, und wenn es nicht das war, so war er anderswohin gegangen mit seinen Gedanken in dem selben Land, in dem ich zu Hause war wo ich Jakob plötzlich nicht mehr fand manchmal: es war recht dass er mich überhört hatte meine Ungezogenheit – es war die gefürchtete schlimme Fremde, in der er mich nicht mehr verstand, weil*

*ich nun und hier der »Westen« sein musste für ihn was hätte er gesagt in Jerichow: ich wünsche hast eine gute Nacht gehabt, hilft das? Und wie habe denn ich geschlafen in meiner verdammten Einzimmerwohnung drei Häuser entfernt.*

– Ich weiss es ja. Ich halte das für ein einleuchtendes geschäftliches Prinzip. Erstens sind die Erzeugnisse unserer volkseigenen Kameraindustrie zu gut fürs Verschleudern, zweitens können wir in unserer wirtschaftlichen Lage nicht auf Devisen verzichten. Es wird aber von jedem Käufer die Nummer des Personalausweises aufgeschrieben. Es ist aktenkundig dass Jakob am Tag vor der Abreise einen Fotoapparat gekauft hat. Und da wir den bei der Haussuchung nicht finden konnten, hat er ihn also mitgenommen über die Grenze und ihn verkauft in der Bundesrepublik für etwa fünfhundert Westmark, das reichte für die Hotelrechnung, es muss noch etwas übriggeblieben sein, vielleicht hat er es umgetauscht.
– Das wären doch gleich zwei Straffälligkeiten: einmal Schmuggelei und dann noch ein schwerer Verstoss gegen Ihr Gesetz über den innerdeutschen Geldverkehr. So würden Sie es ausdrücken? Jakob ist ein Devisenschieber, ein Schädling an der volkseigenen Wirtschaft?
– Ich sehe nicht warum ich es anders nennen sollte. Gewiss hat er sich auf die Grenzkontrolle nicht eigens vorbereitet, sich nicht ermahnt zu unerschütterlich unverdächtigem Benehmen; und als durch die Lautsprecher aufgerufen wurde Bitte die Personalpapiere und mitgeführte Geldbeträge und Wertsachen zur Kontrolle bereithalten (damit nämlich alles aufgeschrieben wurde und bei der Rückkehr verglichen werden konnte), hat er gewiss nicht seinen Koffer aus dem Netz geholt, in dem der Apparat obenauf lag. Jede Durchsuchung hätte ihn sofort aufgebracht, und vielleicht mag ihm so beim Rauchen und Warten sogar ein Lächeln entglitten sein und er gab sich gar keine Mühe es schnell wieder aufzuschlukken mit den Mundwinkeln, ich will sagen: dass sieht nicht nach verbrecherischem Benehmen aus, und da müsste man ja schon meinen ein Verbrecher sei am Schuldbewusstsein zu er-

kennen. Übrigens hat der Meldezettel mit Jakobs Namen und der Nummer des Fotoapparates mich erinnert an die Reise nach Jerichow.
– Wo er Sie getäuscht hätte bis zuletzt, wenn es gegangen wäre; und als Sie eine halbe Minute nach uns ankamen auf der Chaussee und uns unten im Bruch mit den Suchscheinwerfern verständigten von Ihren Kenntnissen, da ging es nicht mehr.
– Hat er das gesagt?
– Nein. Ich meine nur. Und Sie sollten sich daran halten dass Sie sich Misstrauen verdient haben mit einer Unablässigkeit als wären Sie darauf aus gewesen.
– Ich halte mich daran dass er mich hat täuschen wollen.
– Aber sehen Sie denn nicht dass Sie die Wirklichkeit verarmen? Macht es denn Jakobs Leben aus dass er bei der Reichsbahn beschäftigt war und einen Fotoapparat verschoben hat? Dann reden Sie an ihm vorbei. Wer hätt ihm denn bei uns das Geld gegeben für die Fahrkarte zum Flüchtlingslager? Begreifen Sie denn nicht dass er seine Mutter hat besuchen wollen, das war alles, von da aus muss es gesehen werden?
– Wir können ihn nicht fragen.
– Niemand besteht aus den Meinungen. Wissen Sie noch wie er aussah?
– Ja.
Dies sind aber Bilder, die Sie ausgesucht haben für den zehnten November, und dann gab es welche für Jakob, und einige für seine Mutter, ja? Ich weiss nicht was Sie sich gedacht haben mögen (Jakob würde sagen: Lass doch. Dann bleibt wenigstens etwas zurück aus der Zeit), und wenn Sie Jakobs Abreise vorausgesehen haben, so sieht es mit diesen Bildern aus als hätte er es schon damals gewusst: dies kommt nach dem. Es ist ja aber gar nicht wahr: denn wir sehen das Nacheinander von heute aus hinein, und für Jakob war das nichts weiter als jener Sonnabend; das möchte ich doch sagen.
– Wir holen nach was wir übersehen haben. Wir können uns auch von heute aus irren. Dies sind ein paar ausgesuchte Bilder. Wir sind über Wochenend zu ihr gefahren, und die Aufnahmen sind spät am Sonnabend gemacht, als es schon halb

dunkel war, denn sie sollte es nicht merken. Es sollte eine Überraschung werden für sie. Hier das erste, von der Bushaltestelle aus. Man steht auf einer Bodenwelle und sieht das Lager unter sich. Es ist wüstes Gelände, öd und trägt nichts, im Krieg aufgewühlt und verbrannt; auch mit Schutthaufen. In der Nähe läuft die Stadt aus mit Schrebergärten und Sommerhäusern und einzelnen Villen, es ist auch eine Ladenstrasse da, Sie sehen die Lichter. Die waren damals aber viel blasser gegen den Himmel. Auch die Läden sind einstöckig mit Pappdächern, sie sehen so vorläufig aus wie alles. Und das Lager, das sind die üblichen Baracken.
– Für den Arbeitsdienst, ausländische Kriegsgefangene, Zwangsarbeiter, Lazarette, deutsche Kriegsgefangene, Obdachlose, und jetzt für Flüchtlinge. Von Fall zu Fall mit kleinen Blumengärten. Es gibt sehr hübsche Herbstblumen.

*»Warte« sagte er. Er liess meinen Arm gehen. Er stand unter der nackten Glühlampe des Obstkarrens halb in der Seitenstrasse, es war ein hölzernes Dach darüber, aber an den Seiten schlug der Wind durch. Die Obstfrau zeigte auf die hochgestellten Kisten bunt mit Äpfeln Birnen Zitronen Apfelsinen Mandarinen Pampelmusen, ich sah ihn den Kopf schütteln. »Hej« sagte er. Ich gab ihm die Tasche nahm die Blumen. Es war eine dicke weisse Tüte mit Blumen. Ich blieb stehen und schlug die Falten über ihren Köpfen auf, es waren Astern von überall, und ihre Farben mischten sich mit dem giftigen Licht der Leuchtreklamen. »Danke« sagte ich. »Sonst kauft die ja keiner« sagte er.*

– Hier waren keine, scheint es. Was man vom Tor sieht ... ist das ganze Lager eingezäunt? Mit Stacheldraht?
– Nein, mit glattem. Und am Tor gibt es Passierscheine. Nicht sehr oft, die Lagerinsassen haben beschränkten Ausgang, und uns wollten sie gar nicht hineinlassen.
– Da zeigten Sie dem Pförtner einen Dienstausweis mit den Buchstaben N.A.T.O., H.Q., aber Jakob
– Jakob blieb hinter mir stehen mit den Händen in den Manteltaschen und versteckte sein Gesicht im Kragen und wollte

für ein ganz bedeutendes Tier gehalten werden. Und er fragte »Uuuas ist äs«, das hatte er mir abgesehen, er konnte es ganz gut. Er fand es komisch.
– Die Flüchtlinge werden aber doch tatsächlich von amerikanischem Militär ausgefragt.
– Deswegen kamen wir ja hinein. Wie kann es Sie kümmern was er zu all und jedem gesagt hat! Hier ist das nächste.
– Er hat den Mantel gar nicht ausgezogen ... da wohnten noch mehr in dem Raum, nicht? Ich hätte sie sofort wiedererkannt. Das ist ihr Koffer, unausgepackt. Sitzt da und wartet. Mit den Händen im Schoss. Haben Sie das absichtlich gemacht: dass Jakobs Profil halbdunkel im Vordergrund ist und ihr Gesicht ganz scharf hell mit allen Falten, und hier die verzogenen Augenlider, es ist ja als ob es stehenbleibt.
– Sie haben fast nichts gesprochen. Dies ist wieder draussen, als wir in die Stadt gegangen sind mit ihr.
– Man sieht den Wind richtig, wie ihr Mantel auffliegt. Und so klein ist sie gewesen, Jakob riesig neben ihr mit den Händen auf dem Rücken ... das ist aber von Ihnen hineingesehen: dass sie so auf den Hintergrund zugehen, der immer dämmeriger verläuft mit der Perspektive der immer niedrigeren Drahtlinien. Gewiss, der Zaun war nun einmal da. Wenn Sie nun nur noch eins aussuchen würden?
– Dies. Sie wollte nicht in eins von den grossen Restaurants, darum ist es hier etwas düster. Sie redete auf ihn ein, und er brachte es immer von neuem zuwege ihr nicht zuzuhören. Hier das einzige Mal dass er sie ansah und antwortete. Ich finde die Art sehr vorsichtig und befremdet, natürlich hat sie ihn nicht verstanden, aber am Ende hat auch er nicht begriffen dass er hätte dableiben können. Ich meinte ihren halb offenen Mund und die starren verengerten Augen, sie schien leise unaufhörlich den Kopf zu wiegen ohne es zu merken. Es ist vielleicht nicht ganz herausgekommen, das Bild ist zu hell kopiert. Was ist sie alt.
– Doch.
Übrigens habe ich damals nicht darauf geachtet, aber jetzt scheint mir Sie haben diesen Apparat in Jerichow mitgehabt und auf der Rückfahrt zur Autobahn eine Aufnahme ge-

macht. Das ist nur so ein Quaderstab lang wie eine Füllfeder? ganz lautlos?
– Nur aus Spass.

Und das Bild hing schon in Gesines Zimmer quer über die Wand, als Jakob ankam. Die Aufnahme war auf etwa anderthalb Quadratmeter Fläche vergrössert und erinnerte so an Industriefotos oder Reklame oder an Sichtwerbetafeln auf den Strassen der Deutschen Demokratischen Republik bei wichtigen Anlässen der Innenpolitik; an der etwas verwischten verschwimmenden Beschaffenheit der Umrisse war zu erkennen dass das Stück Film nicht grösser gewesen war als der Nagel ihres kleinen Fingers. Das Bild war eigentlich ohne Licht, indem Helligkeit nur aus einem unsichtbaren Hintergrund hereinkam, das waren mehrere kantige Strahlbalken von den Leuchtzeichen der Tankstelle die war aber nicht zu sehen. Die rechte Randzone der Aufnahme war ausgefüllt von dem weichen Schatten, der aus dem Rücken des Chauffeurs und der Sitzlehne geworden war; daneben war die Ecke des Autofensters zu erkennen. Das Gesicht von Herrn Rohlfs war nur zu erraten aus den Kanten, die die glühende Zigarette nach oben hin aufgeworfen hatte aus der Finsternis; besonders lebendig waren die Falten der Stirn, denn sie schienen feucht und nur erstarrt in einem einzigen Moment sehr schneller Bewegung, während der halb geöffnete Mund seine nachdenkliche Stellung nur durch das Zusammenpressen der Zigarette erhalten haben mochte. Eben das Aufglimmen der Tabakglut hatte Jakobs Gesicht beleuchtet, dessen Flächen schimmerten aber viel grauer aus den Schatten, er hatte seinen Kopf schräg zurückgelegt; sonderbar scharf (allerdings ist das Rückfenster des Pobjeda hoch im Dach) war die ganze Gegend um die Augen herausgehoben, und da die Vergrösserung die natürlichen Massverhältnisse geringfügig überschritt, blieb der Blick des Betrachters am hochgeschobenen unteren Lid hängen, auf dem die Pupillen sehr flüchtig in die Blickrichtung der Linse gegangen waren und nun festgehalten in einem Ausdruck des Beobachtens ohne Teilnahme. Das Bild war aber so aufgehängt dass man es von unten sah und nicht wie der fotografische Apparat. Der Rand auf der rechten Seite und unten war wieder vollgestampft mit ununterscheidbaren Dingen der Autoeinrichtung in der Dunkelheit. Jakob blieb davor stehen, als er am nächsten Abend zu ihrem Essen kam; offenbar brauchte er sich nicht zu erinnern. Er fragte nichts. Schliesslich glaubte Gesine so etwas wie ein leises Kopfschütteln zu bemerken, aber als sie neben ihm war, sah sie nur noch die erhobenen Augenbrauen. »Ich glaub es ist nicht richtig ... so zu fotografieren ...« sagte er. »Es sieht aus als wär alles eins, verstehst du: als könnt Rohlfs auch bei Eurem Geheimdienst sein ...?« Gesine trat um ihn herum und betrachtete das Bild von der anderen Seite. Ihr Blick ging langsam zu Jakob und verglich ihn mehrmals mit dem Bild. Endlich schüttelte auch sie den Kopf, aber ihre Lippen waren vorgestützt dabei. Jakob winkte still lachend ab und wandte sich zum Tisch. »Lass hängen« sagte er.

*Hätte ich es denn anfangen sollen nach Art der Hundefänger? Er hätte mir nicht recht gegeben, ich hätte vielleicht doch recht bekommen. Und am Ende hätte auch Jakob eingesehen dass die Straffälligkeit rechtens ist nach dem Mass, in dem die Aufgaben der Zeit verfehlt werden. Versäumt werden. Allen war gesagt was zu tun ist, ich habe keinen Zweifel gelassen an der Wichtigkeit des Sozialismus; wer dem Gegner schadet nützt uns; wer uns schadet nützt dem Gegner; wer nichts tut schädigt uns um eine Möglichkeit und gibt dem Gegner Raum für eine andere; wer das Falsche tut in guter Absicht ist der Dümmste; Cui bono. Wem nützt es. Wie die Hundefänger Cresspahl belangen würden wegen organisierten Absingens von Liedern. Das hätte sie nicht begriffen. Blach wegen konspirativer Tätigkeit, davon versteht sie nichts. Ist es denkbar dass man Jakob nachsagen kann er hat den Bahnbetrieb aufgehalten und geschädigt? dann hätte sie begriffen und wäre gekommen lutsche galubki na kryschje. Insofern unbestreitbar als es nichts mit dem Sozialismus zu tun hat dass Jakobs Mutter in die Kir-*

*che ging am Sonntag und dass Blach verhandelte über einen zweijährigen staatlichen Forschungsauftrag (Idioten) und dass Miss Cresspahl kauerte hockte lag über der Tischecke und Buchstaben baute für ihren Vater, für diese Reise hatte sie sich einen Wagen geliehen und Jakob gezeigt das schöne Spiel Autobahn: wenn du mich überholst, überhole ich dich wieder, und Cresspahl ging nicht in die Kirche: führten ihr Leben als wäre ihnen nicht gesagt was zu tun ist. Die Staatsmacht wird nicht geringer, wenn sie sich auch kümmert um die missbräuchliche Benutzung des Bürgersteigs: und ich kann nicht einmal sagen ich habe es aus der Hand gegeben, denn es ist mir nicht in den Sinn gekommen, ich habe erlaubt dass man mich fotografiert, es verstand sich: so sehe ich aus, sieh es dir an Jakob. Es handelt sich um was ich sage, dahinter ist nichts anderes. Ich frage dich. Du hast Zeit dir zu überlegen, ich werde Cresspahl nicht festsetzen wegen Steuerhinterziehung. Und sie sagt es wäre mir gar nicht angekommen auf die Freiheit sondern auf Jakobs Achtung und Freundschaft für die Staatsmacht. Die ich war die ich bin. Das ist drin: Erpresste Entscheidungen sind keine. Zum Teufel mit der Absicht. Absicht ist auch Kenntnis und Einbeziehung gegebener Umstände. Aber der Mensch ist veränderlich, verlässlich sind nur die Entschiedenen. Wer fähig ist sich selbst zu entscheiden kann es für das und jenes, eines Tages hätte sich die Taube entschieden nicht mehr auf die Hand zu fliegen, ich wäre ein Hundefänger geworden so und so. Nicht zum Teufel mit der Absicht: ich habe niemandem gesagt geh in den Westen, ich habe Jakob nicht gesagt dies ist bei Gefahr deines Lebens. Ich habe gedacht es gibt nur eine Antwort. Und habe sie erwartet von Leuten, die es nicht absehen auf meine Sache. Gespräch ist ein Fehler. »Hätten Sie doch lieber verzichtet auf diese demokratischen Brüderlichkeiten. Auf die Frage nach der Wahl zwischen zwei Unsinnigkeiten. Zwischen dem grösseren und dem kleineren Übel.« Die Wirklichkeit ist nicht unvernünftig, ich habe es ihm gesagt.*

Sie kamen am Sonntagnachmittag zurück von ihrem Besuch im Flüchtlingslager. Der Wagen war mit einem Rundfunkgerät versehen, sie erfuhren die Niederschlagung des ungarischen Aufstands zur üblichen Zeit der Nachrichten. Da hatten sie die Autobahn eben verlassen und waren in das dichtgepackte Gedränge der Einfallstrassen geraten, auf denen die Autos von den Ausflügen zurückkehrten. Vor der ersten grösseren Kreuzung wurden sie eingekeilt und mussten lange Zeit warten. Gesine beschimpfte die reglosen glänzenden Autokästen vor und neben ihnen mit den sorgfältigsten Ausdrücken; sie sprach nicht laut, sie hing vorgebeugt über dem Lenkrad und starrte hinaus in den dünnen grauen Regen und horchte schrägen Kopfes auf die Stimme des Nachrichtensprechers, der inzwischen die neuesten Vermutungen über die bevorstehende Landung der britischen und französischen Truppen in Ägypten bekanntgab. »Sie werden landen« sagte sie böse. Jakob sah nicht auf. Er zuckte die Achseln. Gesine hatte angesagt dass sie dann nicht mehr für das Hauptquartier arbeiten werde. Sie achtete nicht mehr auf die Strasse. Ihr Kopf lag jetzt ganz seitlich auf der rechten Hand über dem Rad, sie sah besorgt und bekümmert nur was sie dachte. Jakob berührte ihren Ellbogen. Sie konnten ausscheren. An der Kreuzung liefen schon die Leute zusammen, weil sie zu schnell angefahren war und vor einem entgegenkommenden Wagen an der Ecke kaum hatte zum Stillstand kommen können; der Aufschrei der Gummireifen auf dem Asphalt war das volkstümliche Signal für einen Unfall. Aber sie waren schon weiter, und als sie am Montag in den Spätnachrichten hörten dass die Engländer und Franzosen zuverlässig in Ägypten gelandet waren, sagte Gesine leise auflachend: »Wie er bremste, und ich bremste ... wir stutzten wie zwei fremde Tiere unverhofft vor einander ...«. Jakob sagte: »Du musst nicht jähzornig sein, hörst du?« Ihr Kopf lag neben ihm auf der Kante der Couch auf beiden Händen seitlich und blieb so, während sie die Augen aufschlug und ihr Blick schräg hochkam zu ihm. Sie betrachtete ihn ernsthaft verständig mit vorgeschobenen Lippen. Jakob schüttelte den Kopf. Er lächelte. Sie wandte ihren Blick ab und streckte sich aus unter der Dek-

ke. »Du weisst schon« murmelte sie. Es war undeutlich, und sie schien schon zu schlafen. Jakob betrachtete ihre verwühlten Haare über der hochgekehrten verschlafenen Schulter, er lachte leise und zärtlich auf. Nach einer Weile stand er auf und schaltete die Lampe aus und setzte sich zurück in den Sessel und blieb da ungefähr zwei Stunden lang in dem grauen nächtlichen Strassenlicht. Ihre Atemzüge gingen regelmässig, der Widerschein der Leuchtreklame flackerte blitzweise auf ihrem Gesicht; sie schlief als sei niemand bei ihr.
Als er aufgestanden war und am offenen Fenster stand in der nassen aschigen Luft, hörte er sie sich rühren. »Jakob!« sagte ihre Stimme aus dem Schlaf. Er wandte sich hastig um. Als er bei ihr war, schien sie schon wach. »Was war es« fragte er. Sie rückte zur Seite und zog die Decke an sich, so dass er sich neben sie setzen sollte. »Ich habe geträumt ich finde den Ausgang nicht« sagte sie. »In Cresspahls Haus, die Tür nicht?« fragte Jakob. Sie schüttelte den Kopf, das war als könne sie sich nicht rühren. »Hier« sagte sie. Jakob griff um ihre Schultern und richtete sie auf und sagte: »Das Graue, links, weisst du was links ist? das ist die Tür, dann kommt der Flur, und im Treppenhaus leuchtet es rot unter dem Lichtschalter, damit du ihn findest«. Inzwischen hatte sie sich aufgesetzt, sie hielt seine Hand fest, die er zur Lampe ausstrecken wollte. Sie legte sich zurück. Ihre Augen waren offen. »Wo bist du gewesen« fragte sie. So hatten sie sich früher nach ihren Gedanken gefragt. »Meine Liebe« sagte Jakob: »auf den Rehbergen, Drachen steigen lassen, und du warst auch mit«. Es war aber die Wahrheit, und nun erinnerten ihre offenen Augen in dem undeutlichen Licht ihn an das Drachensteigen auf den Rehbergen. Sie war vierzehn, eine Woche lang hatte sie in Cresspahls Werkstatt gearbeitet an dem Drachen, den sie nun tanzen liess an dem riesigen zerschrundeten Himmel über ihnen. Er war sehr hoch, ein schräges Blauviereck mit einem gelben Schwanz. Wenn Sonne aufkam, leuchtete der ganze Himmel wegen des Drachens, und ihre Augen wurden unruhig: die Wolkengebirge erschienen dann ganz weiss, kunstreich waren die Grate gebaut mit ihren Rändern, sie waren räumlich, betretbar.

»Bleib hier« sagte sie.
»Komm mit« sagte er. Er war in ihren Ton geraten und hatte sie wiederholt; indessen hatte er sie nicht verspotten wollen.

*Was ich hätte sagen können war ich möchte auf die Wolken.*

Sie liess sich das Mitfahren zum Bahnhof nicht ausreden. Sie stand müde und verloren vor dem Zug; sie hob den Kopf erst, als er anfuhr mit einem leisen gleitenden tiefen Ruck und sie mitriss in den Schreck. Jakob sah sie nicht winken. Sie stand reglos und sah ihm nach, sie wurde immer schmaler mit der Entfernung, er hätte sie schliesslich in beide Hände nehmen können, als der Zug die erleuchtete Halle verlassen hatte und durch die ersten Weichen zu klirren begann, und dann war sie ganz zurückgeblieben und nicht mehr zu sehen.

DIE BERICHTE LIEFEN wieder zusammen bei Herrn Rohlfs, der an der Elbe sass in seinem einstweiligen Dienstzimmer und die Nächte zubrachte mit vorbereitenden Niederschriften zum Auftrag Taube auf dem Dach. Er war aber eigentlich gekommen um Jakobs Rückkehr nicht länger als nötig zu versäumen, und manchmal fuhr er selbst an den Personenbahnhof zu den Ankunftszeiten der Interzonenzüge und stand an der Sperre und suchte Jakob zwischen den ankommenden Reisenden, obwohl er eine reichliche Anzahl von Beobachtern auf den Beinen hielt, die ihm die Meldung ohnehin unverzüglich hinterbracht hätten. »Diese Warterei ist nicht auszuhalten« sagte Hänschen einmal. Er hatte damit ausdrükken wollen dass sie damit ja mindestens drei Tage zu früh angefangen hatten.
Gegen Morgen, als Jakob schon dicht an der Elbe war (gegen Morgen war der Zug leer geworden, in seinem Abteil sass nur noch ein junges Mädchen ihm gegenüber, das fror und vor lauter Übernächtigkeit das schwere Novemberlicht und den stillen Regen und die hastigen harten Geräusche der Fahrt nicht mehr begriff, man sollte solche Kinder nicht allein auf

Reisen schicken durch die Nacht, und nachdem Jakob sie eine Weile angesehen hatte, dachte er an die Schokolade, die er im Speisewagen gekauft hatte um sein letztes Westgeld loszuwerden vor der Kontrolle, und er nahm sie aus der Jackentasche und knickte sie in der Umhüllung und riss dann das Papier auf und legte schweigend die Schokolade auf den Fenstertisch und nahm sich ein Stück, da nahm sie sich auch eins, und noch während er das bittere Zeug zerkaute, zog er den Mantel wieder über sich und schlief weiter. Kurz vor dem Aussteigen kam der Schaffner und rührte ihn an der Schulter, weil es ein Kollege war, sie nickten sich zu beim Aussteigen, und sie sagten Mahlzeit) kam über Fernschreiber die Nachricht dass Dr. Blach nicht aufzufinden sei und wahrscheinlich von der polizeilichen Durchsuchung der Redaktion erfahren habe, denn die zuständigen Organe hatten sein Zimmer vorgefunden in einem Zustand, der auf eine übereilte Abreise hindeutete. Wenn Herr Rohlfs ehrlich sein sollte, so hatte er nicht sofort vermutet dass Jonas eben um diese Zeit in einem Schnellzug aus der anderen Richtung angefahren kam zu ihm, wo doch wahrlich nicht der Westsektor von Berlin anfing; als es ihm dann zur Kenntnis gebracht wurde, passte es recht augenfällig zu der Vermutung hinsichtlich der nicht auffindbaren Kopie des Essays (obwohl da immer noch nur anzunehmen war dass er ihn bei Jakob oder Cresspahl untergebracht hatte. Allerdings war es weit bis Jerichow). Und Jonas richtete sich ungeduldig auf, als sein Zug die Fahrt mitten auf der Strecke verlangsamt hatte und stehenblieb; er stieg über die Beine der schlafenden Mitreisenden hinweg auf den Gang und begann zu rauchen und berechnete auch die ungefähre zeitliche Enfernung bis zur Elbe zu dem Turm, in dem nach seiner Meinung Jakob (oder einer von ihnen) sass und den Halt des Zuges angewiesen hatte. Was denkt er sich eigentlich.

Aber Jakob war noch nicht im Dienst. Von der Wirtin haben wir die Uhrzeit. Sie hat ihn ankommen hören, er war sehr leise, aber sie ist immer schon lange wach, bevor der Wecker klingelt, sie wartet darauf (sagt sie), sie hat also gehört dass er in der Küche zugange war, hat sich wohl umgezogen, denn

als sie in die Küche kam, sah sie ihn am Tisch stehen in der Uniform, sie hat noch gesagt er sieht so müde aus, was er darauf geantwortet hat weiss sie nicht mehr. Alles andere und eben die Uhrzeit sehr genau, weil es ja die Zeit des Aufstehens war, und als Jakob das Fenster aufmachte und sie den Regen hörten in dem stillen tiefen Hohlkasten des Hofs, sprangen gegenüber immer mehr Fensterkreuze hell aus der Dunkelheit. Dann ging er weg wie stets zum Bus, sie weiss nicht ob er sich Brote gemacht hat für den Dienst (er hatte ja auch noch Schokolade in der Tasche). Und der Herr, der ungefähr eine Stunde später gekommen ist und gefragt hat nach Herrn Abs, den würde sie wiedererkennen. Das war ein junger Mann, der hatte so kurze Haare, aber wiedererkennen würde sie ihn an den Augen, er hat sich noch entschuldigt für die Störung.
Denn Jonas hatte nur die Adresse von Jakob, überhaupt hatte er gemeint dass Jöche in der selben Stadt wohnte, wie er sich das vorstellt mit der Wohnraumlage, Jöche wohnt in Jerichow. Als Jonas in der Telefonzelle vor dem Haus die Nummer wählte, die Jakob ihm gegeben hatte, konnte er sich zwar bis zu Peter Zahn durchfragen, aber in der Schichtleitung der Dl wusste niemand etwas von Jakob, brauchen könnten wir ihn ja, der ist auf Urlaub. Wie lange wissen wir nicht, wir geben das Gespräch zurück an das Reichsbahnamt, verlangen Sie die Kollegin Kaderabteilung. Die war nicht am Apparat, und wenn ihm nicht die Ähnlichkeit ihres Namens mit dem Sabines aufgefallen wäre, so hätte er kaum weiter gefragt. Man sagte ihm Sabine habe in einem Krankenhaus zu tun. Er liess sich die Strassenbahnverbindung erklären, aber weil er sich einmal irrte beim Umsteigen, kam er sehr viel später an als sie, und von der Abteilung Aufnahme schickten sie ihn erst noch in die Chirurgie über den grauen nassen Hof, man hatte ihn aber vorher gefragt ob er auch von der Reichsbahn sei. Er musste warten auf dem Flur. Sie war noch ziemlich bleich, als sie kam, aber wieder ruhig. Sind dann zusammen weggegangen, und Herr Rohlfs erfuhr nur von den Schwestern dass sie einige Mühe mit ihr gehabt hatten. War ja fürchterlich aufgeregt. Sie haben sie immer wieder nach den Angehörigen gefragt, nach den Verwandten, und sie wusste ja

niemanden, Cresspahl war ihr nicht eingefallen. Darauf hat Jonas sie gebracht, sie haben Cresspahl ein Telegramm geschickt, er kam schon am frühen Nachmittag an. Und Sabine hat auch die Nachricht für die Zeitungen formuliert, natürlich hätte das jemand anders machen können, aber daran haben sie wohl nicht gedacht in der Überraschung, und schliesslich hätte keiner es besser sagen können: dass in den frühen Morgenstunden ein Angestellter der Deutschen Reichsbahn beim Überqueren der Gleise, auf dem Wege zum Dienst, in der Absicht, einer entgegenkommenden Lokomotive auszuweichen

– Was ist das eigentlich für eine Geschichte mit Sabine.
– Ja. Das ist auch eine. Aber darum haben wir uns nicht kümmern können.

auf dem Nebengleis von einer anderen erfasst wurde. Sofort eingeleitete Rettungsversuche hatten keinen Erfolg (der Tod trat ein während der Operation). Eine Schuldfrage kann kaum erhoben werden, da der Verunglückte das Gelände aus jahrelanger Erfahrung kannte und für beide Fahrten die Strecken freigegeben waren. Ein Beobachten der Strecke war schlecht möglich wegen des dichten Nebels, der ja fast undurchdringlich ist in dieser Jahreszeit.

Und er ist immer über die Gleise gegangen.

# V

Cresspahl kam am frühen Nachmittag an, so dass Jonas noch den Schnellzug nach Norden erreichen konnte; sie hatten auf dem Bahnhof etwa zehn Minuten sich zu besprechen und wollten am anderen Morgen wieder zusammentreffen. Mein Vater wird sich zu Tode trinken.

IM SPÄTZUG NACH Jerichow sass Jonas gegenüber einem jungen Soldaten der Volksarmee, es ist das die einzige Erinnerung an die Fahrt. Ihm fehlte eine Nacht Schlaf, und er hatte erst an diesem Tage (von Sabine) erfahren dass Jakob nach Westdeutschland gefahren war. Wünsche meine Mutter zu besuchen. Der Armist lernte Russisch im Personenzug, fuhr wohl auf Urlaub, jede Minute ist kostbar, nutzt sie zu zähem unnachgiebigem Lernen, Wissen ist Macht, eignet euch die sozialistische Weltanschauung an, der Vertrag von Warschau ist nur eine Reaktion auf die angreiferische Haltung der Westmächte. Das Mädchen neben dem Armisten schien die aufgeschlagene Lektion des Lehrbuches zu kennen, gänzlich ohne Interesse und wehrlos gezwungen starrte sie ihm ins Buch, erkannte die Worte wieder, wiederholte sie, memorierte. Manchmal pusteten die strengen festen sehnsüchtigen Lippen des Armisten Ungeduld in die dicke Hitze des dichtgeschlossenen ratternden zitternden Abteils, und Jakobs Stimme sagte Wir haben es versucht auf einer Strecke von zehn Kilometern, die Schienenstösse verschweisst, was ist das für ein Lärm in so einem Personenzug, verstehst ja dein eigenes Wort nicht, und an den Stössen geht das immer ganz schön runter, was glaubst du wohl wie die hohe Kante dann angestossen wird! Kann man auch Stahl sparen. Aber dann muss bis zum Schienenkopf geschottert werden, damit die Steine die Hitze abziehen. Hinten im Lehrbuch des Soldaten bei Lektion 63 lag ein Bild. Eine fotografische Aufnahme in Postkartengröße, Passbild auf Postkarte vergrößert zehn mal fünfzehn Weltformat. Bei Lektion 63. Und wenn er es angesehen hatte (er sah es nie lange an), las er unverzüglich weiter; hielt auch nicht inne an den Haltestellen, wo der Dynamo an der Lokomotive aussetzte und das Licht trübe wurde, denn die Batterie war viel schwächer. Kurze Zeit nach dem Anfahren sprang das Licht zurück in Helligkeit. Der Armist las bis zum letzten möglichen Blick und Durchjagen der Aspektformen und steckte das Buch erst in die Tasche, als der Zug in Jerichow hielt; Jonas vergass dann zu beachten ob er abgeholt wurde. Jöche war noch nicht zu Hause. Seine Frau liess den Besuch im Wohnzimmer warten. Jöches Wohnung bestand aus zwei einzelnen Zimmern in Untermiete, die durch den Korridor getrennt waren. Die Küche wurde benutzt von drei Mietparteien, an der Flurtür waren drei Klingeln gewesen. Der Schrank im Wohnzimmer war neu, aber mit geschnitztem Zierat und einer grossen Vitrine versehen. Hinter den Glasscheiben war eine breitgesässige Liegeuhr umgeben von porzellanenen Tieren, Pelikan, Osterhase, Hund, Eule, Pilz und Reh im unteren Fach, im oberen Fach vier Bücher mit glänzenden fleckenlosen Rücken und ein abgegriffenes Konversationslexikon. Jöches eigentliche Bücher standen hinter der Holztür nebenan. Oben auf dem Schrank standen eine grössere Vase zwischen zwei kleineren, in denen war Heidekraut. Neben den sichtbaren Büchern waren noch eine Reihe Schnapsgläser und eine Reihe Weingläser aufgebaut, die standen auf bastenen Untersetzern. Das Sofa sah nicht benutzt aus und die prallen bunten Kissen schienen sorgfältig aufgestellt. Dazwischen ein bläulicher Gesichtshund und ein gelber Bär mit roter Schleife. Darüber ein Bild in rauhsilbernem Rahmen zeigte Kornhocken auf einer Hügelfalte neben Tannenwald; in der Ferne verschwamm eine menschliche Ansiedlung. Vor dem Ofen waren in säuberlicher Ordnung die Briketts aufgeschichtet. Der Teppich war rot und zeigte ein orientalisches Muster.

Das Radio war riesig und trug eine kleine leere Blumenvase und eine Fotografie von Jöches Frau in geschweiftem Ständer. Zwei Sessel zwei Stühle. Vor dem Fenster Kinderwäsche beleuchtet in der Dunkelheit. Sie hatte den Wagen mit dem Kind in die Küche geholt, obwohl Jonas das gern dabehalten hätte. Sie hatte ihm die Enge des Schlafzimmers gezeigt und gesagt: »Wir wollten ja immer schon eine Wohnung haben, wird nun vielleicht bei Cresspahl was werden, ist ja auch eine Reichsbahnwohnung. Aber es gibt eben noch sehr viele, die sehr viel schlechter wohnen. In den Baracken, und die gehen natürlich vor«. Jonas hatte gesagt dass das Wohnzimmer ihn aber in vielem an sein Elternhaus erinnere. Das er auch jetzt noch nicht aufgesucht hatte.
Als Jöche kam, schlug er vor sie sollten doch in den Krug gehen lieber, denn seine Frau musste früh aufstehen zum Dienst. Und der Krug von Jerichow war der kleine Raum neben der ehemaligen Kaufhandlung von Peter Wulff. Durch die Strassentür kam man zuerst in den riesigen leeren Raum, an dessen Wänden noch die braunen etikettierten Warenkästen und Regale aufgebaut waren, sie waren verstaubt wie die Fenster, deren Glas schon das Ansehen von grauer hartgefrorener Erde angenommen hatte; auf dem Fussboden ausserhalb des Gehweges lag und stand allerhand Gerümpel. Die Gaststube war eigentlich nur das Hinterzimmer, in dem früher die Bauern den Einkauf mit Bier und Korn bekräftigt hatten. Der Tresen war noch aus der Zeit, Peter Wulff hatte nur die Tische neu einbauen lassen, die waren jetzt auch schon weiss von dreissig Jahren Scheuerns; sie waren fest im Boden, und die Bänke umgaben sie wie in einem Speisewagen der Reichsbahn, nur an einer Seite war ein Gang. Peter Wulff legte die Hand an den Skalenknopf des Radios und sah Jöche fragend an, und Jöche schüttelte den Kopf. Sie setzten sich in die der Theke entgegengesetze Ecke, und da an diesem Abend wenig Gäste kamen, war der Raum nur von dem Licht an der Tür und der Lampe über ihren Köpfen erleuchtet. Sie waren schweigend von Jöches Wohnung hierhergekommen, sie sassen sich lange wortlos gegenüber. Endlich hob Jöche den Kopf und sah Jonas an und sagte: »Aber er ist doch immer über die Gleise gegangen«.

AM ANDEREN MORGEN stieg Jonas freiwillig aus in dem Bahnhof, vor dem Herr Rohlfs in seinem Wagen sass und frühstückte. An den Fenstern glitt ein Schatten entlang. Mantelknöpfe knirschten auf dem Glas, und gleich darauf sahen sie den Assistenten aus Jerichow (für den Herr Rohlfs einen Teil seiner Zeit verwandt hatte) zwischen den parkenden Wagen hindurch auf die Insel der Strassenbahnhaltestelle steigen. Etwas entfernt von ihm stand Jonas an der Haltetafel und wartete auch. Sie sahen seinen Kopf im Profil zum Verzeichnis der Fahrzeiten erhoben, er hatte eine Zigarette zwischen den Lippen behielt aber die Hände in den Manteltaschen; er schien zu frieren. Stieg jedoch mit geradem Rücken ein und lehnte sich gleich neben der offenen Tür an, da würde der Fahrtwind ihn treffen an seinem blossen Hals. Der Pobjeda schaukelte leise brummend in die Ausfahrt, drehte sich halb und kroch wieder vorwärts quer über den Parkplatz ausser Sicht der Strassenbahn.

Vor der Post gab Herr Rohlfs gerade die Milchflasche und die Brötchentüte an Hänschen zurück, die er ihm während der Fahrt gehalten hatte. Der Wagen neigte sich seitlich und schwang leise, als die hintere Tür geöffnet wurde und der Assistent sich schweigend hinter ihnen niederliess. »Kein Tonband« sagte Herr Rohlfs. Hier ist Cresspahl; wer spricht. Teilnehmer bitte melden Sie sich. Weisst du es schon. »Tatsachen. Ich habe keine Einwände. Meine Verabredung mit der Dame darf nicht erwähnt werden«. Die Stimme hinter ihnen wiederholte die Anweisungen, abermals kam die kalte Luft der Strasse herein durch die geöffnete Tür, der Wagen wiegte sich in sich, hielt still. Herr Rohlfs stieg aus mit dem Altpapier und den Milchflaschen und ging auf die andere Seite der Strasse zu einem Milchgeschäft. Er kam mit leeren Händen zurück, blieb an einem Kiosk stehen und begann während des Einkaufs ein Gespräch mit dem Händler, den Hänschen aber nicht sah. Er schaltete das Radio ein.

Der Morgen war hell und fröhlich wegen des geschäftigen Verkehrs von Autos und Strassenbahnen und Fussgängern, der dicht und vielfältig über den Platz vor der Post dahinglitt in der Sonne; und Herr Rohlfs blieb länger als erforderlich draussen, weil der Wagen im Schatten stand an der Stelle, wo man den Ausgang des Postamtes im Blick hatte. Er fühlte sich kühl und nüchtern, das war eine klare Wachheit, und weil er keinen nützlichen Gegenstand mehr für sie hatte, dachte er an den folgenden Tag und dass dann wieder die Sonne aufgehen würde und dass sie die Zeit auch verbringen würden an einem anderen Ort und dass von Heute und Gestern nur Aktennotizen übrig sein würden; aber letzten Endes konnte er sich nicht denken dass einer Langeweile haben könne am Leben. Der Himmel war so hell, und die Fahrzeuge kamen so schnell und scharf herangestürzt, und die Schatten unter den strahlenden Hausgiebeln waren so dunkel und satt. Als er wieder eingestiegen war auf die Vorderbank, legte Hänschen den Finger auf den Lautstärkenschalter des Radios und schob das Geräusch hinauf in die Deutlichkeit eines halblauten verständlichen Gesprächs; er sah sich auffordernd um. »And if the conductor happens to come and ask the passengers whether any one has – die Notbremse gezogen?« Es war eine Frauenstimme mit einem schmalen ganz biegsamen Ton. Die Stimme eines jungen lächelnden Mannes antwortete ihr verwirrt: »Wether any one has applied the – emergency brake –?« Sie lachten beide, er gutmütig und sie auf eine weniger überraschte Weise. Herr Rohlfs drehte den Knopf bis zum Anschlag. Wie im Raum des Autos gegenwärtig stieg die Männerstimme auf mit ihrer höflichen ungeduldigen Frage: Aber warum müsse man all die Namen wissen für Dinge, die von den »eisenbahners« besorgt würden? »I am only travelling, see.« Die Frau überredete ihn: dann könne er aber die Fragen beantworten, er sei hier in einem fremden Land, da könne das ganz nützlich sein im Fall eines Unglücks. In case of an accident? Der junge Mann antwortete mit einem noch unwilligen Knurren, aber er vermochte nicht im Ernst unfreundlich zu seiner Mitrednerin zu sein, und im weiteren Verlauf des Gesprächs hatte der Zuhörer den Eindruck: dass der Amerikaner seiner Lehrerin vor lauter Ansehen und Bewunderung nicht zuhörte, bei einer Frage schien er tatsächlich aufzuschrecken, dann gelang ihm nur etwas sehr Zerstreutes und Halbherziges von Antwort. The coupling? Yes, of course. The coupling. Ach-so! Die Kupp-lung, isn't it? Worauf Gesine lächelnd sagte: ja, und die Aussprache noch einmal richtiger wiederholte. Herr Rohlfs war im übrigen sicher dass all diese Zwischenfälle im Textbuch der Sendung standen und die Aufmerksamkeit des Hörers anziehen sollten; Hänschen sagte sogar etwas der Art, aber gerade er hörte nicht auf mit seinem immer von neuem überraschten leisen Auflachen. Und Herr Rohlfs konnte sich denken wie sie an den Abenden über dem Tisch gelegen hatten in Gesines Zimmer und die Sendung zusammenschrieben, Jakob richtete sich auf und lehnte sich zurück mit der Hand am Hinterkopf und sagte listig: Den Unterschied zwischen einem einfachen Personenzug und einem D muss man jenselbigem Fremdling auch noch erklären, eh? Was, das heisst trough train? Ist doch eine schöne Sprache. Siehst du sagte Gesine ach bleib doch hier Jakob. Von dieser Sendung können wir beide leben, und mehr Spass macht es mir auch als die headquarters. »And how does it work?« sagte ihre Stimme spasshaft anschlägig. »There is an air hose connecting the brakes of every wagon?« »Das ist der Bremsschlauch.« »Aha-a« sagte der Amerikaner freundlich und gedankenlos mit seiner zögernden leicht heiseren Sprechweise, und sah sie wieder heimlich an.

Als Jonas eben eingestiegen war und die Hände hinhielt für die Fesseln, sagte der Ansager: »This, with Pfc. Reiners and Miss Gesine, has been our program SPRECHEN SIE DEUTSCH«. This is the voice of education and information. In den nächsten Sendungen werden Sie interessante Einzelheiten erfahren über andere Gebiete des Verkehrs: Schiffahrt und Flugzeug. »Sie sind kein guter Verlierer« sagte Jonas gegen den Rücken von Herrn Rohlfs. Der wandte sich nicht um. Er schwieg auch, als der Assistent den Gefangenen barsch aufforderte er solle den Mund halten. Aber er dachte in seinem Herzen dass es nicht die Wahrheit sei. Dass er mit Jakob darüber sich hätte verständigen können. Wortlos, in einem kurzen unauffälligen Schweigen und Blickwechseln. Dass Jakob gerechter gewesen wäre.

DAS LOKAL WAR NICHT TEUER. Es war ihr eingefallen, weil sie die weissgescheuerten Tische gern mochte. Sie kam wenige Minuten zu spät, und Herr Rohlfs stand auf, als er sie in der Tür sah. Ich wäre froh eine Schwester zu haben.
Und sie sah nicht aus wie eine, die geweint hat; das wollen wir doch mal sagen.

# Zeittafel

| | |
|---|---|
| 1934 | geboren in Kammin (Pommern), aufgewachsen in Anklam |
| 1952-1956 | Studium der Germanistik in Rostock und Leipzig |
| | *Mutmassungen über Jakob* |
| 1960 | Fontane-Preis der Stadt West-Berlin |
| 1961 | Reise durch die USA |
| | *Das dritte Buch über Achim* |
| 1962 | Stipendien-Aufenthalt in der Villa Massimo, Rom |
| 1964 | *Karsch, und andere Prosa* |
| | Fernsehkritik für den *Tagesspiegel* |
| 1965 | *Zwei Ansichten* |
| 1966-1968 | New York, zunächst ein Jahr als Schulbuchlektor |
| seit 1968 | Berlin-Friedenau |
| seit 1969 | Mitglied des PEN |
| 1970 | *Jahrestage* |
| 1971 | Georg-Büchner-Preis |
| | *Jahrestage 2* |
| 1973 | *Jahrestage 3* |
| 1974 | *Eine Reise nach Klagenfurt* |
| | Umzug nach England |
| 1975 | *Berliner Sachen.* Aufsätze |
| 1980 | *Begleitumstände.* Frankfurter Vorlesungen |
| 1983 | *Jahrestage 4* |
| | Kölner Literaturpreis |
| 1984 | gestorben am 23. Februar in Sheerness-on-Sea, England |

## Uwe Johnson
## im Suhrkamp und im Insel Verlag
## Eine Auswahl

**Begleitumstände.** Frankfurter Vorlesungen. Mit zwölf Fotografien. edition suhrkamp 1820. 464 Seiten. edition suhrkamp 3322. 455 Seiten

**Das dritte Buch über Achim.** 337 Seiten. Leinen. edition suhrkamp 1819. 320 Seiten

**Eine Reise nach Klagenfurt.** suhrkamp taschenbuch 235. 109 Seiten

**Der 5. Kanal.** edition suhrkamp 1336. 183 Seiten

**Heute Neunzig Jahr.** Aus dem Nachlaß herausgegeben von Norbert Mecklenburg. 204 Seiten. Leinen

**Ingrid Babendererde.** Reifeprüfung 1953. Mit einem Nachwort von Siegfried Unseld. 264 Seiten. Leinen. edition suhrkamp 1817. 272 Seiten

**Jahrestage.** Aus dem Leben von Gesine Cresspahl. Einbändige Ausgabe. Leinen und suhrkamp taschenbuch 3220. 1728 Seiten

**Jahrestage 1-4.** edition suhrkamp 1822-1825. 1892 Seiten

**Jahrestage 1.** Aus dem Leben von Gesine Cresspahl. August 1967-Dezember 1967. edition suhrkamp 1822. 478 Seiten

**Jahrestage 2.** Aus dem Leben von Gesine Cresspahl. Dezember 1967-April. 1968 edition suhrkamp 1823. 532 Seiten

**Jahrestage 3.** Aus dem Leben von Gesine Cresspahl. April 1968-Juni 1968. edition suhrkamp 1824. 374 Seiten

**Jahrestage 4.** Aus dem Leben von Gesine Cresspahl. Juni 1968-August 1968. edition suhrkamp 1825. 508 Seiten

**Karsch und andere Prosa.** Nachwort von Walter Maria Guggenheimer. suhrkamp taschenbuch 1753. 113 Seiten

**Die Katze Erinnerung.** Uwe Johnson – Eine Chronik in Briefen und Bildern. Zusammengestellt von Eberhard Fahlke.
316 Seiten. Gebunden

**Mutmassungen über Gesine.** Die Verfilmung der ›Jahrestage‹. Herausgegeben von Martin Wiebel. Mit Fotografien.
suhrkamp taschenbuch 3216. 268 Seiten

**Mutmassungen über Jakob.** Roman. suhrkamp taschenbuch 3128. 304 Seiten. Leinen und Bibliothek Suhrkamp 723. 308 Seiten. edition suhrkamp 1818. 320 Seiten. suhrkamp taschenbuch 3355. Mit Original-Hörprobe auf CD. 272 Seiten

**Skizze eines Verunglückten.** Bibliothek Suhrkamp 785. 76 Seiten

**Wohin ich in Wahrheit gehöre.** Ein Uwe-Johnson-Lesebuch. Herausgegeben und mit einem Nachwort versehen von Siegfried Unseld.
392 Seiten. Gebunden

## *Briefwechsel*

**Uwe Johnson – Siegfried Unseld.** Briefwechsel. Herausgegeben und kommentiert von Eberhard Fahlke und Raimund Fellinger. Mit zahlreichen Abbildungen. 1218 Seiten. Leinen

**Uwe Johnson – Max Frisch.** Der Briefwechsel 1964-1983. Herausgegeben von Eberhard Fahlke. 432 Seiten. Gebunden

**Hannah Arendt – Uwe Johnson.** Der Briefwechsel. 1967-1975. Herausgegeben von Eberhard Fahlke und Thomas Wild.
344 Seiten. Gebunden